UWE GOERITZ

Zwei Frauen unterm Sternenbanner

Bibliografische Information der Deutschen Nationalbibliothek:
Die Deutsche Nationalbibliothek verzeichnet diese Publikation
in der Deutschen Nationalbibliografie; detaillierte bibliografische Daten sind im Internet über http://dnb.dnb.de abrufbar.

Coverbild: von Rene Rauschenberger auf Pixabay
Covergestaltung: Uwe Goeritz
Herstellung und Verlag: BoD – Books on Demand, Norderstedt
ISBN: 978-3-7562-2366-4

Inhaltsverzeichnis

Zwei Frauen unterm Sternenbanner

Die USA im Jahre 1862. Der Bürgerkrieg zerreißt das Land in Norden und Süden. Clara hatte erwartet, dass sie so weit im Norden und kurz vor der Grenze zu Kanada von den Auswirkungen dieser Auseinandersetzung verschont bleiben würde, doch dann bricht ihre Partnerin, die ehemalige Sklavin Rose, auf, um ihre Mutter aus der Sklaverei zu befreien, doch schnell stellt die junge Frau fest, dass dies ein tödlicher Einfall gewesen war. Schließlich ist auch Clara gefordert, zur Waffe zu greifen und sich dem Feind entgegenzustellen.

In der Fortsetzung der Erzählung „Eine Gräfin in Amerika" sind die Freundinnen gezwungen, sich dem unausweichlichen Schicksal zu stellen. Maria, die seit über zehn Jahren bei den Dakota lebt, Rose, die entflohene Sklavin und Clara, die im Süden gesuchte Mörderin, müssen jede an ihrem Platz um ihr Überleben kämpfen.

Die handelnden Figuren sind zu großen Teilen frei erfunden, aber die historischen Bezüge sind durch archäologische Ausgrabungen, Dokumente, Sagen und Überlieferungen belegt.

1. Kapitel

Am Kanonenfluss

Donnernd rauschte das Schmelzwasser des Winters in dem ohnehin schon sehr breiten Fluss gen Südosten dahin. An seinen beiden Ufern lag noch Schnee, der nur langsam dem Frühling wich und am Himmel zogen dunkle Wolken schnell in Richtung Westen davon.

In der Art, wie Wasser und Wolken sich zu unterschiedlichen Ziele hinbewegten, so entfernte sich auch der Norden des Landes immer mehr vom Süden. Nicht räumlich gesehen, sondern eher in den Ansichten der Menschen.

Es war Anfang April des Jahres 1862, Clara saß auf einem Stein und blickte in die schaumigen Fluten.

Im Moment machte der Fluss seinem Namen alle Ehre. Es klang wirklich wie das Donnern von Kanonen, aber Clara wusste nur zu gut, dass dieser Name nur einem Missverständnis geschuldet war. Die französischen Siedler hatten hier einst viele Kanus auf dem Wasser gesehen und durch einen Übersetzungsfehler vom französischen zum englischen war aus dem Canoë Rivière, dem Kanufluss, dann der Cannon River, der Kanonenfluss geworden.

Sie strich durch ihr langes dunkelblondes Haar und dachte an einen anderen Fluss zurück. Vor fast genau dreizehn Jahren war sie auf ihrer halsbrecherischen Flucht über die halbfertige Marienbrücke nur knapp den preußischen Soldaten entkommen, die den Maiaufstand 1849 in Dresden blutig niederschlagen wollten. Erneut sah sie die Elbe vor sich und Heinrich, ihren Freund, der einst mit ihr geflohen war.

Aber das hier war nicht Sachsen, sondern Minnesota. Und es war auch nicht die Elbe. Clara wusste, dass dieses breite Gewässer irgendwo in den Mississippi mündete und in diesem noch viel mächtigeren Strom hatte der geliebte Freund sein nasses Grab gefunden. Eine Träne lief bei dieser Erinnerung über ihre Wange.

Aus ihrer Trauer um den Geliebten riss sie das fröhliche Lachen eines Kindes heraus. Sie drehte ihren Kopf und blickte dorthin zur Seite.

Rose spielte mit ihrer Tochter Fanny Mae an einer kleinen Bucht. Die Zehnjährige hatte in den letzten Tagen aus Holz ein kleines Boot geschnitzt und Rose half momentan ihrer Tochter dabei, dieses Schiffchen zu Wasser zu lassen.

Die beiden hatten denselben wundervollen terrakottafarbenen Hautton, der hier hoch im Norden so selten zu sehen war und der so viel schöner war, als ihr eigener blasser Teint des vergangenen Winters.

Vor mehr als zehn Jahren hatte sie Rose zuerst kennen und danach lieben gelernt. Seit dieser Zeit waren sie unzertrennlich und ein Paar.

In der Verlängerung ihrer Blickrichtung konnte Clara die Häuser der Siedlung erblicken. Ebenfalls vor zehn Jahren hatte Mister Faribault[1] dort die ersten Blockhäuser errichten lassen und gegenwärtig lebten schon ein paar hundert Menschen in dem Ort, der ihm zu Ehren seinen Namen trug.

Die Bäume, die damals am Fluss gestanden hatten, die hatten sich in Gebäude verwandelt. Es war eine sehr schöne Siedlung geworden, wie sie fand, und Clara lebte gern hier in dieser Gegend.

Sie erhob sich von ihrem Stein, klopfte sich den Schmutz vom Kleid und schlenderte zu ihrer Freundin und deren Tochter hinüber.

„Clara schau! Es schwimmt!“, rief Fanny ihr begeistert zu.

---

[1] Alexander Faribault (22.6.1806 – 28.11.1882), amerikanischer Pelzhändler.

Vor Freude tanzte das Mädchen am Ufer und der braune Zopf hüpfte dabei hinter ihr her.

Zu zweit zogen sie das Mädchen auf, deren Lehrerin Clara jetzt auch war.

Ihre hervorragende Ausbildung, die Clara als Tochter eines reichen Fabrikbesitzers einst in Sachsen genossen hatte, half ihr derzeitig täglich hier. Die Schule der Stadt war ihr Betätigungsfeld und der Gründer der Stadt legte besonders großen Wert auf gute Bildung.

Auch Rose strahlte sie an. Das Lächeln der Geliebten vertrieb augenblicklich den letzten Kummer aus Claras Herz und das schnell davon schwimmende Schiff trug auch die Erinnerung an Clara von Kletterwitz davon.

Einst vor ihrem gewalttätigen Mann geflohen, lebte sie gerade im Glück. Und das Holzstück nahm jetzt auch noch einen Gruß für Heinrich mit, ohne den sie wohl damals den Tod gefunden hätte.

Rose fiel ihr lachend um den Hals und ihre Lippen fanden sich zu einem Kuss.

Obwohl sie hier so weit oben im wilden Norden waren, hielten sie dennoch ihre Liebe unter sich. Zu schnell nahm jemand daran Anstoß, dass sich zwei Frauen liebten und ihr guter Ruf war die Voraussetzung für die Stelle als Lehrerin. Doch hinter verschlossenen Türen, oder so wie jetzt in der unbeobachteten Wildnis, fühlten sie sich beide frei.

Claras Blick folgte gedankenverloren dem winzigen Schiff.

„Du denkst an Heinrich und New Orleans?", fragte Rose.

Clara konnte dem nur zustimmen, denn die Freundin kannte sie nur zu gut. Leugnen wäre zwecklos gewesen.

Durch die Nennung des Namens der Stadt sausten Claras Erinnerungen jetzt zu der großen Metropole, die etwa zweitausend Meilen entfernt im Süden lag und zu ihrem ersten Treffen mit Rose. Damals war die Freundin noch eine Sklavin in dem Hurenhaus gewesen, in dem Clara unfreiwillig gefangen gehalten wurde.

Es waren furchtbare Zeiten gewesen, die Clara eigentlich vergessen wollte, doch die Angst davor steckte viel zu tief in ihr drin.

Selbst jetzt, nach über zehn Jahren, wachte sie gelegentlich noch schreiend aus dem Traum, wenn sie ihren Schwager Cornelius vor sich sah, dem sie diesen Zwangsaufenthalt verdankte. Oder Tobias, der sie dort mehr als einmal brutal geschändet hatte.

Auf ihrer Flucht hatte Rose damals beide Männer erschossen und doch, oder gerade deswegen, kam jedes Mal diese furchtbare Erinnerung in ihr hoch, wenn sie mit Rose oder Fanny zusammen war, denn Cornelius war der Vater von Rose und Tobias der von Fanny.

Dass beide durch eine Vergewaltigung gezeugt worden waren, machte die Sache auch nicht viel leichter für Clara. Das braune Haar, das sowohl Rose als auch Fanny hatten, zeugte ebenfalls von diesen Gewalttaten.

Wenn man es genau nahm, so war Rose eigentlich ihre Nichte. Rose von Kletterwitz, aber auf den Grafentitel legten sie beide keinen Wert. Wer wollte schon mit Gewalttätern und Vergewaltigern verwand sein?

Auch aus diesen Erinnerungen riss Clara das Lachen von Fanny wieder heraus.

Rose legte ihren Arm um Claras Schultern und gemeinsam blickten sie zu Fanny Mae hinüber, die es wohl immer noch nicht fassen konnte, dass ihr selbst geschnitztes Boot den Fluss hinuntertrieb und der starken Strömung standhielt.

Derzeitig schaute Rose dem Schiff hinterher und Clara erinnerte sich abermals an die Flucht mit ihr. Damals waren sie ebenfalls mit einem Schiff gefahren, von New Orleans nach St. Louis.

In dem verträumten Blick von Rose erkannte Clara, dass die Geliebte gerade an den Beginn ihrer Beziehung zurückdachte und sicherlich auch an Samuel, den schwarzen Matrosen, welchen Rose auf ihrer Flucht dort kennengelernt hatte. Oft hatte sie von ihm geschwärmt.

Langsam senkte sich die Sonne im Westen gegen den Horizont herab und es wurde kühl am Fluss.

„Lass uns nach Hause gehen!", erklärte Clara und zog sich die Jacke fester um ihren Körper.

„Morgen beginnen wir mit einem neuen Boot und dieses Mal machen wir eines mit einem Segel dran!", bemerkte sie zu Fanny, die sofort freudig mit der Planung ihres neuen Schiffes begann.

Zu dritt schlenderten sie zur Siedlung zurück und das Mädchen suchte bereits Holz für den nächsten Stapellauf.

2. Kapitel

Splitter der Erinnerung

Liebevoll strich Rose ihrer Tochter über den Kopf. Es hatte ewig gedauert, bis sie Fanny endlich ins Bett bekommen hatte. Claras lieb gemeinter Ratschlag mit dem Bau eines Segelbootes war völlig aus dem Ruder gelaufen.

Fanny hatte ewig gebettelt, noch an diesem Tag mit dem Schnitzen zu beginnen, doch am nächsten musste sie in die Schule und es war schon später Abend.

„Erzähle etwas! Oder sing mir was vor!", verlangte die Tochter jetzt und Rose dachte nach. Die Gedanken flogen weit zurück und ein längst vergessen geglaubtes Lied fiel ihr wieder ein, dass ihre Großmutter Ifunanya oft an ihrem eigenen Bett gesungen hatte.

Aber mit der Erinnerung an die Großmutter kamen auch die furchtbaren Bilder der Baumwollfarm zurück, denn dort hatte sie die Lieder in der alten Sprache ihrer Heimat gesungen und oft von Afrika erzählt. Das durfte sie damals aber erst, wenn die Aufseher in ihren Häusern waren.

Bei Ifunanya hatte Rose häufig diese Sehnsucht nach der alten Heimat herausgehört.

„Afrika!", sagte sie leise und sofort war Fanny mit der Nachfrage dabei.

Augenblicklich musste Rose das erzählen, was die Großmutter ihr damals berichtet hatte: von der Savanne, von Antilopen und Elefanten.

Und während Rose darüber berichtete, war sie mit ihren Gedanken ganz woanders.

Sie befand sich wieder in der mit Schilf gedeckten Hütte nördlich von New Orleans und spürte gleichzeitig die Narben der Peitsche auf ihrem Rücken.

Bisher hatte sie es vermieden, Fanny etwas davon zu erzählen, denn noch war die Tochter viel zu jung, als dass sie es verstehen konnte.

Nicht einmal sie selbst konnte es begreifen!

Sie begann eines der Lieder in der fremden Sprache zu singen, doch die Worte fielen ihr nicht mehr alle ein. Daher erklärte sie Fanny, worum es in dem Lied ging: um zwei kleine Antilopen in der Savanne, die nach einem ausgelassenen Spiel aneinander gekuschelt im hohen Gras schliefen. Es war ein sehr, sehr altes afrikanisches Schlaflied.

Rose summte es und Fanny schlief dabei langsam ein.

Mit dem Blick auf Fannys schlafendes Gesicht im Scheine der Petroleumlampe dachte Rose an die eigene Kindheit zurück. Es war ein Wunder gewesen, dass sie überhaupt die Großmutter und ihre Mutter Mae kennenlernen durfte.

Auf ihrer Farm war sie das einzige Mädchen gewesen, das fast fünfzehn Jahre bei ihrer Mutter leben durfte. Ihre Freundinnen waren meist schon im Alter von sieben oder acht den Müttern entrissen und wie Vieh auf einem Markt verkauft worden.

Erst viel später hatte sie verstanden, dass dieses Glück eigentlich auf dem Unglück ihrer Mutter beruhte. Sie war die uneheliche Tochter ihres Masters gewesen und daher verschont worden.

Anderenfalls wäre sie sicherlich sofort Handelsware gewesen. Die Farmer des Südens verdienten manchmal mehr mit ihren Sklaven, als mit den Erlösen ihrer Farm.

Eine hübsche Sklavin konnte dreihundert Dollar wert sein. Erst ihre versuchte Flucht hatte ihren Master Cornelius dazu gebracht, sie an das Bordell zu verkaufen, dessen Besitzer er allerdings ebenfalls gewesen war.

Die Fragmente dieser Erinnerung schnitten wie Glassplitter in ihre Haut und Rose fühlte, wie sich alles in ihr vor Schmerz zusammenkrampfte.

Clara trat zu ihr und legte ihr sacht die Hand auf die Schulter.

„Komm ins Bett!", flüsterte ihr die Freundin ins Ohr.

Rose kam nur mühsam von der Bettkante hoch. Die dunkle Erinnerung drückte sie zu Boden.

Sie fragte sich, warum das gerade heute geschehen war. Hing es mit dem Fluss zusammen, an dessen Ufer sie am Nachmittag gestanden hatten? Vermutlich, denn auch die Farm lag im Süden in der Nähe dieses gewaltigen Stroms.

Leise verließen sie den Raum und gingen in die Stube hinüber.

Ihre kleine Hütte hatte drei Zimmer und der pure Luxus war dabei der Raum, in dem Fanny alleine schlief. Als sie vor Jahren dieses Haus gebaut hatten, hatte Clara darauf bestanden.

Sie hatte es Kinderzimmer genannt und an ihr eigenes Zimmer in der fernen Heimat verwiesen, aber das hier war eine Holzhütte in Minnesota und keine herrschaftliche Villa in Chemnitz.

Rose warf einen letzten Blick auf die schlafende Tochter und schob die Tür leise zu.

Jetzt drehte sich Rose zu ihrer Freundin um. Die anfänglich ziemlich stürmische und heiße Liebe war einer Vertrautheit gewichen.

Während sich Clara in der Schüssel wusch, beobachtete Rose sie und in ihrem Kopf waren immer noch die Erinnerungen an früher.

„Fanny hat mich schon wieder nach ihrer Großmutter gefragt", begann Rose und trat an die Schüssel.

„Sie ist jetzt in einem Alter, in dem man Fragen stellt. Du solltest ihr die Wahrheit sagen!", entgegnete Clara und trocknete sich mit einem Tuch ab.

„Die Wahrheit? Meinst du wirklich, dass sie das verstehen kann?", entgegnete Rose zweifelnd und streifte sich das Kleid ab.

„Ich denke schon!", erwiderte Clara und ging zum Bett hinüber.

Zweifelnd blickte Rose ihr nach. Natürlich war Fanny ziemlich aufgeschlossen und für ihr Alter auch schon sehr schlau, aber sollte sie die Tochter wirklich mit all diesen schrecklichen Bildern konfrontieren, die in ihrem Kopf noch gut verwahrt steckten?

Erst einmal ausgesprochen, würde sie es nie wieder zurücknehmen können! Und vielleicht kam dieser Schmerz, den Rose immer spürte, wenn sie an Mae dachte, genau aus der Tatsache, dass sie die Erinnerungen an die Mutter verdrängt hatte.

Schnell wusch sie sich Arme, Schultern und Gesicht und schlüpfte danach zu Clara unter die warme Decke, doch an Schlaf war momentan nicht mehr zu denken.

„Warum tun Menschen anderen Menschen so etwas an?", fragte sie und es war genau das, was wohl auch Fanny fragen würde.

„Weil manche denken, ihr eigenes Leben wäre wichtiger als jedes andere!", erklärte Clara bitter.

Das brachte es wohl ziemlich genau auf den Punkt.

„Schau mal", setzte Clara fort und drehte ihr das Gesicht zu. „Im Süden ist seit letztem Jahr Krieg. Der Vater von Jeremy hat sich den Unionstruppen angeschlossen. Fanny wird sicher in den nächsten Tagen immer wieder danach fragen, was da los ist und bald werde ich keine Ausflüchte mehr machen können!", flüsterte Clara.

Damit wurde es wohl wirklich Zeit. Rose kannte Jeremy und dessen Vater recht gut, denn der Junge war Fannys Schulfreund und fast jeden Tag waren sie im Winter vor dem Haus durch den Schnee getobt.

Ein einziges Wort von ihm würde Fanny nur noch mehr verwirren, als wenn Rose es ihr erklärte, aber ging das so einfach?

Bisher hatte sie es sogar vermieden, der Tochter den zerschlagenen Rücken zu zeigen. Die Narben der Peitsche, die ihr Vater vor Jahrzehnten gegen sie gerichtet hatte, schmerzten immer noch, wenn das Wetter umschlug.

„Schlaf jetzt!", flüsterte Clara und gab ihr einen Kuss.

Während Clara neben ihr leise zu schnarchen begann, überlegte sich Rose die richtigen Worte für Fanny.

Der fast volle Mond schien durch das Fenster und brachte die Erinnerungen der Seele wieder hoch.

Wie oft hatte sie mit Mae im Süden vor der Hütte gesessen und im Mondlicht leise gesungen?

Gerade hörte sie wieder die Stimme der Mutter in ihrem Kopf!

3. Kapitel

Totes Land, mit Schnaps bewässert

Maria kniete unweit ihres Tipis und ließ die bröckelige Erde durch ihre Finger gleiten. Seit mehr als zehn Jahren war sie jetzt bereits die Frau des Weitblickenden Falken. Als „Großes Feuer", wie sie sich seitdem nannte, war sie irgendwie zwischen den Welten gefangen. Einst aus Sachsen hierher nach Amerika geflohen, war sie jetzt eine Frau der Wahpekhute[2], aber so richtig gehörte sie nicht dazu.

Sie hob den Blick und schaute in die Augen ihrer Tochter, die ihr gegenüber hockte.

„Wenn das in diesem Jahr wieder so eine Ernte wird, wie sie es im letzten Jahr war, dann lohnt sich das nicht!", erklärte Katharina und traf es damit auf den Punkt.

Maria nickte zustimmend und ließ den Blick über das Lager gleiten.

Die Wahpekhute waren ein Unterstamm der Sioux und das hier war die ihnen von der Regierung zugewiesene Reservation. Redwood County in Minnesota!

Seit annähernd zehn Jahren, also beinahe schon so lange, wie sie die Frau des Falken war, lebten sie an diesem Platz, obwohl Leben wohl das falsche Wort dafür war. Dahinvegetieren traf es wohl eher!

Und Maria war an dem ganzen Desaster auch noch schuld! Vielleicht nicht sie alleine, aber sie fühlte es tief in sich, dass es ohne ihr Zutun nie so weit gekommen wäre.

---

[2] Wahpekhute - eine der vier Untergruppen der östlichen Dakota. Sie lebten in Minnesota.

Ihre Gedanken flogen um Jahre zurück. Bei der Großmutter im Erzgebirge hatte Maria alles Wissen erworben, welches es zur Landwirtschaft zu erlernen gab. Der kleine Hof hatte damals zwei Kühe, zwei Schweine, Hühner, Gänse und einen Garten, der sicher nicht viel größer gewesen war, als das Stück Land, das sie jetzt bewirtschaftete, doch die Ernte in Sachsen war um ein vielfaches größer, als das, was ihr dieser karge Boden selbst im besten Jahr gebracht hatte.

„Verdammt!", fluchte sie und hätte am liebsten die kleine Gartenhacke zu Boden geworfen.

Es war ein Betrug gewesen und sie war sehenden Auges in die Falle getappt, damals, als sie das Leben von Rose und ihrer Freundin Clara gegen die Freiheit der Wahpekhute eingetauscht hatte.

Alles hatte so gut geklungen: Die Regierung wollte ihnen Land geben und darauf sollten die Sioux sesshaft werden.

Die immer mehr verschwindenden Wildtiere hatten sie damals bewogen, in den Handel einzuwilligen, der auch noch mit Geld und Verpflegung besonders schmackhaft gemacht worden war.

Doch zwei Dinge hatte wohl niemand bedacht: zum ersten waren die Wahpekhute keine Bauern und zum zweiten war der Boden auch noch völlig ungeeignet, um hier irgendetwas Brauchbares anzubauen.

Das fruchtbare Ackerland hatten sich die weißen Farmer genommen und hier würde sich höchstens noch Viehzucht lohnen.

Die Möhren, die sie im vergangenen Jahr geerntet hatten, waren selten länger als ihr kleiner Finger gewesen und diese Missernte zwang sie, bei den Händlern zusätzliche Nahrungsmittel auf Kredit zu kaufen, welchen sie erst zurückzahlen konnten, wenn die Regierung ihnen den jährlichen Betrag gegeben hatte.

Und diese Zahlung kam auch noch nicht mal pünktlich, denn der Krieg im Süden kostete wohl mehr, als die Regierung gedacht hatte.

Aber ohne Geld und Essen waren sie hier verloren.

Mit anderen Worten: man hielt sie in der Abhängigkeit dieser Reservation, die sie auch nicht mehr verlassen durften.

Maria stemmte sich hoch und überblickte den kleinen Garten, den sie hier hatte. Jeder hatte ein Stück Land für sich bekommen. Es sollte wohl so aussehen, wie bei den weißen Farmern und war eventuell damals auch so geplant, aber es war ein Irrtum gewesen.

Der größte Fehler war gewesen, dass niemand wirklich bedacht hatte, dass den Sioux jeglicher Begriff von Eigentum fehlte!

Allen gehörte alles, außer der Kleidung, die man auf dem Leib trug und eventuell noch der Töpfe im Tipi.

Das, was in Jahrtausenden entstanden war, das konnte man nicht per Befehl in ein paar Jahren ändern.

Maria seufzte und wandte ihren Blick nach Osten. Dort waren, in etwa hundert Meilen Entfernung, die ehemaligen Jagdgebiete der Wahpekhute gewesen. Jetzt befand sich dort die Stadt Faribault, in der auch ihre Freundin Clara lebte.

Erst am Tage zuvor hatte Maria einen Brief von ihr erhalten und jetzt wollte sie die Antwort noch zur Poststelle bringen.

„Passt du auf deine kleine Schwester auf?", fragte Maria die Tochter.

Die zwölfjährige nickte und erhob sich ebenfalls.

Am Eingang des Tipis saß kleine Drossel und spielte mit einem hölzernen Pferd, das Clara ihr zu Weihnachten geschickt hatte.

Marias jüngste Tochter war gerade drei Jahre alt geworden und ihre beiden zehnjährigen Söhne waren wohl wieder mit ihrem Vater hier irgendwo unterwegs.

Bei Jungen und Mädchen griffen noch die alten Traditionen: Die Mädchen machten die schwere Arbeit in Zelt und auf dem Feld, die Jungen trieben sich umher, doch überall sonst zerbrach die alte Ordnung zusehends.

Waren die Männer und Jungen früher erfolgreiche Jäger gewesen, so hatten ihre beiden Söhne noch nie einen lebenden Wapiti gesehen.

Maria trat in ihr Zelt und nahm den Brief an sich.

Mit wachen Augen ging sie durch das Zeltlager hinüber zum Gebäude der Sioux-Agentur, in dem sich auch die Poststelle befand.

Vermutlich war sie die einzige der Wahpekhute, die diese jemals betreten hatte und jedes Mal wurde sie dort erneut so komisch angesehen.

Die etwa zwanzig Männer mussten doch mittlerweile alle begriffen haben, dass sie lesen und schreiben konnte.

Mit den schwarzen Haaren und der typisch roten Sonnenschutzbemalung im Gesicht sah sie den Frauen der Dakota zwar ähnlich, aber so ähnlich jetzt auch wieder nicht, dass ihre Herkunft nicht jedem sofort ins Auge fiel.

An einem Gatter vor der Station lungerte eine Gruppe Jugendlicher herum. Es war etwa ein Dutzend halbwüchsige, die keine Aufgaben und demzufolge auch nur Blödsinn im Kopf hatten.

Für eine Frau alleine war es nicht ganz ungefährlich, sich da hindurch zu bewegen, aber ihr Weg führte genau hier entlang und somit blieb ihr gar nichts anderes übrig.

Und offensichtlich waren einige von den Jugendlichen auch noch betrunken. Ihre Mütter hatten alle Hände voll zu tun, die Mäuler zu stopfen und diese Rabauken gaben die sauer erkämpften Dollarmünzen für Branntwein aus.

Nur einige Schritte hätte Maria noch gebraucht, aber sie kam nicht so weit.

Im Nu war sie eingekreist und der Brief wurde ihr entrissen. Sie versuchte, das Schriftstück zurückzubekommen, doch die Jungen ließen sie immer wieder ins Leere laufen. Es wurde ein eher unwürdiges Fangspiel!

In dem Brief waren Ostergrüße für Rose, Clara und Gundel, die alle drei in derselben Stadt lebten und Maria wollte ihn unbedingt zurück.

Das Lachen über ihre nutzlosen Versuche ärgerte sie noch mehr.

Schließlich erschien Häuptling Taoyateduta[3], der ein Freund ihres Mannes war.

Auf ihn hörten die jungen Männer letztendlich und sie bekam ihr Schreiben zurück, aber auch noch eine Ohrfeige zusätzlich.

Früher hätte es so etwas nicht gegeben. Da stimmte sie mit dem Häuptling überein.

Sich die schmerzende Wange reibend, betrat sie anschließend die Poststation.

---

[3] Taoyateduta (Little Crow, deutsch Kleine Krähe), (ca. 1810 - 3.7.1863), war ein Häuptling der Mdewakanton, der Dakota-Sioux.

4. Kapitel

Wie sage ich es meinem Kind?

ie ganze Nacht und den halben Tag hatte Rose gegrübelt, was sie Fanny sagen konnte. Natürlich hatte Clara recht mit ihrer Bemerkung. Im Süden tobte ein Krieg, der genau darum ging, zu klären, wie die Menschen miteinander umgingen.

Vor Jahren hatte Fanny schon gefragt, warum ihre eigene Haut um so viel dunkler war, als die ihrer Mitschüler. Damals hatte Rose begonnen, der Tochter von der fernen Heimat Afrika zu erzählen. Momentan war es wohl so weit, den Schritt von der Großmutter zur Mutter zu machen und über das Leben von Mae zu berichten.

Doch wie fing man so etwas an?

Machte man es sacht und vorsichtig? Oder sollte Rose einfach das Kleid ausziehen und Fanny mit der brutalen Wirklichkeit der Sklavenstaaten konfrontieren?

In zwei Monaten würde Fanny elf Jahre alt sein und Rose dachte daran zurück, wie sie in diesem Alter gewesen war. Damals, als jeder sie nur Schokoladenmädchen genannt hatte, weil ihre Haut braun war.

Bis sie mit Clara zusammengetroffen war, war sie immer irgendwie zwischen allen gewesen. Nicht ganz schwarz und nicht ganz weiß.

Die Arbeit auf der Plantage war schwer gewesen und ihre hellere Haut hatte ihr nur den Vorteil eingebracht, dass sie bei Empfängen im Herrenhaus die Gäste bedienen musste. Sie war eben das Schokoladenmädchen gewesen, aber von den Leckereien hatte sie nie etwas abbekommen.

Erst Clara hatte ihr dann später wirklich Schokolade gegeben.

Aber noch immer stand die Frage im Raume, wie sie es Fanny erklären konnte.

Die Tochter kannte keine Sklaverei, keine Plantagen, keine Peitschen und sie wusste auch zum Glück nichts von der Angst, die einem jeden Tag beschlich, wenn man aus der Hütte trat und auf das Baumwollfeld ging.

Mit dreizehn hatte sie damals versucht, mit ihrem gleich alten Freund, von der Pflanzung zu fliehen und natürlich waren sie dabei geschnappt worden.

Der Freund war gestorben und sie hatte zehn Peitschenhiebe als Strafe erhalten.

Das war jetzt fünfzehn Jahre her und dennoch schmerzten die Narben davon noch immer. Die auf ihrem Körper genauso, wie die auf ihrer Seele.

Die Schule war für heute vorbei und Fanny würde in wenigen Augenblicken zu ihr zurückkommen.

Rose trat aus der Hütte auf die Terrasse hinaus.

Suchend ging ihr Blick die Straße entlang und schon wenig später konnte sie die Gestalt der Tochter erkennen. Wie immer schlenderte Fanny den Weg entlang und sah mit ihren wachen Augen die Welt an.

Zwei Häuser trennten Rose noch von ihr, als ein ziemlich großer Hund auf die Straße gelaufen kam und auf Fanny zustürmte.

Vor Schreck blieb Rose fast ihr Herz stehen, doch Fanny kniete sich einfach hin, umarmte den Hund, der sich das Schwanzwedelnd gefallen ließ.

Rose lehnte an der Wand, hielt sich mit der Hand die Brust und versuchte wieder zu Atem zu kommen.

Da waren sie wieder, diese dunklen Bilder aus der Tiefe ihrer Seele! Zehn Jahre in der Freiheit waren mit einem Male ausgelöscht. Sie sah abermals die Bluthunde mit dem gefletschten Gebiss, die sie damals verfolgt und gestellt hatten.

Fanny erhob sich und kam auf sie zu.

„Was ist?", fragte die Tochter und jetzt war es an ihr, das erste Wort zu finden.

Vielleicht sollte sie mit dem Hund beginnen?

„Ich habe mich nur erschrocken, als der Hund auf dich zugestürmt ist!", begann sie.

„Das ist nur Bruno! Der kennt mich und ist lieb!", entgegnete Fanny und drehte sich zu dem Hund zurück, der gerade wieder in einem der Häuser verschwand.

„Komm rein und setze dich. Ich muss mit dir reden!", sagte Rose sonderbar streng.

Offensichtlich bemerkte das auch Fanny, denn sie zog fragend die Augenbrauen hoch. Dann nickte die Tochter und betrat das Haus.

Minuten später saßen sie am Küchentisch.

„Warum darf ich nicht mehr mit Bruno spielen?", erkundigte sich Fanny.

Rose winkte ab. „Es geht nicht um Bruno!", erzählte sie leise und momentan wollte all das heraus, was da in den letzten Jahren gut verborgen in ihr gesteckt hatte.

Sie begann die Erzählung wie ein Märchen mit den Worten: „Es war vor vielen Jahren in Louisiana", und brach sofort danach ab, weil das eben kein Märchen war.

Doch jetzt war Fanny aufmerksam und lauschte.

Mit diesem Beginn konnte Rose augenblicklich auch nicht mehr zurück.

„Ich habe mich gerade so sehr erschrocken, als der Hund auf dich zugestürmt ist, denn vor vielen Jahren war ich auf der Flucht vor den Hunden!", setzte Rose fort.

Sie begann langsam über die ersten dreizehn Jahre ihres Lebens zu erzählen. Über Sklaverei, Menschenhandel und Bluthunde, Baumwollplantagen und Schilfhütten, über Peitschenhiebe und

Schlangenbisse. Von brutalen Aufsehern, denen es Spaß gemacht hatte, mit der Peitsche auf wehrlose Menschen einzuschlagen.

Nachdem das erste Wort gesprochen war, sprudelte alles hemmungslos aus ihr heraus.

Als Clara eine Stunde später in die Hütte trat, erzählte sie gerade von ihrem Freund und dem Beginn der nächtlichen Flucht.

Fanny schaute sie immer noch an, aber es sah eher ungläubig aus. Dann berichtete Rose davon, wie sie gefangen wurden und sie erzählte auch von den Hunden, die darauf trainiert waren, nur schwarze Menschen anzufallen.

Rose schilderte auch ihre Bestrafung und streifte sich das Kleid anschließend herunter. Sie drehte Fanny den nackten Rücken zu und die Tochter trat auf sie zu. Noch immer waren die Narben zu sehen und Fanny strich mit ihren Fingern über die Striemen, danach umarmte sie Rose.

Rose drehte sich um und zog die Tochter an ihre Brust.

Beide weinten sie momentan.

Der Strom der Tränen konnte den Schmerz eventuell aus ihr herauswaschen, doch das würde sicherlich noch dauern.

Clara lehnte nur stumm am Herd und hatte ebenfalls Tränen in den Augen, denn auch ihr gegenüber hatte Rose bisher vieles von ihrem Schicksal verschwiegen.

Damit wusste Fanny alles über ihr Urgroßmutter und die Großmutter. Mit Grausen dachte Rose gerade daran, was wohl geschehen würde, falls Fanny nach ihrem Großvater und Vater fragen würde.

Bisher war das für die Tochter kein Thema gewesen, sie lebte eben mit zwei Müttern, doch es würde schwierig werden, es ihr zu erklären.

Zumindest jetzt, denn sie wollte nicht mit ihr über dieses Bordell reden, in das sie nach der Flucht verkauft worden war. Und auch nicht darüber, dass sie Fannys Großvater und Vater in Notwehr erschossen hatte.

Clara wischte sich die Tränen ab und hielt ihr das Kleid hin.

Dankbar nickte Rose ihr zu.

Erst Clara war es gewesen, die ihr damals gezeigt hatte, dass die Hautfarbe keine Rolle spielte und sie liebten sich beide so, wie sie waren.

5. Kapitel

Sternenregen und Mondlicht

Clara hatte einfach nur zugehört und dabei an ihr eigenes Schicksal gedacht, denn auch sie hatte die Knute von Cornelius zu spüren bekommen. Doch momentan musste sie Fanny zeigen, dass nicht alle weißen Menschen so waren.

Doch warum eigentlich? Hatte sie nicht in all den Jahren alles für Fanny gemacht?

Trotzdem musste sie die Tochter jetzt auf den Arm nehmen und auch an sich drücken. Und wie von Rose schon vermutet, kam augenblicklich von Fanny die Frage: „Warum tun Menschen anderen Menschen so etwas an?"

Damit war sie als Lehrerin gefordert und hatte es bei Rose nur eines Satzes bedurft, so musste sie bei Fanny etwas weiter ausholen.

Nach einer ziemlich langen Erklärung über Recht und Unrecht, Gewissen und Freiheit, brachte es dann doch der eine Satz so ziemlich auf den Punkt.

„Weil es Rassisten sind!", stieß Rose aus und zog sich das Kleid wieder über.

„Nicht nur das! Sie denken, sie sind etwas Besseres! Erinnere dich an Cornelius!", entgegnete Clara und bemerkte den entsetzten Blick der Freundin.

Zwangsläufig fragte jetzt Fanny, wer Cornelius war und das war es wohl, was Rose befürchtet hatte.

Doch mit ihrer unbedachten Bemerkung wollte Clara Rose nicht die Arbeit der Erklärung überlassen, sondern erzählte ihrerseits, von der Brutalität ihres Schwagers.

Dabei ließ sie aber all das fort, was für ein kleines Mädchen noch nicht verständlich war und auch, dass er Fannys Großvater gewesen war.

„Er war durch und durch böse!", endete Clara und streifte sich ihrerseits das Kleid herab, damit Fanny auch ihren Rücken sehen konnte.

„Du auch?", fragte das Mädchen und strich mit den Fingern über Claras Rücken.

„Nur mit der Hilfe deiner Mutter habe ich überlebt!", setzte sie hinzu und zog sich danach wieder an.

Jetzt begann sie von Abraham Lincoln[4], von Jeremys Vater und dem Krieg zu erzählen. Vielleicht auch aus dem Grund, dass es auch Menschen gab, die gegen diese Sklaverei waren.

Fanny hörte geduldig zu und es wurde eine Art von Geschichtsstunde für sie.

Als die Nacht gekommen war, und Fanny schon fest schlief, lag Rose wieder in Claras Arm.

Gemeinsam aneinander gekuschelt waren sie beide in ihren Erinnerungen gefangen.

Es waren Rückblicke an eine Zeit, in der ihre Liebe einst begonnen hatte. Zumindest bei Clara, aber auch in den Augen ihrer Partnerin konnte sie das Grübeln sehen.

Jählings setzte sich Rose im Bett auf und sagte: „Ich muss sie da herausholen!"

„Woraus?", fragte Clara, denn die Tochter lag ja im Nebenraum. Erst einen Augenblick später verstand sie, dass Rose nicht Fanny gemeint hatte, sondern ihre Mutter!

„Du bist verrückt!", stieß sie entsetzt aus, denn Mae lebte in Louisiana. Nur völlig Verrückte würden versuchen, in den Süden zu gelangen.

Nie wieder wollte Clara nach New Orleans müssen!

„Ich muss es tun!", erklärte Rose und drehte sich zu ihr um.

---

[4] Abraham Lincoln (12.2.1809 - 15.4.1865), war von 1861 bis 1865 der 16. Präsident der Vereinigten Staaten von Amerika.

Clara sah die Entschlossenheit im Blick der Freundin. Sie kannte Rose nur zu gut und wusste, dass sie die Freundin niemals umstimmen konnte, wenn sie sich erst mal etwas in den Kopf gesetzt hatte.

„Du sollst für Fanny leben und nicht für Mae sterben! Und woher willst du wissen, dass sie noch immer auf der Farm ist? Wer weiß schon, was die Familie von Cornelius mit ihr angestellt hat!", versuchte Clara dennoch, Rose umzustimmen, aber sie sah, dass sie es mit jedem Wort nur noch schlimmer machte.

„Ich kann dich aber nicht begleiten!", setzte sie daher schnell hinzu.

Zwar war sie im Norden durch den Gnadenerlass rehabilitiert, aber im Süden wurde sie immer noch wegen Mordes gesucht.

Rose nickte und entgegnete: „Es reicht mir schon, wenn du in meiner Abwesenheit auf Fanny aufpasst!"

Bis zu diesem Punkt waren also die Gedanken der Gefährtin bereits gediehen!

Clara setzte sich ebenfalls im Bett auf und entgegnete: „Das verspreche ich dir!"

„Ich möchte mit meiner Mutter zurück sein, wenn Fanny Geburtstag hat!", erklärte Rose.

„Dann musst du in den nächsten Tagen aufbrechen!", stellte Clara fest, denn es waren nur noch acht Wochen bis zu diesem Tage und New Orleans war zweitausend Meilen entfernt.

Der Schmerz der baldigen Trennung von Rose legte sich schon um ihr Herz.

Offenbar fühlte es Rose ähnlich, denn in der nur leicht durch die Petroleumlampe erhellten Finsternis trafen ihre Lippen auf Claras Mund.

Es sollte wohl eine Art von Abschiedskuss sein, doch er wurde etwas stürmischer, als sie es beide gewollt hatten.

Sehr viel später lagen sie beide nackt, sich gegenseitig im Arm haltend und schnaufend in dem Bett. Es war wunderschön gewesen und der Sternenregen der dabei Claras Haut gestreift hatte, war genau in derselben Intensität gewesen, wie er schon in ihrer ersten Liebesnacht auf sie herabgefallen war. Doch würde es ihre letzte gemeinsame Nacht gewesen sein?

War der Aufbruch von Rose eventuell ein Abschied für immer?

Clara klammerte sich regelrecht an die Geliebte an und wollte sie nicht mehr aus ihren Armen lassen. Dieser warme, weiche und so zerbrechliche Körper sollte hier bleiben. Rose sollte in Freiheit leben können!

Während Clara immer noch mit ihren Zweifeln kämpfte, spürte sie an den Bewegungen der Geliebten, dass Rose eingeschlafen war.

Doch Clara fand nicht in den Schlaf. Sie drehte die Petroleumlampe höher und betrachtete den Körper der anderen Frau. Im Licht betrachtet schien Rose zart zu sein, doch in den Erzählungen hatte Clara herausgehört, dass sie innerlich viel stärker war, als so mancher Mann.

Wenn es irgendjemand auf der Welt schaffen konnte, unbemerkt in eine gesicherte Plantage einzudringen und Mae zu befreien, dann war das wohl Rose!

Und wenn sich die Freundin erst einmal auf den Weg gemacht hatte, dann würde sie niemand mehr stoppen können.

Daher begann Clara zu überlegen, wie sie Rose das schwierige Unterfangen etwas leichter machen konnte und ihr Blick fiel auf die kleine Kiste, die seit Jahren verschlossen auf dem Schrank stand.

Clara löste sich sacht aus den Armen der schlafenden Partnerin und erhob sich aus dem Bett.

Nackt und barfuß schlich sie die drei Schritte und zog die Kiste herab. Nachdem sie diese auf dem Tisch abgestellt hatte, öffnete sie die beiden Verschlüsse und im Inneren der Schatulle lagen die beiden Revolver!

Bisher waren die Waffen darin vor Fanny sicher verwahrt, doch jetzt würden sie hoffentlich Rose helfen, unbeschadet zu ihr zurückzukommen.

Einer der beiden Revolver hatte Cornelius gehört und mit dem anderen hatte Rose ihn erschossen! Es waren zwei schicksalsträchtige Waffen, die Clara gerade leise aus der Verpackung zog.

Das Mondlicht spiegelte sich auf dem gebläuten Lauf des Colts und Clara flüsterte: „Beschütze Rose und bringe sie mir bitte sicher hierher zurück!"

6. Kapitel

Auf unsicheren Straßen

it einer Umarmung verabschiedete sich Rose von ihrer Tochter und danach von Clara. Anschließend half ihr einer der Männer in die Postkutsche.

Die nächste Station ihrer Reise, und auch die bisher einzig geplante, war Chicago. Zwei Tage würde die Kutsche bis dorthin brauchen.

Am liebsten wäre Rose zwar geritten, doch das wunderschöne Kleid, welches Gundel ihr auf den Leib geschneidert hatte, war für einen Ritt gänzlich ungeeignet. Und eigentlich für dieses Gefährt ebenfalls.

Acht schnelle Pferde würden die Kutsche nach Osten ziehen und Clara hatte ihr von ihrer Fahrt damals erzählt.

Momentan saß sie in einer der schweren Concord Postkutschen und unterwegs würde diese an Poststationen halten, um die Pferde zu wechseln, sowie Post ein und auch auszuladen. Und auch, damit sich die Passagiere in dieser Zeit die schmerzenden Glieder vertreten oder auf die Latrine gehen konnten.

Das Trompetensignal von vorn verkündete die Abfahrt und Rose winkte den beiden Lieben noch einmal zu.

Langsam setzte sich das Gefährt in Bewegung und damit wurde es Zeit, sich den Mitreisenden zu widmen, daher ließ sie ihren Blick über die illustre Gesellschaft schweifen.

Sie war nicht nur die einzige Farbige in diesem Wagen, sondern auch noch die einzige Frau und dieses Gespann würde die Nacht durchfahren.

Mit ihr saßen sechzehn Männer in dem beengten Raum, in dem es zwanzig Plätze gab. Somit hätten eigentlich drei Plätze frei sein müssen, doch irgendeiner hatte seine schwere Tasche mit hereingenommen.

Normalerweise war das gewichtige Gepäck hinten im Stauraum oder oben auf dem Dach verschnürt.

Von einem Gesicht zum nächsten wanderte ihr Blick, als wolle sie die Gedanken der Mitreisenden lesen. Die Blicke der Männer waren ebenfalls abschätzend und im Moment war sie froh darüber, dass Clara die Revolver vorsorglich geladen hatte.

Sie hoffte zwar, dass sie diese nicht brauchen würde, aber Claras Colt gab ihr im Augenblick genug Selbstvertrauen, dass sie diese Fahrt auf sich nahm.

Erneut dachte sie an ihren weiteren Weg. Chicago lag in Illinois und gehörte damit noch zum Norden, aber es war der letzte Halt auf Unionsgebiet. Nicht weit davon entfernt begann das Gebiet der Konföderierten Staaten und damit ein Bereich, den kein Farbiger freiwillig betrat.

Keiner, außer ihr.

Aus der Zeitung wusste Rose, dass es eine Art von Untergrundbewegung gab. Diese half den Sklaven, aus dem Süden zu entkommen. Und wo eine Flucht aus dem Süden möglich war, da wäre sicher auch ein versteckter Weg in die umgekehrte Richtung möglich.

Sie würde einfach versuchen, in Chicago einen der Unterstützer zu finden, um dann mit dessen Hilfe in den Süden zu kommen.

Clara hatte ihr einen kleinen Beutel mit Münzen gegeben. Es waren zweihundert Golddollars und damit sollte es doch möglich sein, die Hin- und Rückreise mit Mae zu finanzieren.

Allerdings musste Rose jetzt auch auf diesen Schatz aufpassen und sie war alleine. Wie konnte sie verhindern, dass sie in der Nacht bestohlen wurde?

Noch einmal sah sie sich den neben ihr sitzenden Mann an.

Das Rütteln der Kutsche ließ ihn immer näher zu ihr rücken. Oder machte er das absichtlich? Sie hatte sich einen Platz an der Bordwand gesucht, damit sie aus dem Fenster schauen konnte.

Gegenwärtig drückte der Mann sie langsam gegen diese Wand. Und auch der Fahrgast ihr gegenüber machte ihr einen Teil des Platzes streitig, denn er hatte seine Beine ausgestreckt und dabei seine Stiefel zwischen ihre Füße geschoben.

Das lange Kleid war deshalb ein Stück nach oben gerutscht.

Sie war noch keine Stunde unterwegs und es war ihr schon jetzt unangenehm!

Diese Straße glich einer Buckelpiste und zusätzlich war auch noch die Frage offen geblieben, weshalb der Mann auf dem Kutschbock eine doppelläufige Flinte in der Hand hatte. Es ging doch nach Osten und nicht in den wilden Westen, wo die Straßen gelegentlich noch unsicher waren.

Ihr Blick wanderte nach vorn und sie sah ab und zu den Arm des Mannes mit der Flinte, die er wohl in die Hüfte gestützt hatte. Es sollte eventuell Sicherheit geben, aber irgendwie machte es ihr auch Angst.

Und wenn schon der Beginn der Reise ihr Furcht bescherte, was mochte da in den nächsten sechs Wochen alles noch passieren?

Sie hatte die Tasche auf dem Schoß und vorsichtig tastete sich ihre Hand hinein. Darin konnte sie den kalten Stahl des Revolvers spüren und erneut gab ihr die Waffe Sicherheit.

Nichts konnte ihr geschehen, wenn sie diesen Colt hatte, doch unangenehm war es dennoch.

Nicht viel befand sich in dem ledernen Behältnis. Sie hatte nur dieses eine Kleid, etwas Unterwäsche zum Wechseln, sowie ein kleines Tuch, etwas Seife und fünfzig Kugeln, nebst Pulvermaß und Pulver.

Mit jeder Meile, die dieses Gefährt zurücklegte, wurde ihr Sitzplatz für sie nur noch unangenehmer. Der eine Stiefel ihres Gegenübers rieb wie zufällig an ihrem Schuh und gelegentlich rutschte die Hand ihres Nachbarn auf ihr Knie.

Das würden sehr lange zwei Tage werden!

Auf der anderen Seite spielten jetzt drei der Männer auf einer Tasche mit Karten. Ihre lautstarken Zurufe übertönten gelegentlich sogar das Geräusch der rumpelnden Kutsche.

Eigentlich gab es auch eine Federung, aber der Weg war offensichtlich so schlecht, dass diese nicht wirklich funktionierte. Immer stärker werdende Stauchungen rasten durch ihren Leib und unter ihrem Sitzplatz befand sich auch noch eines der Räder!

Die Geschwindigkeit war aberwitzig, wie sie an den vorbeirasenden Bäumen erkannte.

Es mochten noch keine drei Stunden der Fahrt vergangen sein, da lag die Hand ihres Nachbarn permanent auf ihrem Oberschenkel, unangenehm weit oben.

Aus dem Augenwinkel sah Rose, dass auf der anderen Seite des Mannes mindestens drei Handbreit freier Platz war. Der Stiefel rieb sich gegenwärtig über ihrem Schuh am bestrumpften Bein und der Gesichtsausdruck ihres Gegenübers zeigte ihr, dass es nicht aus Versehen geschah. Süffisant lächelte der Mann sie an.

Eingeklemmt zwischen den beiden Männern, blieb Rose keine andere Wahl.

Ihre Finger schlossen sich um den Griff des Colts und wenig später drückte sie dem Nachbarn die Mündung der Waffe zwischen die Rippen. Das Geräusch des gespannten Hahns sorgte dafür, dass die Hand zurückgezogen wurde.

Und auch auf der anderen Seite hatte Rose damit deutlich mehr Platz.

Allerdings würde die Nacht erst noch kommen.

Vielleicht sollte sie den Mann vorn auf dem Bock um die kurzläufigen Flinte bitten!

7. Kapitel

Ängste in der Nacht

Rose war fort und Clara hatte nichts dagegen unternehmen können. Soeben fiel die Dämmerung über die kleine Siedlung und gleichzeitig die Angst in Claras Herz. Es würde die erste Nacht seit mehr als einem Jahrzehnt werden, in der Rose nicht an ihrer Seite war.

Immer dunklere Bilder liefen in ihrem Kopf ab und dennoch hatte sie die Geliebte gehen lassen müssen.

Mit Fanny saß sie am Küchentisch und sie sprachen beide ein Gebet für Rose, bevor Fanny in ihr Bett verschwand.

Nach der Geschichte für die Nacht und nachdem Fanny dann endlich eingeschlafen war, saß Clara erneut am Küchentisch.

Im Schein der kleinen Petroleumlampe ließ sie sich die letzten drei Tage noch einmal durch den Kopf gehen. Sie hatte für Rose eine Art von Passierschein gebastelt, mit dem die Freundin sicher bis nach New Orleans kommen würde.

Hoffentlich!

Es war eine Bescheinigung darüber, dass Rose eine freigelassene Sklavin war und sie hatte auch eine Begründung erfunden. Etwas von einem vor den Flammen geretteten Säugling und einem Dank der Mutter dafür.

So etwas klang gut und machte vielleicht Eindruck auf die Männer, die das Schriftstück kontrollieren würden.

Clara hatte es zehn Jahre zurückdatiert, etwas beschädigt und mit Sand und Asche künstlich gealtert. Der Stempel der Poststation machte das ganze Schriftstück offiziell, aber sie hatte den Ort etwas ausgewischt. Und sie hatte mit Scarlett Sue Taylor unterschrieben, ihrem Ego auf der Flucht in den Norden. Einer reichen und verrückten Farmerstochter, als die sie damals auf dem Dampfer von New Orleans nach St. Louis gefahren war.

Im Grunde genommen war es eine hoffentlich perfekte Fälschung, denn nichts davon stimmte auch nur ansatzweise!

Mehr als diesem Schriftstück vertraute sie aber auf die beiden Revolver, die Rose in ihrer Handtasche bei sich trug.

Zwei Colts waren es. Ein Pocket Modell 1849 im Kaliber .31, den sie einst in St. Louis gekauft hatte und ein Colt Dragoon Model 1848 Holster Pistole im Kaliber .44, die sie dem toten Schwager abgenommen hatten.

Die zweite Pistole würde Rose nur schwer halten und noch schwerer abfeuern können, aber mit der kleineren der beiden war Rose eine ganz passable Schützin geworden. Zumindest war sie das damals, bevor sie beschlossen hatten, die beiden Waffen vor Fanny zu verstecken.

Clara hoffte auf diese beiden Waffen, aber noch mehr auf Rose und dass sie die beiden Revolver nicht brauchen würde.

Es war der Abend des Karfreitages und Clara spürte bereits jetzt, wie sehr Rose ihr fehlte.

Eigentlich war sie doch immer die stärkere von ihnen beiden gewesen, doch gegenwärtig schien Rose das zu sein.

Nie im Leben und unter keinerlei wie auch immer gearteten Umständen hätte sich Clara wieder in den Süden gewagt.

Zu schrecklich waren noch immer die Bilder von damals in ihrem Kopf. Jahrelang hatte es gedauert, bis sie nicht mehr jede Nacht schreiend aus den Albträumen erwacht war.

Augenblicklich legte sich der Alb wieder auf ihr Gemüt.

Sie beschloss, am Sonntag mit Fanny und Gundel zum Gottesdienst zu gehen.

Gundel war eine streng gläubige Frau und gute Freundin. Sie besaß eine kleine Schneiderei und ein Geschäft, in dem sie Kleidung verkaufte. Für Rose hatte sie eine exklusive Robe geschneidert, die jeder feinen Dame in der gehobenen Gesellschaft in New York nicht besser stehen würde. Auch das war so eine Art von

Lebensversicherung für die gemeinsame Freundin, denn Kleider machten Leute.

Seufzend drehte sich Clara zu ihrem Bett um und fragte sich, wo Rose jetzt gerade sein mochte. In der Postkutsche nach Chicago, aber wo genau?

Die Geliebte hatte aus Sicherheitsgründen nur wenig über ihre geplante Route erzählt.

Clara wollte die Freundin zurück bei sich haben und mit Grausen sah sie das leere Bett an.

Würde sie Rose jemals wieder in ihre Arme schließen können?

Angst umfing ihren Geist und im Aufstehen machte sie sich immer mehr Vorwürfe, dass sie Rose hatte gehen lassen.

Schluchzend fiel sie in das Bett und wenig später kam Fanny zu ihr und schlüpfte unter die Decke.

Augenblicklich musste sie auch noch die Tränen unterdrücken, um die Tochter nicht zu ängstigen.

Aneinander gekuschelt versuchten sie beide zu schlafen.

Natürlich wusste Clara, dass Fanny die Mutter fehlte. Gemeinsam hatten sie Rose am Vormittag zur Poststation begleitet und Fanny hatte dabei so stark getan. Vermutlich so ähnlich, wie sie es selbst gemacht hatte, denn sie beide hatten Rose den Aufbruch nicht noch schwerer machen wollen. Doch hatte Fanny wirklich verstanden, in welche Gefahr sich Rose gerade begab?

Im Dämmerlicht suchte Clara die Augen des Mädchens.

„Schlaf jetzt!", flüsterte sie der Tochter ins Ohr.

Nach einem Kuss auf die Stirn schloss das Mädchen die Augen und versuchte einzuschlafen.

Für sie musste Clara jetzt stark sein, aber in Gedanken rief sie ängstlich nach Rose.

Es war Irrsinn, sich nach Louisiana zu begeben! Doch Rose hätte sich um nichts in der Welt davon abbringen lassen. Hätte Clara es versucht, dann wäre wohl die Beziehung gänzlich daran zerbrochen. Sie hatte die Freundin loslassen müssen, um sie nicht zu verlieren. Und jetzt hatte sie nur dieses Sehnen in ihrer Brust.

Es schmerzte so unsäglich und es würde mindestens noch sechs Wochen dauern, bis Clara ein Lebenszeichen von Rose bekommen konnte.

Mehr als fünfzig Tage der Ungewissheit lagen damit vor ihr!

„Lieber Gott! Bringe sie mir bitte zurück!", flüsterte Clara und schloss die Augen.

Jetzt sausten Bilder aus glücklicheren Tagen vor ihren Augen dahin. Und natürlich auch Bilder aus jener Zeit, als sie auf der Flucht gewesen waren.

Erinnerungen und Ängste kamen hoch.

Mit all ihren Mitteln hatte Clara damals versucht, Rose zu retten und heute hatte sie die Partnerin sehenden Auges in die Verdammnis gehen lassen.

Hätte sie nicht einfach mitgehen sollen? Oder hätte das die Freundin nur noch mehr in Gefahr gebracht?

Nach der Geliebten wurde ja nicht gesucht, nach ihr schon. Der alte Steckbrief lag noch in der Kiste und mit diesem Bild und der Belohnung von hundert Dollar, die auf ihren Kopf ausgesetzt war, wäre es einfach viel zu gefährlich für sie gewesen.

Fanny schnarchte leise. Die Tochter hatte zur Ruhe gefunden. Warum gelang das ihr nicht? Sie musste die Angst ablegen, oder diese würde sie zu Boden reißen.

Vielleicht half die Ablenkung mit den Kindern, die Clara in ihrer Schule hatte. Mit jedem Tag wurden es ein paar mehr, denn der Krieg im Süden trieb die Menschen in den hohen Norden.

Und Rose war genau in der entgegengesetzten Richtung unterwegs. Aber es half alles nichts, denn Rose war fort und Clara hätte nichts dagegen unternehmen können.

8. Kapitel

Verschlungene Wege führen auch zum Ziel

Seit einigen Tagen war Rose bereits in Chicago. Auf der Fahrt hatte sie nicht wirklich schlafen können. Ständig hatte sie den schweren Dragoon Revolver in der Hand gehabt. Die Kugel aus der Waffe hätte in der Enge des Wagenkastens sicher drei Körper durchschlagen, aber durch den Colt hatte sie auf jeder Seite wenigstens ordentlich Platz gehabt.

In der Stadt hatte sie sich in einer kleinen Pension ein Zimmer gesucht, aber erst das gute Kleid und ein paar goldene Dollarmünzen hatten dafür gesorgt, dass sie es dann auch bekommen hatte. Obwohl Illinois zum Norden gehörte, spürte Rose auch hier die Voreingenommenheit ihr gegenüber.

Einen ganzen Tag und eine ganze Nacht hatte sie anschließend hinter verschlossener Zimmertür vor Erschöpfung geschlafen und die warme Wanne danach hatte ihre schmerzenden Glieder entspannt.

Und jetzt war sie bereits seit zwei Tagen in dieser unglaublich großen Stadt unterwegs, aber bisher hatte sie noch keine Verbindung zur Untergrundbewegung bekommen. Jeder, den sie bisher danach gefragt hatte, der hatte sie nur seltsam angesehen.

Es war wohl ziemlich einfach von ihr gedacht gewesen, den ersten Farbigen freundlich anzusprechen und schon hätte man Verbindung.

Möglicherweise waren die Kontakte hier im Norden aber auch nicht so gut geknüpft, oder es war das Misstrauen vor ihrer Erkundigung.

Niemand fragte ja einfach so nach einer Geheimgesellschaft! Und eventuell half da ihre Kleidung auch nicht wirklich weiter, denn sie trug ein perfekt sitzendes Gewand, das sicher mehr kostete, als ein Arbeiter im Jahr verdiente, ihre Stiefelchen kamen aus

Paris und durch den langen Kontakt mit Clara war ihre Sprache auch nicht mehr dieselbe, die sie vor ewigen Zeiten in Louisiana gesprochen hatte.

Hatte Clara bei der Abreise beabsichtigt, dass das Kleid ihr half, so trat derzeitig genau das Gegenteil davon ein, aber es würde auch nichts nutzen, wenn sie sich einen Bauernkittel überwarf. Der Unterschied wäre nur noch gravierender gewesen.

Zehn Jahre in der Zivilisation und die bei Clara genossene Bildung hatten sie zu stark verändert.

Erneut streifte sie ziellos durch die Gassen der Stadt und überlegte gerade, ob sie es auf eigene Gefahr wagen sollte, in den Süden zu gehen, als ein etwa sechs Jahre alter schwarzer Junge in löchriger Kleidung auf sie zukam.

„Madame, du sollst mir folgen!", sagte er und griff nach ihrer Hand.

Einen Augenblick zögerte Rose. War es eine Falle? Wollte sie jemand überfallen und ausrauben?

Doch das Geld lag sicher verwahrt in ihrem Zimmer und der geladene Pocket Colt steckte griffbereit in der Rocktasche.

Zögernd ging sie auf volles Risiko und lief mit dem zerlumpten Jungen mit.

Seine Sprache klang wie die, die sie einst selbst auf der Plantage gesprochen hatte.

Ihr gemeinsamer Weg führte durch verwinkelte Gassen und ein paar davon gingen sie zweimal, wie Rose feststellte. Wollte der Junge, der plappernd an ihrer Seite lief und sich mit Nick vorgestellt hatte, sie verwirren? Wenn ja, dann hatte er sein Ziel schon lange erreicht.

Nach unendlichen Wegen kamen sie in einen düsteren Durchgang, in dem ein breitschultriger und kahlköpfiger Mann mit dunkelbrauner Haut sie wortlos gegen die Häuserwand drückte.

Er legte seine Hand auf ihren Mund und tastete sie gründlich ab.

Einen Augenblick später hatte er ihren Colt gefunden und gab diesen an Nick, der damit neben ihr Waffe und Tasche hielt, während der Breitschultrige sie weiter sorgsam befingerte und sorgsam nach weiteren Waffen durchsuchte.

Vor Schreck konnte sie keinen Ton von sich geben, selbst wenn er ihr den Mund nicht mit der riesigen Hand verschlossen hätte.

Schließlich lächelte er, nahm die Hand fort und äußerte: „Wir müssen einfach sichergehen! Nick passt auf deine Sachen auf. Folge mir!"

Erleichtert atmete Rose auf, nickte und ging mit ihm mit.

Sicherlich hatten sie Rose bereits eine Weile lang beobachtet. Gegenwärtig war die Angst fort, denn wenn der Mann ihr etwas hätte tun wollen, dann wäre sie jetzt schon tot.

Seine Hände waren gigantisch und seine Oberarme schienen das Hemd sprengen zu wollen! Noch nie hatte Rose einen so muskulösen Mann gesehen. Sicher war er für den Schutz der Organisation zuständig und seine Kraft hatte sie ja schon bei der Durchsuchung gespürt.

Neue verschlungene Wege folgten, bis sie vor einer herrschaftlichen Villa standen. Durch einen Seiteneingang, der auch noch mit Büschen vor neugierigen Blicken verborgen war, huschten sie in das Gebäude.

Der Mann stieg vor ihr die Treppe hinauf und Rose war neugierig, wen sie jetzt wohl treffen würden. Er öffnete die Tür und sagte: „Lady Charlotte! Sie ist da!"

Dann schob er Rose durch die Tür, ging und schloss hinter ihr ab. Sie zuckte zusammen, als der Schlüssel im Schloss knarrte.

Damit war sie gefangen!

Allerdings war es ein sehr luxuriöses Gefängnis! Die Ausstattung war erlesen und teuer. So ähnlich mochte wohl Claras Elternhaus ausgesehen haben.

Eine ältere Frau erhob sich aus einem Sessel am Kamin, in dem sie mit dem Rücken zu ihr gesessen hatte und als sie sich zu ihr umdrehte, wich Rose zur Tür zurück.

Eine alte, grauhaarige weiße Frau stand vor ihr. Kleidung und Haltung erinnerten sie jetzt nur zu deutlich an ihre Herrin, die ihr in der Kindheit mehr als einmal eine Ohrfeige gegeben hatte.

Doch diese Frau lächelte, zeigte auf den anderen Sessel und fragte mit einer schönen Stimme: „Kindchen, was möchtest du? Tee?"

„Ja! Gern!", stammelte Rose und ging misstrauisch zu dem Sitzmöbel hinüber.

Sollte sie sich wirklich setzen? Unentschlossen blickte sie die Lady an, die sich niederließ und zwei Tassen einfüllte.

„Setz dich! Möchtest du einen Keks?", erkundigte sich Charlotte lächelnd.

Rose hockte sich auf die vorderste Sesselkante. Immer bereit zum Sprung, auch wenn es ihr wegen der verschlossenen Tür sicherlich nicht viel helfen würde.

Die Angst der Kindheit war zurück. Selbst Charlottes Kleid glich dem Gewand ihrer damaligen Herrin.

„Greif zu!", forderte die Dame sie auf.

Sie nahm das Gebäck mit spitzen Fingern vom Teller und hielt sich danach an Keks und Tasse fest.

„Du willst also in den Süden? Viele wollen gerade von da fort!", erklärte Charlotte, nachdem sie vom Tee genippt hatte.

Rose war immer noch viel zu verwirrt. Sie nickte nur und biss in das kleine Backwerk.

Es war offensichtlich, dass Charlotte soeben auf eine Antwort wartete, aber sollte Rose es wirklich wagen? Die alte Angst war in ihr wieder präsent.

Allerdings musste sie es gegenwärtig tun, wenn sie zu Mae wollte.

Sie schluckte den Keks herunter und daraufhin begann sie von Mae und der Sklaverei zu erzählen.

Lady Charlotte hörte einfach nur geduldig zu.

Nachdem alles aus Rose herausgesprudelt war, erzählte die Lady nur: „Ich kann dir helfen!"

Zuversichtlich trank sie den Tee, der schon etwas kälter geworden war, aber wirklich vorzüglich schmeckte.

Damit war sie beruhigt und in Plauderlaune. „Warum eigentlich das Versteckspiel? Wir sind doch hier im Norden?", fragte sie und griff sich noch eines der leckeren Plätzchen vom Tisch.

Charlotte seufzte und nickte. „Eigentlich ja, aber die Männer aus dem Süden sind nicht weit fort. Der Krieg macht es für uns viel schwieriger. Irgendwann in diesem oder nächstem Jahr werden wir wohl niemanden mehr helfen können und wer weiß, wie der Kampf ausgeht!"

Rose verschluckte sich an dem zweiten Keks.

Die Heimlichtuerei war also dem geschuldet, dass niemand wusste, wie der Krieg gegen den Süden ausging!

Bisher hatte sie nie darüber nachgedacht, was wohl geschah, wenn die konföderierten Staaten gewinnen würden.

Offenbar sah sie momentan ziemlich betroffen aus, denn Lady Charlotte strich ihr sanft über die Wange. „Also morgen früh um acht holt dich Nick ab!", erklärte sie und danach rief sie: „Samson!"

Der breitschultrige Glatzkopf betrat den Raum, Charlotte nickte ihm wortlos zu und Rose verabschiedete sich mit einem Knicks von der Lady.

Anschließend führte Samson sie zu Nick, der ihr Tasche und Revolver zurückgab.

An seiner Hand ging sie durch die Gassen zurück. Erneut in einem wilden Zickzack. Es sollte wohl den Standort des Hauses von

Lady Charlotte verschleiern und es funktionierte hervorragend, denn Rose hätte es niemals alleine wiedergefunden.

Ewige Zeit später war sie mit schmerzenden Füßen am Eingang der Pension zurück.

Nick erzählte: „Morgen früh warte ich dort auf dich!" Dabei zeigte er auf einen Hauseingang auf der gegenüberliegenden Straßenseite.

Noch bevor sie ein Wort des Dankes sagen konnte, rannte der Junge davon und verschwand in einer Seitengasse.

9. Kapitel

(K)eine von ihnen?

Später Nachmittag war es geworden und Maria kniete im Tipi am Feuer. Gedankenverloren rührte sie in der mageren Suppe herum, die in dem Kessel über dem Feuer vor sich hin köchelte. Der Reis war geborgt, das Gemüse eigentlich nicht genießbar und den Hühnerhals, der die Fettaugen bringen sollte, hatte sie mit dem letzten Geld in der Station gekauft.

Einen Dollar für einen dünnen Hühnerhals!

Die Not und der Hunger trieben die Preise herauf und der Umstand, dass sie das Lager nicht verlassen durften, öffnete den Spekulanten der Station Tür und Tor.

Es gab nur den einen Laden!

Seufzend dachte sie wieder an die herrschaftlichen Mahlzeiten zurück, die sie früher in Sachsen gekocht hatte.

Irgendwo in ihren Sachen lag noch das Rezeptbuch der Großmutter und wenn der Hunger in ihr unbändig wurde, dann schlug sie es auf und träumte sich in eine andere Zeit zurück. Mit Rouladen, Eierschecke, Schweinebraten und Klößen.

Erneut zweifelte Maria an ihrem Entschluss, aber sie würde die Familie nie verlassen, die sie hier gefunden hatte.

Der Magen knurrte und sie dachte erneut an früher. Es schien ewige Zeiten her zu sein und doch waren es gerade mal vierzehn Jahre, dass sie das kleine Bauernhaus der Großmutter zwischen den Buchen am Rande des Erzgebirges verlassen hatte.

Damals, als es sich nicht mehr gelohnt hatte, aus der Schafwolle Tuche zu weben, denn die großen Webereien machten das viel besser und auch billiger.

Für die Großmutter war damit nichts mehr übrig geblieben und für Maria auch nicht.

Ewige Zeiten zuvor hatte sie manche Nacht am Webstuhl in der Stube der Großmutter gesessen, dann half auch das nicht mehr.

Schließlich hatte auch dort der Garten nur noch für einen gereicht und sie war der Not gehorchend in die große Stadt gezogen. Nach Chemnitz, wo sie auch Clara getroffen hatte.

Ihre Gedanken sprangen von der Großmutter zu ihrer Freundin. Am Tage zuvor hatte sie ein Paket von ihr erhalten. Ostergeschenke waren darin gewesen und wie schon das Weihnachtspaket war auch dieses seltsamerweise beim Transport beschädigt worden.

Eine Seite war vollkommen zerfetzt und niemand wusste, wie das nur passieren konnte.

Aber nach dem Desaster mit der Weihnachtsüberraschung hatte sie ihrer Freundin geschrieben, dass diese nichts Wertvolles in das Päckchen legen sollte.

Damit waren diesmal ein wunderschöner Kamm aus Rosenholz für Katharina, eine Stoffpuppe, die sicherlich Gundel genäht hatte, für die kleine Drossel und ein Beutel mit Keksen für die Jungs und den Falken dabei gewesen.

Für sie hatte sich nur ein Brief darin befunden: Nachrichten aus einer fernen Welt. Nicht wirklich räumlich fern, aber emotional wie auf einem anderen Kontinent!

Abermals knurrte ihr Magen, aber schlimmer als der Hunger war das Schuldgefühl, das an ihr nagte. Hier hockte sie und haderte mit ihrem Schicksal, denn was wäre gewesen, wenn sie niemals auf den Falken getroffen wäre?

Wären die Wahpekhute dann immer noch frei? Hatte sie nicht den Falken zu dieser verhängnisvollen Entscheidung gedrängt? Aus Eigennutz?

Vielleicht.

Sie hatte sich so sehr eine Familie mit Haus und Garten gewünscht und gegenwärtig besaß sie ein Tipi und ein unnützes Stoppelfeld, aber eben auch die beste Familie, die sie sich hätte wünschen können.

Katharina betrat mit ihrer Schwester auf dem Arm das Zelt und kniete sich zum Feuer. Kleine Drossel schlief fest und erwachte auch nicht, als Maria die Tochter auf deren Bett ablegte.

Sie nickte Katharina dankbar zu und blickte zum Zelteingang. Langsam sank die Dämmerung über das Lager herab.

Sie trat hinaus und streckte ihren Rücken durch, wischte sich den Schweiß mit dem Handrücken von der Stirn und blickte sich um. Links und rechts warteten andere Frauen auf ihre Männer.

Irgendwie gehörte Maria wohl zu ihnen und gleichzeitig auch wieder nicht.

Vor Jahren hatte sie vorgehabt, die Frauen in die Moderne zu führen, denn das hatte sie einst mit Clara auch in Sachsen gemacht. Doch der Unterschied zu früher war gewaltig: Die Arbeiterinnen in Chemnitz wollten vorwärtsgehen, die Frauen hier kämpften jeden Tag um ihr eigenes nacktes Überleben.

Da blieb selbst ihr keine Zeit, um etwas ändern zu wollen.

Von Sonnenaufgang bis zur Abenddämmerung musste sie schwer schuften.

Suchend blickte sie sich nach der hochgewachsenen Gestalt ihres Mannes um. Wo blieb er nur? Ihre beiden Söhne kamen lachend auf sie zu. Kleiner Biber und sitzender Fuchs waren ihr ganzer Stolz. Lächelnd strich sie über die Köpfe der beiden Zehnjährigen.

„Geht rein und wascht euch!", sagte sie schnell und blickte sich erneut um.

Erst wenn der Falke im Zelt war, dann durften sie essen. Zuerst der Falke, dann die Kinder und zum Schluss sie.

Der Mann kam auf sie zu und sie trat nach ihm in das Tipi.

Ein kurzer Kuss folgte, bevor sie die Schüsseln mit der Suppe füllte. Der Falke hatte ein Stück Brot mitgebracht, auf das sich alle gierig stürzten. Es war nicht mehr frisch, aber Maria schien es das köstlichste Backwerk seit langem zu sein.

Fast vergessen waren gerade die wundervollen Apfelkuchen, die ihre Großmutter immer gebacken hatte.

Nach dem Essen säuberte sie mit Katharina die Schüsseln, dann zog Ruhe im Tipi ein.

Katharina und die kleine Drossel schliefen zuerst unter ihrem Fell. Danach packte Maria die beiden Söhne auf deren Betten. Während die beiden Schwestern sich ein Fell teilten, hatte jeder der Jungen sein eigenes.

· Der Falke wusch sich an der Schüssel, bevor auch er sich niederlegte.

Jetzt machte Maria den letzten Gang für diesen Tag. Einmal außen um das Zelt, um die Befestigung des Tipis zu kontrollieren, und danach noch einmal innerhalb, doch alles war so, wie es sein sollte.

Gähnend streifte sie sich das Kleid ab, kniete sich nackt vor die Schüssel und wusch sich ausgiebig. Das kalte Wasser vertrieb die Schläfrigkeit und der Falke hielt ihr die Felldecke hoch, damit sie zu ihm schlüpfen konnte.

„Diese ganze Reservation ist ganz alleine meine Schuld!", flüsterte sie ihm zu.

„Nein! So darfst du nicht mal denken!", entgegnete der Falke.

„Aber", begann sie und er verschloss ihr sofort den Mund mit einem Kuss.

„Es war nur dein Vorschlag, die Entscheidung haben die Häuptlinge getroffen!", erklärte er ihr weiter und nahm sie behutsam in den Arm.

Die Wärme seines nackten Körpers tat ihr so gut. Haut an Haut aneinander geschmiegt lauschte sie auf die Geräusche der Nacht, die Schlafgeräusche ihrer Lieben rings um sie herum.

Der Falke rieb sich an ihr und alle Müdigkeit war fort. Das fühlte sich so gut an und es erwärmte ihr Gemüt. Im Licht des langsam niederbrennenden Feuers blickte sie in seine Augen und ein Kuss von ihm heizte ihr nur noch mehr ein.

In seinem Arm war sie zu Hause!

Der Kuss wurde länger und stürmischer. Sie spürte erneut, wie er sich an ihr rieb. Die Lust durchzuckte sie und auch dem Falken schien es ähnlich zu gehen, denn wenig später rieb er sein Glied an ihrem Oberschenkel.

Maria stillte gerade die kleine Drossel ab und vielleicht war es jetzt Zeit, für ein weiteres Kind.

Der Falke rollte sich über sie, schob ihr die Schenkel auseinander und wenig später nahm sie ihn stöhnend in sich auf. Liebevoll und kraftvoll zugleich liebte er sie. Er hielt sie unter sich, geborgen und sicher.

Sein Gewicht war angenehm und ihre Hände streichelten seinen Rücken.

Dann wurde der Falke stürmischer. Härter und laut schnaufend liebten sie sich unter dem Wapitifell, bis er ihr den Samen für ein neues Kind in den Leib gab.

Während er über ihr zu schnarchen begann, betete sie ein Dankgebet für ihr großes Glück, dann fielen auch ihr die Augen zu.

10. Kapitel

Südliche Pfade

Nick war pünktlich und Rose ebenfalls. Auf der Straße vor der Pension trafen sie aufeinander. Sicherlich war Nick derjenige, der hier alle Botengänge für die Organisation machte.

Es war wohl am unauffälligsten, wenn eine farbige Frau mit einem schwarzen Jungen an der Hand durch die Gassen der Stadt lief, obwohl sich ihre Anzugsordnung doch sehr stark voneinander unterschied. Ihre perfekt geschnittene Robe und Nicks zerrissene Kleidung, doch wer würde da schon Fragen stellen?

Sich bei der Hand haltend gingen sie erneut durch die Straßen von Chicago.

Abermals plapperte Nick ununterbrochen von seiner Familie oder seinen Abenteuern und Rose wusste abermals nicht, wohin er sie führen würde, doch das war wohl in einer Geheimorganisation auch völlig normal, dass man nicht alles erfuhr.

Sollte sie den Jungen fragen? Die Neugier trieb sie eigentlich dazu, aber noch hörte sie geduldig zu.

Nick erzählte, dass er in Chicago geboren war, seine Eltern aber geflohene Sklaven aus Virginia waren. Er hatte noch einige jüngere Schwestern und in dem Zuhören erreichten sie schon bald den Hafen.

Sollte sie auf ein Schiff gehen? Wenn sie die Erzählungen von Clara richtig verstanden hatte, so mündeten allerdings weder der Missouri noch der Mississippi in diesen See.

Nick zog sie durch das Gewimmel am Pier hindurch und wenig später standen sie vor einem großen Speichergebäude am Rande des Hafengeländes.

Dort warteten sie und jetzt war es an ihr, sich bei dem Jungen zu erkundigen, was gegenwärtig auf sie zukommen sollte. Daher befragte sie ihn: „Wie geht es denn jetzt weiter?"

Nick blinzelte sie an. „Onkel Elijah nimmt dich auf seinem Wagen mit. Er sagt dir, wie es danach weiter geht!", erklärte er ihr und es klang ziemlich geheimnisvoll.

Offenbar kannte jeder immer nur seinen direkten Verbindungsmann. Dadurch konnte nicht die ganze Kette in Gefahr kommen.

Im Augenblick reifte ein neuer Entschluss in Rose. Sie griff in ihre Tasche und zog den Beutel mit den Dollarmünzen heraus.

„Gib die bitte Lady Charlotte! Damit können auch andere Sklaven noch befreit werden!", begann sie und angelte eines der goldenen Geldstücke aus dem Beutel.

„Und der ist für dich!", setzte sie hinzu und drückte dem staunenden Jungen die glänzende Münze in die Hand.

„Ich danke dir!", stieß Nick aus und umarmte sie stürmisch.

Wenig später erschien ein grauhaariger schwarzer Mann und nickte ihr zu.

Nick verabschiedete sich mit einer erneuten Umarmung von ihr und verschwand unverzüglich im Menschengewimmel am Pier.

Kurz darauf hockte Rose im Inneren von Elijahs Planwagen zwischen Kisten und Säcken und das ruckelnde Gefährt setzte sich aus dem Lagerhaus heraus langsam in Bewegung.

Im Halbdunkel ihres mobilen Verstecks kontrollierte Rose ihre Barschaft. Sie hatte Charlotte 150 Dollar zukommen lassen. Nach Abzug der Fahrt- und Übernachtungskosten hatte sie damit noch dreißig Münzen übrig.

Das würde auf alle Fälle bis New Orleans reichen und zurück würde sie sich mit der Mutter sowieso den verschlungenen Transportwegen ihrer Fluchthelfer anvertrauen müssen.

Rose lehnte sich an die Bordwand an und versuchte etwas zu ruhen, aber die Schläge des nicht gefederten Wagens gingen ihr durch den ganzen Körper.

Sie war sehr viel langsamer unterwegs, als mit der Concord, aber noch viel unbequemer. Und sie wusste auch nicht, wohin es ging. Das war wohl auch sicherer, denn falls sie geschnappt werden würde, so konnte sie niemanden verraten.

Vorsichtig tasteten sich ihre Finger in die Tasche und zogen den Colt heraus, danach schob sie sich die Waffe in den Gürtel.

Damit war sie für alle Eventualitäten gewappnet und würde einfach Vertrauen in die Routine ihrer Helfer haben müssen.

Momentan versuchte sie es sich so bequem wie möglich zu machen, allerdings war ihr diese Ungewissheit nicht ganz geheuer.

Zweifelnd lag sie auf dem Wagen und starrte an die Plane über sich. Erneut sausten dunkle Erinnerungen in ihr hoch. Schon einmal war sie in völliger Unwissenheit irgendwohin gebracht worden. Master Tobias hatte sie in Ketten in sein Bordell geschleift, wo sie dann putzen musste und letztendlich Clara kennengelernt hatte.

Irgendwie musste sie wohl in die göttliche Führung vertrauen, obwohl das eigentlich mehr Gundels Sache war.

Sie selbst hatte nie viel mit Gott zu tun gehabt, denn nur wenn man sein eigenes Schicksal nicht selbst in der Hand hatte, half nur beten. Das hatte zumindest Mae ihr immer gesagt. Die Mutter vertraute auf Gott und darauf, dass es nach dem Sterben im Himmel besser werden würde.

Doch Clara hatte ihr gezeigt, dass auch das Leben vor dem Tode bereits schön sein konnte.

Gegenwärtig schaukelte der Wagen sanft und Rose schlummerte langsam ein. Im Traum sah sie Clara wieder vor sich und auch Mae. Rose entfernte sich von der Geliebten und trat zu ihrer Mutter, die sich aber immer weiter von ihr fortbewegte. Und damit entfernte sich auch Clara von ihr.

Rose stand irgendwie zwischen den beiden Frauen und mit einem Schrei erwachte sie.

Der Mann hatte sich über sie gebeugt und ihr die Hand auf die Schulter gelegt.

„Möchtest du etwas essen oder trinken?", fragte er und hielt ihr eine Flasche hin.

Es war Ende April und noch nicht sehr warm, aber die Sonne brannte schon auf den Wagen herab. Der Leinwandstoff der Plane war heiß, als Rose diese beim Aufrichten berührte.

Sie nickte und griff zu der Flasche. Es war offenbar Quellwasser darin, kalt und frisch. Der Wagen stand und die beiden zotteligen Pferde löschten wohl jetzt ihren Durst.

Doch auch ihr Wissensdurst wollte gestillt sein und als der Mann ihr eine Scheibe Brot reichte, fragte sie: „Wo fahren wir hin?"

„Nach Grafton Illinois und von dort nimmst du ein Schiff auf dem Missouri!", erklärte der alte Mann.

„Wie lange fahren wir bis dorthin?", entgegnete Rose kauend.

„Zehn Tage!", war die Antwort.

Rose hätte sich fast verschluckt. Die Concord hatte nur zwei bis Chicago gebraucht, aber der Planwagen war langsamer und die Wege sicher schlechter.

Damit war sie also zehn Tage mit dem Mann alleine in Illinois unterwegs.

Er lächelte milde, beließ ihr die Flasche und ging.

Kurz darauf ruckte der Wagen wieder an.

Sie fragte sich, warum sie nicht nach St. Louis fuhren. Grafton war doch mehr ein Handelshafen für den Steinbruch. Zumindest hatte Alma ihr das mal in einem Brief geschrieben.

Soeben waren ihre Gedanken bei der älteren Frau aus St. Louis, die ihr damals bei der Flucht geholfen hatte. Alma kam wie

Clara auch aus Europa und betrieb mit ihrem Mann zusammen eine kleine Farm am Stadtrand von St. Louis.

Vielleicht war es ja einfacher, eine Frau in Grafton auf ein Schiff zu schmuggeln, denn die Stadt lag noch im Norden.

Rose würde ihrem unbekannten Helfer vertrauen müssen. Was blieb ihr auch anders übrig? Es auf eigene Gefahr hin zu versuchen?

Das Schriftstück von Clara fiel ihr wieder ein. Vorsichtig zog sie es aus der Tasche und las die Zeilen der Geliebten.

Sorgsam verwahrte sie es anschließend wieder in der Tasche und legte sich zurück.

Das würden lange Tage werden.

Sehr lange zehn Tage der Untätigkeit!

11. Kapitel

Schiff ahoi!

nd wirklich hatte es genau zehn Tage gedauert, bis Rose mit dem Kaufmann Elijah den Hafen erreicht hatte. In dieser Zeit hatte sie sich gut mit ihm angefreundet.

Der alte Mann war schon weit über sechzig, aber noch ziemlich rüstig. Das musste man in seinem Gewerbe wohl auch sein.

Nach dem ersten Tag hatte er neben ihr gesessen, er vorn auf dem Bock und sie im Kasten praktisch direkt hinter ihm, doch warum er sie nicht einfach nach vorn gelassen hatte, das hatte er ihr bisher noch nicht verraten.

Unterwegs hatten sie sich gut und angeregt unterhalten, weil er eine Enkelin in Fannys Alter hatte.

Heute war es also der letzte Abend, denn am nächsten Morgen würde er sie zum Hafen hinunterbringen, dessen Lichter sie von dem Lagerplatz aus bereits sah.

Wie die Abende zuvor hatte Elijah ein kleines Feuer gemacht, an dem er Bohnen mit Speck briet und Kaffee kochte.

Irgendwie war es Rose peinlich, dass sie ihm so rein gar nichts helfen konnte, aber Elijah hatte ihr am ersten Abend unmissverständlich klargemacht, dass sie sein Gast war und Gäste nichts tun durften.

Somit saßen sie also am Stadtrand von Grafton und ließen sich die Bohnen schmecken, doch die Neugier wollte noch gestillt werden und darum fragte sie ihn: „Warum musste ich eigentlich die ganze Fahrt lang hinten sitzen und durfte nicht nach vorn zu dir auf den Bock?"

Elijah sah sie an und über den Rand seiner Tasse hinweg schien er sie zu mustern. Warum verschwieg er ihr nur die Antwort? Das packte ihren Wissensdurst nur noch mehr und jetzt wollte sie es unbedingt wissen.

„Ach, Kindchen, du lässt mir ja doch keine Ruhe!", stöhnte er und stellte die Tasse vor sie hin.

Gedankenverloren blickte er zum Fluss hinab und sie wartete nun noch viel mehr auf die Antwort.

„Eigentlich wäre es für sich ungefährlich gewesen, denn wir fahren nicht von den Südstaaten weg, sondern hin!", begann er, doch das »Eigentlich« in seinem Satz hatte sie nur noch mehr aufhorchen lassen.

Wenn es doch ungefährlich war, warum hatte er sie dennoch versteckt?

Seine gütigen Augen fixierten sie und dann setzte er fort: „Mitunter kommen Reiter aus den Südstaaten auch hier herauf!"

„Ja? Und?", erkundigte sich Rose.

„Und du bist jung, schwarz und sehr hübsch!", erklärte er weiter.

Vor Schreck lief es ihr siedend heiß den Rücken herunter. Sie hatte nicht daran gedacht, was wohl geschehen würde, wenn sie den Soldaten in die Hände gefallen wäre.

Eventuell hätten ihr das Schriftstück von Clara oder das zauberhafte Kleid dann nichts genutzt! Und der Colt war zwar immer in ihrem Gürtel gewesen, doch es hätte ihr nur gegen einen Soldaten etwas genutzt. Um sich vor mehreren zu schützen, hätte sie die Waffe gegen sich selbst richten müssen!

Sicherlich hatte Elijah aus diesem Grund geschwiegen, denn sie hätte sich sofort erschießen müssen, wenn auch nur eine Patrouille in Sichtweite gewesen wäre.

„Danke, dass du es mir nicht gesagt hast!", bemerkte sie leise.

Elijah nickte ihr zu.

„Wie geht es jetzt weiter?", entgegnete sie und gab ihm die Tasse zurück.

„Morgen früh wird da ein Dampfschiff beladen. Es bringt Steine nach New Orleans", erzählte er und zeigte mit der Hand auf den auch im Dunklen gut sichtbaren Hafenbereich.

Die Lichter der Schiffe konnte Rose ebenfalls erkennen.

„Ich bringe dich an den Hafen und James schmuggelt dich an Bord. Er ist Heizer auf dem Dampfer und weiß, wo er dich verstecken kann. Ihm sagst du dann auch, wo er das Schiff stoppen soll, damit du wieder verschwinden kannst. Er kennt alle Kontaktpersonen rings um New Orleans!"

Bewundernd blickte sie den Mann an. Diese Organisation musste gut geführt sein, dass er das alles wusste und auch noch alles so gut aufeinander eingespielt war.

Hätte Elijah nur einen Tag länger gebraucht, so wäre das Schiff fort und sie hätte warten müssen, bis es in zwei Wochen zurück wäre.

Sicherlich brachte das Dampfschiff nicht nur Waren von New Orleans, sondern auch geflohene Sklaven und Elijah würde mit denen im Wagen dann nach Chicago zurückfahren.

„Du solltest dich jetzt ausruhen!", sagte Elijah zu ihr und hielt ihr die Decke hin.

Doch Rose wusste momentan nicht, ob sie mit diesen ganzen Gedanken wohl schlafen konnte. Irgendwo vor ihr befand sich die Grenze zwischen der Union und den Konföderierten Staaten.

Der Fluss, der da unten dahinfloss, würde sie nach New Orleans bringen.

„Schlaf!", drängte der alte Mann sie augenblicklich und zeigte neben das Feuer.

Dankbar nickte Rose, gab ihm einen Kuss auf die Wange und rollte sich unter der Decke zusammen.

In ihrem Blick war auch weiterhin der Hafen, von dem gelegentlich das Dröhnen der Dampfpfeifen zu hören war. Es war jenes Geräusch, das sie auch in New Orleans täglich aus ihrer Zelle gehört hatte.

Mit jedem Pfiff war die Vergangenheit abermals in ihr präsent.

In der Dunkelheit sah sie wieder Master Tobias vor sich. Sie spürte erneut, wie er ihr mehr als einmal den Hintern versohlt hatte und auch die Vergewaltigung durch ihn war erneut in ihrem Kopf.

All das würde da die nächsten Tage auch nicht mehr herauskommen können, denn sie würde mit einem Schiff fahren müssen.

Allerdings hatte sie auch die glücklichsten Stunden auf einem Dampfschiff gehabt: mit Samuel auf ihrer Flucht. Das schöne Gefühl, von dem schwarzen Matrosen geliebt zu werden, verdrängte augenblicklich die Gewalt durch Tobias völlig aus ihr.

Mit der Erinnerung an Samuel schlief sie endlich beruhigt ein.

Elijah weckte sie vorsichtig mit der Hand auf ihrer Schulter.

„Es ist so weit!", erzählte er leise.

Es war noch vollkommen dunkel um sie her, sie setzte sich auf, schüttelte den Schlaf von sich und legte danach die Decke zusammen.

Mit Elijahs Hilfe kletterte sie auf den Wagen, der sich danach abermals zuckelnd in Bewegung setzte.

Es dauerte nur ein paar Minuten, dann hatten sie den Hafen erreicht und sie versteckte sich kauernd unter dem Planwagen.

Während vorn Steine auf dem Transportschiff verladen wurden, schlichen hinten vier Sklaven von Bord.

Rose verabschiedete sich von Elijah mit einer Umarmung und huschte danach mit ihm zum Schiff hinüber.

Elijah war unmittelbar hinter ihr und übergab sie dem verwunderten James.

Mit einem Handschlag und ohne ein Wort wechselte Rose von der Obhut des einen in die des anderen Helfers.

James war jung und kräftig. Seine weißen Zähne blitzten in seinem schwarzen Gesicht auf, als er sie schnell zu dem Versteck führte.

Hinter dem Kohlebunker gab es eine verborgene Tür und sie schlüpfte flugs hinein.

„Du bist im Moment mein einziger Gast! Bleibe hier drin. Ich komme erst in der Nacht wieder zu dir! Da drüben ist etwas zu essen, Wasser und ein Eimer, wenn du mal musst", erzählte er leise, dann schloss er die Tür hinter ihr.

Nur wenig Licht kam von draußen herein und es war stickig warm.

Das war jetzt ihr Schlupfloch für die nächsten acht bis zehn Tage.

12. Kapitel

Zweierlei Blut

Schwere Krämpfe hatten Maria aus dem Schlaf gerissen und jetzt hockte sie im Morgengrauen hinter dem Zelt. Ein Sturzbach aus Blut schoss aus ihrem Schoß, denn ihr ausgemergelter Körper hatte das Ungeborene des Falken nicht halten können.

Schluchzend verlor sie gerade ihr Kind und wieder war es ihre Schuld!

Damals, bei der kleinen Drossel, war noch alles anders gewesen, aber noch bevor die Tochter geboren worden war, hatte die Regierung einseitig und eigentlich unter Bruch des Vertrages, das Territorium des Reservates verkleinert.

Viel mehr Menschen waren damit auf viel weniger Platz gewesen und der fruchtbare Boden war an weiße Farmer gegangen.

Nur langsam ließ der Blutstrom nach und sie griff sich das Tuch, mit dem sie den Rest auffangen konnte.

Ihr erster Weg des Tages würde sie zu Graue Eule führen, der Kräuterfrau am anderen Ende des Lagers.

Maria blickte in diese Richtung. Schon oft hatte die alte Frau ihr helfen können, mit Worten und auch Kräutern. Graue Eule hatte schon fast schlohweiße Haare und niemand wusste, wie alt sie wirklich war.

Schwankend kam Maria auf die Füße und wankte zum Tipi zurück.

Zuerst kam das Mahl für ihre Lieben, dann konnte sie sich um sich selbst kümmern.

Nachdem alle versorgt waren und Katharina auf die kleine Drossel aufpassen würde, machte sich Maria auf den Weg.

An diesem Morgen war es für sie noch schwerer, als es sonst ohnehin schon war, denn der Blutverlust hatte sie geschwächt, aber nur Graue Eule konnte ihr jetzt noch helfen.

Als Maria einst in den Stamm gekommen war, und sich den Namen großes Feuer gegeben hatte, da hatte die alte Frau sie wie eine Enkelin begrüßt und vorbehaltlos in die Arme geschlossen.

In den vielen Jahren seither hatte Maria viel von ihr gelernt. Über die Sitten und Bräuche der Wahpekhute, die Heilkräuter des Waldes und über Wakan Tanka, den großen Geist, der in allem wohnte.

Endlich konnte Maria die Behausung der alten Frau vor sich sehen.

Im Gegensatz zu den anderen Bewohnern des Lagers wohnte die Eule in einem Wigwam aus Holz. Ein ziemlich alter und bereits verwitterter Büffelschädel hing über der Tür ihrer Behausung und die alte Frau hockte davor an ihrem Feuer.

„Großes Feuer. Willkommen. Was möchtest du?", begrüßte die alte Frau sie freundlich.

Maria hockte sich zu ihr und erklärte leise: „Ich habe mein ungeborenes Kind verloren!"

„So ein Elend!", entgegnete die alte Frau und hatte Tränen in den Augen. „Du bist nicht die einzige, der das in der letzten Zeit geschehen ist!", setzte sie noch hinzu und erhob sich ächzend. „Warte hier!", bemerkte sie und betrat ihre Hütte.

Maria schaute nachdenklich in das Feuer hinein.

Irgendwie hatte sie bisher nicht wirklich begriffen, warum sie im Lager kaum Säuglinge gesehen hatte. Zwar war die Sterblichkeit bei den Kleinkindern ziemlich hoch, doch gerade hatte sie verstanden, warum es so wenige Geburten gab.

Auch die anderen Frauen hatten offensichtlich Mühe, die größeren Kinder in der Not durchzubringen, da blieb für die Kleinsten keine Kraft mehr übrig.

Auf diese Art würde der Stamm irgendwann aussterben. War auch das von der Regierung so beabsichtigt? Es schien so oder zumindest half ihnen da keiner und das kam so ziemlich auf dasselbe heraus!

Aber Maria wollte noch ein Kind von ihrem Mann. Sie würde es dem Falken nicht sagen, sondern es einfach noch einmal probieren.

Die alte Kräuterfrau trat zu ihr und gab ihr ein Bündel getrockneter Kräuter. Wie immer folgte augenblicklich eine lange Abhandlung über deren Zubereitung und Wirkung.

Dankbar umarmte Maria die alte Frau und wankte zurück zu ihrem Zelt.

Dort angekommen machte sie sich schnell an die Verarbeitung der Kräuter.

„Das riecht aber gut. Was ist das?", erkundigte sich Katharina, die kurz nach ihr in das Tipi trat.

Jetzt konnte sie mit einer Lüge antworten oder mit der zwölfjährigen ein Gespräch unter Frauen beginnen. War die Tochter aber schon so weit? Wohl eher kaum.

„Es ist was zur Kräftigung", log Maria und machte weiter.

„Du, Mama", begann Katharina und druckste auffällig herum.

Neugierig blickte Maria auf. Irgendwie war das nicht die Art der Tochter. Die kam doch sonst immer sofort auf den Punkt.

Sogleich stellte Maria ihre Tätigkeit ein und wandte sich der Tochter zu.

„Ja?", fragte sie.

Katharina schlug die Augen nieder und trat näher zu ihr.

„Ich weiß nicht, was es ist, aber ich muss mich in der Nacht irgendwie verletzt haben. Kannst du mal bitte schauen?", entgegnete Katharina fast flüsternd.

Was war denn an einer Wunde so etwas Besonderes?

„Ja. Zeig her", begann Maria.

Katharina zog das Kleid hoch und ein dünnes Rinnsal aus Blut floss aus dem Schoß der Tochter.

Damit war es wirklich Zeit für das Mutter-Tochter-Gespräch.

„Setz dich zu mir", erklärte sie und zeigte auf den Platz neben sich. In Gedanken rief sie sich noch einmal die Situation von damals in den Kopf, als die Großmutter ihr erklärt hatte, wie das mit dem monatlichen Blut so zusammenhing.

Mit fast denselben Worten beschrieb sie Katharina jetzt, was in den nächsten Jahren auf sie zukommen würde, danach säuberte und verband sie die Tochter.

„Eines noch", sagte sie, als Katharina gehen wollte. „Das bleibt unser Geheimnis. Ja?", fragte sie und zeigte auf den Schoß der Tochter.

Katharina nickte und ging.

Maria sah der Tochter nach und seufzte. Die Heimlichkeit war leider gerade bitter nötig, denn jetzt war die Tochter eine Frau und konnte damit von ihrem Vater an einen Mann gegeben werden.

Zwar vertraute sie dem Falken, aber es war besser, wenn er es nicht wusste.

In der gegenwärtigen Notsituation hätte der Falke damit einen Esser weniger im Zelt und Maria wollte die Tochter schon noch ein paar Jahre bei sich haben.

Es hatte in dieser Nacht also zweierlei Blut gegeben: Ihres, mit dem ein Leben geendet hatte, und das von Katharina, mit dem ein neues beginnen konnte.

Der Kreislauf der Natur setzte sich fort.

Vielleicht sollte sie auch der Tochter das Kraut der Eule geben? Schaden konnte es jedenfalls nichts.

Schnell setzte sie die Zubereitung ihres Trankes fort und als das Getränk im Becher war, rief sie nach der Tochter.

Flugs erschien Katharina und sie teilten sich das Getränk.

Es würde ihnen beiden guttun.

„Wenn das wieder passiert", begann Maria und zeigte auf den Unterleib der Tochter. „Säubern, verbinden und dann diese Kräuter nehmen", setzte sie fort.

Katharina nickte verstehend.

„Und jetzt machen wir uns wieder an die Gartenarbeit!", erklärte Maria und stemmte sich ächzend hoch.

Für einen Moment schwankte sie vor dem Feuer, dann gingen sie nach draußen und betrachteten den dürftigen Garten.

13. Kapitel

Auf dem Mississippi

er Tag in ihrem Versteck war für Rose schon eine ganze Weile angebrochen. Sie saß mit dem Rücken an der Wand, hatte die Knie angezogen und den Kopf darauf abgelegt.

Der Verschlag, der ihr Asyl bildete, war etwa fünf Schritte lang und wenn sie jetzt die Füße ausgestreckt und die Arme nach oben genommen hätte, dann wäre sie mit den Fußsohlen an der gegenüberliegenden Wand und mit der Handfläche an der Decke.

Es war nicht sehr bequem, aber es reichte zum Überleben.

An der hintersten Wand stand der Eimer mit Deckel für die Notdurft und daneben hatte sie das Kleid sowie einen Teil der Unterwäsche an einen Nagel gehängt und die Schnürstiefel daneben abgestellt.

Nur im Unterkleid, ohne Mieder und barfuß wartete sie jetzt schon den siebenten Tag in der drückenden Hitze des kleinen Gefängnisses.

James hatte ihr am ersten Abend erzählt, dass hier drin manchmal zehn geflohene Sklaven saßen. Zehn auf dem kleinen Platz für acht Tage! Das war für sie unvorstellbar, denn hier konnten höchstens vier Menschen einigermaßen sitzen.

Über ihr waren zwei etwa faustgroße und vergitterte Öffnungen in der Decke, durch die etwas Luft und Licht zu ihr hereinkam.

Sie hob ihren Blick und die einsetzende Dämmerung zeigte ihr, dass es endlich auf das Tagesende zuging.

Vor ihr, zwischen ihren Füßen, standen der Krug mit etwas Wasser und ein Teller mit dem angebissenen Brot. Das musste reichen, bis James in der Nacht die Kammer für eine Stunde öffnete, doch hinaus durfte sie nicht.

Nur er wusste, dass sie sich an Bord befand und würde es jemand anderes bemerken, so wären nicht nur sie und James in Gefahr, sondern auch die in Zukunft noch fliehenden Sklaven hätten dann keine Fluchtmöglichkeit mehr.

Und somit verhielt sich Rose eben still.

Sie hatte viel Zeit zum Grübeln und ihr war mehr als langweilig dabei.

Vor ihrem Verschlag befand sich der Kohlebunker, hinter ihr drehte sich unaufhörlich das große Schaufelrad und dazwischen dämmerte sie so dahin.

Sie lebte momentan praktisch nur noch für die eine Stunde, in der James die Tür öffnete, ihren Eimer über Bord entleerte und ihr etwas zum Essen brachte.

Die Verpflegung war jedenfalls ausgezeichnet und er reichte ihr mitunter gebackene Bohnen mit Speck herein, die sogar noch warm waren.

Gegenwärtig holte sich Rose den Mann vor ihr inneres Auge. James war ein Bild von einem Mann. Er war hier Heizer und Maschinist auf diesem Dampfer und diese schwere Arbeit hatte über die Jahre hinweg seinen Körper geformt.

Durch die Tätigkeiten hatte er breite Schultern und damit auch eine breite Brust. Seine Oberarme waren muskulös und er trug immer nur eine kurze Hose, die ihm nicht mal bis zum Knie reichte.

Von ihm sprangen jetzt ihre Gedanken zu dem anderen Matrosen: Zu Samuel, den sie damals auf ihrer Flucht vor mehr als zehn Jahren kennengelernt hatte. In ihrer Einbildung stellte sie die beiden Männer nebeneinander und sie hätten Brüder sein können, aber James war eindeutig der kräftigere von beiden.

Bei der Erinnerung an Samuel musste Rose lächeln.

Der schwarze Matrose hatte ihr damals, nach der gewaltsamen Entjungferung durch Master Tobias, gezeigt, dass die körperliche Liebe wunderschön sein konnte.

Er war auch ihr letzter Mann gewesen, mit dem sie das Lager geteilt hatte, wie sie gerade feststellte.

Und während Rose in ihren Erinnerungen schwelgte, wurde es langsam dunkel um sie herum.

Schließlich entzündete sie die kleine Petroleumlampe, die ihr am Abend in ihrem Schlupfloch etwas Licht gab und wartete auf den Moment, wenn sich die Tür zur Welt wieder für eine Stunde öffnen würde.

Wenn sie sich nicht verrechnet hatte, dann würde das hier ihre letzte Nacht an Bord sein.

Sie hatte James am ersten Abend das Ziel ihrer Reise geschildert und er hatte ihr diese Zeitspanne genannt. In Anbetracht dieser letzten Nacht und ihrer zuvor gefundenen Erinnerungen an Samuel sauste ein wahnwitziger Gedanke durch ihren Kopf, aber um ihn in die Tat umzusetzen, musste James zuerst die Tür öffnen.

Damit wartete sie jetzt lauernd und ungeduldig auf den Moment, wenn er endlich erschien.

Sie lauschte nach draußen und hörte das glucksende Wasser am Schaufelrad, doch waren da nicht auch Schritte zu vernehmen?

„Komm schon!", bettelte sie leise, dann spürte sie den Luftzug und James lächelte sie an.

Sie reichte den Krug und den Eimer nach draußen und er gab ihr ein paar Scheiben Brot mit Schinken darauf.

Vorsichtig legte sie diese auf den Teller bei ihrer Tasche, dann kniete sie sich an den Eingang.

Sie blickte ihm entgegen und als er vor sie trat, fragte sie: „Möchtest du mit mir schlafen?"

„Nein! Lieber nicht. Die Gefahr wäre zu groß!", antwortete er und gab ihr den gefüllten Krug zurück.

„Schade", entgegnete Rose enttäuscht.

Doch warum hatte sie ihn eigentlich danach gefragt? Aus Dankbarkeit für die Hilfe? Oder weil sie nicht wusste, was der nächste Tag ihr bringen würde? Oder aus einer Stimmung heraus?

„Morgen ist es so weit! Am Nachmittag werden wir die Anlegestelle erreichen. Ich werde dann das Dampfventil sabotieren und das wird ziemlich knallen. Du darfst da nicht davor erschrecken", begann er ihr zu erklären.

„Dann muss alles ganz schnell gehen. Also wenn du den Knall morgen hörst, dann hocke dich hinter die Tür. Wenn du an Land bist, dann suchst du das gelbe Haus von Michael. Es liegt direkt an der Straße und du kannst es nicht verfehlen, aber du darfst erst in der Nacht zu ihm gehen. Er stellt eine Kerze in das Fenster und du musst so klopfen", erzählte James weiter und machte es ihr vor.

Rose nickte abermals.

„Kannst du mir etwas Wasser bringen, damit ich mich waschen kann?", fragte sie ihn und schob ihm den leeren Eimer noch einmal zu, den er ihr gerade gebracht hatte.

Er nickte und ging erneut.

Schnell kroch sie nach hinten, entledigte sich ihres Unterkleides und schob sich danach mit der Lampe wieder nach vorn.

Sie positionierte die Petroleumlampe am Eingang und hockte sich dort davor.

Als James mit dem Eimer zurückkam, stutzte er kurz, weil sie nackt vor ihm kniete, dann stellte er den Kübel vor sie hin und sie begann sich ausgiebig zu waschen.

Dabei bemerkte sie allerdings, dass er keinen Blick von ihr ließ und sie spürte es auch auf ihrer Haut. Seine Augen streichelten ihren Körper und sie genoss es. Und sie erfasste auch, dass James bei diesem Anblick gerade die Hose ziemlich eng wurde.

Und trotzdem stand er lächelnd und zu ihr gebeugt nur zwei Schritte vor ihr.

Nach dem Waschen schob sie ihm den Eimer ein Stück entgegen und als er sich danach bückte, umfing sie seinen Hals mit einer Hand und zog ihn zu sich herab.

Augenblicklich trafen sich ihre Lippen zu einem ersten zaghaften Kuss. Ihre zweite Hand strich dabei suchend über seine Hose und der Kuss wurde ungestümer.

Damit konnte James wohl auch nicht mehr zurück.

Der Mann löste sich kurz aus dem Kuss, schob den Eimer zur Seite und zog die Tür von innen zu. Im Knien streifte er sich umständlich die Hose herab und sein Glied sprang ihr entgegen.

Geschwind kniete er vor ihr und sie tauschten leidenschaftliche Küsse aus, bis sie sich nach hinten fallen ließ.

Sie öffnete sich für ihn und gab ihm ihre Mitte frei.

James folgte ihrer Aufforderung nach einem Wimpernschlag und sein massiger Körper drückte sie gegen den Holzfußboden, doch es war eine angenehme Schwere, die auf ihren Rumpf drückte.

Schnell glitt er in sie und leise keuchend bewegte er sich hastig, bis er ihr schnaufend seinen Samen übergab.

Danach blieb er in ihr und erneut tauschten sie heftige Küsse aus.

Schließlich begann er sich langsamer zu bewegen und das war genau die richtige Geschwindigkeit für sie. Sie setzte die Füße auf den Boden, hob ihm ihren Unterleib entgegen und schlang ihre Arme um seine Schultern.

Langsam und zärtlich glitt er in sie und wieder aus ihr heraus.

Rose kam ihm entgegen und schon bald hauchte sie: „Gleich!"

Als er ihr zum zweiten Mal seinen Samen tief in den Unterleib schoss, kam auch Rose. Sie bäumte sich auf und tausende Sterne fielen prickelnd auf sie herab.

Dieses Gefühl hätte sie stundenlang haben wollen, doch es ebbte leider viel zu schnell wieder ab.

James löste sich von ihr, glitt aus ihr und gab ihr einen letzten Kuss. Dann nahm er den Eimer, seine Hose und verließ den Raum.

Mit dem schönen Gedanken an dieses wohlige Gefühl tief in sich schlief Rose nackt am Boden liegend ein.

Ein Lichtstrahl weckte sie wieder auf.

Sie blinzelte nach oben und die Sonne stand direkt über ihr. Es war Mittag und sie lächelte bei dem Rückblick an diese letzte Nacht.

Es war schön gewesen, mit James, aber anders als mit Clara. Eben anders schön.

Wenn sie ihn schon am ersten Abend gefragt hätte, dann wären ihre Nächte wohl besser gewesen.

Rose setzte sich auf, kroch zur Ecke und streifte sich das Unterkleid über, danach schnürte sie sich das Mieder. Anschließend zog sie sich den Petticoat, die Strümpfe und die Stiefel an, was in dem beengten Raum einer Turnübung glich.

Darauf nahm sie das Brot und das Wasser und begann ihr Mahl.

Nachdem sie damit fertig geworden war, zog sie sich das Kleid an und trug leise ihre Sachen zur Tür.

Danach wartete sie an der Wand hockend auf das Geräusch des Dampfes.

Der Knall ließ sie dennoch zusammenzucken und aufschreien, aber bei dem Lärm hatte das sicher niemand gehört. Augenblicklich lauschte sie nach draußen.

„Was ist los?", fragte eine Männerstimme.

James antwortete: „Wieder das Ventil, Sir. Ich werde das gleich reparieren, aber wir sollten an das Ufer fahren!"

„Gut machen sie das. Wir müssen die Maschine dringend mal in der Werft überholen lassen. Auf jeder Fahrt geht das kaputt!", bemerkte der fremde Mann.

Rose musste sich das Lachen verkneifen.

Endlich öffnete sich die Tür.

„Schnell!", drängte James sie jetzt zum Aufbruch.

Rose stürzte hinaus und zuckte zurück, denn zwischen Schiff und Ufer waren sicher mehr als vier Schritte Abstand. Es war viel zu weit zum Springen.

„Viel Glück! Lauf nach links!", äußerte James und gab ihr einen letzten Kuss, dann packte er sie bei den Hüften und schleuderte sie an Land.

Die Tasche folgte ihr einen Atemzug später.

Rose winkte zurück, raffte das Kleid hoch und rannte davon.

Nach etwa tausend Schritten blieb sie schnaufend stehen.

Erst nachdem ihr Atem wieder ruhig geworden war, ging sie langsam weiter.

Es war später Nachmittag und sie suchte das gelbe Haus. Der Name und das Klopfzeichen waren in ihrem Kopf und auch der schöne Gedanke an die vergangene Nacht.

14. Kapitel

In der Falle!

Nicht mehr viel fehlte am Morgen. Vermutlich würde in spätestens einer Stunde die Sonne aufgehen und Rose versuchte so leise wie nur irgend möglich das Lager zu betreten. Im blassen Licht des soeben untergehenden Mondes konnte sie die Hütten vor sich gerade noch so erkennen.

In den vielen Jahren ihrer Abwesenheit schien sich hier so rein gar nichts verändert zu haben und sie hätte den Weg zu Mutters Hütte vermutlich sogar mit geschlossenen Augen gefunden.

Nur noch etwa dreißig Schritte trennten sie von dem Gebäude, in dem sie geboren und die ersten Jahre aufgewachsen war.

Hinter der ehemaligen Hütte ihres Freundes ließ sie die beiden Revolver ins Gras rutschen, dann schlich sie auf Zehenspitzen weiter.

Noch zehn Schritte!

Immer wieder blieb sie stehen und lauschte auf die Geräusche, aber nur der Wind säuselte in dem Baum neben der Hütte.

Jetzt musste sie sich beeilen.

Rose schlüpfte in die Baracke der Mutter und hoffte, dass es noch ihre war. Sie huschte zu dem Strohsack, beugte sich herunter und sah das vertraute Gesicht im letzten Mondlicht.

Eilig legte sie ihre Hand auf den Mund der alten Frau und flüsterte: „Mutter! Wir müssen fort!"

Mae zuckte zusammen, dann sah Rose zuerst das Aufblitzen der Freude über dieses Treffen in Mutters Augen, das nur Bruchteile eines Augenblickes später von Stutzen und Entsetzen abgelöst wurde.

„Mein Gott, Rose! Was machst du hier? Du hättest bleiben sollen, wo auch immer du warst! Verschwinde schnell wieder, bevor dich jemand sieht!", erklärte die Mutter leise und mit sich fast überschlagender Stimme.

„Schnell! Komm mit! Ich habe einen Weg in den Norden für dich und mich. Meine Tochter will dich auch sehen!", entgegnete Rose und richtete sich auf.

Für einen Augenblick war es ihr, als ob ein Lichtschein in die Hütte fiel, aber für die morgendliche Sonne war es noch viel zu früh. Oder hatte sie sich vertan?

Rose fuhr zum Hüttenausgang herum und mit einem lauten Knall entzündeten sich im selben Moment zwei Fackeln unmittelbar vor der Behausung.

„Na wen haben wir denn da? Rose, die Ausreißerin!", hörte sie den triumphierenden Ruf von Stuart, dem alten Aufseher, der sie vor vielen Jahren schon einmal gefangen hatte.

„Du bringst mir fünfzig Dollar ein, die Master Simon auf deinen Kopf ausgesetzt hat!", äußerte er weiter.

Rose blickte in die Mündung der doppelläufigen Flinte, die Stuart in seiner Hand hielt.

„Mist!", sauste es durch ihren Kopf, denn die Revolver lagen zu weit entfernt. Warum hatte sie die nicht einfach mitgenommen?

Konnte sie die Strecke bis dahin schaffen? Simon wollte sie doch bestimmt lebend haben! Rose stürzte nach vorn und wollte an dem Aufseher vorbei zu der anderen Hütte, doch Stuart stellte ihr ein Bein.

Sie stürzte und ein Schlag mit dem Gewehrkolben raubte ihr die Sinne.

Ein Wasserguss erweckte sie wieder.

Die Sonne ging gerade auf und um sie herum standen lauter weiße Männer. Auch zwei der Bluthunde waren in der Nähe. Sie sah und hörte die beiden Tiere, die von einem der Männer an der Leine gehalten wurden.

„Wenn haben wir denn hier?", fragte ein junger Mann in einem gut sitzenden Anzug. Sicherlich war das Simon. „Wenn das nicht diese elende und nichtsnutzige Verbrecherin Rose ist!", äußerte er weiter, trat einen Schritt auf sie zu und schlug ihr mit der flachen Hand ins Gesicht.

„Wascht sie! Zieht ihr was Anständiges an und bringt sie in mein Haus!", befahl er noch, drehte sich um und ging davon.

Für einen Augenblick fragte sie sich, was die Männer ihr denn anständiges anziehen sollten, denn ihre Kleidung war doch vollständig intakt und von Gundel auf Maß geschneidert.

Es gab nichts Besseres, bis einen Atemzug später Kleid, Jacke, Mieder und Unterkleid nacheinander schichtweise in Fetzen gingen. Auch die Unterhose, Strümpfe und Schuhe wurden ihr rabiat von den Füßen gerissen.

Zwei der Männer packten sie an den Armen und schleiften sie nackt zum Brunnen.

Ziemlich brutal wuschen die Männer sie und schrubbten sie mit einer Bürste ab.

Danach musste sie nackt zum Herrenhaus laufen, wo sie wenig später die Kleidung einer Sklavin in die Hand gedrückt bekam und mit einem Stoß in den Rücken in die Arrestzelle flog.

Alles war aus!

Die Aufseher verschlossen lachend die Tür, Rose zog sich Unterkleid, Bluse und Rock an und setzte sich auf die hölzerne Pritsche.

Es war eine blöde Idee gewesen, hierher zurückzukommen!

Die Sklaven hier versuchten alles, um in den Norden zu entfliehen und sie ging in die andere Richtung, geradewegs in ihr Verderben!

Was würde geschehen?

Rose blickte sich um. Vor vielen Jahren war sie bereits einmal in dieser Kammer. Das war einst nach ihrer Flucht. Der Freund war damals gestorben und sie hatte zehn Peitschenhiebe erhalten, bevor ihr Vater sie verkauft hatte.

Diesmal würde sie sicher den Tod finden!

Eine Träne lief ihr an der Wange herab, aber sie galt ihrer Tochter und nicht sich selbst. Vielleicht hatte Rose dieses Ende schon einkalkuliert, denn niemand mit klarem Verstand ging sehenden Auges in eine Falle!

Mit den Fingerspitzen wischte sie sich die Träne fort.

Sie musste sich in Geduld fassen, denn der Master würde sie sicherlich erst mal schmoren lassen, damit die Angst sie weichmachte.

Erneut ging ihr Blick umher. Vier mal vier Schritte maß dieser Verschlag. Mit einer hölzernen Pritsche, einem vergitterten Fenster und einer abgeschlossenen Tür. Es gab keine Decke, nur einen verdreckten Eimer neben der Tür. Von ihrem Platz aus konnte Rose erkennen, dass er wohl der Notdurft dienen sollte.

Auf der hochbeinigen hölzernen Schlafstelle sitzend zog sich für Rose die Zeit unendlich lang. Warum sagte ihr Simon nicht einfach, wann er sie töten würde? Gleich oder Morgen? Länger als eine Woche würde er sie wohl kaum am Leben lassen.

Damals war er noch keine zehn Jahre alt gewesen und sie hatte noch nicht gewusst, dass er ihr Halbbruder war. Sie hatte ihn oft bei den Feiern gesehen, bei denen sie damals bedienen musste.

Sie war das Schokoladenmädchen gewesen und Simon hatte oft die Leckereien von ihrem Teller geholt. Nie hatte sie auch nur einen Krümel oder die Reste davon erhalten. Und was kam jetzt?

Rose erhob sich und trat an das Fenster. In dem großen Garten davor arbeiteten zwei alte Sklavinnen. Ihre grauen Haare erinnerten sie an die Großmutter, die damals diese Tätigkeit gemacht hatte.

Was war wohl aus ihr geworden?

Was hatte Simon und dessen Bruder wohl mit ihrer Familie gemacht, als er erfahren hatte, dass sie damals ihren und seinen Vater getötet hatte? Das hätte sie jetzt gern die Mutter gefragt.

Gefasst wartete sie auf ihr Ende!

15. Kapitel

Cotton Girl

ie Tochter hatte sie am Morgen aus dem Schlaf gerissen und für einen Moment hatte Mae nicht gewusst, dass es Rose gewesen war. Und unmittelbar nach dieser Erkenntnis war Rose jetzt auch schon wieder gefangen und gefesselt.

An der Tür der Hütte stehend blickte Mae den Männern nach, die Rose momentan zum Herrenhaus schleiften.

Warum hatte sich die Tochter nur diesem Risiko ausgesetzt? In all den Jahren war Mae froh gewesen, dass Rose in Freiheit und Sicherheit gewesen war.

Normalerweise hätte sie jetzt der Weckruf der Aufseher aus dem Schlaf geholt, doch der war heute unnötig, denn auch die anderen Sklaven waren nach dem Tumult vor ihren Hütten ebenfalls bereits wach und standen auf dem freien Platz.

Gleich würde es das karge Frühstück geben und danach den alltäglichen Weg zur Plantage hinüber.

Mehr als fünfzig Menschen standen wie verloren dort herum, zwei Drittel Frauen und knapp ein Drittel Männer. Dazu kamen dann noch einige kleine Kinder. Abschätzend ging Maes Blick über die Gruppe.

Auf dem Feuer an der Seite dampfte gerade der Kessel mit den Bohnen. Sie drehte sich zur Hütte zurück und holte ihren Napf.

Eine Art von Gleichgültigkeit über das Schicksal der Tochter machte sich in ihr breit, denn sie konnte so rein gar nichts für sie tun und dachte gerade daran, was damals nach deren Flucht alles hier im Lager geschehen war.

In ihre Gedanken versunken schritt Mae über den Platz und hatte wieder die Bilder von einst vor den Augen, wie der junge Herr sie dafür bestraft und gedemütigt hatte, dass Rose Master Cornelius getötet hatte.

Und jetzt würde Rose diese Bestrafung auf sich nehmen müssen.

Nichts und niemand auf der Welt konnten ihr augenblicklich noch helfen.

Sam, ein anderer Sklave, hielt sie auf. Er hatte schon fast weiße Haare und war der älteste Mann hier.

Die Herren setzten hauptsächlich auf junge Sklaven, wobei sowieso selten einer wirklich älter werden konnte. Mit ihren 44 Jahren war Mae die älteste Frau im Lager. Nur zwei der Dienerinnen im Herrenhaus waren noch etwas älter.

Die meisten Sklaven starben deutlich früher, doch das war nur zum Teil der schweren Arbeit geschuldet. Die Männer starben unter der Peitsche, die Frauen oft im Kindbett oder bei der Geburt.

Mae blickte Sam an und er nickte ihr zu. Sie beide verstanden sich ohne viele Worte. Er wollte ihr Trost spenden, doch da gab es nichts, wofür er sie hätte trösten müssen.

Rose hatte ihr Schicksal selbst gewählt.

Kuni, eine jüngere Sklavin, lief an ihr vorbei. Sie war noch keine dreißig und trug ihr dreizehntes Kind im Tuch vor ihrer Brust. Nur zehn von ihnen hatten überlebt und davon hatte Kuni augenblicklich noch drei.

Praktisch waren alle Frauen hier entweder schwanger oder hatten gerade ein Kind entbunden, denn damit verdiente ihr Herr einen nicht geringen Teil dazu.

Sklaven waren gefragt und eine kräftige junge Sklavin konnte mehrere hundert Dollar kosten. Bis zu tausend, wenn sie auch noch schön war. Und Kuni war sehr hübsch.

In ihrem Sklavenlager lebten sie in getrennten Hütten. Männer und Frauen für sich, doch von Joshua hatte sie vor einer Weile erfahren, dass es auf anderen Plantagen richtige Familien gab, die zusammen leben und arbeiten durften.

Ihr Blick wanderte zur Hütte des jungen Sklaven hinüber. Im Gegensatz zu allen anderen Sklaven, die in Gemeinschaftshütten,

Männer und Frauen strikt voneinander getrennt, leben mussten, hatte Joshua eine kleine Hütte am Rande für sich selbst.

Joshua war ein Bild von einem Mann und erst vor ein paar Monaten von Master Simon auf einem Markt gekauft worden. Er arbeitete nicht mit auf dem Feld, er hatte eine andere Aufgabe bekommen.

So wie Sam im Herbst die Baumwollmaschine bediente und deshalb noch hier lebte, da er ein guter Mechaniker war, so hatte der Master mit Joshua etwas anderes im Sinn gehabt.

Joshua war jetzt für die Kinder der Gemeinschaft zuständig!

Jede Nacht sperrten die Aufseher eine andere Frau zu ihm in seinen Verschlag und soeben war Kuni aus dieser Behausung getreten, denn offenbar wollte der Master dafür sorgen, dass sie bald das 14. Kind austragen würde.

Zwei schöne Sklaven sollten schöne Kinder produzieren!

Die Schlange der Sklaven versammelte sich vor dem Kessel und wenig später hockten sie alle im Kreis und löffelten ihr Mahl in sich hinein. Das würde bis zur Abenddämmerung die letzte Mahlzeit bleiben.

Als die Schüsseln leer waren, erschienen die Aufseher und auch Stuart trat zu ihnen. Zu seiner Flinte auf dem Rücken trug er jetzt eine Peitsche in seiner Hand.

Das war das Aufbruchssignal und schon wenige Augenblicke später bildeten die Sklaven eine lange Schlange vor der Gerätehütte, die neben Joshuas Hütte stand.

Jeder erhielt seine Hacke und die Reihen formierten sich zügig.

Es war alles das normale Tageswerk und dabei fiel kaum ein Laut. In fünf Reihen zu zehn Sklaven, jeweils am Anfang und am Ende mit einem der Aufseher, zogen sie auf den kurzen Pfad zum Feld hinüber.

Kuni, mit ihrem Baby im Tuch vor der Brust und der Spitzhacke über der linken Schulter, lief direkt vor Mae. Die junge Frau mit dem wundervollen schwarzen langen Haar ging würdevoll, mit wiegenden Hüften und einem kraftvollen Schritt.

Als sie an Joshuas Hütte vorbeizogen, hob Kuni grüßend die Hand und Joshua nickte ihr freundlich zu. Keine Stunde zuvor waren sie beide noch in dieser Hütte zusammen gewesen und eventuell entstand da gerade so etwas wie Liebe zwischen diesen beiden Menschen.

Aber im selben Moment rief Stuart von hinten: „Mae! Heute Abend bist du bei Joshua in der Hütte!"

Kuni blickte kurz über die Schulter zurück, doch Mae konnte nur mit den Schultern zucken. Liebend gern hätte sie mit Kuni getauscht.

Sie fragte sich gerade in Gedanken, was das eigentlich sollte, denn sie war über vierzig und seit der Geburt von Rose nicht wieder, trotz unzähliger erzwungener Versuche, schwanger geworden.

Es war sicher nur eine Art von Bestrafung. Für sie und Kuni zugleich!

Stuart schaffte es immer wieder, die Sklaven mit seinen Worten zu demütigen und gleichzeitig versuchte er auch noch einen Keil zwischen sie zu treiben.

Letztlich erreichten sie das Feld und augenblicklich begann ihr Tagwerk. Von jetzt an würde sie gebückt bleiben, bis es Abend wurde.

Im April hatten sie die Baumwolle gesät und derzeitig mussten die kleinen Pflanzen mit der Hacke ausgedünnt und auch immer wieder umgepflanzt werden.

Diese Tätigkeit würde dann erst im August enden und der Ernte weichen. Und das Baumwollpflücken zog sich dann bis zum Ende des Jahres hin.

Das Hacken im Sommer war schwer, das Pflücken in Herbst eintönig und ermüdend.

Die Reihen der Baumwollpflanzen waren schier endlos, der Boden ziemlich hart und musste mühsam mit dem Arbeitsgerät gelockert werden.

Kunis Tochter meldete sich und die junge Frau gab ihr die Brust. Nur dafür durfte sie kurz ihr Werkzeug zur Seite legen.

Doch Stuart beaufsichtigte sie genau, dass sie nicht zu lange verschnaufte und die Peitsche in seiner Hand zuckte bereits.

Nur aus dem Augenwinkel sah Mae, wie der alte Aufseher die junge Frau anstarrte.

„Mach schneller, Cotton Girl!", blaffte er Kuni an, als diese sich die Bluse vorn wieder zuknöpfte.

16. Kapitel

Schutzlos ausgeliefert

Endlose Stunden lang hatte Simon sie warten lassen, dann riss Stuart hinter ihr die Tür auf. Diesmal hatte der Aufseher die Flinte nicht dabei, aber er fesselte ihr ziemlich brutal die Hände hinter ihrem Körper, obwohl er das in dieser Form eigentlich nicht hätte tun müssen. Es schien dem alten Mann Spaß zu machen, sie zu schikanieren!

Danach zog er sie hinter sich her, über den gedielten Boden des Herrenhauses, die Treppe hinauf und zu dem großen Raum, in dem früher ihr Vater sein Büro gehabt hatte.

Stuart klopfte, schob sie durch die Tür und Simon warf ihm einen Beutel mit Münzen zu, den der Aufseher fing und danach mit einer Verbeugung ging.

Damit war sie mit ihrem Bruder alleine in dem Raum.

Simon saß auf dem Sofa und rauchte eine Zigarre. Er ließ sie einfach vor sich stehen und blies ihr nur genüsslich den Rauch der Zigarre entgegen.

Schließlich drückte er diese auf einem Teller aus, erhob sich und öffnete sich die Hose.

„Auf die Knie!", wies er sie herrisch an.

Sie wusste, was er vorhatte und entgegnete ihm daher: „Aber du bist mein Bruder!"

„Ich kann unmöglich dein Bruder sein!", brüllte er los und schloss sich die Hose wieder. „Wenn du meine Schwester wärst, dann müsstest du ein Mensch sein und nicht so eine schwarze Schlampe! Der Aufenthalt im Norden hat dir wohl dein Gehirn aufgeweicht, wenn du jemals eines hattest. Dein schönes Leben dort hat dich offenbar vergessen lassen, wer du bist und wo dein Platz ist! Oder?", erklärte Simon sehr laut.

Er griff sich die Peitsche, die auf dem Tisch lag, und setzte fort: „Du bist eine Sklavin. Eine Verbrecherin und die Mörderin meines Vaters! Ich muss dir vermutlich erst mal wieder deinen gottgegebenen Rang zuweisen!"

Drohen kam er langsam auf sie zu. „Wenn dein Master dir etwas sagt, so erwartet er keinen Widerspruch! Du darfst »Ja, Master« sagen und die Anweisung unverzüglich ausführen!", brüllte er sie aus kürzester Entfernung an.

„Also noch einmal! Knie dich hin!", bemerkte er lauernd.

Zögerlich kam sie ihm nach.

Simon umrundete sie und schlang plötzlich die Peitsche um ihren Hals. Langsam drehte er diesen Lederriemen zusammen und nahm ihr damit die Luft. Ihre Hände waren hinter ihrem Rücken gefesselt und in ihrer knienden Position konnte sie ihm nicht entgehen. Der Strick schürte ihr die Kehle zu, bis es ihr die Sinne nahm.

Ein Wasserguss holte sie zurück in den Raum.

Simon stand mit der Peitsche und einem Krug über ihr. Er brüllte sie erneut an: „Knie dich hin!"

Mühsam kam sie auf die Füße und kniete schließlich schwankend vor ihm.

„Heute ist Montag! Am Sonntag wirst du durch meine Peitsche sterben!", begann Simon.

Er fuchtelte mit dem Schlaginstrument vor ihrer Nase herum und warf dieses danach auf seinen Schreibtisch. „Bis dahin werde ich dafür sorgen, dass du jede Minute davon genießen kannst!"

Fast vorsichtig stellte er den Krug auf der Tischplatte ab und blickte zu ihr herunter.

„Und nun beugst du dich schön nach vorn. Gesicht und Schultern auf den Boden!", fuhr er sie an.

Rose dachte für einen Moment daran, dass er sie vermutlich gleich töten würde, wenn sie ihm widersprach. Es wäre ihre Erlösung von der zu erwartenden Tortur gewesen, aber das Würgen mit der Peitsche hatte ihr Angst gemacht und ein letzter Funken Hoffnung in ihr wollte, dass sie lebte.

Ängstlich kam sie seiner Aufforderung nach und lag kurz darauf flach und kniend auf dem feuchten Dielenboden.

Simon umrundete sie, dann fuhr er sie an: „Du willst mich wohl ärgern? Oder?"

„Den Hintern hoch! Aber schnell!", setzte er hinzu und blieb hinter ihr stehen.

Auch dieser Aufforderung kam sie nur langsam nach, denn sie wusste nur zu gut, was jetzt folgen würde!

Mit dem Stiefel schob Simon ihre Beine auseinander und schlug den Rock hinten hoch. Mit dem Saum in der Hand betrachtete er ihren nackten Hintern, dann legte er das Kleidungsstück auf ihren gefesselten Händen ab.

„Halte fest!", wies er sie schroff an.

Rose griff nach dem Saum, spähte liegend über die Schulter nach hinten und konnte die Gier in seinen Augen sehen.

Simon öffnete sich erneut seine Hose und kniete sich hinter sie.

Noch einen letzten Versuch wagte sie und äußerte: „Bitte nicht! Ich bin doch deine Schwester! Wir haben denselben Vater!"

Simon sagte nichts mehr, spuckte sich in die Hand und rieb diese über ihre Scham.

Dann spürte sie ihn an ihrem Schoß, Simon packte sie bei den Hüften und rammte sich mit seinem ersten Stoß tief in ihren Unterleib.

Rose biss die Zähne zusammen, um ihm nicht die Genugtuung zu geben, sie schreien zu hören, doch es tat fürchterlich weh.

„Noch einmal für dich zum Merken!", begann Simon langsam und setzte, immer noch unbeweglich und tief in ihr steckend, fort: „Du bist nicht meine Schwester! Nur eine schwarze Hure!"

Schnaufend begann er sich in ihr zu bewegen und jeder Stoß schob Wellen des Schmerzes durch ihren Leib.

„Mein Vater hat einfach nur deine Mutter besamt, um eine neue Sklavin zu erhalten. So wie man eine Kuh begatten lässt, um ein Kälbchen zu bekommen, das man dann auf dem Markt verkauft!", stieß Simon keuchend aus.

Die Schmerzen wurden immer stärker und Simon machte unerbittlich weiter.

„So hier!", setzte er noch hinzu, rammte sich besonders tief in sie und schoss ihr seinen Samen in den Leib. Dann erhob er sich, schloss sich die Hose und befahl ihr: „Bleib so!"

Er umrundete sie langsam, setzte sich zurück auf das Sofa und zündete sich eine neue Zigarre an.

Rose sah seine wippende Stiefelspitze vor ihrem Gesicht und Simon ließ sie einfach in dieser entwürdigenden Pose: vor ihm liegend, den nackten Hintern zur Tür des Zimmers gestreckt.

Genüsslich zog er an der Zigarre und blies erneut den Rauch zu ihr herunter.

Erst nachdem er die Zigarre ausgedrückt hatte, bemerkte er: „Du darfst jetzt aufstehen. Schade, dass du mir keine Sklavin schenken kannst, aber du wirst ja nicht lange genug dafür leben."

Mühsam und unter Schmerzen kam Rose auf die Füße.

Simon erhob sich ebenfalls und trat vor sie. „Wo du vorhin meinen Vater erwähnt hast. Mit welcher Hand hast du ihn erschossen? Links oder rechts?", erkundigte er sich.

„Mit rechts!", entgegnete Rose.

Simon griff sich ein Messer vom Schreibtisch, trat hinter sie und durchtrennte den Strick, mit dem ihre Hände bisher hinter ihrem Rücken gefesselt waren, dann packte er ihre rechte Hand am Handgelenk und zog sie daran zum Schreibtisch.

Simon presste ihre Hand auf die Tischplatte und Rose ballte sie instinktiv zur Faust. Ihr Blick war auf das Messer in Simons Hand gerichtet. Was hatte er vor?

„Mach die Hand flach! Strecke deine Finger aus!", schnauzte er sie an und warf das Messer auf den Tisch.

Zögerlich kam sie seiner Forderung nach.

Simon zog eine Schublade am Tisch auf und nahm einen Hammer heraus.

Entsetzt fixierte sie das Werkzeug mit ihrem Blick. Simon würde doch nicht etwa?

Der Bruder holte aus und Rose schloss die Augen.

17. Kapitel

Joshua

tuart hatte Wort gehalten und Mae nach dem Abendessen mit einem süffisanten Lächeln einfach zu Joshuas Hütte gebracht.

„Viel Spaß!", sagte der Aufseher, stieß ihr in den Rücken, dass sie dadurch fast in die Hütte flog, und setzte noch hinzu: „Ich werde mich jetzt um deine missratene Tochter Rose kümmern, damit es ihr an nichts fehlt!"

Die Tür fiel hinter ihr zu und Mae hörte noch, wie der alte Aufseher lachend den Riegel vorschob.

Während draußen einige der Sklaven leise ein Lied anstimmten, blickte sich Mae um. Schon einmal war sie in dieser Hütte bei Joshua gewesen, doch das war zwei Monate her. Hier drin gab es nur ein Bett und auf dessen Strohsack saß Joshua momentan.

Er hatte nur eine Hose an und die letzten Strahlen der Abendsonne tauchten seinen schwarzen Oberkörper in eine undefinierbare und wundervolle Farbe.

Joshua war groß, kräftig, muskulös und noch keine fünfundzwanzig. Er war ein wirklich sehr schöner Mann und auf seinem makellosen Körper war nicht eine einzige Narbe von einer Peitsche zu sehen. Das hatte sie beim letzten Mal schon verwundert.

Keiner der Sklaven hier war ohne Narbenspuren auf dem Rücken. Joshua schon!

Er erhob sich von seinem Bett und trat auf sie zu.

„Das ist doch aber sinnlos!", erklärte Mae dem Manne.

„Ja! Aber es muss sein! Manchmal schaut Stuart oder ein anderer Aufseher zum Fenster herein. Tue ich es nicht, so bin ich vielleicht schon morgen auch auf dem Feld!", entgegnete Joshua leise.

Mae nickte ihm verstehend zu, trat an das Bett und streifte sich Rock und Bluse vom Körper.

Joshua legte die Hose ab, drückte sie auf das Bett nieder und begann, was er tun musste.

Aus dem Augenwinkel bemerkte sie dabei, dass wirklich eine Gestalt am Fenster zu sehen war. Ob es Stuart oder einer der anderen Aufseher war, konnte sie allerdings nicht erkennen.

Joshua war stark gebaut, aber es tat nicht weh, als er in sie drang. Vermutlich war er besonders vorsichtig. Das Lager knarrte und es dauerte nicht lang, bis er ihr laut stöhnend seinen Samen übergab und der stille Beobachter verschwand.

Schnaufend fiel Joshua neben sie und war wenig später eingeschlafen.

Jetzt hatte sie Zeit und ihre Gedanken flogen zu ihrer Tochter, die vermutlich gerade in der Kerkerzelle im Herrenhaus saß. Das einzige, was Mae momentan noch tun konnte, war, für sie zu beten und der Tochter die nötige Stärke zu wünschen, die sie ab jetzt brauchen würde.

Vor Jahren hatte sie selbst dort tagelang gesessen und die Gewalt der Aufseher ertragen müssen.

Eigentlich hätte Mae nach der schweren Arbeit des Tages jetzt schlafen müssen, doch der Schlaf kam nicht.

Von draußen flog das leise Lied zu ihr herein. Männer und Frauen sangen es und sie konnte die glockenhelle Stimme von Kuni deutlich heraushören. In der Nacht zuvor war sie auf diesem Platz gewesen und sicherlich mit viel mehr Freude, zumindest hatte das ihr Gesichtsausdruck am Morgen vermuten lassen.

Kuni und Joshua waren wohl die einzigen zwei Sklaven im Lager, die von der Verhaftung von Rose nichts mitbekommen hatten, denn zu dem Zeitpunkt war die Hütte noch verschlossen gewesen.

Ihre Gedanken flogen nach draußen, doch nicht zur Tochter, sondern zu den anderen Sklaven und zu Kuni. Mit ihr hatte sie eine

Art von Freundschaft geschlossen, denn die junge Frau lag jede Nacht im Bett neben ihr in der gemeinsamen Hütte.

Offenbar war jetzt auch Stuart ihr freundschaftliches Verhältnis aufgefallen, denn anders konnte sich Mae ihren Platz auf diesem Strohsack gerade nicht erklären.

Mit Mitte vierzig war sie eigentlich viel zu alt, um noch einmal schwanger zu werden. Stuart versuchte damit also nur, einen Keil zwischen sie und Kuni zu treiben.

Mittlerweile war es finster in der Hütte und nur schwach zeichnete sich der Umriss des etwas helleren Fensters gegen die Dunkelheit des Raumes ab.

Draußen war Stille und Joshua schnarchte leise neben ihr.

Abermals waren ihre Gedanken bei Kuni und dieser Beziehung zu ihr. Master Simon wusste nur zu gut, wie er mit seinen Sklaven umgehen musste. Geschickt verhinderte er mit zahlreichen Anreize und Belohnungen, aber auch mit drakonischen Strafen und scharfen Kontrollen, dass sich zwischen den Sklaven Freundschaften bilden konnten.

Der Master hatte nur vierzehn Aufseher und mehr als fünfzig Sklaven.

Nur dadurch, dass sie sich selbst gegenseitig überwachten, konnte dieses System überhaupt funktionieren.

Jeder Sklave, der die Verfehlung eines anderen meldete, der erhielt dafür eine Tasse Zucker! Und wer am schnellsten arbeitete ebenfalls.

Bei der Ernte im Herbst ließ sich das besonders gut messen und im letzten Jahr hatte Master Simon die Gruppen gegeneinander antreten lassen. Die Gruppe, die am meisten Baumwolle pflückte, die bekam am Abend Fleisch in den Napf, die mit dem geringsten Ergebnis erhielt die Peitsche dafür.

Zum Glück war Mae nie in der mit dem geringsten Ergebnis gewesen.

Ein Knall ließ sie von ihrem Lager hochfahren.

Auch Joshua war erwacht und von draußen brüllte einer der Aufseher: „Joshua, du faule Sau! Erfülle deine Pflicht, oder soll ich deine Aufgabe mit übernehmen?"

Es war Jim, einer der jungen Aufseher und einer der brutalsten. Er liebte es, die Sklaven mit besonders verächtlichen Einfällen zu schikanieren.

Mae spürte, wie sich Joshua neben ihr im Halbdunkel bewegte.

„Ja! Master Jim!", sagte er laut, dann schob er sich über sie.

Joshua bewegte sich im Mondlicht zwischen ihren Schenkeln und schnaufte dabei laut, obwohl er nicht in sie eingedrungen war.

Offenbar versuchte er den Mann zu täuschen und daher musste sie einfach mitmachen. Mae stöhnte laut und Jim ging lachend davon.

„Ich danke dir", flüsterte Joshua ihr ins Ohr und fiel neben sie.

Seine Hand lag danach auf ihrem Bauch und beide sahen sie zum Fenster, das der Mond augenblicklich deutlicher zeichnete.

Gegenwärtig lagen sie beide nebeneinander und hatten sich damit gegenseitig in der Hand. Sie hätte ihn für eine Tasse Zucker verraten können und er sie ebenfalls.

Vielleicht schweißte das irgendwie zusammen, denn es entstand ein leises Gespräch.

„Was hast du eigentlich früher gemacht?", fragte Mae und strich dabei über seinen Rücken.

„Eigentlich dasselbe!", entgegnete er und setzte hinzu: „Ich war Mechaniker und habe die Dampfmaschinen auf einer Farm gewartet. Mit meiner Frau und zwei Kindern habe ich dort gelebt. Gelegentlich hat mich dann die Herrin zu sich geholt, wenn ihr langweilig und ihr Mann gerade nicht da war."

Joshua stockte mit der Erzählung.

„Und?", fragte Mae nach.

„Als das Kind meines Herrn schwarz war, wurde ich einen Tag nach dessen Geburt von ihm auf dem Markt verkauft!", seufzte er.

„Dein Master hat dir also die Peitsche erspart?", erkundigte sie sich leise.

„Ja! Aber er hat mich härter bestraft. Die Peitsche hätte ich sicherlich ertragen. Die Trennung von Frau und Kindern nicht wirklich!", flüsterte Joshua.

Mae konnte den Kummer darüber in seiner Stimme hören. Sie strich über seine Wange und spürte augenblicklich auch seine Tränen an ihren Fingerspitzen.

Sie umarmte ihn tröstend.

Schluchzend lag er unmittelbar darauf an ihrer Brust.

18. Kapitel

In der Gewalt von Monstern!

Mit einem Schrei erwachte Rose in ihrer Kammer. Es musste noch tiefste Nacht sein, denn es war stockdunkel. Sie konnte die Hand nicht vor Augen sehen, aber der unbeschreibliche Schmerz war da, denn Simon hatte ihr am Abend die Finger der rechten Hand mit dem Hammer zertrümmert.

Im Schlaf musste sie wohl gerade mit ihrem Arm gegen die hölzerne Pritsche gekommen sein. Wimmernd zog sie ihre Hand an die Brust. Dieser unbeschreibliche Schmerz hatte auch den in ihrem geschundenen Schoß überlagert.

Um sich davon abzulenken, dachte sie darüber nach, wie die nächsten Tage für sie weitergehen würden. Simons Drohung war noch deutlich in ihrem Kopf.

Es war gerade Dienstag und die Hoffnung auf den Sonntag hielt sie gerade am Leben.

Eigentlich war es irgendwie grotesk, dass die Erwartung des baldigen Todes jemanden am Leben hielt, doch Rose klammerte sich daran, wie ein Ertrinkender am einen Baumstamm.

„Noch fünf Tage!", stöhnte sie, drehte sich auf den Rücken und versuchte erneut einzuschlafen, doch der pochende Schmerz in dem, was mal ihre rechte Hand gewesen war, ließ es nicht zu, dass der Schlaf sie fand.

Als draußen der Morgen zu dämmern begann, hörte sie an der Tür Geräusche, doch statt des von ihr erwarteten Frühmahls stand Stuart in der Tür und diesmal erneut ohne seine sonst obligatorische Doppelflinte.

Der Mann strahlte sie förmlich an und das ließ sie nichts Gute vermuten.

„Ich bin ein richtiger Glückspilz!", erzählte der alte Mann und trat in die Kammer.

Sie zuckte dabei zusammen und wich nach hinten aus.

„Der Herr hat mir nicht nur die fünfzig Dollar für deine Ergreifung gegeben, sondern ich darf auch am Tage alles mit dir machen, was mir einfällt! Und das ist eine Menge!", bemerkte er mit einem breiten Grinsen.

Stuart packte sie an der linken Hand und zerrte sie von der Wand zu sich.

„Weißt du, wie lange ich schon keine Frau mehr gehabt habe?", äußerte er feixend und der faulige Geruch aus seinem fast zahnlosen Mund schlug ihr dabei entgegen.

Er wartete einen Moment, dann schleifte er sie hinter sich her bis auf den freien Platz vor dem Herrenhaus, wo sich der Springbrunnen befand.

Zwei andere, deutlich jüngere Aufseher standen schon dort und warteten sichtbar gut gelaunt auf ihn.

„Zuerst werden wir dich waschen, denn wir wollen dich sauber haben!", offenbarte Stuart und einer der anderen Männer riss ihr die Bluse auf. Das Kleidungsstück wurde ihr vom Leib gefetzt und dabei streifte er ihre Hand.

Vor Schmerzen wimmernd ging sie zu Boden und sogleich wurde ihr auch der Rock unsanft von den Hüften gezogen.

Das Unterkleid ging ebenfalls in Fetzen und jammernd vor Schmerz kniete sie kurz darauf nackt vor den drei Männern.

„Noch nicht! Ich habe doch gesagt, dass wir dich sauber haben wollen!", erklärte Stuart, riss sie auf die Füße und schob sie zur Hauswand.

Mit einem kalten Guss aus dem Eimer und ein paar harten Bürsten, die Pferdestriegel glichen, machten die drei Männer sie danach sauber.

Sie wollte nicht schreien, aber sie musste es, denn jetzt brannte auch ihre Haut von dieser Behandlung.

Sie war in die Hände von Monstern geraten!

Anschließend zog Stuart sie wieder in ihre Kammer. Nackt, denn die zerrissene Kleidung war vor dem Anwesen geblieben.

Auch die beiden Kumpane kamen mit und in dem kleinen Raum wurde es eng.

Einer zog das Bett von der Wand in die Mitte, Stuart schob sie davor und die beiden Männer zogen sie an den Armen nach vorn, wodurch sie mit dem Bauch bis zur Hüfte auf dem Holz zum Liegen kam.

An den Schultern nach unten gedrückt spürte sie hinter sich, wie Stuart an sie trat und sich die Hose nach unten schob.

Mit Kraft rammte er sich in ihren Hintern und Rose biss die Zähne zusammen. Nach zwei schmerzhaften Stößen ergoss sich Stuart schnaufend in ihren Darm.

„Das musste jetzt erst mal sein!", erklärte er, als er sich langsam aus ihr zurückzog.

„Jim! Jetzt darfst du die Schlampe ficken!", rief er und einer der Männer ließ ihre Schulter los.

Lächelnd öffnete sich Jim vor ihrem Gesicht seine Hose und sein Gemächt sprang ihr entgegen. Es war lang und dick. Das würde schmerzhaft werden.

Stuart kam an ihre Schulter und Jim wechselte nach hinten.

„Dreht die Hure auf den Rücken, damit sie sehen kann, wer es ihr jetzt mal so richtig besorgt!", rief Jim und die beiden anderen Männer drehten sie um.

„Und hebt ihren Kopf an, damit sie sieht, was jetzt passiert!", setzte Jim noch hinzu.

„Schau genau hin!", sagte Stuart und drückte ihren Kopf hoch.

Zwischen ihren Schenkeln ragte ein Glied auf, das jetzt noch größer war, als gerade eben.

Jim packte ihre Oberschenkel und sie versuchte gerade verzweifelt, mit aller Kraft und voller Angst, ihre Knie zusammenzupressen.

„Die kleine schwarze Wildkatze will kämpfen! Schön! So habe ich sie am liebsten!", äußerte Jim und drückte ihr mit Gewalt die Beine auseinander, danach nahm er Schwung und stieß zu.

Der unbeschreibliche Schmerz riss ihren Mund auf und ein lauter Schrei verließ ihre Kehle.

Ihre panischen Klagelaute wurden durch das höhnische Lachen der Männer und das Schnaufen von Jim nicht übertönt.

Erst die Abenddämmerung beendete ihr Martyrium.

Nachdem die Männer sie erneut brutal gewaschen hatten, lag momentan ein wimmerndes Häuflein Mensch nackt auf der Pritsche in dem Holzverschlag.

Rose hatte sich auf der Seite liegend die Knie bis zur Brust nach oben gezogen und mit der gesunden Hand umklammerte sie ihre Beine.

Die drei Männer hatten sie stundenlang in jeder nur erdenklichen Weise gedemütigt, misshandelt und mit Gewalt genommen, dass ihr gegenwärtig alles wehtat.

Mit einem leisen Geräusch, bei dem sie dennoch zusammenzuckte, öffnete sich die Tür und eine Sklavin brachte einen Krug und etwas Brot.

Fast liebevoll und tröstend strich die alte Frau ihr über den Kopf und hielt ihr das Essen hin. Gierig verschlang sie das Brot und trank aus dem Krug, wobei ihr die alte Frau helfen musste, da sie das tönerne Gefäß mit einer Hand nicht richtig halten konnte.

Dankbar nickte sie der Frau zu, als Stuart erneut in der Tür erschien und sie bei seinem Anblick erschrocken aufschrie.

Ging das Martyrium schon weiter?

„Jetzt darf der Herr dich ficken!", erklärte der Aufseher und hielt einen Strick hoch.

Wenige Augenblicke später war sie nackt und erneut mit auf dem Rücken gefesselten Armen auf dem Weg nach oben.

Eine schöne junge Frau in einer eleganten Robe, mit langen blonden lockigen Haaren, kam ihr auf der Treppe von oben entgegen. Vermutlich war dies die Herrin und sie trug das Parfüm, das auch Clara gelegentlich auflegte.

Der Gedanke an die ferne Partnerin füllte kurz ihren Kopf.

Schließlich stand sie wieder vor Simon, der sie langsam umrundete und mit seinen Fingern an ihrem Körper entlangstrich.

„Eigentlich bist du ganz hübsch!", begann der Bruder und setzte seinen Weg um sie herum fort.

„Straffe Brüste, kein hängender Bauch. Ein fester Hintern und wohlgeformte Oberschenkel. Dazu noch alle Zähne! Es ist eine Schande, dich töten zu müssen, aber du hast es ja so gewollt!", erzählte Simon und blieb zuletzt vor ihr stehen.

„Knie dich hin!", befahl er.

Rose folgte unverzüglich seiner Anweisung und er lächelte.

„Na siehst du! Ein Tag und du hast deinen Platz wiedergefunden!", erklärte er triumphierend.

Umständlich streifte er sich die Hose von den Beinen und warf das Kleidungsstück auf das Sofa hinter sich.

„Und damit du nicht wieder irgendeinen Blödsinn redest, werde ich dir erst mal das unverschämte Maul stopfen!", setzte er noch hinzu.

Mit dem nach oben wippenden Glied trat er vor sie hin.

„Und jetzt darfst du zum letzten Mal an diesem Abend deinen Mund öffnen!", erklärte er und griff ihr mit beiden Händen hinter dem Kopf ins Haar.

19. Kapitel

Am Ende des Weges?

Die ersten Sonnenstrahlen fielen durch das Fenster in die Kammer und Rose setzte sich auf der Pritsche auf. Es war Sonntag! Heute würde ihr Martyrium enden und sie gab ein Bittgebet an Gott ab, dass es sich Simon nicht noch einmal anders überlegte und sie noch eine weitere Woche so quälte.

Es war eine furchtbare Zeit gewesen! Die schlimmste, die sie jemals erlebt hatte und in all den Jahren waren es schon einige entsetzliche Tage gewesen.

Nun würde sie endlich den erhofften Tod finden und war dafür bereit.

Von den Haarspitzen bis zu den Zehen gab es nicht einen Flecken an ihrem geschundenen Leib, der gerade nicht schmerzte. Ihre rechte Hand war geschwollen und blau angelaufen.

Sie sehnte sich nur noch danach, endlich von dieser Tortur erlöst zu werden.

Tränen hatte sie schon lange nicht mehr und es war ihr nur schwer um ihr Herz, wenn sie an Fanny und Clara dachte. Zu gern hätte sie die Tochter und die Partnerin noch ein letztes Mal umarmt.

Sie stemmte sich von der Pritsche hoch und trat an das Fenster.

Der Garten sah im Licht des jungen Tages einfach nur wundervoll aus. Ganz im Kontrast zu diesem kargen Raum. Die beiden Haussklavinnen, die auch den Garten betreuten, hatten wirklich ein glückliches Händchen.

Eine von ihnen, die grauhaarige Rita, brachte ihr jeden Tag zweimal das Essen in den Raum und in den paar Augenblicken hatten sie sich etwas angefreundet. Rita kannte auch ihre Großmutter. Oder hatte sie gekannt, denn nach Ritas Erklärung war die alte

Frau damals dem Wüten von Simons älterem Bruder nach dem Tod des Vaters zum Opfer gefallen.

Rose mochte sich lieber nicht vorstellen, was die Großmutter und die Mutter hier in dieser Kammer hatten erdulden müssen!

Wenn sie an diese letzte Woche zurückdachte, so war deren Schicksal sicherlich ihrem ähnlich gewesen.

Es klapperte an der Tür und Rita betrat mit einem Teller und einem Krug den dämmrigen Raum. Brot mit Butter und Wurst lag auf dem Teller.

„Meine Henkersmahlzeit?", fragte Rose.

Rita nickte stumm und Rose hatte schwören können, dass die alte Frau Tränen in den Augen hatte.

„Weine nicht um mich! Ich gehe mit erhobenem Haupt! Der Schmerz wird enden! Und lieber ein Ende mit Schmerzen, als diese Folter ohne Ende!", erklärte Rose sonderbar gefasst und trat der alten Frau entgegen.

Es befand sich sogar Wein im Krug, wie Rose beim ersten Schluck feststellte. Schnaps wäre momentan besser gewesen, denn der hätte gegen die Schmerzen geholfen.

Rita strich ihr über den Kopf und Rose nickte ihr zu.

Dann ging die alte Frau und der grinsende Stuart erschien in der offenen Zellentür. Diesmal hatte er seine doppelläufige Flinte dabei und damit wurde es wohl Zeit für ihren letzten Gang.

„Soll ich dich fesseln? Oder kommst du freiwillig mit?", fragte er sie und hielt den Strick hoch.

Sie entgegnete ihm: „Ich komme so mit. Wo ist mein Kleid?"

„Das brauchst du nicht mehr!", antwortete Stuart und griff nach ihrem Handgelenk.

Nackt trat sie nach draußen und vor dem Haus standen schon einige Aufseher. Jim trug ebenfalls eine Flinte in seinen Händen und grinste sie hämisch an. Er trat auf sie zu und sagte laut: „Wenn du dann tot bist, dann werde ich deinen langsam kalt werdenden

Körper vor aller Augen ficken. Da kannst du dann etwas von mir mit in die Ewigkeit nehmen!"

Die Aufseher lachten laut und Jim stieß ihr den Lauf der Flinte in den Rücken.

Die Steine des Schotterweges drückten in ihre nackten Fußsohlen, die bisher als einziges noch nicht wehgetan hatten. Das änderte sich jetzt. Am Montag war sie diesen Weg doch schon einmal ohne Schuhe gegangen und da hatte sie die spitzen Steine nicht gespürt. Vielleicht hatte damals die Angst den Schmerz verdrängt.

Momentan war die Angst fort, denn sie war eigentlich schon tot!

Mit den Aufsehern näherte sie sich der Ansiedlung der Hütten mit dem großen Platz davor und dort befand sich auch jenes Gestell, an dem hier jeder schon mindestens einmal festgebunden gewesen war, um die Peitschenhiebe zu erhalten.

Dort hatte auch sie schon einmal zehn Hiebe erhalten, doch heute würden es bestimmt mehr werden. Vielleicht dreißig, aber nach dem fünfzehnten Hieb würde sie davon nichts mehr spüren.

Vor dem Gestell stand Simon und hatte die Peitsche schon in beiden Händen. Im Halbkreis hinter dem Gerüst waren die Sklaven versammelt und die Aufseher traten zu ihnen.

Auf der anderen Seite positionierten sich links und rechts die beiden Aufseher mit den kläffenden und an der Leine ziehenden Bluthunden. Die Tiere waren darauf abgerichtet, jeden Sklaven zu zerfetzen, auf den sie losgelassen wurde.

Jim und Stuart traten mit den Flinten zu den Hunden, die anderen Aufseher hatten nur Peitschen dabei.

Einer der Aufseher fesselte Rose mit erhobenen Händen an die obere Strebe des Gestelles, wodurch sie mit dem Rücken zu den Sklaven und mit dem Gesicht zu dem grinsenden Jim stand. Der fasste sich demonstrativ an die Hose, um ihr sein Vorhaben noch einmal ins Gedächtnis zurückzurufen.

Simon trat direkt hinter sie und sagte: „Wenn du dann tot bist, dann werde ich in den Norden gehen. Dort suche ich dann nach deiner Tochter. Ich werde ihr zeigen, wo ihr Platz ist. Und wenn sie dann alt genug ist, so wird sie vor mir knien und mir als Haussklavin viele Abende versüßen!"

„Nein! Nicht Fanny Mae!", stieß Rose verzweifelt aus.

Simon lachte ihr höhnisch ins Ohr, trat von ihr fort und begann eine Ansprache, in der es darum ging, dass man nicht die Hand gegen seinen Master erheben darf.

Schließlich hörte sie es zischen und dann traf sie unvermittelt der erste Schlag. Auf dem Rücken, unterhalb der Schulterblätter, spürte sie den Schmerz, aber sie biss die Zähne zusammen.

In das höhnische Lachen der Aufseher hinein vernahm sie, wie es zweimal knallte und im selben Moment fiel Stuart schreiend nach vorn um. Jim hatte plötzlich ein Loch in der Stirn, verlor die Flinte aus der Hand und kippte stumm nach hinten.

Vier weitere Male knallte es und die Bluthunde fielen jaulend und tödlich getroffen zu Boden.

Hinter Rose begann ein lautstarker Tumult mit weiteren Schüssen und Gebrüll und sie begriff nicht, was da gerade geschah.

Unmittelbar vor ihr prügelten sich einige Sklaven mit den Aufsehern um die beiden Flinten, doch die Sklaven waren stärker und richteten schließlich die Waffen gegen ihre Peiniger.

Die dumpfen Abschüsse der Flinten schleuderten die getroffenen Aufseher regelrecht zu Boden.

Ein Aufstand war ausgebrochen!

Mae erschien neben ihr und löste ihr die Fesseln, die sie am Gestell hielten. Sie fiel der Mutter um den Hals und brach in sich zusammen.

Ein paar Schritte später war sie in Mutters Hütte, hatte einen Verband um die Hand, ein paar Kräuter auf dem Rücken und trug erneut die Kleidung einer Sklavin.

„Was ist los?", fragte sie verwundert.

„Sam hat deine beiden Revolver gefunden!", entgegnete Mae.

Erst jetzt fielen ihr die versteckten Waffen wieder ein.

Augenblicklich war der Tod fern und der Überlebenswillen übernahm wieder! Nur fort von hier, zu Fanny und Clara!

„Ich weiß, wie wir fliehen können, aber wir brauchen dafür andere Kleider. In diesen fallen wir zu sehr auf", erklärte Rose und zog die Mutter hinter sich her.

Als sie auf den Platz traten, hing Simon nackt am Gestell. Das bizarre Muster aus blutigen Striemen auf seinem Rücken zeigte ihr, dass er das Ende gefunden hatte, das er ihr zugedacht hatte.

Alle Aufseher lagen erschlagen am Boden und die Sklaven führten einen regelrechten Freudentanz auf.

„Wir müssen zum Herrenhaus. Dort gibt es neue Gewänder!", rief Rose aus und rannte, trotz der Schmerzen, zum Haus hinüber.

Direkt vor dem Eingang der Villa lag die junge Herrin am Brunnen. Nackt, blutend und geschändet.

Rose kniete sich kurz zu ihr und stammelte: „Das habe ich nicht beabsichtigt! Ich wollte doch nur meiner Tochter die Großmutter bringen!"

Mae rüttelte sie an ihrer Schulter und zeigte auf das Haus, aus dessen oberstem Stockwerk bereits Flammen schlugen. Wenn sie noch andere Sachen wollten, dann mussten sie sich beeilen.

Wenig später trugen sie Schuhe und ordentliche Kleider.

Augenblicklich rannte Rose den vertrauten Weg, doch sie würden sich irgendwo bis zur Dunkelheit der Nacht verstecken müssen und das Rauchzeichen des brennenden Herrenhauses war ein Signal für die Verfolger.

Und es war ein Fanal, denn kaum einer der Sklaven würde diesen Tag vermutlich überleben.

20. Kapitel

Der Duft der Freiheit

Vierundvierzig Jahre lang war Mae gefangen gewesen, jetzt war sie frei, obwohl das wohl nicht wirklich zutraf, denn momentan hockte sie mit ihrer Tochter in einem Gebüsch am Straßenrand.

Stundenlang hatten sie sich gegenseitig leise erzählt, was sie in den vergangenen Jahren erlebt hatten.

Gerade setzte langsam die Dämmerung des Abends ein und Mae dachte dabei an den Beginn des Tages zurück. Niemand hatte ihr gesagt, was passieren würde und vielleicht hatte es außer Sam und Ben auch keiner der anderen gewusst.

Erst die Pistolenschüsse der beiden Männer hatten das Startsignal gegeben. Ohne die Flinten und die Bluthunde waren die Aufseher in der Unterzahl gewesen und hatten den Sklaven nichts entgegenzusetzen gehabt.

Gegenwärtig waren alle geflohen und sie hoffte, dass Joshua vielleicht irgendwo mit Kuni ein neues Glück finden würde. Inständig betete sie darum, dass er nicht den Fehler beging, auf seine alte Farm zu gehen, denn da würde sicher nur der Tod auf den jungen Mann warten.

Rose hatte einfach nur großes Glück gehabt und wäre sicher jetzt schon tot! Das hatte Mae schon am Montag gedacht und wollte es nur der Tochter gegenüber nicht zugeben. Sie hatte bereits mit ihr abgeschlossen, nachdem Stuart Rose gefangen und niedergeschlagen hatte. Und im Moment schämte sie sich ein wenig dafür, dass sie einfach aufgegeben hatte.

Aber in Sicherheit waren sie trotzdem noch lange nicht.

Den ganzen Tag hatte sie die Reiter gesehen, die auf der Straße vor ihr geritten waren. Es waren nur drei oder vier Schritte bis dorthin und wenn einer nur auf die Idee gekommen wäre, vom

Pferd abzusteigen, dann wären sie beide jetzt schon erneut in Ketten!

Mae konnte den Duft der Freiheit riechen, aber noch hatte sie diese nicht erreicht, denn noch hockte sie in Louisiana in einem Strauch!

Und sie musste jetzt daran denken, wie Rose damals gefangen und zurückgebracht worden war. Jahre war das her. Damals hatte die Tochter zehn Peitschenhiebe erhalten und ihr Freund war unter der Knute gestorben.

Sollten sie heute gefasst werden, dann würde ihr Schicksal sich wohl schon hier erfüllen, aber wo sollten sie eigentlich hin? Rose hatte nicht ein Wort dazu gesagt, nur, dass sie die Möglichkeit zur Flucht hatte.

Allerdings saßen sie hier und flüchteten nicht.

Sie konnte nur hoffen, dass Rose wusste, was sie hier tat und dass ihr die eine Woche der Tortur und der Schmerzen nicht das Hirn vernebelt hatte.

Doch die Wahl der Kleider war schon ein Zeichen für die Klarheit der Tochter gewesen, denn mit fast schlafwandlerischer Sicherheit hatte sie in der Eile des Aufbruchs zwei Gewänder in gedeckten Farben gewählt, die soeben auch noch perfekt zu dem Gebüsch zu passen schienen.

Mae strich mit der Hand über den schönen Stoff. Noch nie hatte sie ein solch wundervolles Kleid getragen.

Im Lager hatten immer alle Frauen dasselbe an: Einen knielangen Rock, unter einem vorn geknöpften kurzärmligen Oberteil, das bis auf den Rock fiel. Schürze und Kopftuch gehörten noch dazu.

Die helle Farbe sollte wohl ihre Ergreifung im Falle einer Flucht erleichtern oder die Überwachung im Feld. Und jetzt trug sie ein knöchellanges Kleid mit langen Ärmeln und es duftete noch nach einem Parfüm, das die Herrin wohl getragen hatte.

Bei diesem Duft hatte Mae augenblicklich das Bild im Kopf, wie sie die ehemalige Trägerin dieses Gewandes vor dem Herrenhaus vorgefunden hatte.

Niemand hatte das Recht, so mit einem anderen Menschen umzugehen. Dass die brutalen Aufseher den Tod gefunden hatten und auch Simon seiner Strafe nicht entgangen war, das konnte Mae verstehen, aber die Herrin? Sie hatte nie auch nur ein Wort gegen eine von ihnen gerichtet und bis zum Morgen dieses Tages hatten sie vermutlich nicht mal auf derselben Welt wie sie gelebt.

Gerade schämte sich Mae für die Männer, mit denen sie all die Jahre zusammen im Lager gelebt hatte.

Sie stellte sich augenblicklich die Sklaven, einen nach dem anderen vor. Ben, Sam und Joshua waren es sicherlich nicht gewesen, einer von den anderen aber schon.

In ihren Gedanken schaute sie sich die Reihe der Frauen an. Mehr als vierzig waren es gewesen, die bis zum Morgen mit ihr gelebt, gearbeitet und gelitten hatten. Mae hoffte, dass ihnen die Flucht gelingen würde, denn sie hatten es besonders schwer. Durch ihre Kinder konnten sie nicht einfach so verschwinden, doch durch den Tod der Aufseher hatten jetzt diese Frauen, so wie Kuni, die Möglichkeit, zu entkommen.

Würden sie gehen? Und sollte sie das überhaupt?

Eine Art von innerem Zwang steckte da noch in ihr, denn von klein auf war ihr eingebläut worden, dass sich eine Flucht nicht lohnte. Rose hatte ihren Versuch damals mit einem zerschlagenen Rücken bezahlt.

Momentan kauerte Mae hier im Busch und war kurz davor, einfach aufzustehen und sich zu stellen. Es wäre so einfach, denn sie musste nur die paar Schritte gehen und sich auf diese Straße stellen. Damit würde diese Flucht hier enden, allerdings konnte sie dann die Enkeltochter, von der Rose ihr berichtet hatte, nicht kennenlernen.

Im Zwiespalt zwischen Entkommen und Bleiben hockte sie stumm im Strauch.

Rose tippte ihr auf die Schulter und holte sie aus ihren Gedanken zurück.

„Wir müssen!", flüsterte die Tochter.

Mittlerweile war es dunkel und Mae hatte dies gar nicht registriert.

Leise machten sie sich am Straßenrand auf den weiteren Weg, welcher nur Rose bekannt war. Es war stockdunkel und sie sah kaum die direkt vor ihr gehende Tochter.

Wie zwei Geister huschten sie durch die Nacht.

Sie ging nach vorn und legte ihre Hand auf die Schulter der Tochter. Rose zuckte kurz zusammen, blieb stehen und legte dann die Hand auf die ihrige. Danach schritten sie nebeneinander her und hielten sich dabei an den Händen.

Eine Weile später erspähte sie vor sich ein schwaches Licht. Es mochte wohl eine Kerze sein und Rose hielt direkt darauf zu.

Kaum ein Dutzend Schritte davor blieb sie plötzlich stehen und lauschte in die Nacht, danach flüsterte die Tochter ihr ins Ohr: „Wir sind da!"

Mit ihr an der Hand lief Rose zu einer Tür neben dem Fenster mit der Kerze, klopfte und wurde von drinnen durch die sich öffnende Tür in den Raum gerissen.

Und sie flog praktisch hinter ihr her und hätte dabei fast vor Schreck aufgeschrien.

Ein gütig aussehender schwarzer Mann in Sams Alter legte ihr vorsichtshalber die Hand auf den bereits zum Schrei aufgerissenen Mund. Diese Hand roch nach Tabak. Ein Sklave, der rauchte? Sicherlich ein Freigelassener!

21. Kapitel

Auf der Flucht

Unzählige Stunden hatte Rose mit ihrer Mutter in einem Gebüsch gehockt, denn erst in der Nacht würden sie ihren Weg fortsetzen können. Nur flüsternd hatten sie sich unterhalten, aber dennoch hatte sie mehr erfahren, als ihr lieb gewesen war.

Ihre Tat hatte damals großes Unglück über die ganze Familie gebracht. Ihre Großmutter war dabei zu Tode gekommen. Zu Tode geschunden worden, traf es wohl besser und Mae hatte die Tortur durch Simons älteren Bruder auch nur deshalb überlebt, weil sie eine gute Arbeiterin und sehr stark gewesen war.

Mae hatte damals zwei Wochen in der Kammer leben und dem Herren bedingungslos zu Willen sein müssen.

Zwei Wochen lang!

Rose hatte schon nach einer um den Tod gefleht. Wie muss sich da erst die Mutter gefühlt haben? Doch Mae war willensstark gewesen und hatte überlebt und auch die Schande hatte sie nicht kleinbekommen.

Leise weinend lagen sich die beiden Frauen in ihrem zeitweiligen Versteck in den Armen.

Von Zeit zu Zeit konnten sie Rufe hören und auch Reiter waren in der Nähe. Zum Glück war kein Hundegebell zu vernehmen, denn vor einem Bluthund wäre ihr Zufluchtsort wohl kaum zu verbergen gewesen.

Sie konnte sich noch gut daran erinnern, wie sie damals auf ihrer Flucht mit ihrem Freund von den Hunden verfolgt und auch gestellt worden war. Nur Stuart hatte sie damals vor den zähnefletschenden und blutrünstigen Bestien gerettet, weil er sie lebend dem Herrn übergeben wollte.

110

Damals war sie ihm dafür dankbar gewesen und jetzt hasste sie ihn. Alle Schulden bei ihm waren von ihr tausendfach vergolten worden.

Endlich sank die Nacht über sie und Rose schlich aus dem Versteck. Die Schuhe in der Hand folgten sie dem alten Weg, den sie noch gut kannte.

Fast eine Woche zuvor war sie von hier aufgebrochen, um die Mutter zu holen. Augenblicklich waren sie endlich der möglichen Rettung nahe.

Sie sah die Kerze im Fenster, die ihr den Weg wies, huschte zur Tür und machte das verabredete Klopfzeichen.

Sofort schwang die Tür auf, eine Hand zog sie in den Raum und Mae stürzte hinter ihr her.

„Hat euch jemand gesehen oder verfolgt?", fragte der alte Michael mit Angst in der Stimme.

„Nein!", erwiderte Rose schnell, obwohl sie es nicht mit Sicherheit wissen konnte.

Michael führte sie nach hinten und wenige Augenblicke später saßen sie in einem Kellerversteck, das gerade einmal ein Viertel dessen hatte, was ihre Kammer bis zum Morgen als Abmessung aufgewiesen hatte. Und als der Deckel über ihnen zufiel, da war die Höhe gerade mal so, dass man darin einigermaßen sitzen konnte.

Momentan hockten sie im Dunkeln und warteten.

Bestimmt wollten Michael und seine Frau erst mal sicher gehen, dass ihnen auch wirklich keiner gefolgt war und damit mussten sie sich einfach nur ruhig verhalten.

Doch in der Ruhe und Finsternis kamen die Schmerzen ihres Körpers zurück.

Stil weinte sie und dachte an all das Blutvergießen zurück, das ihretwegen über diese Menschen gekommen war. Simon, seine Frau, die Aufseher und sicher alle Sklaven der Plantage hatten diesen Tag nicht unbeschadet überstanden.

Es war ihr eigener Wille gewesen, der das Unglück gebracht hatte, denn nur weil sie Mae retten und der Tochter die Großmutter bringen wollte, waren dutzende Menschen gestorben.

Die Klappe über ihnen öffnete sich und ein Lichtschein fiel zu ihnen herunter.

Rose zuckte zusammen, aber es war nur Michaels Frau, die mit einer Kerze zu ihnen in das Versteck kletterte.

Leise sagte sie: „Morgen früh werden wir euch weiterbringen. Wo wollt ihr hin? Wo könnt ihr bleiben?"

„Ich habe Freunde in St. Louis, die mir helfen können", entgegnete Rose.

„Gut! St. Louis also!", antwortete die alte Frau und dachte nach. Nach einer Weile fragte sie: „Wie sieht es bei euch mit engen Räumen aus?"

„Das macht mir nichts!", erwiderte Rose und Mae nickte.

„Gut! Und für fünf Tage auf engsten Raum?"

„Damit hätte ich auch kein Problem!", erzählte Mae und diesmal nickte Rose zur Bestätigung.

Die alte Frau klopfte an den Deckel, der sich öffnete.

Michael reichte Brot und Wasser herab, die Kerze blieb bei ihnen und die Frau stieg wieder nach oben.

Offenbar wurde derzeitig ihre weitere Flucht geplant, während sie gierig das Brot aßen und das Wasser tranken.

„Ich habe schon oft von der Underground Railroad gehört, aber dass das so ist, das hätte ich nicht gedacht", bemerkte Mae mit vollem Mund.

„Es darf ja auch niemand wissen! Das Leben hunderter Sklaven, die in die Freiheit wollen, hängt davon ab!", gab Rose ihr zurück.

Erneut öffnete sie die Klappe des Verstecks und dieses Mal war es Michael, der zu ihnen herunterstieg.

„Also hört zu!", begann er und setzte dann fort: „Wir stecken euch in eine Kiste und ein Dampfer bringt euch dann nach St. Louis. In vier oder fünf Tagen seid ihr dort. Ihr dürft keinen Ton von euch geben. Einer von der Besatzung ist eingeweiht und wird euch nachts Wasser und Brot geben. Ihr müsst in einen Krug pinkeln und gebt ihm das dann abends raus. Kein Mensch darf euch bemerken. Versprecht ihr mir, dass ihr das könnt?"

„Ich verspreche es!", entgegnete Rose.

„Ich ebenfalls!", setzte Mae hinzu.

„Gut! Dann kommt!", erzählte Michael und stieg mit ihnen zusammen nach oben.

In einem Raum stand eine Kiste und diese war wirklich winzig. Für einen Moment zögerte sie, ob sie sich darauf einlassen sollte. Darin würden sie Bauch an Rücken, mit gebeugtem Kreuz sitzen müssen und das für vielleicht fünf Tage, doch Mae kletterte bereits hinein.

Als auch sie darin hockte, sagte Michael noch: „Viel Glück!" Danach reichte er ihnen ein Brot und einen Krug herein, gab ihnen zum Abschied die Hand und verschloss den Deckel.

Eine Weile später wurde die Box bewegt und Rose hörte die Geräusche von Pferden und einem Wagen.

Sie waren auf dem Weg zu einer Anlegestelle, die es hier am Mississippi überall entlang des Flusses gab. Dort würden die Männer sie dann, vermutlich noch in dieser Nacht, auf einen der Dampfer verladen.

Würde ihre Flucht gelingen? Und kämen sie wieder lebend aus diesem Kasten?

Die unbequeme Haltung schmerzte Rose bereits jetzt im Rücken und Mae drückte auch noch genau auf die Stelle, die Simons Peitsche am Morgen getroffen hatte.

Nur ein Schmerzenslaut musste ihr entfahren und sie wären wieder auf einer Plantage. Oder am Galgen!

22. Kapitel

Gefangen oder frei?

Fast fünf Tagen steckte Rose jetzt schon in dieser Kiste. Wenn sie in Michaels Hütte bereits gewusst oder auch nur geahnt hätte, auf welche neuerliche Tortur sie sich damit eingelassen hatte, sie hätte dankend abgelehnt. Eigentlich war diese Holzkiste für einen schon zu klein, aber sie steckte hier mit ihrer Mutter drin!

Mae saß hinter ihr, mit dem Rücken zur Wand, Rose hatte sich an den Bauch der Mutter angepresst und hockte somit zwischen deren Beinen, mit angezogenen Knie und nach vorn gedrücktem Kopf, weil der Deckel der Kiste einfach auch nach oben kaum Platz ließ. Zwischen ihren Beinen stand der Krug mit dem Wasser und dort drüber hing an einem Nagel auch der Beutel mit dem Brot.

Der Krug war mit einem Deckel verschlossen, damit nichts von seinem Inhalt auslief und einer der Männer vielleicht nachschauen würde, was da aus der Kiste rieselte. Es wäre ihr Tod gewesen!

Sie beide hatten nur den einen Krug, den sie zuerst austrinken mussten, um danach ihre Notdurft darin verrichten zu können. Das gestaltete sich ebenfalls mehr als schwierig, denn eigentlich konnten sie sich kaum bewegen und dann noch den Krug unter den Schoß schieben, zielen und hineinpinkeln, ohne dass nur ein Tropfen daneben ging, das war eine Meisterleistung.

Auf dem Schiff gab es nur einen Matrosen, der wusste, welche brisante Fracht wirklich in diesem Holzkasten steckte.

Am ersten Abend hatte sich Rose beinahe zu Tode erschrocken, als der Deckel sich öffnete und ein weißer Mann mit Bart zu ihr herein sah. Nur Mae, die ihr geistesgegenwärtig den Mund von hinten zugehalten hatte, hatte verhindern können, dass ihr Schrei die Mannschaft alarmiert hätte.

Der Mann hieß Piet und war Ire. Nur mitten in der Nacht konnte er ihren Krug entgegennehmen, dessen Inhalt entsorgen und erneut befüllen. Er brachte ihnen auch Brot und gab ihnen für ein paar Augenblicke etwas Zeit, um sich zu strecken, doch verlassen durfte sie ihr Gefängnis aus Holz natürlich nicht.

Am Abend zuvor hatte er sich von ihnen verabschiedet und gegenwärtig war durch die Ritzen im Holz zu sehen, dass der neue Tag begonnen hatte.

An diesem Tag würden sie in St. Louis ankommen!

Wie jeden Tag zuvor wurde es neuerdings mit der Zeit in dieser Kiste unerträglich warm. Die Sonne knallte auf den Deckel und zwei Menschen produzierten solch eine Wärme, dass ihr der Schweiß in Sturzbächen über den Rücken lief. Und dabei war sie eigentlich Hitze gewöhnt.

An Maes Armen und Beinen spürte sie, dass es auch der Mutter hinter ihr ähnlich ging. Der Inhalt des Kruges lief durch ihre Kehlen, aber durch das Schwitzen mussten sie wenigstens nicht so viel pinkeln. Alles hatte eben auch sein Gutes.

Dennoch betete Rose, dass diese Fahrt endlich vorbei sein möge.

Angestrengt lauschte sie nach draußen, ob schon etwas von den Geräuschen des Hafens von St. Louis zu hören war, doch keine der so sehnsüchtig erhofften Dampfpfeifen drang an ihr Ohr. Nur gelegentlich ein entgegenkommendes Schiff und nicht der Trubel des großen Hafens.

Und in der Erwartung des baldigen Endes zog sich dieser Tag ins Unendliche dahin.

Hier saßen sie jetzt, gefangen in einer Kiste und dennoch frei, solange niemand den Deckel anhob, um zu kontrollieren, welcher Inhalt sich darunter befand. Oder ein Laut von ihnen sie verriet.

Daher hatte sich Rose in den Nächten auch immer, mit Maes Hilfe, einen Knebel aus der Saum ihres Kleides umbinden lassen, damit kein Schrei aus ihren Albträumen sie in Ketten brachte.

Und Angstträume hatte sie in dieser Zeit zuhauf gehabt. Jedes Mal, wenn ihr die Augen vor Müdigkeit zugefallen waren, hatte sie wieder vor Simon gekniet, in der Dunkelheit waren Stuart und Jim über sie hergefallen.

Sie hatte abermals die Peitsche gespürt und die Toten ihres unsäglichen Versuches, Mae zu befreien, waren über sie gekommen. Die nackte junge Herrin klagte sie mit ihrem Blute an und sie schämte sich dafür, dass sie diese Gewalt zu verantworten hatte, denn hätte sie die Waffen nicht mitgenommen, dann wäre nichts dergleichen geschehen. Mal abgesehen davon, dass sie jetzt wohl tot wäre!

Aber nur sie war für diese Gewalttätigkeiten verantwortlich. Sie ganz alleine! Niemand sonst!

Und in der Abgeschiedenheit ihres Verstecks konnte sie darüber noch nicht einmal mit Mae reden, denn sie wussten ja nicht, ob eventuell jemand in der Nähe stand und es möglicherweise belauschen würde. Damit würde sie nicht nur sich selbst, sondern auch die Mutter an den Galgen bringen.

„Komm schon, St. Louis!", bettelte Rose in Gedanken.

Sehnsüchtig erwartete sie ihr nächstes Ziel, obwohl sie auch in St. Louis noch immer nicht wirklich frei und in Sicherheit waren, denn auch Missouri gehörte noch zu den konföderierten Staaten des Südens.

Erst in Illinois würden sie wirklich aufatmen können.

Allerdings hatte sie in St. Louis ihre Freundin Alma, die ihr helfen würde. Eigentlich war Alma ja Claras Freundin, aber die alte Frau würde sie sicherlich unterstützen. Das hatte sie damals vor über zehn Jahren bereits getan und wenn die vergangene Zeit nichts an ihrer Einstellung geändert hatte, dann wären sie beide dort vorerst geschützt.

Viel zu langsam kam der Abend, aber mit der schwindenden Hitze in der Box kamen endlich die erhofften Geräusche des Hafens.

Wenn es der Platz zugelassen hätte, dann hätte Rose jetzt in der Kiste vor Freude getanzt, als ein Kran sie schwankend vom Schiff hob und auf einem Karren absetzte. Durch eine der Ritzen konnte sie das geschäftige Treiben im Hafen und am Pier erspähen.

Dann setzte sich das Fuhrwerk in Bewegung und hielt schließlich irgendwo in der Dunkelheit. Der Deckel wurde geöffnet, aber weder Mae noch sie konnten aus eigener Kraft diese Kiste verlassen.

Zwei Männer mussten sie herausheben und es dauerte eine ganze Weile, bis Rose ihre Glieder wieder bewegen konnte, doch da war der Karren schon lange wieder verschwunden.

Wie zwei Katzen in der Finsternis schlichen sie augenblicklich durch die Außenbezirke der schlafenden Stadt.

Der Wagen hatte sie sogar auf der richtigen Flussseite abgesetzt und jetzt musste sie nur noch die Straße und das richtige Haus finden. Dabei war es ewig her und damals hatte eine Kutsche sie zu Alma gebracht.

Der neue Morgen warf schon den ersten roten Schein auf die Ortschaft, als Rose endlich an dem ersehnten Haus angekommen war.

Als sie gerade klopfen wollte, öffnete sich die Tür und die ergraute Frau stand direkt vor ihr. Rose bekam vor Schreck kein Wort heraus.

Fragend schaute Alma sie an, bis es ihr einfiel und sie fragte: „Rose?"

Sie nickte und einen Augenblick später saßen sie am Tisch, bekamen ein kräftiges Frühstück und Alma bezog die Betten des Gästezimmers neu.

Essen und Schlafen waren jetzt wichtig.

Am Abend oder am nächsten Tag würde sie dann mit Mae reden und ihr Herz erleichtern müssen.

23. Kapitel

Glaubensfragen

Noch nie zuvor hatte Mae diese Herzlichkeit erlebt, die ihr Alma entgegengebracht hatte. Schon gleich gar nicht von einer weißen Frau! Es kam ihr alles so unwirklich vor, als ob es ein Traum wäre, aus dem sie jeden Augenblick erwachen könnte.

Innerlich bewunderte sie Rose dafür, mit welcher Sicherheit sich die Tochter bewegt hatte. Da war gewiss die Routine darin zu erkennen, die sie in den Jahren im Norden erworben hatte.

Doch so richtig frei fühlte sich Mae noch nicht, denn sie war innerlich noch immer eine Sklavin! Das würde aber noch eine Weile brauchen, wenn es denn wirklich jemals vollständig aus ihr raus sein würde.

Nie zuvor war Mae wirklich ihr eigener Herr gewesen. Immer hatte ihr jemand gesagt, was sie zu tun oder zu lassen hatte. Bis gerade eben hatte Rose das übernommen und gegenwärtig lag die Tochter vor ihr im Bett und schlief.

Sie selbst fand aber nicht zur Ruhe, obwohl auch sie in den Tagen zuvor nicht geschlafen hatte. Offensichtlich hielt sie das Grübeln und die Erkenntnis der Freiheit derzeit wach.

Um Rose nicht zu wecken, erhob sie sich leise aus dem Bett und schlich sich zurück in die Küche, wo Alma noch immer am Tisch saß.

Die Frau blickte sie fragend an, als sie in den Raum trat, und zeigte danach wortlos auf den Platz ihr gegenüber. Für einen Moment hätte sie fast: „Danke, Herrin!", gesagt. Es steckte eben noch viel zu tief in ihr drin.

Schweigend saß sie kurz darauf dort und Alma brachte ihr eine Tasse Kaffee.

Sich an dem warmen Getränk festhaltend, überlegte Mae, wie sie sich für all das bedanken sollte, was die Frau gerade einfach nur wortlos für sie beide tat, denn Alma gab ihnen Schutz, Unterkunft und Verpflegung und das alles, ohne eine einzige Gegenleistung zu erwarten.

Mittlerweile war es tief in der Nacht. Almas Mann schlief bestimmt schon lange in dem Raum nebenan und weiterhin suchte Mae nach den Worten, um sich für die Hilfe zu bedanken.

Offenbar bemerkte auch Alma das, denn sie begann leise zu erzählen: „Weißt du, ich bin in dieses Land gekommen, weil bei uns drüben in Europa die Grundherren so rücksichtslos mit uns umgegangen sind. Sie haben einfach immer mehr von uns gefordert, bis wir nicht mehr konnten. Dabei taten sie so überheblich, als wären sie bessere Menschen."

Alma nahm einen Schluck Kaffee und goss Mae nach.

Nach einer kurzen Pause setzte die Frau fort: „Und hier scheint es leider nicht viel besser zu sein! Die Weißen im Norden halten sich für was Besseres als die Indianer und die im Süden fühlen sich euch überlegen. Warum nur? Clara hat mal gesagt, unter der Haut ist unser Blut überall rot und es schlägt in jeder Brust ein Herz!"

„Ich glaube nicht, dass mein Master ein Herz hatte! Einen Stein wohl eher!", stieß Mae bitter aus.

„Menschen! Sie alle glauben an denselben Gott und dennoch tun sie sich so schreckliche Dinge an!", entgegnete Alma kopfschüttelnd.

Mae konnte dem nur stumm nickend zustimmen. „Bei uns gab es viele gläubige Sklaven. Die Herren haben uns immer eingetrichtert, dass wir im Himmel eine bessere Position bekommen können, wenn wir gut und schnell arbeiten, aber dort oben ist meine Haut trotzdem noch schwarz!", erklärte Mae und zeigte mit dem Finger zur Hüttendecke.

Alma schüttelte den Kopf und entgegnete: „Gott wiegt deine Seele und diese ist bei dir strahlend weiß und schön! Er sieht in dein Herz und wo kein Herz ist, da gibt es auch keinen Himmel!"

„Wenn Gott wirklich das Herz wiegt, dann stehen Stuart, Jim und Simon schon lange vor dem Teufel für das, was sie mir, Rose und all den anderen Sklavinnen und Sklaven angetan haben!"

„So wahr es einen Gott gibt!", entgegnete Alma.

„Amen!", setzte Mae hinzu.

„Möchtest du noch etwas essen? Ich habe noch Brot und etwas kalten Braten da?", fragte Alma.

„Nein danke!", antwortete Mae.

„Ich werde jetzt in mein Bett gehen und etwas schlafen. Bitte bleib im Haus. Hier gibt es Räuber und Vigilanten, die euch zurück in den Süden bringen könnten oder sogar nach eurem Leben trachten!", offenbarte Alma und erhob sich gähnend vom Tisch.

„Soll ich das Licht für dich anlassen?", fragte sie noch.

Mae schüttelte den Kopf und erhob sich ebenfalls.

Alma leuchtete ihr noch, bis Mae zur Tür des Gästezimmers gegangen war, dann ging sie ebenfalls in ihre Kammer.

Rose schnarchte leise im Bett und sie hätte sich auch in das andere legen können, doch sie wollte der Tochter so nahe wie nur möglich sein.

Vorsichtig legte sie sich hinter Rose und dachte über Almas Worte nach. Vermutlich hatten die Herren die Sache mit Gott und dem Paradies immer so verdreht, dass sie einfach nicht aufbegehrt hatten.

Mae war nie wirklich so gläubig gewesen, wie es Sam zum Beispiel gewesen war. Zumindest nicht an diesen Gott, denn Ifunanya hatte ihr oft von ihren alten afrikanischen Göttern erzählt.

Aber eines schien dabei gleich zu sein, denn auch diese alten Gottheiten aus Afrika belohnten die Menschen für gute Taten. Und damit würde Alma für ihr Handeln sicherlich auch von diesen Göttern belohnt werden.

Mae murmelte in der alten Sprache der Ahnen ein Bittgebet für Alma und setzte noch eines an den anderen Gott der Christen hinzu.

Gerade fiel ihr dabei ein, dass sie in all den Jahren dieser Tortur nicht ein einziges Mal die Aufseher oder Master Simon verflucht hatte. Warum eigentlich nicht? Da steckte wohl diese Art von Gläubigkeit und Hörigkeit dann doch in ihr drin!

Vor ihrem inneren Auge zogen jetzt all diese Momente vorbei, in denen es sicher eines Fluches bedurft hatte, die Augenblicke des Schmerzes, der Demütigung und der Qualen.

Sie hatte all das einfach stumm ertragen. Nicht immer wirklich stumm im Sinne des nicht Schreiens, sondern eher in der Bedeutung des einfach Erduldens. Und da gab es so viel in ihrer Seele, was augenblicklich dort rauswollte. Die Peitschenhiebe, die Vergewaltigung durch Simons Vater, die Demütigungen durch Stuart.

Der Tod von Ifunanya kam da noch hinzu, die nach der Flucht der Tochter damals den Tod durch Simons Bruder gefunden hatte und sie selbst, die diese Qual nur mit Mühe und Not überlebt hatte.

„Ich verfluche euch Menschenschinder!", stieß Mae aus und setzte dasselbe in Suaheli hinzu.

„Möget ihr da unten für eure Taten niemals Ruhe finden!", flüsterte sie und schloss die Augen.

Eine Leichtigkeit überkam sie und schon wenig später schlief sie. Im Traum sah sie Ifunanya wieder, aber sie war ganz weiß und strahle von innen heraus.

Alma hatte recht!

Gott war gerecht und er belohnte nur die Guten!

24. Kapitel

Mit ein bisschen Hilfe einer Freundin

Rose hatte sich den Magen regelrecht vollgeschlagen. In den fünf Tagen in der Kiste hatte sie nicht viel gegessen und auch nur wenig getrunken, um nicht in diesen Krug pinkeln zu müssen.

Nach der Ankunft war Essen und Trinken dann wichtiger gewesen, als das Schlafen. Doch da sie in den letzten Tagen auch nicht viel geschlafen hatte, zog es ihr danach die Augen zu. Sie hatte nicht mal mehr die Kraft, sich bei Alma zu bedanken, die sie so selbstlos bei sich aufnahm. Alma war ja Claras Freundin und sie selbst hatte die alte Frau nur ein einziges Mal auf der Flucht gesehen. Damals, als sie vor mehr als zehn Jahren hier gewesen war.

Rose hatte gehofft, dass sie hier im Stroh schlafen konnte und gerade überschlug sich Alma förmlich, um ihr jeden Wunsch zu erfüllen.

„Die Betten sind jetzt fertig!", sagte sie, als sie an den Tisch trat.

Betten! Schlafen!

Müde zog es Rose von der Bank und auf Mae gestützt schlurfte sie in die Kammer hinüber. Sie spürte noch, wie Mae ihr das Kleid über den Kopf zog und streichelnd ihren Körper untersuchte, dann fiel sie in das weiche Bett und schlief.

Im Traum lief sie wieder nackt durch die Gänge des Herrenhauses. Sie stand vor Simon, der sie mit leeren Augen ansah und sie auf die Knie zwang. Dann sprang Clara auf ihn zu und schoss die Kammern der beiden Revolver auf ihn leer. Simon lachte nur und blickte auf die Löcher in seiner Brust. Blutend trat er hinter sie, kniete sich hin und Rose erwachte schreiend.

Zumindest hatte sie im Schlaf geschrien.

Geistesgegenwärtig hatte Mae sie nach dem Einschlafen erneut geknebelt, wodurch nur ein gedämpfter Laut ihren Mund verlassen hatte.

Sie setzte sich auf die Kante des Bettes und ließ die Beine heraushängen. Langsam zog sie sich den Knebel heraus, als die Tür sich öffnete und Alma im Nachthemd, mit einem Licht in der Hand, zu ihr trat.

Erst im Schein der Petroleumlampe bemerkte Rose, dass sie nackt war und kalter Schweiß ihr auf der Haut stand.

Mae schlief noch und sie beide wollten sie auch nicht wecken.

Mit Almas Hilfe streifte sie sich das Unterkleid über den Körper, danach gingen sie nach nebenan und setzten sich mit der Kerze an den Tisch.

„Ich danke dir, dass du uns so freundlich aufgenommen hast", begann Rose.

Alma legte ihre Hand auf ihren Arm und unterbrach sie. „Keine Ursache. Was war los?", entgegnete sie.

„Zu viele Albträume!", antwortete Rose.

Alma zeigte auf die verbundene Hand und fragte: „Möchtest du darüber reden?"

Sie begann sehr zögerlich von dem Versuch zu erzählen, die Mutter aus der Sklaverei zu befreien, doch mit jedem Wort wurde es besser und schließlich sprudelte alles nur so aus ihr heraus: Simon, Stuart, Jim, die Hunde, die Sklaven, die Gewalt und der Aufstand.

Alma hörte geduldig zu und wartete, bis sie zum Schluss gekommen war.

„Du ärmste! Soll ich mir mal deine Hand ansehen?", erwiderte Alma schließlich.

Eigentlich hatte sie Angst davor, diesen alles verhüllenden Verband abzunehmen, doch schließlich nickte sie.

Vorsichtig begann Alma das Tuch abzubinden. „Bei allen Heiligen! So ein Drecksack!", entfuhr es Alma, als Rose die Hand auf den Tisch legte und auch sie selbst erschrak.

„Du solltest damit unbedingt zu einem Arzt gehen, damit du die Hand nicht verlierst!", erklärte Alma und versuchte behutsam etwas Salbe auf die Hand aufzutragen, doch bei jeder Berührung zuckte Rose zusammen. Sie biss sich vor Schmerzen in die andere Hand, damit Mae nicht geweckt würde.

Schließlich war die Hand wieder verbunden, sie zog sie sich an ihre Brust und die Schmerzen wurden nur sehr langsam weniger.

„Ich würde ja zu einem Arzt gehen, aber hier? Was wäre, wenn er mich ausliefert? Dann landen ich und Mae am Galgen! Ich kann erst in Chicago gehen!", gab Rose zur Antwort und wischte sich die Tränen des Schmerzes fort.

„Da hast du sicher recht. Ihr wollt also über Chicago nach Faribault?", erkundigte sich Alma bei ihr.

„Ja. Wir schaffen das nicht zu zweit über die Prärie. Mae hat noch nie ein Pferd geritten und tausend Meilen im Sattel hält sie niemals durch!"

„Du hast es damals auch geschafft und hattest nie zuvor ein Reitpferd gesehen", erinnerte Alma sie an die Flucht.

„Aber da war Clara an meiner Seite und eigentlich war nur sie es, die mich auf dem Tier gehalten hat", entgegnete Rose nachdenklich.

„Ich werde versuchen, ob sich da für euch beide eine Mitfahrgelegenheit ergibt, aber du solltest jetzt weiterschlafen. Es ist noch mitten in der Nacht und wenn du dann wieder aufwachst, dann bereite ich dir eine Wanne, damit du wenigstens die äußerliche Schande von dir abwaschen kannst!", legte Alma fest und ihre Worte duldeten keinen Widerspruch.

Rose umarmte die alte Frau über den Tisch hinweg.

Alma zeigte nach rechts zum Kruzifix und äußerte dann: „Und sage Clara einen schönen Gruß. Ich habe mich sehr über eure vielen Briefe gefreut und auch über die Weihnachtsglückwünsche."

Ein dicker Stapel beschriebener Blätter lag dort neben dem Kreuz und Rose trat davor hin, dann seufzte sie. Einige Briefe waren auch von ihr und gerade wurde ihr bewusst, dass sie mit rechts wohl nie mehr schreiben konnte.

Sie würde sich alles neu mit links antrainieren müssen.

„Knebelst du mich, bevor ich schlafen gehe?", fragte Rose und hielt Alma das Stoffstück hin.

Alma nickte, strich ihr über die Wange und nahm das Stück.

„Ich hoffe, dass das irgendwann mal endet! Wir sind hier nach Amerika gekommen, weil man uns drüben in Europa nicht wie Menschen behandelt hat und hier setzt sich das fort."

„Ich hoffe es auch, aber so lange Menschen wie Simon ihren Nutzen aus den Sklaven ziehen können, wird sich für uns nichts ändern!", entgegnete Rose und blickte wieder zum Kreuz.

Plötzlich zuckte sie zusammen.

„Was ist?", fragte Alma erschrocken.

„Damals, auf dieser Flucht, war ich schwanger von meinem Master!", begann Rose.

„Und du denkst, dass du es gerade von Simon bist?", antwortete Alma.

„Möglich wäre es und ich möchte nicht noch ein Kind der Gewalt in mir tragen!", erzählte Rose schluchzend.

„Auch dafür finde ich eine Lösung. Ich kenne eine Kräuterfrau!", erklärte Alma.

Rose umarmte die alte Frau, ließ sich knebeln und ging wieder in ihr Bett.

Hoffentlich blieben diesmal die Albträume aus.

25. Kapitel

Ein Pfad der Angst

Mehr als eine Woche hatte sie mit Mae jetzt schon bei Alma verbracht. Jeden Tag war sie in der Angst gewesen, dass irgendjemand an die Tür klopfen und sie herausziehen würde. Was mit geflohenen Sklavinnen passierte, das wusste sie ja mittlerweile zur Genüge.

Die Zeit hatte sich auch so lange gedehnt, weil sie nach dem Trank der Kräuterfrau drei Tage lang Krämpfe und teilweise sehr heftige Blutungen gehabt hatte. Allerdings war damit, nach der Aussage der alten Frau, eine Schwangerschaft so gut wie ausgeschlossen.

Abgesehen von der täglichen Furcht hatte es ihr gutgetan, mit Mae und Alma über den Schmerz in ihrer Seele zu reden. Und da ihre Mutter dasselbe durchgemacht hatte, lagen sie sich an manchen Abenden gegenseitig weinend in den Armen.

Die Leiden des Körpers waren abgeklungen und ein weiterer Trank der Kräuterfrau hatte dafür gesorgt, dass die Hand momentan völlig schmerzunempfindlich war. Die Qualen der Seele würden sicher erneut länger brauchen. Damals, nachdem Master Tobias ihr Gewalt angetan hatte, hatte es drei Jahre gedauert, bis die fast täglich auftretenden Albträume endlich verschwunden waren.

Und ihr Aufenthalt bei Alma und deren Mann hatte auch so lange gedauert, weil die Freundin ihnen eine Mitreisegelegenheit für den nächsten Weg nach Chicago gesucht hatte.

Augenblicklich saßen sie in der kleinen Stube und ein anderes Ehepaar hatte versprochen, sie mitzunehmen.

Am nächsten Morgen wäre der Aufbruch und Alma hatte zum Abschied ein wahres Festmahl auf den Tisch gezaubert. Mae klappte bei dem Anblick der ganzen Speisen regelrecht der Unterkiefer herunter. Bisher waren Bohnen und Brot ihre Nahrung gewesen und heute stand ein gebratenes Spanferkel auf dem Tisch. Das war selbst für Rose keine Alltäglichkeit, denn solch eine Leckerei gab es auch in Faribault bei Gundel und Clara nur an ganz speziellen Feiertagen.

Zum Schluss, als sich alle rülpsend die Bäuche hielten, gab Alma ihr auch noch einen Beutel mit zehn funkelnden Dollarmünzen.

Sie wollte es ablehnen, doch Alma bestand darauf. „Ihr werdet es brauchen. Der Weg ist noch weit und der Arzt wird auch etwas haben wollen!", erklärte die grauhaarige Freundin und zeigte auf die verbundene Hand. Erneut umarmte sie die alte Frau und hatte Tränen der Rührung in den Augen.

Die letzte Nacht kam. Zumindest die letzte in einem Bett für eine sehr lange Zeit.

Lange konnte Rose nicht einschlafen, denn die Angst steckte wieder in ihr.

So kurz vor dem Aufbruch konnte noch alles schiefgehen. Vielleicht sogar noch beim Aufsteigen auf den Wagen, falls sie jemand sah und Fragen stellte.

Was sagte sie dann?

Zwei schwarze Frauen auf dem Weg nach Norden! Da gab es eigentlich keine Frage zu beantworten, das sprach für sich selbst.

Und der Zettel von Clara war im Süden bei Michael geblieben. Dort verhalf er vielleicht einer anderen Frau zur Freiheit. Im Moment hätte der Schein ihnen sowieso nicht geholfen, denn schließlich hatte Mae keinen solchen Passierschein.

Ein falsches Wort und sie wären in Ketten auf dem Weg in den Süden. Und nicht im Wagen nordwärts unterwegs.

Schließlich war Missouri ein Grenzstaat und der hatte selbstverständlich auch eine Grenzkontrolle.

Erst drüben in Illinois waren sie in Sicherheit. Bis Edwardsville, das in dem anderen Land lag, waren es mehr wie dreißig Meilen. Einen ganzen Tag würden sie in dem Fuhrwerk liegen und bei jedem Geräusch zusammenzucken. Vielleicht konnte sie dort zu einem Arzt gehen, doch zuerst musste sie es bis dahin schaffen.

Während Mae leise in ihrem Bett schnarchte, wälzte sich Rose unruhig auf ihrem Lager hin und her.

Möglicherweise wusste Mae nicht um die Gefahr, oder es war ihr egal. Wer noch nie den Duft der Freiheit gerochen hatte, der konnte sicherlich nicht ermessen, was sie dabei verlieren konnte.

Und so hatte sie nicht einen Augenblick geschlafen, als Alma in der Finsternis mit einem Licht in die Kammer trat, um sie zu wecken.

„Es geht los!", sagte sie laut und Rose sprang sofort aus dem Bett.

Schnell hatte sie sich gewaschen und angezogen. Danach packte sie ihre wenigen Sachen und erhielt noch Wein, Brot und Wurst von Alma.

Während Mae sich noch anzog, verabschiedete sich Rose von Alma und trat vorsichtig in die offenstehende Tür.

Ein mit zwei Ochsen bespannter Planwagen stand vor der Farm auf der Straße und eine junge Frau winkte sie zu sich. Ohne ein Wort zu verlieren, hob sie die Plane hinten hoch und nachdem Mae zu ihr getreten war, eilte Rose die fünf Schritte und sprang auf den Wagen.

Mae folgte ihr und wenig später lagen sie unter ein paar Säcken auf der Ladefläche.

Der Wagen ruckte an und es ging zuckelnd los.

Das Ehepaar war draußen geblieben und sie beide hielten sich versteckt. Die Schläge des Karrens gingen durch ihren Körper, aber das Mittel der Kräuterfrau half ihr. Mae hingegen stöhnte gelegentlich auf, doch hoffentlich war es so leise, dass es von draußen nicht zu hören war.

Unglaublich langsam kroch die Sonne über die Plane, aber der Wagen wurde nicht gestoppt.

128

Zwei weiße Siedler waren wohl zu unverdächtig, als dass da einer an der Grenze prüfen würde, was sich im Wagen befand.

Zumindest betete Rose die ganze Zeit darum, dass nicht ein Sheriff sehen wollte, was die Plane verbarg. Das Versteck war leicht zu finden und bot nur vor einer flüchtigen Kontrolle Schutz. Einer sorgfältigen Überprüfung hielt es kaum stand.

Es mochte schon später Nachmittag sein, als der Wagen dann doch noch stoppte und hinten die Plane aufgezogen wurde.

Beinahe hätte sie aufgeschrien, als das Sonnenlicht ihr Gesicht traf.

Die junge Frau lächelte sie an und offenbarte im breitesten Schwäbisch: „Mir sind in Illinois!"

Fast hätte Rose gejubelt, doch Mae fragte nach der Übersetzung, da sie diese Sprache nicht verstand.

Einen Augenblick später wühlten sie sich beide unter den Säcken hervor und Anja, wie die junge Frau hieß, half ihnen aus dem Wagen.

Jetzt liefen sie zu dritt hinter dem Wagen her, während der Mann vorn die beiden Zugtiere antrieb.

Das Ehepaar war sicher noch nicht lange zwanzig und der junge Mann vorn redete im schwäbischen Akzent auf die Bullen ein.

Aller paar Schritte drehte sich Rose zurück, doch niemand folgte ihnen. Sie waren wirklich frei!

Als die Sonne am Horizont versank, rollte der Planwagen in einen Ort.

Schnell war eine Schlafstätte in einem Stall gefunden und am nächsten Tag würde der Weg fortgesetzt werden, nachdem sie hier einen Arzt aufgesucht hatten.

Das junge Paar wollte nach Chicago weiterziehen und sie eigentlich auch. Sollte der Arzt also noch etwas warten?

26. Kapitel

Geburtstag mal anders

Es war Fannys elfter Geburtstag und eigentlich hatte Rose bis zu diesem Tag wieder zurück sein wollen, doch statt der Partnerin hatte Clara nur einen Brief in der Hand. Und der war noch nicht mal von der Geliebten selbst, sondern von Alma.

Doch der Inhalt war mehr als erfreulich, denn Alma schrieb, dass sich Rose und ihre Mutter auf den Weg in den Norden gemacht hatten.

Fanny tanzte vor Freude über diese gute Nachricht um den Küchentisch, denn das Mädchen vermisste ihre Mutter schon sehr.

Allerdings ließ diese freudige Botschaft Clara ratlos und zweifelnd zurück, denn warum hatte Rose nicht selbst ein paar Zeilen an die Tochter geschrieben? Es wäre ihr doch ein leichtes gewesen, einfach ein Blatt dazuzulegen.

Almas Glückwünsche waren da, aber nicht eine Zeile von Rose!

Alma hatte den Brief am Tage der Abreise von Rose geschrieben und er war sieben Tage unterwegs gewesen. Damit wäre Rose auf alle Fälle in Sicherheit gewesen, denn von St. Louis bis in den Norden waren es praktisch nur ein paar Meilen. Einen Tag, höchstens!

Und wenn sie ihre Flucht damit nicht gefährden wollte, dann hätte Rose Alma den Brief auch mit der Maßgabe übergeben können, ihn zwei Tage später und dann mit dem Ponyexpress zu versenden!

Es war doch auch für Rose bereits bei der Abreise abzusehen gewesen, dass sie es bis zum Geburtstag der Tochter eventuell nicht bis hierher schaffen würde.

Damit feierten Fanny und sie eben alleine und Clara durfte sich die Angst um Rose auch nicht anmerken lassen. Seit unsagbar langen neun Wochen war die Partnerin an diesem Tage schon fort und sie fehlte ihr so unglaublich. Fast jede Nacht hatte sie in das Kissen geheult, aber am Tage musste sie für Fanny und die anderen Kinder in ihrer Schule stark sein.

Fannys Geburtstag war ein Tag zum Feiern. Ihren eigenen Geburtstag jedoch feierte Clara genauso wenig, wie Rose es tat. Beide waren sie am selben Tag geboren, mit ein paar Jahren Unterschied und beide hatten sie an ihrem Geburtstag nur Schreckliches erlebt.

Ihr 18. Geburtstag war der Tag der Hochzeit mit Peter von Kletterwitz und damit der Beginn des Martyriums in dieser verfluchten Ehe. Es war eine Zeit der Gewalt und Demütigungen gewesen. Sie dachte nicht gern daran zurück und dennoch riefen die Narben auf dem Rücken diesen Zeitraum immer wieder in ihren Kopf.

Und bei Rose war deren sechzehnter Geburtstag der Tag der Vergewaltigung durch diesen Drecksack Tobias gewesen und die Tochter erinnerte Rose immer wieder daran, weil sie genau an diesem Tage mit Gewalt gezeugt wurde.

Und jeder Blick in Fannys Gesicht erinnerte Clara gerade nur daran, dass Rose noch so weit entfernt von ihnen war.

Die lange Trennung von der Geliebten war ziemlich schwer zu ertragen und noch etwas belastete Clara ungemein: Das Kriegsgeschehen im Süden sah nicht wirklich gut für die Union aus.

Im vergangenen Jahr hatten die konföderierten Staaten zahlreiche Siege errungen und die Union war seit Monaten in der Defensive.

Alma lebte genau in einem der Grenzstaaten, in Missouri, durch den auch Rose hatte ziehen müssen.

Beide Seiten wollten unbedingt diesen Staat haben und daher wurden die Kampfhandlungen dort auch hart und selten fair ausgetragen.

Nach Almas Schilderung in den Briefen gab es in ihrer Gegend Banden von Zivilisten, die nachts maskiert auf die Jagd gingen. Jeder Farbige und jeder Sympathisant des Nordens war dabei in Gefahr.

Und Rose hatte mit ihrer Mutter genau das Gebiet dieser Strauchdiebe durchqueren müssen. Sie nannten sich Vigilanten, doch in Wirklichkeit waren es Diebe und Mörder. Im Schutze der Dunkelheit überfielen sie Farmen und einzeln stehende Häuser.

Offensichtlich wurden dabei auch Nachbarschaftskonflikte ausgetragen, denn nach Almas Beschreibung war selten klar, warum es eine Farm traf und die andere nicht.

Vielleicht bereicherten sich da einige unter dem Deckmäntelchen des Konfliktes. Und die Rache der jeweiligen Armee, für diese Überfälle, traf dann wieder andere, die eventuell unbeteiligt waren.

Überfall und Rache dafür lösten sich permanent gegenseitig ab und der Zorn der Bevölkerung wurde dadurch immer größer.

Und was wäre, wenn der Süden diesen Krieg gewinnen würde? Sollten sie dann wirklich nach Kanada fliehen?

Zumindest musste Rose erst mal wieder bei ihr sein, danach konnten sie gemeinsam entscheiden, was derzeitig zu tun war.

Fanny riss sie aus ihren düsteren Gedanken heraus. Die Kleine strahlte sie regelrecht an.

„Wollen wir mein Boot auf den Fluss setzen?", fragte sie.

Dabei hatte sie das geschnitzte Segelboot in der Hand. An ihrem Geburtstag wollte sie es dem Mädchen natürlich nicht abschlagen und so machten sie sich auf den Weg zum nahen Fluss.

Die Strömung war nicht mehr so schnell, wie sie es noch im Frühling gewesen war, dennoch trug der breite Strom das Schiff schnell davon.

„Bring mir meine Mama zurück!", rief Fanny dem Schiffchen hinterher.

Clara nickte ihr zu, und folgte dem Segel mit den Augen nach Südosten, wo sich die Partnerin jetzt wohl gerade befand.

Nachdem das Boot hinter einer Flussbiegung verschwunden war, machten sie sich auf den Rückweg zur Hütte.

Direkt vor dem Haus stand Gundel mit einem Päckchen.

„Für mich?", erkundigte sich Fanny und hatte das Paket schon aufgefetzt, da hatte Gundel gerade nickend zugestimmt.

Ein wunderschönes Kleid war darin eingepackt gewesen und Fanny stürmte in das Haus, um es sich anzuziehen.

Wenig später saßen sie bei einem Kuchen und Kaffee am Küchentisch und Clara musste an die wundervollen Apfelkuchen denken, die ihnen Maria einst in New York immer gezaubert hatte.

Nur einen Geburtstag hatte Clara in der großen Stadt feiern können und es war der einzige, der ihr wirklich in Erinnerung geblieben war.

Damals war sie mit Heinrich in einem Theater gewesen. Eine Träne lief ihr bei dieser Erinnerung über die Wange. Auch nach über zehn Jahren fehlte ihr der Partner so unsäglich. Genauso wie auch Rose.

Wäre Fanny nicht gewesen, Clara wäre jetzt in ihrem Kummer zerbrochen.

Als sich dann die Nacht auf die kleine Stadt niedersenkte, und Fanny in ihrem Bett lag, da saß Clara alleine am Küchentisch und konnte die Tränen nicht mehr stoppen.

Erneut las sie Almas Zeilen und abermals war darin nur zu deutlich zu sehen, dass irgendetwas mit Rose nicht stimmte. Doch was konnte es sein? Hatte der Aufenthalt im Süden die Freundin so sehr verstört? Oder war da etwas anders geschehen?

Traurig schlurfte Clara die paar Schritte bis zu ihrem Bett und weinte sich danach in den Schlaf.

27. Kapitel

Glück muss man haben

Und abermals hatte der Weg zehn Tage gedauert, nur dieses Mal in der umgekehrten Richtung. Es war Freitag, der 13. Juni, als Rose endlich am Stadtrand von Chicago stand.

Anja und ihr Mann hatten sich vor einer Stunde von ihnen verabschiedete, weil sie ein Stückchen außerhalb der Stadt eine Farm gekauft hatten. Im Inneren des Stadtgebietes waren die Grundstückpreise mittlerweile unerschwinglich, wie ihr die Frau unterwegs oft genug gesagt hatte.

Auf Elijahs Warnung hin hatte sich Rose die ganzen Tage immer nach Staubwolken am Horizont umgesehen, doch jetzt fiel diese Anspannung von ihr ab.

Bisher hatte sie ihre Hand noch keinem Arzt gezeigt. Das wollte sie derzeitig hier tun, aber die Geldbörse war leer. Der Arzt würde sie nicht umsonst behandeln und sie mussten auch noch irgendwo schlafen und etwas essen.

Auf Wohltätigkeit durfte Rose nicht hoffen und Elijah wollte sie nicht in Gefahr bringen. Natürlich hätte sie zu seinem Lagerhaus am Hafen gehen können, aber das brachte möglicherweise die Organisation in Gefahr, der sie so viel zu verdanken hatte.

Blieb also nur das Betteln übrig!

Und Fahrkarten brauchte sie auch noch!

Vielleicht konnte sie Clara telegrafisch erreichen und die Partnerin wies ihr wenigstens das Fahrgeld an, doch das klang ebenfalls irgendwie nach ausnutzen.

Zuerst meldete sich aber ihr Magen und daher machte sie sich mit der staunenden Mae im Schlepp auf den Weg durch die unübersehbaren Menschenmengen.

Mehr als hunderttausend Menschen lebten in der Großstadt und gerade waren wohl alle auf den Straßen unterwegs.

Vielleicht konnten sie in einer der Armenküchen der Kirchen einen Teller Suppe erhalten? Sie suchte die markanten Kirchturmspitzen, während Mae beeindruckt neben ihr herlief.

„So viele Menschen", stöhnte die Mutter.

Endlich hatte sie eine der Ausgabestellen gefunden und sich angestellt, als jemand an ihrem Kleid zog. Erschrocken fuhr sie herum und erkannte Nick, der hinter ihr stand. Der kleine Junge strahlte sie an.

„Hallo Rose! Du hast es also geschafft!", bemerkte er.

„Ja! Und das ist Mae, meine Mutter", entgegnete sie und zeigte auf Mae.

„Was machst du hier?", fragte sie.

„Dasselbe wie ihr", antwortete er verschmitzt.

Beide mussten lachen, denn es war wohl eine sehr blöde Frage. Was machte man wohl in der Schlange vor der Essensausgabe?

Mit drei Tellern leckerer Bohnensuppe und etwas Brot saßen sie anschließend an einem der Tische in der Kantine.

Erneut plapperte Nick fast ohne Unterbrechung. Nur wenn er den Löffel mit der Suppe in den Mund schob, setzte er kurz aus.

Mae schüttelte nur den Kopf darüber.

Für einen Geheimagenten war Nick wirklich ziemlich gesprächig.

„Wo bleibt ihr über Nacht?", war seine Frage, als er den Löffel sauber leckte.

Rose zuckte mit den Schultern.

„Und deine Hand?"

Erneut zuckte Rose unwissend.

„Kommt mit. Ihr könnt bei uns schlafen und ich kennen einen guten Arzt!", erklärte der Junge.

Mae brachte die Teller zurück und schon wenige Augenblicke später brachen sie auf.

Erneut hatte Rose den Jungen an der Hand und das verwinkelte Verwirrspiel begann neuerdings. Nick führte sie durch Gassen, Höfe, Hinterhöfe und schmale Pfade.

Irgendwann erreichten sie ein Arbeiterviertel, wie es Clara ihr beschrieben hatte. Und auf eines der Häuser steuerte Nick zu.

„Darfst du uns denn einfach so mitbringen? Was sagen deine Eltern dazu?", erkundigte sich Mae.

„Alles gut!", entgegnete Nick altklug.

Schon waren sie in dem Gebäude und zwei Treppen nach oben gestiegen.

Der Raum, den die Familie bewohnte, war klein. Mit Nick waren es fünf Personen und augenblicklich sogar sieben! Unwillkürlich zog Rose den Kopf ein.

Nicks Mutter begrüßte sie überschwänglich und schnell saßen sie am Tisch, von dem Nick sie allerdings sofort wieder fortzog.

„Deine Hand!", erklärte er nur und schon waren sie erneut unterwegs.

Ein paar Straßen weiter zog der Junge sie in ein Haus und wenig später saß Rose alleine vor dem Arzt.

Nick war verschwunden, aber er holte sie hoffentlich wieder ab, denn alleine würde sie sich gewiss nicht zurückfinden.

Der grauhaarige Arzt blickte sie fragend an und Rose hob die Hand.

„Was ist geschehen?", befragte er sie.

„Ein Wagen ist da drüber gefahren", log Rose.

Der Arzt wickelte den Verband ab und zog seine Stirn in Falten. Eine ziemlich schmerzhafte Untersuchung folgte.

„Das war kein Wagen! Ich kenne solche Verletzungen nur zu gut! Du bist geflohen? Oder? Kein Sklave darf die Hand gegen seinen Master erheben!", stellte der Mann fest.

Rose musste schlucken und nickte.

Augenblicklich machte der Mann sehr viel vorsichtiger weiter. Nach ein paar Minuten waren alle fünf Finger mit Hölzchen geschient und mit dem danach folgenden Verband war ihre Hand jetzt doppelt so groß, wie zuvor.

„Anfang September kannst du die Schienen wieder abmachen und beginnen, deine Finger vorsichtig zu bewegen. Was bis Weihnachten aber nicht geworden ist, das bleibt dann leider so!", erklärte der Arzt.

Damit überlegte Rose jetzt, wie sie die Behandlung bezahlen sollte. Offenbar bemerkte das auch der Mann, denn er sagte: „Schon gut! Ich wünsche dir viel Glück!"

Als Rose wieder auf der Straße stand, erschien Nick und gab ihr einen Brief. Lady Charlotte dankte ihr darin für die Spende und hatte auch zwei Fahrkarten für die Postkutsche beigelegt. Rose zog das Schriftstück an ihre Brust und konnte ihr Glück kaum fassen. In ein paar Tagen wäre sie wieder bei Fanny und Clara.

Es ging langsam auf den Abend zu, als sie an Nicks Hand wieder das Zimmer in dessen Wohnung betrat.

Mae und Nicks Mutter saßen noch genauso im Schwatz, wie Rose sie Stunden zuvor verlassen hatte, doch mit ihrem Eintreffen sorgte sie wohl jetzt dafür, dass sich die beiden Frauen um das Abendessen kümmerten, während sie mit nur einer Hand am Tisch saß.

Durch die Behandlung und Untersuchung schmerzte es wieder und Nick versuchte derzeitig alles, sie davon abzulenken.

„Schade, dass ich dir dieses Mal keinen Dollar geben kann!", erzählte Rose.

Der kleine Junge winkte ab. „Leute, die sich helfen, die helfen sich eben!", entgegnete er und sie musste bei dieser Weisheit eines sechsjährigen den sich bildenden Klos in ihrem Halse herunterschlucken. Schluchzend zog sie den Jungen an ihre Brust.

Kurz darauf wurde der Tisch gedeckt, Nicks Vater betrat den Raum, wunderte sich aber nicht über die unerwarteten Gäste.

Ein schlichtes, aber köstliches Mahl begann und nach dem Abendgebet suchten alle ihre Schlafplätze auf.

Nick kuschelte sich für die Nacht an sie an und es war allgemein etwas beengt in dem Raum.

Zum Einschlafen erzählte Nicks Mutter eine Geschichte und Rose zog es dabei schon die Augen zu.

Sie war vermutlich die Erste, die an diesem Abend schlief.

28. Kapitel

Wieder vereint?

Nachdem sie Almas Brief bekommen hatte, war Clara jeden Tag zur Poststation gegangen, wenn die Kutsche aus Chicago laut Fahrplan den Ort erreichen sollte und heute war es der zehnte Versuch.

Clara war immer unsicherer geworden, denn so lange konnte das doch nicht dauern! Zu dem Zeitpunkt, an dem der Brief bei ihr angekommen war, hatte Rose doch sicher längst die große Stadt erreicht und von dort brauchte die Concord nur zwei Tage!

Mit anderen Worten war Rose momentan bereits eine Woche überfällig und eine gewisse Panik hatte Clara damit doch ergriffen, die sie aber vor Fanny zu verbergen suchte.

Es war Freitag und sie hatte Fanny einfach mitgenommen, um danach noch einkaufen zu gehen. Bisher hatte sie die Tochter in dieser Zeit des Wartens immer bei Gundel gelassen, wo Fanny etwas Handarbeit zur Ablenkung lernte.

Das Geschäft der Freundin war ja nicht weit entfernt. Von der Poststation konnte man sogar das Dach des kleinen Geschäftes erspähen. Schon damals in New York hatte Gundel geschneidert und nach ihrer Ankunft hier hatte Mister Faribault ihr bei der Einrichtung des Ladens geholfen.

Seinen Kredit hatte sie schon lange abgezahlt und Gundel war eine erfolgreiche Geschäftsfrau geworden. Ohne Mann und Kind, aber offensichtlich dennoch glücklich.

Gundels Arbeit war hervorragend und jede Frau in dieser Stadt wollte ein Kleid von der Hand der Freundin haben.

Mit Fanny an der Hand schlenderte Clara die Straße entlang, denn noch war es ja nicht so weit. Das Signalhorn der Kutsche würde die Ankunft weithin verkünden, aber sie wollte Fanny nicht auch noch ihre Nervosität übergeben. Immer wieder zog es allerdings ihren sehnsuchtsvollen und zugleich besorgten Blick die Straße entlang.

Fanny trug den noch leeren Korb und fragte: „Wollten wir nicht einkaufen?" Dabei zeigte sie mit der Hand, die den Korb hielt, zum Store hinüber, in dem es all das zu kaufen gab, was sie an diesem Wochenende brauchen würden.

Sollte Clara auf Verdacht mehr einkaufen, damit es dann auch noch für Rose und deren Mutter reichen würde? Oder einfach noch etwas warten?

Vielleicht konnte sie ja auch Gundel am Sonntag nach der Kirche zu sich einladen, dann wären die Lebensmittel wenigstens nicht umsonst gewesen.

Die Tür des Ladens stand weit offen und auch von drinnen würde Clara das Signalhorn hören können.

Also machte sie sich mit Fanny auf den Weg.

Reis, Mais, Kaffee, Zucker und allerlei anderer Krimskrams landeten im Korb. Während ein Stück Rindfleisch abgewogen wurde, schleckte Fanny schon an der geschnorrten Zuckerstange, die ihr die Frau des Händlers in die Hand gedrückt hatte.

Die strahlenden Augen des Mädchens zeigten Clara, mit wie wenig man doch ein Kind glücklich machen konnte.

Zu ihrem eigenen Glück brauchte sie allerdings Rose! Da half keine Zuckerstange! Schon viel zu lange hatte sie auf die Freundin und Geliebte verzichtet.

Gerade war das Fleisch in eine Zeitung verpackt, im Korb und bezahlt, da war von draußen der Ruf des Horns zu hören. Schnell verabschiedete sich Clara und trat auf die Veranda des Ladens.

„Bitte Rose! Sei da drin!", dachte sie und starrte zu der Kutsche hinüber, die langsam vor der Poststation ausrollte.

Die Tür schwang auf und eine ältere schwarze Frau stieg aus. War das Mae? Claras Herz klopfte bis zum Hals. Doch wo blieb Rose? Endlich erschien die Geliebte in der Tür und setzte ihren Fuß in den Bügel.

Mit einem Schrei stürzte Clara auf sie zu.

Rose war gerade auf dem Boden der Straße angekommen, da hing Clara an ihr. Sie umarmte Rose stürmisch und Fanny stand mit dem Korb neben ihr.

Aber Rose wich dem Kuss aus. Sie löste sich schnell aus der Umarmung und hob ihre Tochter an.

„Mae, das ist deine Enkeltochter", bemerkte Rose zu der anderen Frau, die augenblicklich neben sie getreten war.

Clara wartete darauf, dass Rose auch sie vorstellen würde, doch es war Mae, die nach ihr fragte.

„Das ist Clara. Sie hat auf meine Tochter aufgepasst", entgegnete Rose und Clara blieb der Mund offen stehen. Sie nahm Fanny den Korb ab und stand irgendwie unbeteiligt daneben.

Was war los? Hatte Rose jemanden anders gefunden, in den sie sich verliebt hatte? Oder war es ihr peinlich, vor ihrer Mutter zu ihr zu stehen?

„Was ist mit deiner Hand geschehen?", fragte Clara.

„Ein Andenken von meinem Bruder. Ich erzähle es dir später", antwortete Rose und wandte ich erneut Mae zu.

Als Rose, mit Fanny an der Hand, an Maes Seite in Richtung ihres Hauses ging, da trottete Clara hinter ihnen her, als würde sie nicht dazu gehören.

Es war Fanny, die ihr schließlich die Hand hinstreckte, die Clara alsbald ergriff.

Wenig später waren sie in ihrem Haus angekommen.

„Die Frau, die auf Fanny aufgepasst hat, die macht euch jetzt erst mal einen Kaffee", bemerkte Clara trotzig und ging zu ihrem Ofen, um ihn anzuheizen.

„Ich zeige dir mein Zimmer", äußerte Fanny und zog ihre Großmutter hinter sich her.

Als die Tür hinter den Beiden zugefallen war, trat Rose auf Clara zu.

„Entschuldige bitte!", sagte sie kleinlaut und gab ihr einen ersten Kuss.

Doch als sich die Tür zu Fannys Zimmer wieder öffnete, zuckte Rose zurück.

Offensichtlich hatte sie Angst, ihrer Mutter zu gestehen, dass sie mit einer Frau zusammen war, oder einer Weißen. Oder einer weißen Frau!

Damit waren Clara zumindest die Beweggründe der Geliebten klar, aber glücklich würde sie damit auch nicht werden.

Wochenlang hatte sie auf Rose gewartet und momentan würde sie mit ihr das Haus verlassen müssen, wenn sie sich mal küssen wollten.

Clara brachte Kaffee und Essen auf den Tisch, denn die Freundin und ihre Mutter mussten nach der Fahrt in der Kutsche doch sicherlich hungrig sein.

Fanny setzte sich mit zu ihnen und wirklich verschlagen Rose und Mae ihre Speisen regelrecht.

„Nur zwei Betten?", erkundigte sich Mae.

Rose verschluckte sich fast an dem Stück Brot, das sie gerade im Mund hatte.

Mae schlug ihrer Tochter auf den Rücken und fragte dann: „Ich meine ja nur, wo ich schlafen soll."

„Bei mir!", rief Fanny sogleich.

Offensichtlich hatte sie ohne weiteres vollstes Vertrauen zu ihrer Großmutter gefunden, denn Fanny kannte sie ja erst ein paar Minuten.

„Zeigt mir mal noch, wo die Latrine ist und ich mich waschen kann. Ich bin müde von der Fahrt!", bemerkte Mae.

Das Augenzwinkern von ihr war nicht zu übersehen.

Offenbar hatte sie Rose schon lange durchschaut. Oder sie hatte den Kuss gesehen, was auf dasselbe herauskam.

Schnell zeigte Clara ihr alles und jetzt gähnte auch Rose.

Wenig später schief die Geliebte und Clara deckte sie vorsichtig zu. Sie waren wieder vereint.

Irgendwie.

Sorgenvoll blickte sie auf Rose herab.

29. Kapitel

Seltsame Sitten

---

iese Kutschfahrt war schon etwas Seltsames und Mae hatte zuerst nicht verstanden, warum sie nicht mit einem Planwagen versteckt gefahren waren, sondern offen in der Kutsche saßen. Es hatte eine ganze Weile gedauert, bis sie begriffen hatte, dass sie jetzt wirklich in Freiheit waren.

Sie wurden zwar durch die Kutscher bewacht, aber der weiße Mann, der mit der doppelläufigen Flinte vorn auf dem Bock saß, der war kein Aufseher, sondern er beschützte sie!

Bei seinem Anblick war Mae zuerst zurückgezuckt, denn zu groß war seine Ähnlichkeit zu Stuart, doch Rose hatte ihm einfach freundlich zugenickt, als er ihr die Hand hingehalten und ihr in das Gefährt geholfen hatte.

Das war jetzt also der Norden!

Nach den Erzählungen der Tochter in der Postkutsche gab es in der Union fast eine Viertelmillion freigelassene Sklaven. Manche von ihnen betrieben kleine Geschäfte oder hatten Farmen. In Chicago hatte sie einen schwarzen Mann gesehen, der einen perfekt sitzenden Anzug trug. Und das war keine Dienstlivree, sondern wirklich ein Anzug, den Master Simon ebenfalls hätte tragen können.

Und gegenwärtig war Mae hier in diesem Haus. Sie saß an Fannys Bett und die Enkeltochter schlief schon längst.

Es war tiefste Nacht und erst jetzt hatte Mae die Zeit, über Rose und diese andere Frau nachzudenken. Nur ein paar Stunden war sie mit ihr zusammen gewesen und dennoch war Clara offensichtlich so ganz anders, als alle anderen weißen Frauen, die sie jemals zuvor gesehen hatte. Selbst anders, als Alma.

Irgendwie konnte sie diese Frau nicht einordnen und da war auch etwas im Verhalten der Tochter Clara gegenüber, dass sie stutzig werden ließ.

Und nebenan gab es nur ein Bett!

Auf dem ganzen Weg hatte Rose nicht ein Wort über Clara verloren. Jetzt zog sie die Neugier nach nebenan. Mae erhob sich leise und trat aus dem Zimmer.

Ein noch seltsameres Bild bot sich ihr in der Küche dar: Rose schlief im Bett und Clara hatte sich davor auf dem Fußboden in einer Decke eingerollt! Das Dämmerlicht der Petroleumlampe beleuchtete die beiden Frauen.

Mae versuchte so leise wie möglich zur Tür zu kommen, um auf die Latrine zu gehen, aber sie war nicht leise genug, oder Clara hatte einen zu leichten Schlaf, denn die Frau setzte sich auf, richtete ihre verwuschelten Haare und sah sie blinzelnd an.

„Du musst nicht raus, wir haben hier für die Nacht einen Eimer stehen!", erzählte sie leise und zeigte auf den Behälter, der neben der Tür stand.

Das hatte so etwas von Arrestzelle!

Sie war doch aber jetzt frei!

„Warum darf ich nicht raus?", fragte sie leise.

„Wegen der Wölfe!", antwortete Clara und erhob sich.

„Wölfe?", fragte Mae nach.

„Wir sind zu nahe am Wald. Die kommen manchmal bis zu uns hier her", gab Clara ihr zu verstehen und setzte sich an den Tisch.

Verwirrt blickte Mae zum Fenster, hinter dem die Dunkelheit wartete. Im Lager war sie jede Nacht nach draußen gegangen, obwohl die Bluthunde da regelmäßig herumgeführt wurden.

Allerdings hatten die Aufseher die Hunde an der Leine. Wölfe waren wohl zu gefährlich.

Mae hob den Deckel ab und hockte sich über den Eimer.

Clara drehte inzwischen die Petroleumlampe etwas höher und stellte eine Schüssel mit Wasser bereit.

„Wozu das?", erkundigte sich Mae, als sie den Eimer wieder verschloss.

„Zum Händewaschen!", erklärte Clara und legte Seife und ein Tuch daneben.

Nachdem sich Mae die Hände gewaschen hatte, setzte sie sich zu Clara an den Tisch.

„Was ist mit ihrer Hand geschehen?", fragte Clara flüsternd.

„Ihr Bruder hat sie ihr zertrümmert, weil sie seinen Vater erschossen hat", entgegnete Mae leise.

„Ich hätte sie niemals gehen lassen dürfen", seufzte Clara.

„Ich habe mittlerweile festgestellt, dass sich Rose von nichts abbringen lässt, wenn sie sich erst mal was in den Kopf gesetzt hat!", entgegnete sie, mit einem Blick auf die schlafende Tochter.

„Wohl war! Das habe ich auch schon begriffen!", erwiderte Clara und blickte ebenfalls zum Bett.

Der Schein der Petroleumlampe fiel in das ruhende Gesicht von Rose. Da war so etwas Entspanntes darin und in Claras Gesicht lag etwas, was Mae nicht bei der Frau erwartet hatte. Da war eine Hingebung zu Rose deutlich sichtbar.

Liebe zwischen zwei Frauen? Konnte es das geben? Freundschaft schon, wie bei ihr und Kuni, aber Liebe und Verlangen?

Allerdings würde das auch die Tatsache erklären, dass es in der Hütte nur ein Bett gab. Und auch dass Rose auf der ganzen Fahrt nicht ein Wort über Clara gesagt hatte, obwohl sie mehr als zwei Wochen Zeit dazu gehabt hatte.

„Wird das wieder mit der Hand?", erkundigte sich Clara sicherlich besorgt.

„Das wird die Zeit zeigen", antwortete Mae mit einem Seufzen.

146

„Ich gehe wieder in mein Bett zu Fanny!", erzählte sie und erhob sich von der Bank.

Clara nickte, drehte die Lampe niedrig und legte sich erneut vor das Lager der schlafenden Tochter.

An der Tür zu Fannys Zimmer stehend, blickte Mae zu ihr hinunter. Daran würde sie sich erst noch gewöhnen müssen, aber was sollte es. Was Clara und Rose in ihrer Hütte taten, das war doch deren Sache.

Leise schloss sie die Tür, streifte sich das Kleid ab und legte sich zu Fanny in das Bett.

Die Enkeltochter grummelte etwas im Schlaf und Mae nahm sie in den Arm. Das Mädchen hatte fast sofort mit ihr Freundschaft geschlossen und dabei kannten sie sich kaum.

Augenblicklich musste sie daran denken, wie viel Glück Fanny doch hatte, denn sie war nicht einen Tag ihres bisherigen Lebens Sklavin gewesen. Vermutlich lag das zu einem nicht unerheblichen Teil auch an Claras Bemühungen.

In den Blicken von Rose war diese Liebe zu Clara ebenfalls zu sehen gewesen, obwohl die Tochter mit aller Macht versucht hatte, sie in die Irre zu führen. Doch das Herz einer Mutter konnte man nicht täuschen!

Sie hatte es tief in sich gefühlt, dass da etwas zwischen den beiden Frauen war und ihre Verwirrung war sicherlich nur darauf zurückzuführen gewesen, dass sich Rose so völlig anders verhielt, als es ihre Körpersprache verriet.

Doch solch eine Täuschung ließ sich nicht auf längere Zeit aufrechterhalten. Zumal es auch in Claras Blick deutlich zu erkennen war.

Vielleicht gehörte das zur Freiheit dazu, zur Freiheit, einfach das tun zu dürfen, was man machen wollte! Niemand redete einem irgendwo hinein.

Fanny hatte sicher dafür Verständnis, dass sich zwei Mütter um sie kümmerten und warum sollte sie da anderer Meinung sein. Die

Enkelin klammerte sich im Schlaf um ihren Hals und Mae musste dabei schmunzeln.

Zusammen schliefen sie ein, denn jeder Kummer war hier fern.

In diesem Hause regierte die Liebe!

30. Kapitel

Afrikanische Rückblicke

eit zwei Tagen war Rose jetzt wieder zu Hause. Es war der Abend des Sonntags, sie saß am Küchentisch und sah zum Zimmer der Tochter hinüber, dessen Tür weit offen stand.

Mae hockte auf Fannys Bettkante und Rose hörte zu, was die Mutter ihrer Tochter erzählte.

Clara setzte sich zu ihr an den Tisch und dann stimmte Mae plötzlich das alte Lied an, das sie Fanny so oft nur vorgesummt hatte. Die alten Worte dieser ihr mitunter fremden Sprache flogen leise durch den Raum.

„Afrika", seufzte sie.

„Du warst doch nie dort", gab Clara ihr zu verstehen.

„Wohl wahr, aber was wäre gewesen, wenn man meine Großmutter nicht von dort hierher verschleppt hätte?", entgegnete sie.

„Du wärst frei geboren worden, aber wir hätten uns sicherlich nicht getroffen", antwortete Clara und strich ihr über die Wange.

Wenig später schlief Fanny und Mae kam leise in die Küche herüber.

Clara holte den Kaffee und mit den Tassen des warmen Getränkes saßen sie wenig später zu dritt am Tisch.

„Rose hat mir nicht viel von ihrer Jugend erzählt. Was weißt du von ihr und ihrer Großmutter?", erkundigte sich Clara.

Mae nahm einen Schluck und blickte in die Tasse.

„Eigentlich hat unsere Familie immer großes Glück gehabt", erzählte sie, aber es klang bitter.

„Glück?", fragte Rose zweifelnd nach.

„Ja! Wir haben das Glück, dass wir immer lange beieinander bleiben konnten. Ich kannte meine Mutter und du deine Großmutter, das ist bei Sklaven nicht selbstverständlich", erklärte Mae.

Nach einem weiteren Schluck Kaffee begann sie zu erzählen: „Als dieses Jahrhundert gerade begonnen hatte, da wurde meine Mutter Ifunanya im Westen Afrikas in einem kleinen Dorf geboren. Sie war die Tochter eines Medizinmannes und wuchs dort mit vielen wilden Tieren auf. Oft hat sie mir von Büffeln, Nashörnern, Löwen und Elefanten erzählt. Von Giraffen, Antilopen und Affen. Als sie acht Jahre alt war, wurde ihr Dorf von einem anderen Stamm überfallen und alle Überlebenden wurden verschleppt. Wochenlang schleifte man sie durch den Urwald, bis sie das große Meer vor sich sehen konnte", erzählte die Mutter weiter.

„Ifunanya wurde mit vielen anderen Frauen und Mädchen getrennt von den Männern in einen großen Lagerraum gesperrt. Dort ging ihr Martyrium weiter. Obwohl sie erst acht war, wurde auch sie eines Abends von den Aufsehern aus dem Raum gezerrt", Maes Stimmer versagte.

Clara sah betroffen auf den Tisch herab.

„Mit acht?", fragte Rose entsetzt.

„Ja! Wie jede Frau war auch sie den Übergriffen der Aufseher schutzlos ausgeliefert. Besonders schöne Frauen durften als Sklavin in Afrika bleiben, aber ihr Los war dort sicher auch nicht viel besser. Schließlich wurde sie auf ein Segelschiff gebracht, auf dem sie wochenlang zusammengepfercht bei Sturm und Unwettern über den Ozean gebracht wurden. Viele starben dabei und ihre Leichen wurden einfach über Bord geworfen."

„Millionen von Menschen wurden wie sie über den Atlantik verschleppt. Wie viele davon nie das Land wiedergesehen haben, das weiß keiner so genau!", bemerkte Clara.

„Ja. Und erneut hatte Ifunanya Glück. Sie überlebte, wurde auf dem Markt verkauft, kam auf eine Plantage und mussten dort einfach mitarbeiten. Etwa hundert Sklaven, die meisten davon Frauen, pflückten Baumwolle. Es war eine schwere Tätigkeit und dort hat sie zum ersten Mal mit der Peitsche Bekanntschaft gemacht. Auch Männer und Kinder arbeiteten auf dem grenzenlosen Feld. Einige Frauen waren allerdings von ihnen getrennt in einem anderen Teil des Lagers untergebracht. Anfänglich beneidete meine Mutter diese Frauen, bis sie dann alt genug war und selbst in diesen Teil des Lagers kam. Hier wurde keine Baumwolle produziert, sondern Sklaven! Als sie sechzehn und mit mir schwanger war, brach eine Seuche unter den Sklaven aus. Einige starben und sehr viele wurden schwerkrank, doch durch ihr Wissen aus Afrika konnte Ifunanya die Krankheit beenden und als Dank dafür durfte sie mich behalten."

„Als ich sechzehn wurde, übernahm Cornelius von Kletterwitz die Plantage", erklärte Mae und schluckte.

Rose nickte. „Im Jahr darauf wurde ich geboren", setzte sie hinzu.

„Du weißt ja mittlerweile, dass er dein Vater war und daher durfte ich danach wieder dich behalten, bis du mit deinem Freund zu fliehen versucht hast", setzte die Mutter fort.

„Und ebenfalls mit sechzehn dein Schicksal teilen musste", ergänzte Rose bitter.

„Ja! Dennoch haben wir Glück gehabt. Meist wurden die Kinder schon mit fünf oder sechs Jahren auf dem Markt verkauft. Wir beide durften bei unseren Müttern bleiben. Und durch Ifunanya wissen wir noch, woher wir kamen und haben einen Teil unserer Kultur behalten", antwortete Mae.

„Wie dieses alte Lied?", entgegnete Clara.

„Genau so ist es!", erwiderte Mae und setzte fort: „Die Kinder wurden ihren Müttern so früh entrissen, weil man entwurzelte Menschen besser kontrollieren kann. Wer seine Vergangenheit kennt, der geht selbstbewusster in sein Leben!"

„Und ist nicht gern ein Sklave!", äußerte Clara und nickte verstehend.

„Wenn Fanny alt genug dafür ist, dann sollten wir ihr genau das alles erzählen, denn dann trägt auch sie dieses Wissen mit sich in die Zukunft", bemerkte Rose.

„Und mit dem Lied, das du ihr immer vorgesungen hast, hast du damit schon begonnen", offenbarte Mae.

„Nur gesummt! Vorgesungen wäre nicht das richtige Wort", entgegnete Rose betroffen.

„Jetzt bin ich ja da und kann euch beiden etwas in der Sprache unserer Ahnen erzählen!", hob Mae zum Schluss hervor und begann auch schon mit den ersten beiden Worten in Swahili. „Hütte" und „Bett", dabei zeigte sie lächelnd auf das Lager hinter Rose.

„Und Freundin? Wie heißt das in dieser Sprache?", erkundigte sich Clara.

„Mpenzi", antwortete Mae.

„Das seid ihr beide für mich", sagte Clara.

„Ich weiß, dass ich dich das eigentlich schon hätte eher fragen müssen, aber ist es ein Problem für dich, dass ich mit Rose das Lager teile und wir uns lieben?", erkundigte sich Clara anschließend.

„Hakuna Matata!", erwiderte Mae lächelnd.

„Und was heiß das jetzt schon wieder?", erkundigte sich Clara.

„Alles in Ordnung", übersetzte Rose lächelnd.

„Es ist schon spät. Wir sollten ins Bett gehen", deutete Clara an und wurde im selben Moment rot bis zu den Ohren.

„Ich gehe zu Fanny und schlafe bei ihr", entgegnete Mae lächelnd.

Clara wurde nur noch dunkler im Gesicht.

Verschmitzt erhob sich die Mutter von ihrem Stuhl und ging in das andere Zimmer.

Augenblicklich war sie das erste Mal wieder mit Clara alleine. Ihre Lippen fanden sich und danach hauchte sie: „Nakupenda."

„Und was heißt das schon wieder?", fragte Clara verwirrt nach.

„Ich liebe dich", entgegnete Rose.

Die alten Worte kamen langsam in ihren Kopf zurück.

Clara drehte schnell die Lampe herunter, bevor sie sich eiligst ihrer Kleidung entledigten.

Die unbändige Lust aufeinander hatte sie derzeitig befallen und von da an ging alles ohne Worte.

31. Kapitel

Auf dem Weg in die Katastrophe?

Über den Sommer hinweg war die Lage in dem Reservat nur noch schlimmer geworden. Die nächste Missernte zeichnete sich bereits drohend ab und der Garten hinter Marias Tipi verdiente nicht einmal mehr diesen Namen!

Es war Ende Juli und die Häuptlinge verhandelten schon seit Tagen mit der Sioux-Behörde, damit sie die zugesicherten Hilfen bekommen konnten, doch es war offenbar ziemlich schwierig.

Jeden Abend kam der Falke mit missmutigem Gesicht zu ihr zurück und es dauerte immer eine ganze Weile, bis sie ihn wieder so weit aufgeheitert hatte, dass er ihr dann auch einen Kuss geben konnte.

Wenn sie gelegentlich durch das Lager lief, dann spürte sie erneut diese explosive Spannung. Dasselbe hatte sie damals in Dresden gefühlt und sie wusste nur zu gut, dass da nur noch dieser letzte Funke fehlte, der das Pulverfass zur Explosion brachte.

Damals, im Mai des Jahres 1849, waren das die Anarchisten gewesen und auch hier würde sich die Gewalt ihren Weg bahnen.

Jeder, der mit offenen Augen im Lager umherging, konnte es wahrnehmen, aber die Männer in der Poststation sahen das wohl nicht.

Oder sie wollten es nicht bemerken!

Die Preise für die Lebensmittel waren mittlerweile unerschwinglich und Maria hatte jeden Tag alle Hände voll zu tun, um die fünf Mäuler satt zu bekommen.

Die Idee, die kleine Drossel abzustillen, stellte sich gegenwärtig als fataler Fehler heraus.

Allerdings hätte sie in ihrem derzeitigen Zustand wohl auch so keine Milch mehr für die kleine Tochter gehabt.

Wenn sie sich wusch, dann fühlte sie deutlich die Rippen unter ihrer Haut. Der Hunger raubte ihr die Kraft, aber sie musste für die Familie stark bleiben. Den anderen Frauen ging es da genauso. Sie konnte die eingefallenen Wangen und die leeren, verzweifelten Augen der Nachbarinnen jeden Tag sehen.

Und täglich wurde die Suppe dünner!

Maria kaute jetzt mitunter bei der Arbeit auf einem Stück Holz herum. Das machte zwar nicht satt, aber es gab dem Kopf das Gefühl, dass sie etwas zu essen hatte.

Obwohl sie wusste, dass es vermutlich abermals nichts bringen würde, schleppte sich Maria auch an diesem Tag zu den Händlern hinüber.

Das Lagerhaus neben der Poststation war schon von weitem zu sehen. Der zweistöckige Steinbau mit den vergitterten Fenstern stand wie eine einschüchternde Burg dort und hatte vermutlich auch genau diese Funktion.

In den letzten Jahren hatte sie oft mit dem Händler gestritten. Der Mann war jähzornig und er vermittelte ihr das Gefühl, auch ein ziemlicher Geizhals zu sein. Er hatte eine Frau der Dakota und mit ihr zwei Töchter, aber Verständnis für die Anliegen der hungernden Menschen hier im Zeltlager schien er nicht zu haben.

Sie betrat das Gebäude und ging auf ihn zu.

Von den letzten Versuchen wusste sie, dass Tränen bei ihm nichts nutzen würden, doch was hatte sie noch, was sie ihm anbieten konnte?

Eigentlich nichts mehr!

Und die Preise, die er an die Schilder geschrieben hatte, waren astronomisch hoch. Offenbar machte er mit der Not auch noch gute Geschäfte. Oder eben nicht, denn das konnte sich keiner der Bewohner des Reservates leisten.

Beim Anblick der Waren knurrte ihr Magen so laut, dass es dem Knurren eines Hundes ähnlich war.

„Was willst du schon wieder?", fuhr der Händler sie an.

„Reis und Mais!"

„Hast du Geld?", erwiderte er lauernd.

„Nein! Können sie nicht bitte noch mal anschreiben?", fragte Maria vorsichtig nach.

„Kein Kredit! Zahle erst mal deine Schulden! Hier stehen fast hundert Dollar in deinem Buch!", entgegnete er unwirsch und hielt ihr die Liste hin.

„Kann ich hier nicht irgendwas tun? Ich kann schreiben und lesen?", bettelte sie um den Reis, doch der Mann blieb hart.

Hungrig und zornig musste Maria wieder abziehen.

Suchend gingen ihre Augen umher. Was sollte es am Abend geben? Hätte es hier Ratten oder Katzen gegeben, dann wären die sicher auch schon lange im Topf verschwunden, aber es gab nichts.

Nur Gras und Unkraut! Und selbst das war verdorrt!

An einem Zaun erblickte Maria ein paar Brennnesseln und erinnerte sich an ein Rezept der Großmutter. Es waren nicht sehr viele Stängel, aber sie würden vielleicht für ein Abendmahl reichen.

Schnell riss sie die zum Teil schon vertrockneten Pflanzen heraus. Es brannte an den Händen, aber sie wollte die Nahrung nicht zurücklassen. Wenn jetzt noch ein oder zwei Mäuse zu finden gewesen wären, dann wäre es ein Festmahl geworden!

Die wertvolle Fracht an ihre Brust gedrückt, eilte sie zurück zu ihrem Zelt.

Das Rezept der Großmutter in ihrem Buch sagte etwas von Sahne, Knoblauch und anderen Gartenkräutern, aber in der Not musste es eben auch so gehen.

In ihrem Tipi zerschnitt sie die Stängel in immer kürzere Stücken, warf sie danach in den Topf und köchelte das ganze dürftige Mahl über dem Feuer.

Mit Tränen in den Augen blickte sie in den Kessel. Konnte man noch weiter hinab sinken? Der Schmerz in ihren Händen war nicht zu spüren, denn der Kummer in ihrem Herzen überlagerte momentan alles.

Abermals kaute sie auf ihrem Holzstück herum und auch an diesem Abend würde das Essen sicher nur für die beiden hungrigen Jungs und den Falken reichen.

Selbstverständlich hatte sie bemerkt, dass Katharina oft auf einen Teil der Nahrung verzichtete und etwas von ihrer Suppe in die Schüsseln der Brüder füllte, doch das brachte ihr nur noch mehr Kummer, als ihr eigener Hunger es ohnehin schon tat.

Soeben betrat die Tochter freudestrahlend das Zelt. „Schau mal, Mutter, was ich gefangen habe!", sagte sie und hielt eine tote Maus hoch.

Überglücklich nahm Maria das tote Tier entgegen, das sofort ohne Fell in der Suppe verschwand. Eine Maus für fünf Personen!

Tiefer ging es heute aber wirklich nicht mehr!

Der Abend senkte sich herab und wie immer wartete sie vor dem Zelt, doch diesmal ließ sich der Falke sehr viel Zeit.

Als er endlich eintraf, da strahlte er sie regelrecht an.

„Aus der anderen Reservation sind heute zwei Melder gekommen. Die Regierung gibt uns Lebensmittel!", erzählte er.

Sie fiel ihm freudig um den Hals, denn alles würde gut werden.

Nach der Mäusesuppe leckten sich alle die Finger ab, nur sie hatte darauf verzichtet. Sie hatte ihren Teil in Katharinas Schale gegeben.

Nachdem die Kinder eingeschlafen waren, saß sie mit dem Falken am Feuer und sie sah die Hoffnung in seinen Augen.

Doch wie lange würde es dauern, bis das Essen endlich da war?

Keiner von beiden sagte etwas, nur die Hoffnung war da. Aber konnte man von Zuversicht satt werden?

Schließlich goss sie das Waschwasser in die Schüssel und schob diese dem Falken hin.

Während er sich wusch, zog sich Maria aus.

Erneut strich sie mit den Fingern über ihren deutlich hervorgetretenen Rippenbogen. Der Hunger hatte ihre Brust zusammenfallen lassen. Sie war nur noch ein Schatten dessen, was sie früher einmal gewesen war!

Fand der Falke sie eigentlich noch begehrenswert? Sie zweifelte daran, doch er küsste sie einfach und seine Finger streichelten ihre schlaffen Brüste.

Im Zelt vor dem Feuer stehend küsste sie ihren Mann.

32. Kapitel

Der große Knall!

Wie ein Lauffeuer hatte sich die Nachricht im Lager verbreitet. Am Tage zuvor, am Sonntag, dem 17. August, hatten vier Krieger eine Farm in der Nähe überfallen. Sie waren hungrig und daher auf der Suche nach Nahrung gewesen, aber nicht der Überfall war das schlimme, sondern dass dabei fünf Siedler getötet worden waren.

Der schon lange von ihr befürchtete große Knall war da. Maria wusste nur viel zu gut, dass die Armee diese Tat der Verzweiflung den Sioux nicht durchgehen lassen würde, doch im Überschwang des fragwürdigen Erfolges hatten viele Krieger gegenwärtig den Weg der Axt gewählt.

Zweifelnd hatte sie mitansehen müssen, wie die Krieger auch Häuptling kleine Krähe bestürmt hatten.

Obwohl er für den Frieden war, stimmte auch er letzten Endes zu, sich jetzt mit Gewalt zu nehmen, was die Regierung ihnen schuldete.

In der ganzen Nacht hatte Maria den Ruf der Kriegstrommel gehört. Bisher waren die Sioux friedlich gewesen und in den vergangenen zehn Jahren hatte die Trommel nicht zu den Waffen gerufen.

Derzeitig gab es wohl keinen anderen Weg mehr.

Händeringend hatte sie in der Nacht den Falken gebeten, sich nicht dem Aufstand anzuschließen, doch was war die Alternative? Betteln und auf Almosen hoffen? Das hatten sie doch schon den ganzen Sommer über nutzlos getan.

Auch in ihr brodelte der Zorn, aber es würde nichts bringen, ihn gegen die Händler zu schleudern.

Am Abend zuvor hatte Häuptling kleine Krähe gesagt, dass für jeden Siedler, den sie töten würden, tausende neue kamen und sie

159

hatte ja selbst damals die Schiffe im Hafen von New York gesehen!

Es brauchte nur einen Anlass, damit die Regierung das Abkommen aufkündigen würde und diese Gelegenheit war dieser Überfall, wenn sie jetzt nicht einlenken würden.

Doch Marias Zuversicht war geschrumpft, als die Krieger dem Häuptling Feigheit vorgeworfen hatten und er letztendlich ihrem Kampf zugestimmt hatte.

Jetzt hatte der Montag begonnen und damit brandete der Zorn der Männer zur Agentur hinüber.

Geheul und Geschrei waren zu hören und hunderte Männer stürmten die Vorratslager der Händler.

Sie hing am Arm ihres Mannes und hinderte ihn somit am Verlassen des Tipis.

Sicherlich hätte der Falke sie ohne weiteres abschütteln können, wenn er es denn nur gewollt hätte, doch er blieb am Zelteingang stehen.

Über seine Schulter hinweg blickte Maria zu den Gebäuden hinüber.

Vermutlich war jeder Krieger augenblicklich dort. Alle, bis auf den Falken!

Erstarrt stand der Mann vor ihr.

„Das ist das Ende!", flüsterte er.

Frauen trugen Beutel und Säcke an ihnen vorbei. Es war das Beutegut aus den Speichern der Kaufleute.

Hinter den Frauen kamen dutzende Krieger mit Siegesgeheul gelaufen.

Doch was gab es da zu feiern? Dass ein paar Händler und Siedler den Tod gefunden hatten? Und verschont waren sie sicherlich nicht!

Die Krieger trugen bunte Bemalung im Gesicht und der Falke war der einzige, der diese Farben nicht aufwies.

Schon kurz darauf hatte er damit die Aufmerksamkeit der Männer auf sich gezogen.

„Warum bist du nicht dabei?", fragte einer der Männer.

„Weil es unrecht ist und wir alle den Tod finden werden!", entgegnete der Falke.

„Du bist nur ein Feigling! Wir haben gesiegt! Die weißen Männer können uns nicht überwinden! Schließ dich uns an!", drängte der fremde Krieger nach.

„Nein! Und ich bin kein Feigling!", antwortete der Falke entschlossen.

„Wenn du kein ängstlicher Hasenfuß bist, dann bist du ein Verräter! Du hängst zu sehr am Kleiderzipfel dieser weißen Hure hier!", brüllte ein anderer der Krieger den Falken an.

Vermutlich wollten sie ihn jetzt bei seiner Ehre packen, doch der Falke lenkte nicht ein.

Vor dem Zelt setzte ein Getümmel ein und noch bevor es sich Maria versah, hatten vier Krieger den Falken gepackt und überwältigt.

„Verräter sterben wie jämmerliche Kojoten! Sie werden irgendwo zur Abschreckung aufgehängt, damit andere Kojoten den Platz meiden!", brüllte der Wortführer.

Maria sah die Wut in seiner Augen.

Verzweifelt versuchte sie zum Falken zu gelangen, als der Mann auf sie zeigte und schrie: „Und ihr wisst, was man mit Huren macht!"

Erschrocken zuckte sie zurück, doch einige Krieger packten sie und rissen sie von den Füßen.

Während einige Männer den Falken nur wenige Schritte entfernt an einem Gestell aufhängten, schändeten vier Krieger sie brutal vor ihrem Zelt.

Schreiend musste sie diese Gewalttat über sich ergehen lassen, den Tod des Falken vor den Augen und mit der Bitte im Herzen, dass Katharina nichts geschah!

„Die Soldaten kommen!", brüllte einer vom Weg aus.

Die Männer ließen sofort von ihr ab und stürmten davon.

Wimmernd vor Schmerzen kam Maria auf die Knie.

Eine der Nachbarinnen lief an ihr vorbei und spuckte ihr ins Gesicht.

Drei Schritte vor ihr hing der Falke. Er hatte seinen Mut mit dem Leben bezahlt und nur der stürmische Aufbruch der Krieger hatte sie wohl vor demselben Schicksal bewahrt. Ein Strick für sie hing da auch schon bereit!

Hier konnte sie nicht bleiben, denn die nächste Nacht würde sie wohl kaum überleben!

Katharina kam zu ihr gelaufen.

„Ist dir etwas geschehen?", fragte Maria besorgt.

Die Tochter schüttelte den Kopf und half ihr auf.

Schwankend und auf das Mädchen gestützt trat Maria an die Leiche ihres geliebten Mannes heran.

„Wir müssen ihn beerdigen, dann brechen wir auf!", erklärte sie leise und suchte ihr Messer, doch der Gürtel lag zerrissen irgendwo.

Katharina schnitt den Vater los.

Mit den beiden Söhnen legte sie den Falken neben das Zelt und bedeckte seinen Leib mit Steinen, damit die wilden Tiere nicht auch noch seine Leiche schänden konnten.

Alles in ihr war taub und ohne Gefühl.

Erst nach dem letzten Stein bemerkte sie, dass sie fast nackt war. Das Kleid war zerfetzt, tiefe Wunden bluteten an ihrem Leib, aber sie durfte sich keiner Schwäche hingeben, denn das Leben der restlichen Familie lag momentan in ihrer Hand.

Doch wohin sollte sie sich jetzt wenden?

Das Leben bei den Sioux war jedenfalls für sie zu Ende! Nur für den Mann war sie noch hier gewesen.

Und blieben sie, würde der Tod sie dennoch ereilen!

Eilig drängte sie daher zum Aufbruch.

Maulend nahm der sitzende Fuchs sein Gepäck auf, seine Geschwister waren da verständiger. Oder noch unter Schock nach den erlebten Geschehnissen.

Unter Aufbietung der letzten Kräfte schleppte sich Maria aus dem Lager.

So viel Platz wie nur irgend möglich zwischen sich und die wütenden Krieger bringen, war jetzt ihre Entscheidung und auch ihr einziger Gedanke.

Katharina schleppte wie selbstverständlich die kleine Schwester und die beiden Söhne trugen alles, was von ihrem Hausstand noch übrig geblieben war. Vor allem die warmen Decken für die Nacht würden wichtig sein.

Bespuckt und beschimpft zogen sie durch das Lager.

Nur graue Eule steckte ihr ein kleines Brot zu.

Maria hatte ihr bisheriges Leben verloren und war noch nicht wirklich dazu gekommen, den Tod des geliebten Mannes zu realisieren.

Zuerst ging es um das Überleben ihrer Kinder!

33. Kapitel

Irgendwo im Nirgendwo

Die Abenddämmerung senkte sich auf Maria herab, als sie eine kleine Baumgruppe erreichte. An der Spitze ihrer Kinder hatte sie sich bis hierher geschleppt. Instinktiv war sie nach Osten gegangen, da Clara in dieser Richtung wohnte, allerdings hundert Meilen entfernt.

Sie spürte eigentlich gar nichts mehr und Katharina hatte die Organisation ihrer Geschwister übernommen. Wie selbstverständlich ordnete die Tochter die Felldecken an, ein Feuer machten sie allerdings nicht.

Das Versteck für diese Nacht lag an einem kleinen Bach und während Katharina Wasser in einer Flasche holte, saß sie nur noch apathisch im Gras und schaute der Tochter dabei zu.

Mit dem Sitzen im Gras kamen langsam die Lebensgeister zurück, aber auch die Schmerzen. Ihr geschundener Leib brannte wie Feuer, doch sie vermied jeden Schmerzenslaut.

Wortlos hielt sie Katharina das Brot hin und nickte der Tochter zu.

Im letzten Licht betrachtete sie ihren Körper. Das Blut lief jetzt nicht mehr, aber es haftete geronnen an ihren Beinen. Sie würde sich im Bach waschen müssen, aber das wollte sie nicht vor den Augen der Kinder tun.

Vielleicht konnte sie das dann später im Scheine des Halbmondes machen, wenn die vier eingeschlafen waren.

Maria schlug das zerfetzte Kleid über ihre nackten Beine und sah zu ihren Söhnen auf.

„Du bist an allem schuld!", erklärte der sitzende Fuchs und trat vor sie hin.

„Wieso?", fragte sie entgeistert zurück.

„Hättest du Vater nicht vom Kampf abgehalten, so wäre er jetzt noch am Leben und ich noch bei meinen Freunden!", entgegnete er und fuhr sich mit der Hand durch das rötliche Haar, das ihm den Namen eingebracht hatte.

„Es lag nicht in unserer Hand!", bemerkte der kleine Biber von der anderen Seite.

„Nimm du sie nur in Schutz!", antwortete der Fuchs.

Ein Streit unter den Brüdern war aber genau das, was sie momentan überhaupt nicht brauchen konnte, doch in ihrer gegenwärtigen Situation würde sie zum Fuchs nicht durchdringen.

Er gab ihr die Schuld und eventuell hatte er damit auch den Punkt getroffen, aber noch bevor es zu einer Prügelei kommen konnte, griff Katharina ordnend ein.

Maria konnte wirklich stolz auf ihre älteste Tochter sein. Die Jahre der Ausbildung hatten sich mehr als gelohnt.

Dann saßen alle im Kreis und teilten sich das Brot.

„Morgen früh müssen wir weiter. Wenn die Soldaten uns außerhalb der Reservation aufgreifen, dann sterben wir!", offenbarte sie den Kindern und schickte sie auf ihre Schlafplätze.

Die Anstrengung des Weges schloss die Augen der Söhne schnell und auch Katharina schlief schon wenig später, mit der kleinen Schwester im Arm.

Das war der Moment, in dem sie sich zum Bach schleppen konnte. Schwankend ging sie die fünf Schritte und der unbändige Schmerz sauste bei jedem davon durch ihren Leib.

Noch war die Sonne nicht untergegangen und daher streifte sie sich das Kleid ab, setzte sich in den Bach und wusch sich das Blut von Unterleib und Beinen. Jede Berührung tat weh und im Augenblick wusste sie nicht, wie sie sich wieder aus dem Wasser erheben sollte.

Aber das kalte Nass kühlte auch ihre Wunden.

Nackt saß sie in dem Gewässer und augenblicklich konnten auch ihre Tränen laufen. Die Tränen um den geliebten Mann. Der Falke war tot und eventuell hatte der sitzende Fuchs genau das Problem erkannt.

Schluchzend dachte sie an die schrecklichen Momente zurück. Sie hatte gesehen, wie der Falke den Kriegern zu entkommen versucht hatte und sie sah wieder die zornigen Gesichter der Männer über sich, spürte den Schmerz der Schändung in sich.

Plötzlich legte sich eine kleine Hand auf ihre Schulter und Maria blickte hoch.

„Kann ich dir helfen?", fragte Katharina leise.

„Du hilfst mir schon genug. Ich danke dir", antwortete sie, doch Katharina kniete sich neben sie hin.

„Ich habe Seife mitgenommen", erzählte das Mädchen.

„Das würde im Moment zu sehr brennen", antwortete Maria und war gerade froh, dass es dunkel war, wodurch Katharina die tiefen Wunden nicht sehen konnte.

„Sitzender Fuchs hat nicht recht!", flüsterte das Mädchen.

„Geh schlafen!", forderte sie die Tochter auf, die ihr einen Kuss gab und dann zu ihrem Lager lief.

Nur langsam ließ der Schmerz nach und machte dem rationalen Denken Platz. An diesem Tage waren sie etwa zehn Meilen weit gekommen und bei der derzeitigen Geschwindigkeit würden sie also zehn Tage bis zu Clara brauchen. Dazu kam aber auch noch, dass sie sich in ihrer Kleidung nicht offen auf der Straße bewegen durften.

Mit dem Aufstand der Dakota war momentan jeder Angehörige der Stämme Freiwild geworden und die Skalpjäger würden nicht fragen, ob sie Maria oder großes Feuer war. Beides traf wohl zu und dennoch hatte sie soeben mit dem Leben bei den Wahpekhute abgeschlossen, denn sie war nur wegen des Falken dort geblieben!

Erneut sauste die Trauer durch ihren wunden Leib.

Schluchzend schlug sie sich die Hände vor ihr Gesicht. Zum zweiten Mal hatten sie ihren Mann an seine Feinde verloren. Zuerst Fritz in Dresden und heute den Falken hier.

Warum war das Schicksal nur so grausam zu ihr? Weshalb gönnte ihr Gott nicht mal ein kleines Stückchen Glück? Warum?

Sie hätte es nach oben gebrüllt, wenn sie damit nicht die Kinder aus dem Schlaf gerissen hätte, doch so blieb es ein stummer Schrei.

Es blieb noch viel zu tun, bevor sie am nächsten Morgen den Marsch fortsetzen konnten, denn ihr Kleid musste noch geflickt werden und sie brauchte einen Plan. Ächzend erhob sie sich aus dem Wasser und setzte sich in das Gras am Bachufer.

Mit ihren Fingern tastete sie den Schaden an ihrem Gewand ab. Nadel und Faden waren sicher bei Katharina und mit ein paar Stichen war das bestimmt schnell notdürftig repariert. Blieb also noch der Plan für die nächsten Tage!

Die beiden Jungs konnten jetzt vielleicht mal zeigen, was sie beim Falken über die Jagd gelernt hatten. Der kleine Biber hatte den Speer des Vaters mitgenommen und beim Fuchs hatte sie den Köcher mit den Pfeilen gesehen.

Außerhalb der Reservation gab es wahrscheinlich jagdbares Wild. Hasen, Rehe oder sonst irgendwas Essbares. Nur von den Farmen und deren Tieren mussten sie sich selbstverständlich fernhalten.

Die Siedler würden erst schießen und danach fragen! Und etwas Schlaf würde sie jetzt auch brauchen.

Langsam wurde es frisch und sie saß immer noch nackt am Ufer. Vielleicht würde sie schlafen können, doch der Schmerz in ihrem Schoß kam schon wieder zurück.

Maria stemmte sich hoch, ging mit dem Kleid in der Hand zu den Kindern und legte sich unter das Fell, das bis zum Morgen zuvor noch den Leib des Falken und ihren gewärmt hatte.

Leise weinte sie um den Geliebten.

34. Kapitel

Sind wir in Gefahr?

Die Nachrichten und Gerüchte überschlugen sich gerade und jeder hatte etwas anderes gehört oder gelesen. Clara hatte sich soeben eine Zeitung geholt und las jetzt darin über die grausamen Massaker der Sioux an den friedlichen Farmern, die darin bildreich beschrieben waren.

Wenn auch nur die Hälfte davon stimmte, dann waren sie auch hier in Gefahr, denn das Reservat lag nur etwa hundert Meilen entfernt! Das waren kaum zwei Tagesritte mit einem guten Pferd!

Nachdem der erste Angriff der Sioux auf die Siedlung Neu-Ulm am 19. August noch abgewehrt worden war, hatten die Siedler und die Soldaten diesen Ort am Tage zuvor fluchtartig geräumt.

Was kam jetzt? Und vor allem, wie ging es Maria und deren Kindern? Die Freundin befand sich momentan genau im Zentrum des Geschehens!

Rose blickte augenblicklich über ihre Schulter und las den Artikel wohl ebenfalls. Es sah eventuell nicht gut aus für Maria, denn in der Zeitung stand, dass im Reservat dutzende Weiße getötet worden waren, woher auch immer das die Männer von der Zeitschrift jetzt schon wissen konnten.

Gegenwärtig waren die Sioux also auf dem Kriegszug und möglicherweise kamen sie hier her. Mister Faribault war ja mit an der Unterzeichnung des Vertrages beteiligt gewesen. Was war wohl, wenn die Krieger dafür Rache nehmen wollten?

An ihr ging gerade ein Mann vorbei, der zwei Revolver in seinem Gurt stecken hatte und noch eine Flinte zusätzlich trug. Bisher waren innerhalb der Stadt Waffen eher selten zu sehen gewesen. Das änderte sich offensichtlich gerade, doch würde es etwas nutzen?

„Sollen wir die Revolver laden?", fragte Rose sie jetzt vorsichtig und ihr blieb nur übrig, das nickend zu bestätigen.

In der Hütte angekommen griff sie sich den bisher sorgsam verschlossenen Kasten und die beiden Revolver darin waren noch originalverpackt! Nie im Leben hätte Clara gedacht, dass sie die Colts so schnell brauchen würde.

Am Küchentisch sitzend säuberte sie die Waffen und lud sie anschließen. Eine Waffe gab sie Rose, die sie sich sofort in den Gürtel schob.

Ihr Haus lag am westlichen Stadtrand und war damit den Kriegern am nächsten. Bisher hatte Clara gern hier gewohnt, augenblicklich wurde es ihr bei dem Gedanken an Sioux auf dem Kriegszug etwas mulmig zumute.

Sollen sie lieber zu Gundel ziehen? Deren Haus lag weiter im Ort, aber die Freundin hatte nur einen kleinen Raum neben ihrem Geschäft. Zwar im Zentrum der Stadt, aber vier Personen zusätzlich waren der Freundin wohl eher nicht zuzumuten.

Zumal es dort auch keinen Schutz gab, wenn sogar die Armee flüchtete!

Doch waren diese Gefahren wirklich real? Oder bildete sie sich das alles nur ein? In Marias Briefen hatte sie nichts von diesem Hass auf die Weißen gelesen, aber jetzt kramte sie die Kiste heraus, in der sie die Schreiben der Freundin verwahrt hatte.

Mit dem jetzigen Wissen ergaben ein paar von Marias Bemerkungen einen anderen Sinn. Zwischen den Zeilen stand da, dass selbst die Freundin unzufrieden war.

Um wie vieles mehr mussten dann wohl die Sioux von der Reservation und der Behandlung durch die Regierung enttäuscht sein?

„Wir sollten heute Nacht in unseren Sachen schlafen!", offenbarte Clara den anderen und ließ das Blatt sinken.

„So schlimm?", entgegnete Rose ihr.

Clara hielt ihr den Brief hin und zeigte mit dem Finger auf die betreffende Stelle. Wenig später seufzte Rose und nickte.

„Fanny! Du darfst heute Nacht in deinem Kleid bei uns im Bett schlafen!", rief die Geliebte über die Schulter und schob sich mit der gesunden Hand die Waffe zurecht.

„Fünf Schuss. Reicht das? Ich kann ihn ja nicht nachladen!", flüsterte Rose, offenbar mehr zu sich selbst.

„Wir sollten dann die Fensterläden schließen!", stellte Mae klar.

„Mitten im Sommer? Da wird das dann ganz schön stickig hier drin werden!", seufzte Clara und zog den anderen Revolver zu sich.

Mae hatte sich gerade die Axt in den Gürtel gesteckt und diese Geste reichte wohl aus, dass Fanny gerade ziemlich ängstlich zwischen ihnen dreien hin und her blickte.

Es klopfte und Gundel erschien, mit einer geladenen doppelläufigen Flinte in der Hand, und fragte: „Kann ich heute Nacht bei euch bleiben? Alleine habe ich zu viel Angst!"

Fannys Blick wurde jetzt panisch und Rose hatte alle Mühe, die Tochter wieder zu beruhigen.

„Ja! Klar! Fannys Bett ist für diese Nacht gerade frei geworden!", erklärte Clara ihrer Freundin.

Gundel legte die Flinte auf dem Tisch ab.

„Danke! Aber ich glaube nicht, dass ich heute Nacht schlafen kann!", erzählte sie und setzte sich auf den Stuhl.

„Wenn sie gestern in Neu-Ulm losgeritten sind, dann können die Dakota erst morgen hier sein!", erzählte Clara ihrer Freundin.

Es sollte ihr Hoffnung auf einen ruhigen Schlaf machen, aber es klang sogar für sie selbst bedrohlich.

„Ich setze noch mal Kaffee an", bemerkte Mae und holte Wasser für den Kessel.

Als die Dämmerung sich über die Siedlung legte, saßen sie zu viert um den Küchentisch. Flinte und Revolver lagen griffbereit und Fanny saß hinter ihnen auf dem Bett. Alle Fenster waren verbarrikadiert und der einzige Zugang war die Haustür, die sie alle im Blick hatten. So sah es vermutlich gerade in jedem Haus in der Stadt aus.

Irgendwo da draußen patrouillierten der Sheriff und die paar Soldaten, die gerade im Saloon gewesen waren. Es sollte wohl Vertrauen bringen, aber sie hatte beim Verschließen der Fensterläden das verlorene Häufchen von Männern gesehen.

Wenn die Armee Neu-Ulm nicht hatte halten können, mit einer viel größeren Besatzung, was sollten da die zwei Dutzend Bewaffnete hier tun?

Clara zog die Zeitung noch einmal zu sich und sie blätterte den Artikel auf.

Nach dem Brief von Maria waren die Sioux bestimmt nur auf der Suche, nach etwas zu essen. Daher waren hauptsächlich Farmen und die Lagerhäuser der Stadt ihr Ziel gewesen.

Vermutlich würde sich für sie der weite Weg bis hierher nicht lohnen. Hoffentlich!

Doch sie kannten die Gegend ausgezeichnet. An der Stelle, an der jetzt ihr Haus stand, war vor vielen Jahren noch das Lager der Wahpekhute gewesen. Und die gehörten zu den Dakota!

„Schlaf jetzt!", sagte Rose zu ihrer Tochter, die noch immer auf der Bettkante saß.

Das würde vermutlich schwierig werden, denn zu aufgeregt war das Mädchen. Genau in der Art, wie sie auch selbst. Von ihnen würde in dieser Nacht sicherlich keiner in den Schlaf finden!

Mae erhob sich, legte das Beil auf den Tisch und setzte sich zu Fanny. Sie drückte das Mädchen in das Bett und begann eines ihrer Lieder zu singen.

Das Schlaflied für Fanny beruhigte jetzt auch Clara, denn wo gesungen wird, da kann es keine Gefahr geben!

35. Kapitel

Zwischen Leben und Tod

Freitagabend war es und Clara hatte sich gerade an den Tisch gesetzt. Mae und Rose wirbelten in dem Raum umher und sie wollte den beiden Frauen nicht im Wege stehen.

„Rose, komm, setzt dich! Ich wechsele dir den Verband!", forderte sie die Freundin auf, die dieser Bitte nur zögerlich nachkam.

„Kannst du den Verband nicht einfach ab lassen?", fragte die Freundin.

„Der Arzt hat zu dir September gesagt. Das ist erst am Montag!", entgegnete sie und begann die Bandage vorsichtig abzuwickeln.

„Du bist schlimmer als meine Mutter", maulte Rose.

„Junges Fräulein! Das habe ich gehört!", ließ sich Mae aus der Ecke vernehmen.

„Junges Fräulein? Ich bin fast achtundzwanzig!", nörgelte Rose weiter.

„Für sie wirst du noch mit achtundsechzig das junge Fräulein sein!", entgegnete Clara und sie beide mussten lachen.

„Kannst du denn schon wenigstens einen Finger bewegen?", fragte sie, als die Hand der Freundin unverpackt auf dem Tisch lag.

„Den Daumen eigentlich schon ganz gut. Den hat Simon vermutlich nicht richtig getroffen. Meinen Mittelfinger ein kleines Stück!"

„Gut! Lass es sein!", entgegnete Clara, als sie die Anstrengung in ihrem Gesicht sah.

Schnell waren die Schienen wieder dran und der Verband festgezogen.

Vor dem Fenster war es mittlerweile vollkommen finster.

Zaghaft klopfte es an der Tür. Rose blickte sich dorthin um und Clara erhob sich von ihrem Platz.

„Besuch, so spät am Tage? Wer mag das sein?", fragte sich Clara laut und trat an die Tür.

Ein schwarzhaariges Mädchen in zerlumpten Sachen stand vor ihr.

„Ja?", fragte Clara.

„Bist du Tante Clara? Meine Mutter schafft es nicht mehr!", sagte sie leise und zeigte zur Seite.

Clara blickte nach draußen und erkannte eine Gestalt, die auf der Veranda zusammengebrochen war. Sie ging hinaus und trat zu ihr.

„Mae! Komm schnell!", schrie sie, als sie Maria erkannte.

Die Freundin war nur noch ein Schatten ihrer selbst. Die eingefallenen Wangen sagten mehr, als Clara im Moment wirklich wissen wollte.

Mae kam zu ihr geeilt und Clara hob Marias Körper auf.

Eigentlich hatte sie vorgehabt, Maria mit der anderen Frau zusammen in den Raum zu tragen, doch Maria war sehr leicht. Sie wog sicherlich keine siebzig Pfund mehr!

Demzufolge konnte sie die Freundin alleine in das Haus tragen, Mae lief einfach hinter ihr her und Rose zog das Mädchen herein.

„Du bist Katharina. Oder?", fragte Clara, als sie Maria in ihrem Bett abgelegt hatte.

Das Mädchen nickte zaghaft. „Meine Brüder sind noch draußen und meine Schwester", erzählte Katharina.

„Dann bringe sie schnell herein!", forderte Rose das Mädchen auf.

Wenige Augenblicke später erschienen zwei Jungen mit Marias jüngster Tochter auf dem Arm in dem Raum. Sie waren verdreckt und hatten hungrige Augen.

„Mae gib ihnen was zu essen. Rose, laufe zum Doktor!", ordnete Clara sofort an.

Das Treiben in der Hütte wurde nur noch schlimmer und jetzt erschien auch noch Fanny in dem Raum. Im Unterkleid stand sie in der Tür ihres Schlafzimmers und wischte sich mit der Hand über die Augen. Offenbar hatte sie schon geschlafen und war durch den Lärm geweckt worden.

Augenblicklich ging alles ganz schnell.

Mae tafelte auf und die Kinder schlugen sich die Bäuche voll.

Rose war aus dem Haus gerannt und kam Minuten später mit dem Doktor zurück.

Maria hatte eindeutig Fieber und war nicht bei Bewusstsein. Mit dem Arzt zusammen entkleidete sie Maria.

Der Mann schüttelte den Kopf. „Wo kommt die den her? So etwas habe ich noch nie gesehen!", erklärte er und zeigte auf die mehr als deutlichen Rippen unter der Haut der Freundin.

Maria schien nur noch aus Haut und Knochen zu bestehen.

„Aus dem Lager der Dakota!", ließ sich Katharina kauend vom Tisch aus vernehmen.

„Wenn das Fieber sinkt und sie die Nacht überlebt, dann könnte sie es mit sehr viel Glück schaffen!", bemerkte der Mann und gab Clara ein paar Kräuter.

Sie nickte und rief Mae zu: „Koche für sie eine Hühnerbrühe, die hat ihr früher auch immer geholfen!"

Schon war Mae an den Töpfen.

„Ich komme morgen früh wieder", sagte der Doktor und ging.

„Seid ihr satt?", fragte Rose die Kinder.

Als Antwort kam ein lautes Rülpsen von einem der Jungen.

„Dann wascht euch!", rief Clara ihnen zu.

Mae bereitete schon eine Schüssel mit Wasser vor.

Während sich Clara um die kranke Freundin kümmerte, wusch Katharina zuerst ihre Schwester, danach wuschen sich die beiden Jungs.

Katharina trat zu ihr und blickte sie an.

Die fragenden Augen des Mädchens sagten alles. Clara deckte Maria sorgsam zu und nickte Katharina ermutigend zu.

„Fanny, du müsstest dein Bett in der Nacht mit Katharina und deren Schwester teilen", erklärte Rose und ihre Tochter nickte.

„Wir schlafen auf dem Boden davor!", sagte einer der Jungen und beide gingen in den Nachbarraum.

Fanny hatte momentan das kleine Mädchen im Arm und folgte den beiden.

Damit blieb jetzt nur noch Katharina neben ihr stehen.

„Du solltest jetzt auch schlafen!", sagte Clara ihr.

Das Mädchen stand irgendwie verloren in dem Raum. Vermutlich hatte sie die kleine Gruppe angeführt, nachdem Marias Kräfte versagt hatten.

Momentan waren Wadenwickel nötig und sie drei mussten sich um die kranke Freundin kümmern, doch Katharina stand auch weiterhin neben dem Bett und ließ keinen Blick von dem, was sie drei hier gerade versuchten.

Für einen Moment kam Maria zu sich und Clara flößte ihr den Kräutersud und die Hühnerbrühe gleichzeitig ein.

„Ich bleibe bei ihr. Du kannst ruhig schlafen gehen!", bemerkte Clara ruhig zu dem Mädchen.

Zögerlich nickte Katharina, trat dann zur Schüssel und streifte sich das Kleid über den Kopf. Ausgiebig wusch sie sich und Mae brachte ihr Seife und ein trockenes Tuch.

Nackt und sichtlich müde schlurfte das Mädchen anschließend in den Nachbarraum.

Wenige Augenblicke später erschien Fanny wieder in der Küche.

„Die schlafen alle nackt!", erzählte sie und schien darüber sehr verwundert zu sein.

„Schau ihre Sachen an, die sind schmutzig und zerrissen. Darin kann man nicht schlafen!", erklärte Rose ihr und setzte noch hinzu: „Du kannst Katharina ja eines deiner Unterkleider geben!"

„Die schläft schon!", entgegnete Fanny, wünschte ihnen noch eine gute Nacht und verschwand in dem Raum, den sie sich jetzt mit den vier anderen Kindern teilen musste.

„Mae, kannst du bitte mal zu Gundel gehen und versuchen, bei ihr ein paar Sachen für die Kinder zu bekommen?", fragte Clara.

„Ich gehe!", erwiderte Rose und eilte schon zur Tür.

Wieder kam Maria kurz aus der Bewusstlosigkeit zurück, gerade lang genug für einen Schluck von der Brühe.

Maria war gerade zwischen Leben und Tod und da konnte ein Gebet sicherlich nicht schaden.

Leise betete Clara und hatte dabei Tränen in den Augen.

36. Kapitel

Der Ratschlag der Ahnen

Wie durch einen Schleier hindurch, der sich vor ihrem Geist zuzog, sah Maria die Frauen nur undeutlich um sich herum. Das Fieber hatte sie an die Schwelle zwischen dieser Welt und einer anderen gebracht. Auf der einen Seite standen Clara und Rose und auf der anderen der Falke und Fritz.

Noch war nicht abzusehen, auf welche davon sie jetzt gehen würde. Sie fühlte das Feuer in sich und wusste eigentlich nichts mehr.

Wie Nebelschwaden, die sich manchmal lichteten, zogen die Bilder an ihr vorbei: Katharina, Clara, Fritz, der Falke und Rose. Sie wechselten sich in unterschiedlicher Reihenfolge ab. Und Maria pendelte zwischen ihnen hin und her.

Schließlich hüllte vollständige Dunkelheit sie ein. Alles um sie herum verschwand und auch der Schmerz durch das Feuer war nicht mehr zu fühlen. Eine wohlige Geborgenheit erfasste sie, göttliche Liebe durchdrang sie und ließ sie dahingleiten.

Ein paar Augenblicke später zeigte sich ein warmes Leuchten vor ihr, auf das sie sich fliegend hinbewegte. Völliges Glück hüllte sie ein und durchdrang alles in ihr. Hier wollte sie nie wieder fort.

Sie tauchte in das Licht und saß schließlich vor einem alten Mann, der keinen Bart trug, aber schlohweiße lange Haare hatte. Seine gütigen Augen ruhten auf ihr.

„Wer bist du?", fragte sie.

„Ich habe gelebt, lange bevor du geboren wurdest!", gab er mit sanfter Stimme zurück.

Etwas sehr friedliches lag darin und Maria hatte sofort Vertrauen zu dem Mann.

„Bist du Gott?", erkundigte sie sich bei ihm.

Der Alte schüttelte lächelnd den Kopf. „Nein! Gott bin ich nicht. Ich bin ein Geist. Einer deiner Ahnen", entgegnete er und erhob sich. Er nahm sie bei der Hand und stand kurz darauf mit ihr in einer Nebelwand, die sich danach gemächlich vor ihnen öffnete.

„Geht es hier in den Himmel?", befragte sie ihn.

„Möchtest du dort hin?", antwortete ihr der Geist.

Maria nickte.

„Und was ist mit deinen Kindern?", entgegnete er und wischte einen Nebelschwaden zur Seite.

Maria sah sich selbst auf einem Bett liegen und erkannte Katharina, die sich über sie gebeugt hatte. Eine Träne stieg in ihr Auge, weil sie die Kinder augenblicklich alleine lassen musste.

Oder doch nicht?

Der Geist hatte ihr ja eine Frage gestellt. Gab es für sie eine Wahl?

„Ich würde sie gern aufwachsen sehen!", flüsterte Maria.

Vor ihr erschienen jetzt ihre beiden Gatten: Fritz, der Vater von Katharina sowie der Falke und sogleich zog es sie zu den beiden Männern.

Beide streckten ihr die Hand entgegen und Maria wollte zu ihnen eilen, aber der alte Mann hielt sie davor zurück.

„Ich kann dir unergründliches Wissen geben und deine beiden Männer, oder ein langes Leben mit deinen Kindern!", erzählte er.

Maria stand damit wieder zwischen allen. Was sollte sie tun? Unschlüssig blickte sie hin und her.

Zusätzlich zu ihren beiden Männern würde sie sicherlich auch keine Schmerzen mehr haben! Oder sollte sie bei Katharina bleiben und darauf vertrauen, dass der Kummer irgendwann verschwand?

Tochter oder Mann?

Ihre anderen Kinder standen gerade ebenfalls an ihrem Bett und ihre jüngste Tochter würde sie noch so lange brauchen!

„Wenn ich darf, dann würde ich bei meinen Kindern bleiben!",
erklärte sie dem Geist leise.

„Eine gute Wahl!", bemerkte der Alte.

Maria sah ihn fragend an.

„Deine Männer warten auf dich! Und ich auch! Geh!", erzählte
der Geist ihr.

Im selben Moment löste sich alles vor ihr auf und sie lag wieder in ihrem Bett.

Der körperliche Schmerz war noch da, aber der Kummer ihrer
Seele war verschwunden. Er war der Gewissheit dieser ewigen
Liebe gewichen. Noch war sie so schwach, dass sie keine Hand
rühren konnte, aber das Fieber würde gehen.

Der Rat ihres Ahnen gab ihr die Zuversicht auf ein langes Leben.

Rose beugte sich mit einem Becher über sie und Clara half ihr
in eine sitzende Position.

Der Trank, den Rose ihr einflößte, schmeckte widerlich, aber
Maria wusste augenblicklich, welche Zutaten sich darin befanden.
Vielleicht war das ein Teil dieses Wissens, welches ihr die Ahnen
geben wollten. Oder ein Teil dessen, was die alte Kräuterfrau der
Dakota ihr einst erklärt hatte.

Noch konnte Maria nichts sagen oder tun, aber sie war einfach
nur noch glücklich, dass sie wieder bei ihren Kindern war.

Clara bettete sie vorsichtig und Katharina umarmte sie. Die
Tochter blieb danach einfach an ihrem Hals hängen.

Vor Erschöpfung schloss Maria die Augen und sie sah wieder
den alten Mann vor sich. Die schöne Empfindung war abermals in
ihr. Dieses grenzenlose Glücksgefühl durchflutete sie und sie
wusste, dass sie dadurch geheilt wurde.

Dann verwandelte sich der Mann und wurde zu der Frau, die
ihr all die Kräuterdinge im Lager erklärt hatte. Graue Eule saß direkt vor ihr.

„Mein Kind, ich werde dir Dinge zeigen, die du dir nicht vorstellen kannst!", flüsterte die Alte und machte eine Handbewegung.

Direkt vor Maria wuchsen die unterschiedlichsten Pflanzen empor und sie wusste zu jeder sofort, wozu sie dienen konnte, doch gleichzeitig erschrak Maria auch davor.

Hatte der Geist nicht gesagt: grenzenloses Wissen oder das Leben? War sie damit jetzt auf dem Weg in das Jenseits?

Und war graue Eule eine Ahnin von ihr? Das konnte doch gar nicht sein, denn Maria war ja erst vor einigen Jahren in dieses Land gekommen und davor hatten die Vorfahren der grauen Eule schon ewige Zeiten in dieser Gegend gelebt.

Zwiegespalten hing Maria erneut in der Schwebe. Auf der einen Seite wollte sie so viel wie nur irgend möglich lernen und auf der anderen auch bei ihren Kindern bleiben.

Die graue Eule strich ihr liebevoll übers Gesicht und Maria erwachte.

Es war erneut Katharina, die sich über sie gebeugt hatte und gerade strich die Tochter ihr weinend über die Wange.

„Weine nicht! Mir geht es schon besser!", flüsterte Maria und es klang eher kratzig.

„Clara! Rose! Schnell!", rief Katharina.

Die beiden Frauen kamen geeilt.

Derzeitig konnte Maria schon einen Arm heben. Die Krankheit wich langsam von ihr zurück, aber das Wissen der alten Kräuterfrau war in ihr geblieben.

„Danke, graue Eule!", flüsterte sie.

In der Erinnerung an die Frau gab Maria Clara die Mixtur für den Kräutertrunk bekannt und wenig später war die Freundin mit dem Becher zurück.

Zwar musste sich Maria noch von Rose stützen lassen, aber die Kraft kam langsam zurück und mit jedem Schluck war ein Stückchen mehr Leben in ihr.

37. Kapitel

Der sitzende Fuchs

ast zwei Wochen hatten sie um das Leben der Freundin gekämpft. Abwechselnd hatte sie, Mae oder Rose an Marias Bett gesessen und jetzt ging es der Freundin wieder besser.

Vor Tagen hätte der Doktor nicht einen Dollar darauf gewettet, dass Maria die Krankheit bezwingen würde, doch sie hatte es offensichtlich geschafft.

Es war Sonntag früh, Maria saß im Bett und machte schon wieder Scherze. Katharina hatte fast ständig in der Nähe gehockt und sich ebenfalls um sie gesorgt.

In den letzten Tagen hatte Clara Marias Kinder sehr sorgfältig beobachtet. Die kleine Tochter war noch zu jung, um wirklich zu begreifen, was geschehen war, aber die Jungs hätten eigentlich beide verstehen müssen, worum es hier gerade ging.

Die beiden waren so unterschiedlich und während der Biber sich um seine kleine Schwester kümmerte, maulte der sitzende Fuchs ständig nur herum. Er führte sich schlimmer auf, als es ihr Mann Peter jemals hätte tun können.

Irgendetwas störte den Jungen und Clara wusste nur zu gut, was er sicherlich instinktiv fühlte. Es war sicherlich nicht nur der Kummer wegen des Verlustes des Vaters und der Freunde. Ein großer Splitter steckte unbewusst in seiner Seele!

Nachdem die beiden Brüder zum Spielen nach draußen gelaufen waren, schickte Clara Katharina ihnen nach.

Schließlich setzte sie sich an Marias Bett und sah ihrer Freundin tief in die Augen.

„Du musst mit ihm reden!", erzählte sie leise.

„Das kann ich nicht! Das würde alles zerstören!", flüsterte Maria.

182

„Möchtest du dich zuerst mit Gundel beraten? Ich kann sie nach dem Gottesdienst zu uns einladen?", entgegnete Clara.

„War sie denn am letzten Sonntag hier? Oder irgendwann in der Zeit, seit wir hier sind?"

„Nein!"

„Siehst du!", antwortete Maria.

„Aber es muss raus! Es zerstört dich und ihn!", äußerte Clara jetzt besorgt.

Rose betrat den Raum und blickte zu ihnen herüber.

„Wir gehen dann zum Gottesdienst! Rufe die Kinder!", erklärte Clara und Rose ging nach draußen.

„Bitte nicht!", entgegnete Maria flehend.

„Du musst es tun!", antwortete Clara.

„Er wird mich hassen!", schluchzte Maria.

„Ich glaube, das tut er schon jetzt!", setzte sie ihr entgegen.

Stumm nickte Maria, dann flüsterte sie: „Also gut. Aber ich rede zuerst mit Gundel!"

Die Tür öffnete sich und die Kinder stürmten in den Raum.

Stunden später hatte Clara Gundel an der Hand gepackt und zog die sich heftig sträubende Freundin hinter sich her.

Die Kinder waren mit Mae und Rose zum Fluss gegangen, weil sie dort ihre geschnitzten Boote um die Wette schwimmen lassen wollten.

Nur widerwillig betrat Gundel die Hütte und wurde von Maria schon aus dem Bett begrüßt.

Clara schob Gundel einen Hocker zum Bett und holte sich ebenfalls einen Stuhl.

Danach sahen sich Maria und Gundel schweigend an, keine fand das erste Wort.

„Wir müssen über den Jungen reden!", sagte deshalb Clara nach einer Weile.

„Du wolltest ihn doch! Ich kann nicht bei ihm sein!", stieß Gundel aus.

„Darum geht es nicht!", entgegnete Maria mit fester Stimme.

„Wir sollten ihm nur die Wahrheit sagen", erklärte Clara.

„Und was nutzt das?", fragte Gundel zweifelnd.

„Der sitzende Fuchs spürt, dass etwas nicht stimmt. Er rebelliert deswegen", setzte ihr Clara entgegen.

„Ich kann das nicht", flüsterte Gundel und ein Sturzbach aus Tränen begann aus ihren Augen zu fließen.

Maria und Clara versuchten jetzt die von Weinkrämpfen geschüttelte Freundin zu beruhigen.

Es würde wohl nicht mehr lange dauern, bis die Kinder zurückkommen würden.

„Ich kann das nicht! Ich kann ihn nicht ansehen! Das erinnert mich nur an diesen schlimmen Tag im Wald!", schluchzte Gundel.

„Soll ich mit ihm reden?", fragte Clara.

„Würdest du das tun?", fragten Maria und Gundel fast wie aus einem Mund.

Clara seufzte und nickte. Jetzt hing es an ihr.

Gundel wollte nur noch schnell wieder aus der Hütte und nach einer kurzen Umarmung für Maria rannte sie regelrecht davon, nur um den kleinen Jungen nicht sehen zu müssen.

Und damit lag es bei Clara, sich etwas einfallen zu lassen.

Doch wie erklärte man einem zehnjährigen, dass er das Produkt einer Gewalttat war? Selbst Fanny hatten sie es noch nicht erzählt, aber bei dem Jungen wurde es gerade nötig, denn lange würde das nicht mehr gut gehen.

Der sitzende Fuchs begann bereits Fanny und Katharina zu drangsalieren und das würde über kurz oder lang die Gemeinschaft sprengen.

Doch würde es etwas nutzen, wenn er sein Schicksal kannte?

Vielleicht. Hoffentlich!

Sie waren jetzt zu neunt in einer Hütte, die mal für drei geplant gewesen war und jeder Konflikt konnte das Zusammenleben unmöglich machen.

Und was wäre, wenn der Fuchs es wusste?

Zu Gundel würde er weder wollen noch können.

Zerstörte Clara mit ihrer Erklärung vielleicht Marias Familie? Oder tat das der sitzende Fuchs nicht auch so schon?

Clara nickte Maria zu und erhob sich von ihrem Stuhl.

Augenblicklich brauchte sie eine Lösung. Konnte es gehen, dass sie dem Jungen einfach verschwieg, dass er durch eine Vergewaltigung gezeugt wurde?

Vielleicht sollte sie ihm einfach sagen, dass Maria nicht seine richtige Mutter und der Falke nicht sein leiblicher Vater waren, dass sie ihn aber aus Liebe als ihren Sohn angenommen hatten.

Das würde Gundel die Zeit geben, bis sie sich in ihren mütterlichen Gefühlen soweit sicher war und die Freundin dadurch nicht zu einer Entscheidung zwingen.

Das konnte helfen!

Clara verließ die Hütte und blickte von der Veranda zum Fluss hinunter, wo ihre Lieben gerade waren.

Wenig später sah sie die Gruppe von dort auf sich zukommen und damit kam jetzt auch der Moment zum Reden.

Fanny und Katharina liefen Hand in Hand den anderen voraus.

Der Biber hatte seine kleine Schwester liebevoll auf dem Arm und der Fuchs lief mit einem Knüppel in der Hand und einem missmutigen Gesicht allen andern hinterher.

Es würde schwierig werden, aber nur die Wahrheit konnte dem Jungen gegenwärtig noch helfen!

„Wir haben kleine Hasen gesehen!", rief ihr Fanny freudig zu, als sie nah genug war.

Clara strich ihr über den Kopf und ließ die Mädchen in das Haus.

Rose und Mae schlossen sich an und augenblicklich war es an ihr, den Fuchs abzufangen, ihm den Knüppel zu entwinden und mit ihm hinter das Haus zu gehen.

Nur widerwillig schloss sich der zehnjährige Rotschopf ihr an.

Auf der Bank sitzend suchte Clara immer noch nach Worten.

Wie sollte sie es anfangen? Wie ein Märchen?

Es war einmal …?

„Weißt du, sitzender Fuchs“, begann sie und dann sprudelten die Worte einfach aus ihr heraus.

Der Junge hörte ihr aufmerksam zu.

38. Kapitel

Das Ende der Sioux?

Rose saß am Tisch und sah den beiden Frauen zu, die sich direkt vor ihr darum stritten, welche Behandlung ihrer Hand momentan am besten helfen würde. Clara stand neben ihr und schüttelte nur den Kopf.

Es war der erste Tag des Oktobers und schon seit einem Monat war der Verband ab, aber an der Beweglichkeit ihrer Finger hatte sich seitdem nicht viel geändert.

Und gerade stritten alte afrikanische Heilmethoden mit denen der Sioux und Dakota. Mae verteidigte das Wissen ihrer Mutter und Maria das der grauen Eule!

„Hilf mir bitte!", flehte Rose Clara an.

Verzweifelt blickte sie auf ihre Hand und versuchte mehr als einen Finger zu bewegen. Der Daumen war ja sowieso schon seit einer ganzen Weile beweglich, aber von den anderen vier Fingern war nur der Mittelfinger mühevoll etwas zu krümmen.

„Könnt ihr mal aufhören zu streiten!", sagte Clara laut.

Das stoppte die beiden Frauen, die sie jetzt zornig ansahen.

„Wenn ihr euch nicht einig werdet, dann gehe ich zu Doktor Smith!", erklärte Rose laut.

„Unterstehe dich!", stieß Mae wütend aus.

Die Schärfe dieses Einwurfes ließ Rose zusammenzucken und auch Clara sah augenblicklich verzweifelt aus.

„Wir müssen doch irgendwas tun können!", bemerkte Clara.

„Nicht irgendwas! Das richtige!", antwortete Maria.

Fanny kam in das Haus und brachte eine Tageszeitung mit.

„Der Aufstand der Dakota ist zu Ende!", erzählte die Tochter und wedelte mit der Druckschrift herum.

Damit war zumindest der Streit über die richtige Heilmethode vom Tisch und dafür lag das Blatt darauf.

Jede wollte augenblicklich lesen, was darin stand. Auch Marias Kinder kamen aus dem anderen Raum herüber und damit wurde es eng in der Küche.

Da nicht jeder in das Zeitungspapier sehen konnte, zog es Clara zu sich und begann laut vorzulesen.

„Am 23. September haben die Sioux mit ihrem Häuptling Little Crow versucht, die Soldaten unter Colonel Sibley[5] am Wood Lake in einen Hinterhalt zu locken. Der heldenhaft kämpfende Offizier entschied mit seinen Männern das zweistündige Gefecht aber für sich. Viele Krieger wurden dabei getötet, allerdings konnten einige, darunter ihr Häuptling, entkommen und flohen nach Westen. Ihre Gefangenen wurden von der Armee befreit und damit ist der Aufstand zu Ende. Geschätzt haben mehr als fünfhundert weiße Siedler diesen Aufruhr mit ihrem Leben bezahlen müssen."

„Sibley? Jener Mister Sibley?", fragte Maria.

„Ja! Mister Henry Hastings Sibley, derjenige, dem du damals unsere Freilassung abgetrotzt hast!", erklärte Clara und zeigte ihnen das Bild in der Zeitung.

„Und der jenen schlechten Vertrag mit den Wahpekhute mit unterschrieben hat!", setzte Maria ihr bitter entgegen.

„Wenn doch jetzt aber die Auflehnung zu Ende ist, dann können wir doch wieder zurück!", erzählte der sitzende Fuchs und schaute sie alle fragend an.

„In das Reservat? Wieder hungern?", entgegnete Maria ihm und schüttelte dabei den Kopf.

---

[5] Henry Hastings Sibley (20.2.1811 – 18.2.1891), war der erste Gouverneur von Minnesota und Mitglied des amerikanischen Kongresses.

„Es wird sicher kein Reservat mehr geben!", erwiderte Clara und faltete die Zeitung zusammen. „Nach dem Ende dieser Rebellion ist das Übereinkommen der Sioux mit der Regierung weniger Wert, als diese Tageszeitung hier!", setzte sie noch hinzu und warf das Papier auf den Tisch.

„Das war dieser Vertrag auch schon vorher!", schnaubte Maria und hieb wütend mit der Faust auf das Bild des Offiziers.

„Und genauso nutzlos ist meine Hand!", bemerkte Rose, zog diese schnell zur Seite, weil sie zu nahe an dem Blatt lag und versuchte erneut krampfhaft, ihre Finger zu bewegen.

Die Kinder verschwanden in ihrem Zimmer und augenblicklich brach erneut ein Aufstand aus, allerdings ein afrikanischer, denn Mae entschied den wortreichen Zweikampf mit Maria für sich.

Fast mitleidig blickte Rose der Freundin nach, als Maria schulterzuckend zu ihren Kindern nach nebenan ging.

„Haben wir hier überhaupt die richtigen Kräuter? Hier ist ja nicht Afrika?", erkundigte sich Rose vorsichtig und erntete dafür einen zornigen Blick ihrer Mutter.

Auf Ifunanyas Wissen ließ Mae offensichtlich nichts kommen!

Seufzend legte Rose die Hand zurück auf den Tisch und Clara ging an die Vorbereitung des Abendmahls für ihre riesige Familie.

„Es ist nur schade um Häuptling Little Crow. Ich habe ihn gemocht. Er war ein Freund meines Mannes und von mir!", seufzte Maria, als sie wieder in die Küche trat.

Achtlos ging die Freundin an ihr vorbei. Sie hatte es offensichtlich aufgegeben, sich gegen Mae zu wehren und etwas anderes blieb ihr augenblicklich auch nicht mehr übrig.

Wenig später hatte Mae ihr einen Kräuterverband um die Hand gewickelt und band das Ganze mit einem großen Tuch fest. Damit war ihre Hand jetzt doppelt so groß, wie noch ein paar Augenblicke zuvor, aber wenn es half.

Um sich davon abzulenken, fragte sie: „Du kanntest den Häuptling?"

„Ja! Er hat ebenfalls versucht, die Sioux zu Landwirten zu machen, aber auch ihm ist es nicht gelungen", erklärte Maria und setzte sich zu ihr.

„Und dabei hast du doch eigentlich einen grünen Daumen!", erzählte Clara vom Herd aus.

„Ja! Eigentlich! Aber frage mal Katharina!", seufzte Maria und erhob sich von ihrem Stuhl, um in den Topf zu schauen.

„Wir werden noch Vorräte brauchen, wenn wir alle neun über den Winter kommen wollen!", erzählte Mae aus der Ecke und sah dabei in den Vorratsschrank.

„Wir können aber nicht alle Clara auf der Tasche liegen! Wenn ich meine Hand wieder bewegen könnte, dann würde ich auch etwas Geld hinzuverdienen", stöhnte Rose.

„Du kennst dich doch mit Fellen aus! Vielleicht kann ich bei Mister Faribault mal ein gutes Wort für dich einlegen. Das Ankaufen der Pelze geht auch mit nur einer Hand!", äußerte Clara und leckte genüsslich den Kochlöffel ab.

Mae und Maria deckten einträchtig zusammen den Tisch und dabei gab es keinen Streit.

„Irgendwie brennt das!", stieß Rose aus und schüttelte die verbundene Hand.

„Es sollte an und für sich nur ganz wenig zwicken!", entgegnete Mae und blickte zu ihr herüber.

„Jetzt sage bloß nicht, dass ich mich nicht so anstellen soll!", jammerte sie und versuchte verzweifelt, sich irgendwie von dem Verband zu befreien.

„Waren es doch die falschen Kräuter?", fragte Maria skeptisch, trat aber vorsichtshalber einen Schritt von Mae zurück.

„Lass mich mal sehen!", erklärte Mae augenblicklich ebenfalls zweifelnd und machte die Bandage ab. Die Hand war dick angeschwollen und hatte eine seltsame Farbe bekommen.

„Was hast du denn genommen?", erkundigte sich Maria misstrauisch bei Mae und sah sich die ausgebreiteten Kräuter genauer an.

Mae zählte alles auf und bei einem der Namen schüttelte Maria den Kopf.

Inzwischen brannte die Hand so, dass Rose sie zur Abkühlung am liebsten in die heiße Suppe gesteckt hätte.

Schnell wusch Maria die Kräuterpaste ab und wenig später verbanden die beiden Frauen, jetzt einträchtig, die Hand erneut.

„Schon besser!", bemerkte Rose und der Schmerz ließ langsam nach.

Mae und Maria gaben sich die Hände und alle stürmten an den Tisch.

„Wir sollten ein Bittgebet für all die Menschen mit aufsagen, die gegenwärtig in die Prärie geflohen sind. Im beginnenden Winter! Das wird sicher schwierig für die Sioux!", äußerte Clara und alle falteten die Hände.

39. Kapitel

Ein Ding erwacht zum Leben

in halbes Jahr lebte Mae jetzt schon in Faribault und die Sitten in diesem Hause waren ziemlich gewöhnungsbedürftig.

Allerhand war auf sie hereingestürzt, nachdem Rose in ihre Hütte gekommen war, doch vieles war noch lange nicht verarbeitet oder überhaupt gedacht.

Diese sechs Monate stellten all das auf den Kopf, was sie in den mehr als vierzig Jahren zuvor gewusst, gelernt oder erlebt hatte. Oder es drehte es einfach nur auf die Füße!

Trotz der seltsamen Gewohnheiten in diesem Hause gefiel es ihr hier ausgezeichnet. Fanny war ein Sonnenschein und Mae war froh, dass die Enkeltochter es nie erleben musste, was es heißt, eine Sklavin zu sein. Rechtlos, besitzlos, ehrlos und einfach nur ein Ding.

So oft hatte sie sich um Rose in den Schlaf geweint und nie hatte sie dabei wirklich begriffen, warum die Tochter diesen Schritt gegangen war.

Jetzt wusste sie es allerdings.

Natürlich hatte sie gehört, dass es da eine Art von Untergrundbewegung gab, die den Sklaven bei der Flucht half, aber diese in Aktion zu sehen, das hatte alles übertroffen, was sie als Gerücht damals im Süden aufgeschnappt hatte.

Und es war offensichtlich auch noch etwas anderes unnormal in diesem Hause: Fanny lebte mit zwei Müttern und die Enkelin mochte es offensichtlich.

In den anderen Häusern gab es Mutter, Vater und Kinder. Hier eben nicht.

Im Süden gab es intakte Familien nur selten zwischen den Farbigen. Joshua hatte ihr damals davon erzählt, aber auch sein Lebensglück war durch seinen Herrn zerstört worden.

So war das eben, wenn man nur als Ding zählte.

Sklaven konnten verkauft, gekauft und benutzt werden!

Das ganze Drama dieses Krieges lag darin, dass man die Sklaven als Sachen ansah! Nicht als Menschen, sondern als Gegenstände!

Fanny hatte ihr am Tage zuvor etwas aus der Unabhängigkeitserklärung vorgelesene. „Wir halten diese Wahrheiten für ausgemacht, dass alle Menschen gleich erschaffen wurden, dass sie von ihrem Schöpfer mit gewissen unveräußerlichen Rechten begabt worden sind, worunter sind Leben, Freiheit und das Bestreben nach Glückseligkeit", hatte da gestanden.

Nur dadurch, dass man ihnen sogar die Bezeichnung als Mensch absprach, konnten die Plantagenbesitzer das mit ihrem Gewissen vereinbaren.

Wenn sie denn überhaupt eines hatten!

Und dann führten sie auch noch Krieg, wenn jemand zu ihnen sagte: „Lese das!"

Und leider tat selbst der so viel gelobte Abraham Lincoln nicht viel für sie.

Fanny hatte ihr auch einen Artikel aus der Zeitung vorgelesen, in dem der Präsident erklärt hatte: „Mein oberstes Ziel in diesem Krieg ist es, die Union zu retten. Es ist nicht, die Sklaverei zu retten oder zu zerstören. Könnte ich die Union retten, ohne auch nur einen Sklaven zu befreien, so würde ich es tun."

So hatte es in der New York Tribune im August gestanden und Fanny hatte den Artikel extra an die Wand gehängt.

Das klang nicht sehr positiv, aber Mae konnte sich da auch irren, denn vieles, was die weißen Männer redeten, war immer nur heiße Luft.

Momentan ging es auf Weihnachten zu und vor dem Fenster tollten die Kinder durch den Schnee. Das war noch etwas, was sie nie gekannt hatte.

Rose hatte ihr von ihrem ersten Erlebnis mit diesem nassen weißen Zeug erzählt. In Louisiana gab es so etwas nicht! Und in Afrika auch nicht, denn sonst hätte Ifunanya ihr sicherlich davon berichtet!

Mae lehnte die Stirn gegen das eiskalte Glas des Fensters und schaute hinaus.

Hinter ihr lachte Rose und sie drehte sich zur Tochter um. Die gab gerade Clara einen Kuss und bei dieser liebevollen Geste musste sie an sich und Kuni denken. Auch da hatte es ein tiefes Verständnis für die Belange der anderen gegeben, aber Liebe?

Die ging vielleicht nur, wenn man sich nicht als Sache sah.

Und Mae wollte sich nie wieder als Ding, als Gegenstand sehen müssen.

40. Kapitel

Weihnachten für alle?

Das Jahr 1862 näherte sich so langsam seinem Ende, Clara stand am Fenster und schaute in die tief verschneite Winterlandschaft hinaus. Die Kinder bauten im Gemüsegarten einen Schneemann und es ging friedlich zu.

Weihnachten lag jetzt hinter ihr und sie dachte bei der Erinnerung an das Fest der Liebe an die, die in diesem Jahr nicht so viel Glück wie sie gehabt hatten.

Maria brachte gerade eine Möhre und ein paar Kohlestücken nach draußen, aber viele ihrer Stammesbrüder und -schwestern litten gerade Hunger und würden weiß Gott was für diese Möhre geben.

Erst zwei Tage zuvor waren mehr als 30 der Krieger der Dakota für die von ihnen begangenen Morde und Vergewaltigungen gleichzeitig gehenkt worden. Präsident Lincoln hatte einige hundert begnadigt und deren Todesstrafen in Gefängnishaft umgewandelt, aber die anderen waren sicherlich noch immer in der Prärie auf der Flucht. Im Winter, hungernd und frierend!

Lachend baute Mae draußen mit an dieser Schneegestalt. Es war ihr erster Winter mit Schnee und die Frau war dick eingepackt. Sie trug drei Mäntel übereinander und deshalb konnten Rose und sie gerade nicht mit hinaus. Es war für Mae auch das erste Weihnachtsfest in Freiheit gewesen, aber Millionen von Sklaven waren im Süden immer noch nicht frei.

Monate nachdem ihr Bruder sie so schrecklich zugerichtet hatte, konnte Rose nur zwei Finger der rechten Hand bewegen und wachte immer noch beinahe jede Nacht schreiend aus ihren Albträumen auf.

Doch es gab auch positives zu berichten, denn Gundel hatte sich doch noch ihrem Sohn offenbart und James, wie der sitzende

Fuchs jetzt hieß, hatte sich mit seiner Mutter und seinem Schicksal ausgesöhnt. Oder seinen beiden Müttern. Er, seine Schwester Katharina und sein Bruder Friedrich, ehemals kleiner Biber, waren derzeitig in ihrer Klasse und mit die besten Schüler der Schule.

Es gab ihr jeden Tag Hoffnung, weil Fanny, Katharina und Friedrich nebeneinander in der Bank saßen und keiner der drei sich etwas aus der Hautfarbe des jeweils anderen machte. Mit Lin Li, der Tochter des Besitzers der chinesischen Wäscherei, tollten sie gerade hinter der Hütte durch den Schnee!

Sie waren einfach nur vier Kinder, Menschenkinder! Ohne Voreingenommenheit spielten sie miteinander. Konnte das nicht überall und immer so sein?

Seufzend drehte sich Clara zu Rose zurück, die hinter ihr am Tisch saß und mühevoll ihre Übungen mit der Hand machte. Rose war stark und würde sicherlich noch einen Finger mehr beweglich kriegen, obwohl der Arzt ihr in Chicago etwas anderes prophezeit hatte.

„Ich werde mal Kaffee ansetzen. Wenn die dann alle verfroren hier hereinkommen, dann freuen die sich bestimmt über ein warmes Getränk", erklärte Clara.

„Lass mich das machen!", entgegnete Rose und sprang auf.

Es war für sie mühsam und sichtlich anstrengend, aber Clara wusste, dass sich ihre Freundin niemals dabei helfen lassen würde. Sie war so unglaublich willensstark und Clara bewunderte sie jeden Tag dafür.

Wenig später kamen alle lärmend, lachend und durcheinander redend wieder ins Haus. Alle versuchten sich am heißen Herd und an den warmen Kaffeetassen die klammen Finger aufzuwärmen.

Strahlende Kinderaugen leuchteten Clara an und jedes der Kinder versuchte ihr seinen Beitrag am Schneemann zu erläutern.

Mit Gundel, die momentan ebenfalls hier wohnte, war das Blockhaus rappelvoll. Zehn Menschen auf drei Räumen und vier Betten, aber alle mochten es.

Zu ihrem Glück hatte sie die Küche des nächtens mit Rose gemeinsam für sich alleine. So konnte sie die Freundin jede Nacht im Arm halten, trösten oder streicheln.

Wenn es draußen dunkel wurde, dann hatten sie Zeit füreinander und dann war alles andere fern, bis auf die Albträume der Geliebten.

Jetzt blickte Clara nach vorn. Was würde das folgende Jahr bringen? Den Sieg über die Konföderation? Freiheit für die Sklaven? Gerechtigkeit für die Sioux und all die anderen Stämme?

Hoffentlich alle drei Sachen gleichzeitig und vielleicht auch ein paar mehr Rechte für Frauen!

Clara musste wieder an ein Gespräch mit Mae und Maria denken, dass sie vor ein paar Tagen geführt hatten. Auch da lag vieles noch im Argen! Männer und Frauen standen manchmal im selben Verhältnis, wie Herr und Sklave.

Abermals dachte sie dabei an die Unabhängigkeitserklärung, die Fanny neben der Haustür an die Wand genagelt hatte. Darin stand etwas von Menschen, aber eigentlich ging es dabei nur um weiße Männer. Schwarze Frauen standen ganz weit unten auf der Liste. Rechtlos, ehrlos und eigentlich kamen vor ihnen noch die Pferde ihrer Herren. Hatte Simon nicht so etwas Ähnliches zu Rose gesagt, bevor er sie damals vergewaltigt hatte?

Auch in diesem Land der Freiheit war noch viel zu tun! Zuerst die Freiheit der Sklaven und dann die der Frauen! Oder umgekehrt?

Maria trat an den Herd und begann mit den Vorbereitungen des Abendessens. Die gelernte Köchin war wieder zur altbewährten Bestform aufgelaufen. Ihr weihnachtlicher Gänsebraten mit Klößen war ein Gedicht gewesen und ihr Weihnachtsgebäck war immer direkt vom warmen Blech stibitzt worden.

Manchmal sah Clara noch die Tränen in Marias Augen, wenn sie ihre Kinder betrachtete. Noch immer hatte sie den Verlust ihrer beiden Männer nicht verwunden.

Katharina deckte zusammen mit Fanny den großen Küchentisch, während Friedrich seine freudig juchzende kleine Schwester durch den Raum trug. Sie hatte jetzt den Namen Regina bekommen, nach der gemeinsamen Freundin aus Chemnitz.

Vielleicht würde Regina schon in einer Zeit aufwachsen, in der es weder Sklaverei noch Ungleichbehandlung von Männern und Frauen gab. In einer Gesellschaft, in der wirklich alle Menschen gleich waren.

Maria füllte die Teller, die Katharina zum Tisch trug. Rose entzündete die Kerzen und Clara rief alle zum Tisch. Gundel sprach das Gebet, denn alle hatten hier eine wichtige Funktion.

Sie beteten im Scheine der Lichter für Frieden auf der Welt und Clara fragte sich, warum es nicht überall so sein konnte, wie an dieser großen Tafel. Vielleicht lebten sie auch nur so harmonisch, weil hier kein Mann mit in dem Raum war.

Während alle die Suppe löffelten und dabei Maria lobten, ging Claras Blick von einer Frau zu andern.

Sie waren fünf Frauen in dem Raum und jede hatte schlimme Erfahrungen mit Männern gemacht. Jede von ihnen war mindestens einmal vergewaltigt worden und dennoch hatte keine von ihnen den Mut verloren. Sie alle waren stark!

Das Essen endete, jeder verzog sich langsam in Richtung seines Bettes und schon bald war Stille in der Küche.

Damit kam der Moment, in dem Clara auch mal schwach sein konnte. Im Sitzen auf der Bank lehnte sie ihren Kopf an die Schulter der Geliebten.

„Ich bin so froh, dass ich dich habe!", sagte Clara leise.

„Ich liebe dich!", antwortete Rose und ihre Lippen fanden sich zu einem Kuss.

Alles andere wurde unwichtig, nur dieser Moment zählte noch.

41. Kapitel

Ein neuer Weg?

Rose ließ den Brief sinken und blickte zu Clara hinüber. „Jetzt ist auch Almas Mann in die Armee eingetreten und kämpft für die Union!", bemerkte sie und hielt ihrer Freundin die Nachricht hin.

Clara nahm das Papier und las es jetzt ebenfalls.

„Der ist älter, als wir zwei zusammen!", stieß Rose aus, erhob sich und trat an das Fenster.

„Dieser verdammte Krieg geht jetzt schon in sein drittes Jahr!", entgegnete Clara.

„Und noch immer hat er nichts bewirkt! Die Sklaven sind immer noch Sklaven und der Süden ist immer noch stark!", antwortete sie und blickte zu ihrer Mutter hinaus, die mit Maria im Gemüsegarten durch die Reihen ging.

„Und was haben wir bisher gemacht?", setzte sie fort.

„Jede von uns beiden hat eine Sklavin befreit!", antwortete Clara und trat hinter sie. Die Freundin legte ihr die Hand auf die Schulter.

„Ja! Eine! Es ist jetzt ein Jahr her, dass ich da unten war und was hat sich geändert? Nichts!", erklärte sie und wandte sich zu Clara zurück.

„Ich kenne diesen Blick von dir!", bemerkte Clara.

„Ich muss was unternehmen! Ich kann doch hier nicht so einfach herumsitzen und gar nichts tun!", sagte Rose und blickte zu dem Koffer auf dem Schrank, in dem die beiden Colts verwahrt waren.

Clara folgte ihrem Blick mit dem Kopf und fragte schnell: „Aber was willst du tun?"

„Es ist egal, was ich mache, nur hier einfach sitzen und warten, das kann ich nicht mehr. Was willst du deinen Kindern in der Schule erzählen, wenn sie dich in ein paar Jahren fragen, was du getan hast? Willst du dann sagen, dass du eine Sklavin befreit hast?", hielt sie der Freundin entgegen.

Clara nickte stumm, ging zum Schrank, zog den eingestaubten Pistolenkoffer herab, legte ihn auf dem Tisch ab und klappte ihn auf.

Die beiden Revolver lagen darin und glänzten vom Öl.

„Ich lasse dich aber dieses Mal auf gar keinem Fall alleine gehen!", erklärte Clara und nahm eine der Waffen heraus.

Mit einem Tuch säuberte sie den Colt, als Mae in das Haus kam. Der Blick der Mutter fiel auf die glänzende Waffe in Claras Hand und sie zog die Augenbraue hoch. „Greifen die Sioux wieder an?", fragte sie.

„Nein! Rose und ich, wir werden in den Krieg ziehen", erklärte Clara mit fester Stimme und spannte den Hahn der noch ungeladenen Waffe.

„Gegen jemanden, den ich kenne?", erkundigte sich Mae.

„Gegen die konföderierten Staaten von Amerika!", tat Rose kund und nahm sich den anderen Revolver aus der Kiste.

„Ihr habt die Waffen! Ich werde euch da kaum widersprechen!", entgegnete Mae und trat an die Waschschüssel, um sich die Hände zu waschen.

„Mutter! Du nimmst mich nicht ernst!", erwiderte sie und drehte die noch leere Trommel des Revolvers.

„Es bleibt aber immer noch die Frage, was wir tun wollen!", bemerkte Clara jetzt und gab ihr das Tuch.

„Alles was mir möglich ist! Ich kann Verwundete versorgen, Munition zu den Soldaten tragen oder Essen ausgeben! Eben helfen! Nach vorn, an die Front, mit einem Gewehr in der Hand, will ich zwar nicht, aber ich möchte mal Fannys Töchtern sagen können: Ich habe etwas getan!", erzählte Rose und wischte die Waffe mit dem Stoffstück ab.

„Und wer passt dann auf Fanny auf?", fragte Clara.

„Ich!", antwortete Mae, die sich gerade die Hände an einem Handtuch abtrocknete.

Maria betrat mit einem Korb voller Gemüse die Küche und stutzte beim Anblick der beiden Waffen. Noch bevor sie fragen konnte, erzählte Clara: „Wir ziehen gegen den Süden in den Krieg!"

„Ach so!", entgegnete Maria und stellte den Korb auf den Tisch.

„Nein wirklich!", erklärte Rose.

„Ihr spinnt doch! Zwei Frauen auf Kriegszug! Habt ihr mein im Garten vergrabenes Kriegsbeil gefunden? Oder ist euch der Branntwein gestern Abend zu sehr in den Kopf gestiegen?", fragte Maria und stütze die Hände in die Hüften.

„Keines von Beidem!", entgegnete Clara und hielt Maria Almas Brief hin.

Während Maria las, äußerte Clara: „Ich weiß, dass ich Rose nichts ausreden kann, was sie sich einmal in den Kopf gesetzt hat und daher gehe ich mit!"

„Und wo wollt ihr da jetzt genau hin?", erkundigte sich Mae von der Seite.

Clara zuckte mit den Schultern und blickte zu Rose.

„Darüber habe ich mir noch keine Gedanken gemacht!", bemerkte Rose leise und schob die Waffe zurück in den Koffer.

Maria legte den Brief dazu und sagte: „Ich habe gehört, dass es jetzt auch schwarze Regimenter gibt! Da kämpfen freigelassene Sklaven für die Union! Wäre das nicht was für dich?"

Sofort war Rose von dieser Idee begeistert und augenblicklich musste sie sich darüber informieren, wo diese Regimenter zu finden waren.

„Ich lade die Waffen, Mae packt die Taschen und du gehst fragen!", entgegnete Clara, die wohl ihren Blick gesehen hatte.

Sie nickte der Freundin zu und war einen Augenblick später aus der Tür. In der Poststation wusste man sicherlich mehr. Alle Informationen, den Krieg betreffend, waren dort an der großen Anschlagstafel zu finden und der alte Benjamin, der den Schalter bediente, der wusste sicher noch mehr.

Sie rannte die Straße entlang und beim Betreten der Post hätte sie Benjamin fast über den Haufen gerissen.

„So stürmisch, Rose?", fragte er sie.

Ein paar Stunden zuvor hatte er ihr Almas Brief übergeben und momentan sah er wohl, dass sie keinen Umschlag in der Hand hatte.

Gespannt blickte der grauhaarige Mann sie daher mit gutmütigen Augen an.

Nachdem sie wieder zu Atem gekommen war, fragte sie: „Ich habe gehört, dass es jetzt schwarze Regimenter aus ehemaligen Sklaven gibt. Weißt du da mehr darüber?"

Benjamin kratzte sich am Kopf und trat an die große Bretterwand, wo alle wichtigen Artikel hingen. Manche davon waren mehrfach übereinander und verdeckten sich daher zum Teil dadurch.

„Irgendwo hängt hier ein Bericht!", äußerte er und suchte in den zum Teil schon vergilbten Blättern nach dem Stück aus der Zeitung.

„So lange kann das noch nicht her sein. Maria wusste auch davon!", erzählte sie ihm.

„Hier!", stieß Benjamin aus und tippe auf das Blatt. „Am 29. Oktober im letzten Jahr hat das 1. Kansas farbigen Freiwilligen Infanterieregiment in der Schlacht am Island Mound gekämpft!"

„Das war in Missouri, in Bates County. Ob die noch dort sind?", erkundigte sie sich bei ihm, nachdem sie den Zeitungsartikel gelesen hatte.

„Das kann ich dir nicht sagen!", antwortete Benjamin. „Bates County liegt fast genau 500 Meilen südlich von hier. Vielleicht sind die noch immer in Kansas, zumindest würdest du dort sicherlich eine Information darüber bekommen", setzte er noch hinzu.

Als sie wieder zurückeilen wollte, sagte Benjamin: „Ach übrigens, richte Maria einen schönen Gruß von mir aus und gib das hier bitte Katharina!"

Er drückte ihr ein Päckchen aus Papier in die Hand. Es fühlte sich an, als wäre Stoff darin.

Sie nickte und rannte zurück.

42. Kapitel

Südwärts in Waffen!

Die Abreise war mehr als überstürzt gewesen, denn nur einen Tag nachdem die Freundin Almas Brief in der Hand gehalten hatte, waren sie zu zweit aufgebrochen. Und jetzt saß Clara schon seit ein paar Stunden in der rüttelnden Concord-Postkutsche nach Süden.

Niemand wusste genau, wo sich das Regiment gerade befand, aber wenn man nach einem Infanterieregiment aus Kansas suchte, dann konnte man nur dort mit der Suche beginnen.

Jahrelang war sie jeder Kutsche weitläufig aus dem Weg gegangen und momentan wusste sie auch wieder, warum sie das getan hatte: Der rüttelnde Kasten, der in einer aberwitzigen Geschwindigkeit seinem noch fernen Ziel entgegen jagte, schüttelte die Insassen so richtig durch.

Vier Pferde zogen die Concord und was noch schlimmer war, es ging durch das Land der Sioux und der konföderierten Vigilanten! Daher saßen vier mit Flinten bewaffnete Männer oben auf dem Kutschendach und hatten alles rundum fest im Blick.

Jeder der Reisenden in diesem Wagen war praktisch bis an die Zähne bewaffnet und der Mann neben ihr trug vier Revolver und zwei große Messer in seinem Gurt.

Alle starrten nervös aus den Fenstern und umklammerten ihre Waffen.

In ihrem Gürtel steckte einer der beiden Revolver und Rose spielte schon die ganze Zeit ihr gegenüber mit der alten doppelläufigen Flinte ihrer Freundin Gundel herum.

Dabei war das Land draußen so flach, dass man meilenweit sehen konnte. Es wäre also genug Zeit, sich die Waffe zu greifen und in Anschlag zu bringen, falls es einen Überfall geben sollte.

Dennoch ließ auch Rose die Hand nicht vom Abzug.

In dieser Atmosphäre würden sich vermutlich alle gegenseitig erschießen, sollte sich auch nur ein einziger Schuss unbeabsichtigt lösen.

Zwölf Leute saßen mit ihnen in der Kutsche und hatten sicher fünfzig Waffen dabei! Einer der Männer auf der anderen Kutschenseite hatte sogar einen der neuen Henry-Karabiner in der Hand. Die waren noch so neu, dass sie ein Vermögen kosteten, aber man konnte damit in einer Minute fünfzehn Kugeln abfeuern, wie der Besitzer des Karabiners ihr beim Einsteigen noch freudestrahlend erzählt hatte. Doch so, wie die Waffe aussah, hatte der Mann damit freilich wohl noch nicht einen einzigen Schuss abgegeben.

Nur zwei der Männer sahen so aus, als ob sie wirklich von ihren Waffen eine Ahnung hatten.

In ihren Erinnerungen an ihre damaligen unnützen Versuche beim Schießen vertieft, blickte Clara hinaus. Vor mehr als zehn Jahren hatten sie damals hinter Almas Scheune zweihundert Kugeln in der Gegend verteilt, bevor Rose dann endlich die Glasflasche getroffen hatte.

Seit dieser Zeit hatte sie nie wieder eine Waffe abgefeuert, aber das kalte Metall gab ihr gerade eine gewisse Art von Sicherheit.

Die Geliebte war eindeutig die bessere Schützin, aber ausgerechnet der Abzugsfinger ihrer rechten Hand war nach den Hammerschlägen ihres Bruders als einziger Finger steif geblieben.

Fünfhundert Meilen mussten sie jetzt fahren und das würde etwa drei Tage dauern, denn die Kutsche würde selbstverständlich auch in der Nacht ihren Weg fortsetzen.

Drei ganze Tage!

Ihr Hintern schmerzte schon nach den bisher vergangenen drei Stunden!

„Ich hätte reiten sollen!", stöhnte sie auf und rieb sich das schmerzende Hinterteil.

„Hab dich nicht so! Du wolltest ja unbedingt mit!", entgegnete Rose vom gegenüberliegenden Platz.

„Dann lass wenigstens den Hahn der Flinte in Ruhe! Du machst mich nervös!", erwiderte sie.

„Ach was? Buffalo Jane zeigt Nerven?", antwortete Rose schmunzelnd.

Mit dieser Bemerkung war Clara wieder an ihre Flucht erinnert. Damals hatte sie sich als Scout ausgegeben, um die Soldaten des Forts zu täuschen. Einst war sie mit einem Steckbrief von den Soldaten gesucht worden und gegenwärtig waren sie auf dem Weg, um sich der Armee anzuschließen und die Soldaten zu suchen.

„Meinst du, wir finden sie?", erkundigte sie sich bei der Geliebten.

„Die Einheit besteht aus entflohenen und freigelassenen Sklaven. Ich werde einfach in Kansas den ersten schwarzen Mann fragen, der mir begegnet!", erzählte Rose entschlossen.

„Vielleicht treffen wir ja auch auf Captain Fox!", setzte Rose noch schmunzelnd hinzu.

„Das war vor über zehn Jahren. Wenn der keinen Fehler gemacht hat und die Kämpfe überlebt hat, dann müsste er jetzt schon Major oder Lieutenant Colonel sein!", antwortete Clara und erinnerte sich wieder an den rothaarigen Offizier, mit dem sie damals diese stürmische Nacht im Garten hinter der Villa in Mendota gehabt hatte.

„Bei deinem Glück führt er das Regiment!", bemerkte Rose und musste lachen.

„Hat uns Maria nicht noch was Leckeres zum Essen eingepackt?", fragte sie jetzt und versuchte damit ihre sicherlich schon auffällige Gesichtsfarbe vor Rose zu verstecken.

„Ja! Schinkenbrote! Du weißt doch, wie sie immer sagt: Schinkenbrot macht Wangen rot!", antwortete Rose und jetzt mussten sie beide lachen.

„Noch mal drei Stunden und wir sind in Iowa!", erzählte der Fahrgast neben ihr, der gerade auf seine Taschenuhr gesehen hatte.

„Ich hoffe, die machen vorher noch mal eine Rast!", stöhne sie auf.

„Nur dann, wenn wir überfallen werden!", entgegnete ihr der Mann lächelnd.

Missbilligend blickte sie ihn an, doch er zwirbelte nur seinen Schnurrbart und rückte seinen umfangreich bestückten Pistolengürtel zurecht.

„Haben sie die Dinger schon mal benutzt?", fragte sie zweifelnd, denn die Waffen sahen völlig neu aus. „Oder überhaupt geladen?", setzte sie stichelnd noch hinzu.

Rose konnte sich ihr gegenüber vor Lachen kaum noch auf ihrem Platz halten.

Der Mann lief sichtlich rot an, also hatte sie vermutlich auch ohne Colt ins Schwarze getroffen. Er gab nur ein heißeres Krächzen von sich und zog einen der Revolver ein Stück heraus. Die Waffe war wirklich fabrikneu!

„Das ist ein Remington Model New Army!", erzählte er nur trocken.

„Und?", fragte sie nach.

Dieser Revolver sah zumindest seltsam aus, denn die Laderamme fehlte! Offenbar war der Mann augenblicklich darum bemüht, ihr die Vorzüge seiner Waffe zu erklären. Diese Pistole wurde mit Patronen geladen und konnte daher viel schneller abgefeuert werden, als ihre alten Perkussionsrevolver von Colt.

Ein anderer Reisender begann gerade zu erzählen, dass er gelesen hätte, dass es auch schon eine noch bessere Waffe gab. Er nannte sie Gatling Gun und die sollte nach seiner Erzählung bis zu 200 Schuss in der Minute schaffen.

Abermals musste Clara daran zurückdenken, was ihr Freund Heinrich ihr damals in Sachsen erzählt hatte: Die Menschheit benutzt den Fortschritt immer erst für den Krieg. Kaum waren damals die ersten Lokomotiven auf dem Gleis, setzte das preußische Militär diese auch schon ein, um den Aufstand in Dresden blutig niederzuschlagen.

„Gibst du mir jetzt endlich das Brot?", fragte sie ihre Freundin, denn von solchen Massenvernichtungswaffen wollte sie im Moment nichts wissen.

Und dennoch fuhren sie genau dorthin, wo diese im Einsatz waren.

Während sich gegenwärtig die beiden Männer über Waffen unterhielten, biss sie in das Brot und schaute kauend zum Fenster hinaus.

Hatte Rose sich das gut überlegt?

Und sie selbst?

43. Kapitel

Nachts in der Prärie

Bereits der erste schwarze Mann, den Rose in Kansas befragt hatte, hatte ihr die richtige Antwort gegeben. Offenbar war der Heldenmut dieses ersten schwarzen Regimentes so groß gewesen, dass er sich in den wenigen Monaten schon überall im Lande herumgesprochen hatte.

Nur sie war wieder mal vollkommen unwissend gewesen. Offenkundig hatte Maria ihr das aus irgendeinem seltsamen Grund verschwiegen, denn sie hatte es ja schon zuvor von Benjamin auf der Post gehörte.

Erst nachdem sie sich für den Aufbruch entschieden hatte, hatte Maria es ihr gesagt.

Und derzeitig waren sie schon wieder mehr als eine Woche unterwegs, davon gerade den dritten Tag mit dem Planwagen südwärts, um diese Einheit zu finden.

So wirklich war es weder ihr noch Clara geheuer, durch eine Gegend zu fahren, die gelegentlich von konföderierten Räubern und Vigilanten heimgesucht wurde, denn die hielten sich nicht an die Grenzen und stöberten mitunter auch auf Unionsgebiet herum.

Flinte und Revolver waren daher auch in der Nacht immer griffbereit gewesen, aber bisher war alles gut gegangen. Und auch jetzt hatte sie die Doppelflinte zwischen den Knien und saß auf dem Bock des Wagens.

Aufmerksam blickte sie nach vorn. Es war nur ein kleiner Trupp von vier Wagen mit ein paar berittenen Wachen, der sie ihrem Ziel näher bringen sollte. Zehn Soldaten der Kavallerie und sie zwei Frauen, wobei sie die einzige farbige war.

Dennoch gaben ihr die blauen Uniformen der Männer eine gewisse Sicherheit.

First Lieutenant Blunt führte die Truppe an und beinahe ständig ritt er neben ihnen Fuhrwerk her.

Clara saß neben ihr und schwatze den ganzen Weg schon mit dem jungen Offizier. Vermutlich besiegte sie auf diese Art ihre Angst und Unsicherheit.

„Morgen sollten wir dort sein!", erzählte der Mann gerade.

Rose schaute zu seiner Seite und erblickte dabei die Sonne, die langsam dem Horizont entgegen sank. Damit wäre das zumindest die letzte Nacht in der Unsicherheit der Prärie.

Mit vier Wagen konnte man noch nicht einmal eine gescheite Wagenburg bauen! Momentan gingen ihre Gedanken ein Jahr zurück, denn auch damals war sie eine Weile in einem Planwagen unterwegs gewesen, von Chicago, mit Elijah.

Zehn Tage war sie versteckt unter der Plane gewesen, jetzt saß sie vorn auf dem Bock, zwischen dem uniformierten Kutscher und der ununterbrochen schwatzenden Clara.

Der Kutscher war sicher noch nicht lange achtzehn. Er war ein rotblonder sommersprossiger Mann, schmächtig in seiner Gestalt und nicht sehr gesprächig. Vermutlich war er zu schüchtern.

Da war der Lieutenant auf der anderen Seite ganz anders. Zwar war er sicherlich noch keine fünfundzwanzig, aber er hatte schon an einigen Schlachten teilgenommen, wie er Clara immer wieder zu erzählen pflegte.

Irgendwann ritt der Offizier nach vorn, hob die Hand und die Wagen stoppten.

Die gewohnte Geschäftigkeit setzte ein. Die Tiere wurden ausgespannt, die Wagen in eine offene U-Form gezogen, wodurch bei einem Überfall nur eine Seite zu verteidigen wäre.

Wie jede Nacht zuvor wären ihr Platz und auch der von Clara in einem der Wagen. Die Soldaten würden dann auf Wache stehen sowie Augen und Ohren offen halten.

Wie an den anderen Abenden hatte einer der Männer ein kleines Feuer gemacht, an dem er Bohnen mit Speck briet, Kaffee kochte und der Duft davon erinnerte sie erneut an die zehn Tage mit dem Kaufmann.

Es war Freitagabend, wenn sie sich nicht verrechnet hatte. In Faribault hatten sie da immer am Tisch gesessen und gesungen und auch hier stimmte einer der Soldaten gerade ein leises Lied an.

Sofort flogen ihre Gedanken zurück zu Fanny. Natürlich schmerzte sie die Trennung von der Tochter, aber sie machte das hier auch für sie. Oder redete sie sich das nur ein?

Clara lachte ihr gegenüber schallend, denn der Offizier hatte gerade einen deftigen Scherz gemacht. Ihr Lachen klang allerdings so gepresst wie damals, als sie versucht hatte, sich zu verstellen, damit der Steckbrief gegen sie nicht vollzogen werden konnte.

Im Süden hing der sicherlich immer noch aus. Würde ein konföderierter Räubertrupp sie also fangen, sie wären beide am Galgen. Sie als geflohene Sklavin und Clara als gesuchte Mörderin.

Mit der Hand tastete sie sich zum Griff des Revolvers in ihrem Gürtel. Die Flinte war auf dem Wagen geblieben, denn zu sperrig war das alte Ding und keiner wusste wirklich, ob sie überhaupt noch funktionierte.

Am nächsten Tag würden sie dann endlich in einem befestigten Fort sein. Abermals dachte sie an Fanny. War sie wirklich so eine gute Mutter, wie sie immer gedacht hatte? Dann hätte sie die Tochter doch nicht einfach so im Norden zurückgelassen.

Irgendwie tröstete sie sich jetzt mit dem Gedanken daran, dass Mae gut auf Fanny aufpassen würde.

Mittlerweile war es völlig dunkel und Lieutenant Blunt hatte die Wachen eingeteilt. Immer vier Soldaten standen mit geladenem Gewehr bereit.

Rose erhob sich von ihrem Platz und blickte in den sternenklaren Himmel. Sie suchte den Polarstern, denn dort war Norden und damit auch die Richtung, in der Fanny vermutlich gerade am Fenster stand und in den Süden sah.

Ihre Blicke würden sich daher jetzt über die Entfernung von ein paar Hundert Meilen treffen.

Im Umdrehen bemerkte sie, wie Clara den Offizier ansah. In den letzten Nächten waren sie immer gemeinsam auf dem Wagen in der Nacht gewesen. Doch wenn sie jetzt die Zeichen richtig deutete, dann würde sie wohl dieses Mal alleine auf dem Planwagen schlafen.

Es war irgendwie seltsam, dass Claras letzter Mann, mit dem sie eine Nacht verbracht hatte, auch ein Offizier gewesen war. Mehr als zehn Jahre war das jetzt schon her.

War sie eifersüchtig? Eigentlich nicht, denn sie gönnte der Freundin ihren Spaß. Sie selbst hatte ja damals auf dem Mississippi auch nicht an Clara gedacht, als sie sich dem Matrosen hingegeben hatte.

Das war nur rein körperlich und die Seelen von ihnen beiden standen über solch kleinlichem Denken. Es war Liebe, die sie verband, aber eben nicht nur die körperliche.

Sie setzte sich zum Feuer zurück und der schmächtige Fuhrmann gab ihr einen Teller mit Bohnen. Dankbar nickte sie ihm zu und holte ihren Löffel aus der Tasche.

Die anderen Soldaten fanden sich ebenfalls am Feuer ein. Bis auf diejenigen, die Wache halten mussten. Es ging leise zu, denn die anderen sollten ja in die Nacht lauschen.

Gelegentlich wieherte eines ihrer Pferde und dann war Stille über der Prärie. Sie trank einen letzten Becher Kaffee und kletterte danach auf ihren Wagen hinauf.

Wie erwartet verschwand Clara gerade auf einem anderen.

Während sie sich in ihre Decke wickelte, knarrte das andere Fuhrwerk verdächtig.

In der Ruhe der Nacht konnte man deutlich hören, was Clara und der Offizier vermutlich gerade machten.

44. Kapitel

Neue und alte Freunde

Clara öffnete die Augen und bemerkte, dass Rose nicht an ihrer Seite lag. Sie blickte sich um, aber die Geliebte war nirgendwo zu sehen. Ihr Unterkleid lag neben ihr auf dem Holz und sie war nur spärlich mit einer dünnen Decke bedeckt. Jetzt erst fiel ihr wieder ein, dass sie mit dem Offizier am Abend zuvor auf einen anderen Wagen geklettert war.

Gähnend setzte sie sich auf, streckte sich und zog sich das Unterkleid wieder über den nackten Leib. Es war nicht schlecht gewesen, aber es hatte sie ziemlich gestört, dass sie dabei hatten so leise sein müssen.

Sie suchte ihre restliche Kleidung und hatte diese gerade in der Hand, als Lieutenant Blunt mit einer Tasse Kaffee auf den Kutschbock des Planwagens kletterte, die Tasse ihr hinhielt und dazu sagte: „Guten Morgen."

Sie nahm ihm das Gefäß ab und fragte: „Gut geschlafen?"

„Bestens. Und du?", entgegnete er lächelnd.

Clara nickte nur und trank den ersten Schluck von dem heißen Getränk.

„Irgendwie haben wir wohl einige Nächte verschwendet!", bemerkte sie schmunzelnd.

„Wir bleiben sicherlich eine Weile im Fort!", antwortete er und lächelte vielsagend.

„Na, das lässt doch hoffen", erwiderte sie ihm.

Draußen waren schon die Stimmen der anderen Männer zu hören und der Schein der Sonne ließ eine Seite des Wagens durch die Plane rötlich erstrahlen.

Jetzt wurde es Zeit, endlich die Strümpfe anzuziehen, das Mieder zu schnüren, danach Petticoat und Kleid überzuwerfen und hinauszuklettern, wenn sie noch schnell hinter dem Wagen austreten wollte, bevor es weiterging.

Sie gab den Becher zurück, zog sich eiligst an und sprang danach in das Gras hinab.

Zwischen den beiden Rädern auf der Außenseite des Wagens hockte sie sich hin und ließ einfach laufen. Ihr Blick ging dabei zur Sonne und in die Weite der Prärie. Damit war sie zwar außerhalb des Schutzwalles aus Planwagen, aber nicht sehr weit. Drinnen hätte sie nur ungern ihren blanken Hintern gezeigt.

Wenig später ging sie zu Rose hinein, die am fast niedergebrannten Feuer saß und ihren Kaffee trank.

„Schöne Nacht gehabt?", erkundigte sich Rose und sie nickte ihr nur zu. Sicherlich hatte es Rose im Wagen nebenan gehört, denn so wirklich still war sie nämlich nicht gewesen.

Während sie sich beide eine Stulle teilten, liefen die Soldaten umher. Jeder Mann der Transporteinheit wusste, was er zu tun hatte. Sie beiden Frauen hätten da nur gestört und deshalb hockten sie einfach am Feuer, bis der Lieutenant sie zu sich rief und danach das Lagerfeuer löschte.

Zusammen kletterten sie auf den Planwagen und der Weg ging weiter.

Immer noch fuhren sie nach Süden durch Kansas, aber der Lieutenant hatte ihr erzählt, dass sie gegen Mittag Fort Scott erreichen würden. Damit waren sie nur noch ein paar Stunden unterwegs.

Mit der Postkutsche hätten sie diese Strecke wohl an einem Tag geschafft und nicht an fast vier, wie mit den schwer beladenen Planwagen.

Suchend ging ihr Blick nach vorn und der Lieutenant schloss mit seinem Pferd wieder zu ihr auf. Trotz seiner Jugend erzeugte seine pure Anwesenheit an ihrer Seite ein tiefes Vertrauen in ihr.

Ohne ihn hätte sie wohl niemals diesen Weg gewagt, denn die Grenze zum konföderierten Süden war nicht sehr weit entfernt.

Am Anfang war der Wagenzug ein Stück in den Westen abgebogen, um etwas mehr Platz zu Illinois zu bekommen, aber jetzt waren sie so nah daran, dass man es sehen könnte, wenn man sich auf den Wagen gestellt hätte.

„Möchtest du was trinken?", fragte er von der Seite und reichte ihr seine Feldflasche herüber.

Dankbar nahm sie diese entgegen und blickte damit zu Rose. Auch sie nickte und trank zuerst einen Schluck, bevor sie die Trinkflasche von ihr zurückbekam.

An diesem heißen Tag Mitte Mai war das frische Wasser eine richtige Wohltat. Am Morgen heißer Kaffee zum munter werden und danach kaltes Wasser.

Als der Lieutenant die Flasche zurücknahm, sagte er: „Wir sind dann gleich da. Dort kann ich schon den Rauch aus den Schornsteinen des Forts erkennen!"

Er zeigte mit der Hand nach vorn und ihre Augen suchten den Horizont ab. Der dünne Strich von Rauch war kaum zu erspähen. Der Offizier hatte wirklich gute Augen. Aber bei ihrer Geschwindigkeit würde das sicher noch ein oder zwei Stunden dauern, bevor sie dort sein würden. Man hätte bequem neben dem Wagen herlaufen können.

Und es dauerte wirklich noch fast zwei Stunden, bis Rose ihr die Hand auf die Schulter legte, nach vorn zeigte und damit ihr angeregtes Gespräch mit dem Offizier unterbrach.

Gegenwärtig war wirklich schon die Konstruktion des Forts zu sehen. Einige Wachtürme hoben sich deutlich vom Horizont ab und über all dem thronte die Flagge mit den Sternen und Streifen.

„Das Fort war mal gebaut worden, um das Indianergebiet zu sichern. Jetzt ist es ein Versorgungsstützpunkt für uns!", erklärte er.

„Und da ist wirklich das erste farbige Regiment gerade stationiert?", erkundigte sich Rose aufgeregt von der Seite bei ihm.

„Ja! Sie bewachen den Nachschub", entgegnete der Mann und ritt nach vorn.

Einer der Männer gab vorn ein Trompetensignal ab, das vom Fort fast gleichzeitig erwidert wurde. „Gut Freund!", sollte das wohl heißen.

Dann kam der Offizier zurück und erklärte schnell: „Könnt ihr in den Wagen klettern? Eigentlich darf ich nämlich keine Zivilisten transportieren!"

„Wir könnten auch absteigen und die letzten Schritte zu Fuß gehen!", gab sie ihm als Antwort zurück.

„Nein! Nicht nötig. Klettert einfach nach hinten!", setzte er ihr entgegen.

Rose schob sich schon von der Bank.

Clara sah noch, wie das Tor des Forts aufschwang und der erste Wagen hineinfuhr, als sie von Rose zwischen den Säcken zu Boden gezogen wurde.

Wenig später stoppte das Fuhrwerk und jetzt wurde es Zeit, möglichst schnell und unauffällig von diesem zu verschwinden.

Mit Flinte und Tasche sprang Rose hinten herab und sie folgte ihr.

Auf dem Boden stehend nickte sie dem Lieutenant zu und ging anschließend zur Seite.

Einige Steinhäuser waren in der Nähe und an einem hing ein Schild mit der Aufschrift: „Postoffice!"

Dorthin gingen sie und als sie das Gebäude betreten wollten, kam ihnen ein schwarzer Soldat daraus entgegen.

Für einen Moment stutzte Rose.

Bevor sie aber etwas sagen konnte, fragte der Mann: „Rose? Bist du das? Und sie müssen Scarlett Sue Taylor sein?"

„Samuel?", entgegnete Rose ungläubig.

Das war über zehn Jahre her, damals auf dem Mississippi, bei ihrer Flucht.

Der Mann nickte und mit einem Freudenschrei fiel Rose ihm um den Hals.

Das konnte doch unmöglich sein! Oder doch?

Clara hatte den Matrosen damals nur kurz gesehen, aber Rose hatte ihn all die Jahre nicht vergessen.

45. Kapitel

Ein Wiedersehen in Kansas

Rose hing am Halse des hochgewachsenen Soldaten und das musste vermutlich ziemlich seltsam aussehen, denn sie hatte die alte Flinte nicht losgelassen, nur die Tasche.

Langsam löste sie ihre Umklammerung und trat einen Schritt zurück. Jetzt konnten sie sich beide ansehen. Es schien ihr noch keine Woche her zu sein, dass sie sich in St. Louis damals getrennt hatte, doch dabei war es ewig her.

Auch Samuel hatte sie sofort erkannt.

Clara räusperte sich neben ihr und jetzt wurde es Zeit, den Irrtum des Freundes richtigzustellen.

„Das ist meine Freundin Clara. Sie hat sich auf dem Dampfer damals nur als Farmerstochter ausgegeben, um mir zur Flucht in den Norden zu verhelfen", erzählte sie.

„Hallo. Ich bin Clara Stone!", sagte sie und hielt Samuel die Hand hin.

„Sergeant Jones, oder einfach nur Samuel", antwortete er und gab ihr die Hand.

„Was macht ihr hier?", fragte er anschließend.

„Wir wollen uns euch anschließen. Können wir hier nicht irgendetwas tun?", antwortete Rose.

„Vielleicht in der Krankenstation?", setzte Clara hinzu.

„Na dann kommt mal mit! Ich werde Doktor Jackmann fragen!", erklärte Samuel und ging vor ihnen her.

Es dauerte nicht lange, bis sie vor dem großen Gebäude angekommen waren.

„Wartet hier!", wies Samuel sie an und ging danach hinein.

Clara blickte sich im Fort um und auch sie drehte sich zu den vielen Gebäuden um.

Lagerhäuser, Wohnhäuser und Ställe waren zu sehen und überall liefen Soldaten herum, aber nur wenige davon waren schwarz.

Nach einer Weile kam Samuel zurück und brachte sie in das Bauwerk.

Ein älterer Arzt empfing sie, fragte sie aber nicht nach ihren Qualifikationen. Vermutlich würde er ihnen noch einiges beibringen und sie als Hilfskräfte brauchen.

Schließlich hatten sie beide ein Zimmer, neue Kleidung und saßen in dem Raum.

Ab dem nächsten Tag unterstanden sie damit also der Armee. Mehr oder weniger.

„Das war vielleicht ein Zufall!", bemerkte Rose, als sie an Samuel dachte.

Clara schüttelte den Kopf. „Es gibt keine Zufälle!", erzählte sie und Rose war gewillt, ihr da zuzustimmen.

„Gehst du dann deinen Lieutenant suchen? Ich laufe noch mal zu Samuel!", äußerte sie.

„Viel Spaß!", entgegnete Clara und prüfte die Beschaffenheit ihres Bettes.

Kaum hatte sich Clara umgedreht, war Rose auch schon losgelaufen.

Samuel hatte ihr das Haus gezeigt, wo sie ihn finden konnte und momentan lief sie so schnell, wie ihre Füße sie nur tragen konnten.

Samuel saß auf einer Bank vor dem Gebäude und schien auf sie zu warten.

Ohne Aufforderung setzte sie sich neben ihn und erklärte: „Dass du dich noch an mich erinnert hast. Du hattest doch seit damals bestimmt einige hundert Frauen auf deinem Schiff."

„Da gab es schon einige, aber keine wie dich!", entgegnete er.

Sie glaubte ihm das sofort, denn schließlich hatte er sie auch unverzüglich wiedererkannt.

„Was hat euch denn jetzt wirklich auf den weiten Weg hierher gebracht?", erkundigte er sich.

„Ich möchte gegen die Sklaverei kämpfen und dann habe ich von eurem heroischen Kampf im letzten Jahr erfahren", begann sie.

„So heldenhaft war der gar nicht", antwortete Samuel ihr und kratzte sich am Kopf. „Wir hatten alle die Hosen gestrichen voll, aber wir wollten nicht in die Sklaverei zurück und uns war klar, dass die Vigilanten uns kaum am Leben lassen würden. Daher blieb uns gar nichts anderes übrig und wir hatten die besseren Waffen!", erzähle er weiter.

„Und wir hatten auch noch das Glück, dass ein Reporter von der Times bei uns war. Er hat dann unseren verzweifelten Kampf beschrieben und jetzt sind wir keine Miliz mehr, sondern ein reguläres Regiment. Zumindest irgendwie!", beendete Samuel seine Beschreibung und schob sich die Mütze nach hinten.

„Wieso nur irgendwie?", erwiderte sie.

„Viele Offiziere sehen es nicht gern, wenn wir Schwarzen Waffen haben. Selbst die der Union. Präsident Lincoln hat sich für uns eingesetzt und dennoch bewachen wir bis jetzt nur den Nachschub!"

Es klang irgendwie bitter aus Samuels Mund und vermutlich wäre er gern vorn, direkt an der Front, aber die Versorgung war ebenfalls wichtig.

„Soll ich dir mein Zimmer zeigen?", erkundigte er sich jetzt bei ihr.

Einen Moment stutzte sie, weil er so schnell von dem einen zum anderen wechselte. Still horchte sie in sich hinein, bevor sie nickend zustimmte.

Eine halbe Stunde später lag sie nackt in seinem Arm, kam langsam wieder zu Atem und hörte zu, wie Samuel neben ihr zu schnarchen begann.

Es war wunderschön gewesen. So wie damals auf dem Dampfer, obwohl hier nicht die Sterne auf sie herab sahen, wie in ihrer ersten Liebesnacht mit Samuel.

Aber sie hatte dennoch die fallenden Sterne auf ihrer Haut gespürt und war einfach nur glücklich.

Eine neue Idee flog ihr gerade zu: Vielleicht konnte sie dieses Mal ein Kind von ihm empfangen. Einen Bruder oder eine Schwester für ihre Tochter? Beim letzten Zusammentreffen war sie ja schon mit Fanny schwanger gewesen.

Sie dachte jetzt an Clara, löste sich aus Samuels Armen und erhob sich aus seinem Bett.

Schnell zog sie sich wieder an und rannte durch den beginnenden Abend zurück zu ihrem Zimmer.

Clara saß am Tisch und nähte im Scheine einer Petroleumlampe an einem Kleid.

„So schnell habe ich nicht wieder mit dir gerechnet!", entgegnete Clara, als sie sich zu ihr setzte.

„Und?", erkundigte sich Clara.

„Es war wunderschön!", antwortete Rose und küsste ihre Freundin.

„Wir sollten dann schlafen gehen. Morgen wird bestimmt ein langer und aufregender Tag mit sicherlich vielen neuen Informationen!", erklärte Clara gähnend.

Rose blickte sich um. Es gab zwei Betten in dem Raum.

„Jeder in sein Bett?", fragte sie.

Clara zwinkerte ihr zu.

„Hast du deinen Lieutenant gefunden?", fragte sie, als sie das Kleid ablegte, um sich zu waschen.

Clara nickte ihr zu und goss die Schüssel mit Wasser voll. Auch ein Stück Seife lag schon für sie bereit.

„Es gibt hier auch ein paar andere Frauen, die hier mit im Lager sind. Marketenderinnen und auch im Laden sind welche beschäftigt, aber sicher nicht sehr viele!", erzählte Clara und hielt ihr das Tuch hin.

„Dass sich Samuel noch an mich erinnern konnte! Der hat mich doch damals höchstens dreimal gesehen und kannte noch meinen Namen", offenbarte Clara jetzt und zog ihr Kleid aus.

„Vermutlich hast du einen ganz schönen Eindruck auf ihn gemacht", entgegnete Rose und setzte sich auf das Bett.

„Eigentlich wollte ich das damals gerade vermeiden", seufzte die Freundin.

„Dann hättest du da nicht so maßlos übertreiben dürfen!", gab sie ihr schmunzelnd zurück.

Clara nickte ihr lächelnd zu und nachdem sich die Freundin gewaschen hatte, drehte sie die Lampe klein und trat zu ihr.

Aus dem Gute-Nacht-Kuss wurde mehr und schließlich kuschelten sie sich beide glücklich und entspannt aneinander und schliefen danach gemeinsam in einem Bett ein.

46. Kapitel

Heiße Nächte in Fort Scott

in neuer Tag begann und Clara schlug die Augen auf. Es war jetzt Mitte Juni und damit waren sie schon einen ganzen Monat im Fort Scott.

Rose lag leise schnarchend neben ihr im Bett und es war schon etwas besonders, dass sie beide in dieser Nacht gemeinsam in ihrem Zimmer geschlafen hatten.

Es musste irgendwann um fünf Uhr morgens sein und das erste Dämmerlicht fiel durch das Fenster herein.

Es war Montag, die neue Woche begann und es war abzusehen, dass in den nächsten sieben Tagen für sie beide in diesem Lager wiederum nicht wirklich viel zu tun sein würde.

Rose und sie halfen früh in der Krankenstation, mittags bei der Essensausgaben und nachmittags gelegentlich im Kontor. Einzig bei der Essensausgabe waren sie wirklich gut beschäftigt.

Die Arbeit im Krankenbereich war wahrlich nicht so anstrengen und Doktor Jackmann war ein gütiger alter Mann. Dass er überhaupt zur Armee geeilt war, das war nur dem geschuldet, dass auch seine Söhne und Enkel in der Armee dienten.

Er hatte die sechzig schon erreicht und erklärte Clara so vieles von dem, was man bei der Krankenbetreuung wissen musste. Offensichtlich war es auch ihm hier langweilig, denn die schlimmste Verletzung des Monats war ein Soldat gewesen, der sich beim Hacken von Holz zwei Finger einer Hand mit dem Beil gekürzt hatte. Sonst waren es eben die täglichen Wehwehchen, die so im Lagerleben auftraten.

Sie mochte den alten Mann, der zu ihr wie ein Großvater geworden war. Offenbar hatte er sie adoptiert, denn er hatte eine Tochter in ihrem Alter.

Manchmal führten sie stundenlange Gespräche im Krankenhaus und dennoch sehnte sich Clara nach etwas zu tun, denn diese Untätigkeit zerrte an ihren Nerven. Doch sie tat ihr gleichzeitig auch wieder gut, denn ohne diesen Müßiggang wären sie vielleicht in irgendeiner Schlacht.

Auch hier im Lager konnten sie helfen und waren gleichzeitig geschützt.

So langweilig oft auch die Tage waren, so heiß waren die Nächte hier und das war nicht alleine den sommerlichen Temperaturen geschuldet.

Während Rose fast jeden Abend zu ihrem Samuel eilte, war Clara oft bei Lieutenant Joe Blunt.

Obwohl Joe eigentlich für sie viel zu jung war, war da doch so etwas wie Zuneigung entstanden. Und offensichtlich beiderseits.

Der junge Offizier war ein leidenschaftlicher, ausdauernder und dabei dennoch zärtlicher Liebhaber.

Mit offenen Augen schaute sie versonnen zur Decke des Zimmers hinauf. Rose lag in ihrem Arm und schnarchte auch weiterhin leise. So selten wie sie hier schliefen, brauchten sie eigentlich das Zimmer gar nicht.

Erneut flogen ihre Gedanken zu Joe. Ein Lächeln zog über ihr Gesicht und sie merkte, wie sie zu strahlen begann.

Seine Augen waren wunderschön und sie hatte es nur gewagt, den Weg über die Prärie zu wählen, nachdem er ihr in dem Ort der Abreise eine sichere Fahrt versprochen hatte.

Rose hätte es sicher auch alleine gemacht, aber zum Glück war der Lieutenant dort gewesen. Da hatte Clara zwar noch nicht gewusst, dass sie sich bei dem Mann auch fallen lassen konnte, doch es war schön, dass sie eben bei ihm nicht die starke Frau sein musste.

Sie drehte ihren Kopf und das schlafende Gesicht der Freundin fing ihren Blick ein.

Eigentlich waren sie beide unter das Sternenbanner geeilt, um zu helfen und die Sklaverei zu beenden, doch daraus hatte sich gegenwärtig etwas anderes entwickelt. Zwar waren sie jetzt bei der Armee, aber helfen taten sie momentan wohl nur sich selbst.

Und es war einfach nur herrlich!

Am Tage zuvor hatten sie einen Brief von Fanny erhalten als Beantwortung einer Nachricht, die sie ihr nach ihrer Ankunft hier im Fort gesendet hatten. Demzufolge brauchte ein Brief von hier etwa zwei Wochen bis in die ferne Heimat!

Heute würden sie die Antwort zurückschicken und sie blickte zum Tisch, auf dem der Umschlag lag. Am Abend zuvor hatten sie den Brief gemeinsam geschrieben und aus diesem Grunde waren sie auch dieses Mal weder bei Joe noch bei Samuel gewesen.

Von draußen erklang das laute Hornsignal zum Tagesbeginn und im selben Moment sprang Rose über sie hinweg, stürzte zum Eimer und übergab sich darin.

Da das jetzt schon den dritten Morgen geschah, war abzusehen, dass sich ihr Einsatz bei der Armee auf diesen Sommer beschränken würde.

Spätestens im Herbst, wenn der Bauch der Geliebten nicht mehr zu verbergen sein würde, würden sie wieder in den Norden zurückgehen.

„Guten Morgen, Rose", sagte sie.

Rose blickte zu ihr zurück und wischte sich mit dem Handrücken den Mund ab. Sie nickte nur stumm. Danach setzte sie sich neben den Eimer auf den Fußboden und zog die Knie an.

„Ich hatte wohl gestern einen Drink zu viel im Saloon!", äußerte die Freundin und würgte immer noch.

„Das hast du vor 24 Stunden auch gesagt", entgegnete Clara und setzte sich im Bett auf.

„Du meinst, es liegt an meinen Abenden mit Samuel?", fragte Rose und erhob sich schwankend.

„Ich denke eher, es liegt an den Nächten und nicht so sehr an den Abenden!", erklärte Clara und ging barfuß zur Waschschüssel hinüber.

„Meinst du?", erwiderte Rose und legte sich eine Hand auf ihren Bauch.

„Denke an deine Dampferfahrt damals. Da hast du auch ein paar Tage lang über der Reling gehangen!", setzte sie der Geliebten entgegen, als sie sich das Waschwasser in die Schüssel goss.

Rose trat zum Fenster und legte ihre Stirn gegen die Glasscheibe. Sie schien nachzudenken und dabei musste der Freundin doch klar sein, was geschehen war.

„Nicht, dass ich es nicht gewollt hätte, aber eigentlich wollte ich doch helfen, um die Sklaverei zu beenden", äußerte Rose leise. Sie wandte sich ihr zu und setzte fort: „Was sagte ich dann Fanny?"

„Du bekommst ein Geschwisterchen wäre wohl die richtige Antwort", entgegnete sie und gab die Schüssel frei.

Augenblicklich trat Rose an das Gefäß. Sorgfältig wusch sie sich darin und Clara holte die Kleidung für sie beide.

Diese bestanden aus Rock und Bluse. Die Bluse war vorn zum Knöpfen, der Rock fiel gerade mal bis zur Wade und endete damit auf der Höhe der Oberkante des Schnürstiefels. Damit war er kürzer, als die Kleider, die ihnen Gundel in Faribault genäht hatte. Und auch nicht so farbenfreudig. Allerdings war das wohl besser, wenn man mal auf einem Schlachtfeld sein musste.

Als Clara sich bereits die Knöpfe der Bluse schloss, stieg Rose in ihren Rock. Gegenseitig banden sie sich danach die Schürzen fest, setzten sich die Hauben auf und eilten zu Doktor Jackmann.

Ein neuer Tag begann, der sicher wieder durch eine heiße Nacht beendet werden würde.

In Gedanken war Clara schon bei Joe, der ihr am Abend sicherlich wieder aus der Kleidung helfen würde.

47. Kapitel

Entlang der Texas Road

Seit ein paar Tagen war ihr Treck jetzt schon auf südlicher Route unterwegs. Sicherlich zweihundert schwer beladene Planwagen fuhren über die Texas Road nach Oklahoma, um Versorgungsgüter in das Fort Gibson zu bringen.

Etliche Kanonen, unzählige Pferde und hunderte von Soldaten zogen mit ihnen. Die Kolonne war meilenlang und schleppte eine feine Staubfahne hinter sich her.

Da auch Samuels Regiment die Besatzung des anderen Forts verstärken sollte, war es für Rose selbstverständlich gewesen, mit ihnen mitzuziehen. Clara ging an ihrer Seite und sie liefen hinter den Männern, die vor dem ersten Wagen die Spitze sicherten.

Hier am Anfang der Marschkolonne war die Luft noch relativ sauber.

Mit geschultertem Gewehr marschierten die Soldaten auf der Straße und die Wagen zuckelten ihnen hinterher. Seitlich ritt die Kavallerie und auch Lieutenant Blunt war mit unterwegs.

Bereits vor dem Abmarsch war allen klar gewesen, dass die konföderierten Streitkräfte ihren Zug nicht unbehelligt lassen würden und daher waren sie auch besonders vorsichtig. Keiner der Männer wollte sehenden Auges in den Tod laufen!

Ein paar Schritte hinter ihr schnaufte ein müdes Pferd, das zusammen mit einem Artgenossen ein kleines Geschütz zerrte.

Es war der letzte Tag des Junis und entsprechend ziemlich warm. Da der Weg auch noch quer durch die Prärie führte, gab es selbstverständlich keinen Schatten.

Clara kämpfte neben ihr mit dem glühenden Hauch des Präriewindes, aber Rose sowie die meisten der Sklaven waren die Hitze des südlichen Sommers gewöhnt. Die zehn Jahre im Norden hatten daran nichts geändert, dass sie Wärme gut vertragen konnte.

Die farbigen Soldaten vor ihr sangen, die weißen Reiter neben ihr hingen gelegentlich müde im Sattel ihrer ebenso ermatteten Reittiere.

Einzig die vielen Meilen machten ihr zu schaffen, denn es mussten schon über hundert sein, die sie gegenwärtig bereits mit den Schnürstiefeln durch die Prärie gestapft war. Diese Schuhe waren zwar modisch und schick, aber für lange Strecken taugten sie kaum. Allerdings hatte sie derzeitig keine anderen und sie wollte sich auch nicht zu Doktor Jackmann auf den Wagen setzen.

Der Arzt war mit seinem Fuhrwerk voller Verbandszeug im hinteren Drittel des Zuges. Clara hätte zu ihm gekonnt, aber die Freundin blieb bei ihr hier vorn.

Als sie vor ein paar Tagen aufgebrochen waren, da war es schon ein bisschen seltsam gewesen, dass Clara die einzige Weiße hier vorn war. Die Männer hatten sie zuerst ein wenig abschätzend gemustert, doch Samuel und sie hatten für die Freundin gesprochen und damit war es dann auch von allen akzeptiert worden.

Vielleicht marschierte Clara auch nur deshalb hier vorn, um nicht zu zeigen, dass sie etwas Besseres war.

Ein paar Schritte vor ihnen lief der Fahnenträger des Regimentes und Clara versuchte ständig im Schatten des Fahnentuches zu bleiben, was ihr selbstverständlich nur selten gelang, denn schließlich kam die Sonne direkt von vorn und stand auch noch ziemlich hoch am Himmel.

Während sie kaum schwitzte, lief Clara das Wasser aus jeder Pore. Immer wieder trank Clara einen Schluck aus der Feldflasche an ihrer Seite. Die waren besonders groß, da sie damit eventuell auch die Verwundeten versorgen mussten, aber hier brauchten sie die hoffentlich noch nicht.

Von ihrem Lieutenant hatte Clara einen breitkrempigen Hut bekommen, der Rose immer an die Kopfbedeckung erinnerte, welche Clara als Buffalo Jane vor Jahren getragen hatte.

Ein Melder kam von vorn mit seinem Pferd heran gejagt und rief: „Die Konföderierten sind vor uns. Morgen treffen wir sicherlich auf sie!"

Dann war er vorbei, aber die Soldaten vor ihnen fassten die Musketen fester. Ihr Schritt wurde entschlossener. Die Reiter strafften sich in ihren Sätteln und alle schauten argwöhnisch den Weg entlang nach vorn.

Die Revolver steckten bei ihnen beiden geladen vorn quer im Gürtel und unwillkürlich prüften sie beide, ob diese sich noch dort befanden.

Immer wieder preschten Reiterabteilungen an ihnen vorbei und die Atmosphäre wurde gespannt. Staubwolken zogen zu ihnen heran und Clara hustete, bevor sie sich beide jeweils ein Tuch vor den Mund banden.

Samuel ließ sich ein Stück zurückfallen, lief ein paar Schritte neben ihr her und nickte ihr aufmunternd zu.

Eher als an den Tagen zuvor bildeten die Planwagen eine Wagenburg. In die Abstände dazwischen wurden die Geschütze geschoben. Es sah wie ein stählerner Igel aus, der zum Feuer speien bereit war.

Offensichtlich wollte der Kommandeur seine Leute sich etwas ausruhen lassen. In der Mitte wurden Lagerfeuer entzündet, auf denen das Abendessen für die Männer gekocht wurde und sie lief mit Clara zu einem dieser Feuer.

Von dort aus konnte Rose verfolgen, wie Samuel einen Teil seiner Leute regelrecht zur Ruhe zwingen musste, denn sie waren dermaßen euphorisch, weil sich ein neuer Kampf am Horizont abzeichnete.

In den Gesichtern der anderen Soldaten sah sie auch Angst, in denen der Männer des ersten farbigen Regimentes nur wilde Entschlossenheit.

Die Monate des untätigen Bewachens des Forts steckten ihnen deutlich in den Knochen und hatten sie nur noch ungestümer gemacht.

Nachdem das Essen verteilt war, hockten sie und Clara nebeneinander an dem Feuer.

Claras Lieutenant sagte ihnen wenig später, dass er in der Nacht außerhalb der Wagenburg auf Streife sein würde.

Als sich die Dämmerung langsam auf das Lager legte, setzten sich Samuel und ein paar seiner Männer zu ihnen.

Ein leiser Gesang wurde angestimmt und sie sang mit, denn es war eines der Lieder, welches sie auch auf der Plantage oft gesungen hatte.

„Die Männer sind richtig wild auf den Kampf. Oder?", fragte Clara.

„Ja! Ich kann sie kaum bremsen! Die meisten von ihnen sind ehemalige Sklaven und haben unter der Knute ihrer Herren gelitten. Schau dir ihre Rücken an. Jetzt wollen sie es ihren ehemaligen Besitzern heimzahlen! Ich kann das nur schwer nachvollziehen, denn ich wurde frei geboren", antwortete Samuel.

„Ich kann es mir vorstellen!", entgegnete Rose.

„Ich ebenfalls!", setzte Clara hinzu.

„Wenn ich mir denken würde, dass Cornelius auf der anderen Seite steht, dann würde ich mich mit einem Messer auf sie stürzen!", erklärte Clara weiter und ihre Stimme klang fest und etwas verbittert.

Rose nickte ihrer Geliebten zu.

„Wenn du kein Sklave warst, warum kämpfst du dann hier?", fragte Clara jetzt Samuel.

„Ich wurde frei geboren, weil meine Mutter das Baby ihrer Herrin aus einem brennenden Haus gerettet hatte. Sie war damals schon mit mir schwanger. Mein Vater blieb Sklave und starb noch vor meiner Geburt unter der Peitsche. Auf dem Dampfer habe ich viele Sklaven erlebt und habe das Unrecht gesehen, dass ihnen zuteilwurde. Ich weiß zwar nicht, wie sich die Peitsche anfühlt, aber derzeitig kämpfe ich, dass alle Menschen frei sein werden!", offenbarte der Geliebte ihnen seine Beweggründe.

Clara nickte ihm verstehend zu.

Das war ja auch ihr Beweggrund gewesen, sich hierher zu begeben!

48. Kapitel

Stell dich deiner Angst!

D as Rot des neuen Morgens begrüßte den Juli und Clara blickte auf die soeben einsetzende Geschäftigkeit rund um sie herum. In der vergangenen Nacht hatte sie auch nicht einen einzigen Augenblick geschlafen und allen anderen schien es genauso ergangen zu sein.

Noch war das Trompetensignal nicht ertönt und dennoch waren schon hunderte von Männern damit beschäftigt, sich irgendwie von der jetzt kommenden Schlacht abzulenken.

Clara saß beim Feuer auf dem Boden. Es war kalt in der Nacht gewesen, wie schon in den Nächten zuvor, aber die Aufregung hatte diese Information nur zögerlich an sie heran gelassen. Jetzt erblickte sie den Tau im Gras neben sich und spürte weiter die Kühle.

Oder hatte sie wegen der Angst gezittert? Sie wusste es nicht.

Durch die Hitze in den Tagen zuvor hatte sie Unterhemd, Korsett, Unterhose und Strümpfe einfach fortgelassen. Sie trug momentan Rock und Bluse über der nackten Haut. Das fühlte sich seltsam und gleichzeitig verrucht an. Aber alles, was nicht notwendig war, das fehlte derzeitig.

Der breitkrempige Hut hatte Haarnetz und Kappe abgelöst. Die langen Haare hingen hinten herab. Sie hatte die Knie an ihren Körper gezogen, diese mit den Armen umklammert und schaute nervös zu Rose auf, die direkt vor ihr stand und sich gerade gähnend streckte.

Die Freundin tat sicher und souverän, aber die kleinen Gesten zeigten Clara ihre Nervosität an. Diese Bewegungen, mit denen Rose sich immer wieder den Colt zurechtschob, oder mit einer Strähne ihrer langen braunen Haare spielte, sollten der Geliebten wohl helfen, ihre Aufgeregtheit in den Griff zu bekommen.

Clara ließ ihren Blick über das provisorische Nachtlager der Wagenburg schweifen. Rund um sie herum bereiteten sich bestimmt mehr als tausend Männer und fast genauso viele Pferde auf diesen Tag vor. Die Frauen hier ließen sich an den Fingern einer Hand abzählen.

Sie hätte sich erheben müssen, aber gerade konnte sie es nicht, denn sie spürte, wie ihre Knie zitterten. Wenn Joe jetzt mit einem Pferd neben sie geritten wäre und sie aufgefordert hätte, mit ihm mit zurückzugehen, dann wäre sie auf das Pony gesprungen und die mehr als 180 Meilen im gestreckten Galopp und ohne Rast wieder zum Fort Scott zurückgejagt.

Sie hatte bei Rose bleiben wollen und momentan haderte sie mit ihrem Schicksal.

Der Doktor trat an das fast niedergebrannte Feuer und blickte ihr in die Augen. Ohne ein Wort nickte er ihr zu und setzte sich neben sie.

„Was machen deine Füße?", fragte er und zeigte auf die Schnürstiefel.

„Ich möchte die Stiefel lieber nicht ausziehen. Ich bekomme die sonst nicht wieder an", entgegnete sie.

Diese Schuhe waren ziemlich modisch und der letzte Rest von dem ehemaligen Reichtum, den sie einst besessen hatte. Doch es war idiotisch gewesen, gerade diese Schuhe zu wählen, allerdings hatte Clara damals eben nicht gewusst, dass sie hunderte Meilen zu Fuß gehen musste.

„Wenn du magst, so kannst du auf meinem Wagen mitfahren", erklärte der Doktor und erhob sich.

Sie würde einfach nur ja sagen müssen und könnte ihre Füße schonen, doch tief aus ihr heraus hörte sie ihre eigenen Worte: „Ich bleibe bei Rose und dem 1. Infanterieregiment vorn!"

Der Doktor ging und wenig später tauchte Joe neben ihr auf, aber er hatte kein Pferd dabei!

Rose reichte ihr einen Becher Kaffee und Joe setzte sich neben sie. Auch ihm gab die Freundin eine Tasse von dem heißen Getränk.

„Wir haben ein paar von denen gefangen. Vor uns haben die Konföderierten die einzige Brücke besetzt. Wir müssen da hinüber und die haben sicher unsere doppelte Stärke!", erzählte er und trank aus seinem Becher.

„Die doppelte Stärke von uns?", fragte Samuel von der Seite.

„Ja", antwortete Joe.

„Die haben keine Chance!", entgegnete Samuel und überblickte seine Männer.

Clara sah den entschlossenen Gesichtsausdruck der Kämpfer. Die würden sich sicherlich auch noch mit bloßen Händen auf ihren Feind stürzen. In der Nacht hatte einer auf einem aus einem Kürbis gebauten Banjo gespielt und augenblicklich stand derselbe Mann, der diese lieblichen Töne erzeugt hatte, ein paar Schritte neben ihr und wetzte ein ziemlich langes Messer an einem Stein.

Joe erhob sich, gab den Becher zurück und reichte Clara die Hand, um sie vom Boden hochzuziehen.

Sollte sie diese Position verlassen? Was würden ihre Knie dazu sagen?

Sie ergriff seine Hand, er zog sie zu sich und gab ihr einen Kuss.

„Ich bin heute dem neunten Kavallerieregiment von Kansas zugeteilt. Wir sind ganz vorn. Noch vor euch!", bemerkte er.

„Bitte passe auf dich auf!", flüsterte Clara.

„Was soll mir schon passieren?", entgegnete er lächelnd.

Einen Augenblick später und nach einem letzten Kuss stand Clara alleine vor dem Feuer. Die anderen bereiteten sich auf den Abmarsch vor, Pferde wurden angespannt und das Hornsignal zum Aufbruch ertönte.

Sie suchte die Fahne ihres Regimentes und beobachtete, dass die ersten Männer sich schon in Formation zum Durchgang aus der Wagenburg begaben. Das erste Bataillon war also bereits in Bewegung.

Colonel Williams[6], der Kommandeur des Regimentes ritt mit seinem Pferd an ihr vorbei und jetzt musste sie eilen.

Sie riss sich aus der Starre und rannte Rose hinterher, die gerade bei Captain Matthews[7], dem Chef der D-Kompanie stehen geblieben war. Er war der schwarze Offizier mit dem höchsten Rang in der ganzen Armee, wie Rose ihr in der Nacht erzählt hatte.

Clara nickte dem Mann zu, fasste Rose an der Hand und zog die Freundin hinter sich her.

Augenblicklich mussten sie beide rennen, um den Vorsprung der Männer wieder aufzuholen.

Hunderte schwarze Kämpfer bildeten den Beginn des Zuges und sie marschierten wieder in der Formation, die sie bereits die ganze Zeit eingenommen hatten.

Schnaufend war Clara schließlich wieder an ihrer Position hinter der Regimentsfahne. Das war zwar sicherlich die gefährlichste Stelle im ganzen Treck, aber mit Rose auf der einen und Samuel auf der anderen Seite konnte ihr eigentlich nichts geschehen.

Gegenwärtig war keine Zeit für Angst mehr.

Schritt für Schritt schoben sie sich vorwärts, dem Feind entgegen, an den Seiten flankiert von der Kavallerie. Auch Joe hatte sie kurz dort gesehen, aber er hatte keinen Blick für sie. Clara betete, dass weder ihm noch Rose oder Samuel etwas geschehen würde.

---

[6] Nelson Grosvenor Williams (4.5.1823 – 30.11.1897), war ein Offizier im Bürgerkrieg.

[7] William Dominick Matthews (25.10.1829 – 2.3.1906), war der höchstrangige farbige Offizier im amerikanischen Bürgerkrieg.

Suchend folgten ihre Augen dem Weg voraus. Joe hatte ihr am Morgen etwas von einem Bach erzählt, hinter dessen Brücke der Feind lauern würde. War er noch dort?

Oder hatten die Konföderierten erfahren, dass ihr Hinterhalt verraten war? Würden sie dann eventuell zum Angriff übergehen?

Allerdings war das Land hier ziemlich flach und der Bewuchs war auch nicht so hoch. Prärie eben. Überraschungen waren da eher unwahrscheinlich.

49. Kapitel

Die Löwen vom Cabin Creek

Rose lehnte an einem Wagen und blickte zu dem Bach hinüber. Noch war es eigentlich Nacht. Am Tage zuvor hatten sie in Sichtweite, aber außerhalb der Reichweite der Kanonen, diese Wagenburg aufgebaut und gerade brach langsam der neue Tag an.

Dieses an sich eher unscheinbare Gewässer namens Cabin Creek versperrte ihnen den Weg. Es war überdurchschnittlich angeschwollen. Entweder hatten die Konföderierten den Bach angestaut, oder es hatte an seinem Oberlauf ergiebige Regenfälle gegeben.

Jedenfalls gab es nur eine Brücke! Und zu deren beiden Seiten hatten sich die Feinde in die Uferböschung eingegraben. Sicher eine Meile in beiden Richtungen.

Samuel hatte ihr am Abend zuvor ein Fernglas gegeben und sie hatte die Männer dort in dem Graben gesehen. Hunderte oder tausende, mit Kanonen, und die wollten unbedingt diesen Versorgungszug haben, um selbst angreifen zu können.

Die Sonne ging gerade auf und auf der anderen Seite versank der Mond.

Doktor Jackmann trat zu ihr und bemerkte: „Hier bist du. Ich habe dich schon überall gesucht!" Er hielt ihr eine rote Armbinde hin und hatte selbst eine an seinem Arm.

„Was ist das?", erkundigte sie sich.

„Damit gehörst du offiziell zum medizinischen Korps. Es soll dich schützen, weil eigentlich damit niemand auf dich schießen darf! Gib mir allerdings deinen Colt!", erklärte der Doktor und hielt ihr die Hand hin.

Nur sehr zögerlich zog sie die Waffe aus ihrem Gürtel.

„Bleibst du bei mir und dem Wagen? Oder gehst du mit nach vorn? Ich hätte euch beide gern bei mir!", erzählte er, als er die Waffe entgegennahm und in seinen Gürtel schob.

„Ich gehe nach vorn! Aber ich weiß nicht, was Clara macht!", erwiderte sie.

„Wie ich sie kenne, bleibt sie bei dir!", setzte der Arzt nach und befestigte augenblicklich die Armbinde an ihr.

Clara trat zu ihnen und auch sie trug schon dieses Abzeichen.

„Also noch mal für euch beide. Erinnert euch, was ich zu euch im Fort Scott gesagt habe. Geht wenn möglich nicht ganz bis nach vorn. Sucht bitte aus, wen ihr bergt. Kopf- und Körpertreffer lasst liegen, das lohnt für euch nicht den Weg. Bein- und Armschüsse zieht so weit wie möglich nach hinten, stoppt die Blutung und bringt sie zu mir oder den anderen Ärzten."

„Verstanden!", entgegnete Clara.

„Viel Glück euch beiden!", bemerkte der Arzt und ging zu dem Wagen, aus dem gerade ein Verbandsplatz wurde.

Mit der aufgehenden Sonne verließen die Kanonen die schützende Wagenburg und wurden auf einem Hügel in Position gebracht.

Rose blickte zu Clara und sie nickten sich zu, denn auch ohne Trompetensignal war dies das Zeichen dafür, sich zu den Männern des Regimentes zu begeben.

Dennoch schreckte sie beim ersten Kanonenschuss zusammen.

Sie standen beide hinter dem Regiment und sahen, wie die Kanonenkugeln hinter dem Bach einschlugen. Sie erspähten den aufspritzenden Dreck und hörten die Explosionen.

„Unsere zehn 12-Pfünder Haubitzen leisten ganze Arbeit!", erklärte Samuel durch den Lärm der Abschüsse hindurch.

Die Feinde schossen zurück, trafen aber offenbar nicht wirklich. Kanonenkugeln wurden mit donnerndem Geräusch gegenseitig ausgetauscht.

Unendlich lange schien das so zu gehen, bis der Colonel in der Mitte angreifen ließ, aber er schickte nicht sein eigenes Regiment, was schon ungeduldig und zum Sprung bereit darauf wartete, den Feind aus dem Graben zu werfen.

Tatenlos musste Rose zusehen, wie die Männer es unter dem Feuer der Feinde nicht schafften, bis zum Bach zu kommen. Die Schreie der getroffenen Soldaten waren auch im Feuer der Musketen deutlich zu hören.

Schließlich traf ein Melder ein und das Regiment begab sich in Stellung.

Wie es ihr der Doktor gesagt hatte, blieb sie ein Stück zurück.

Das Regiment schoss jetzt mit den Gewehren und beißender Pulverdampf schlug ihr entgegen. Er ließ die Augen tränen und Clara hustete neben ihr.

Im vollen Galopp jagte das neunte Kavallerieregiment mit gezogenen Säbeln an ihnen vorbei auf den Bach zu. In breiter Front überquerten die Pferde das Gewässer und sprangen über den Graben.

Unmittelbar darauf riss das Trompetensignal die Männer des Regimentes hoch und mit lautem Geheul stürzten sie nach vorn.

Im Laufschritt waren sie kurz danach am Bach, setzten über das Gewässer und stürmten den Graben.

Sie war mit Clara direkt hinter den Männern und das Wasser ging ihr bis zur Hüfte. Während Samuel und seine Kompanie vor ihnen mit Schüssen und Bajonetten den Graben räumten, kniete sie neben der Freundin in der Nähe einer Deckung und suchte mit den Augen nach Verletzten.

Schnell fanden sie einen der Soldaten, der einen Beinschuss erhalten hatte. Sie eilten zu ihm, verbanden ihn notdürftig, hakten den Mann danach unter und schleiften ihn zurück.

Mit einem Blick über die Schulter bemerkte sie, wie Samuels Kompanie die Feinde regelrecht aus dem Graben prügelte. In wilder und heilloser Flucht stürmten die Männer in den grauen Uniformen davon. Zum Teil ohne ihre Waffen.

Zu zweit trugen sie den Mann über den Bach und schleppten ihn die Viertelmeile bis zum Wagen des Doktors nach hinten.

Nachdem sie den Mann dort übergeben hatten, rannten sie wieder zurück, doch im Graben lagen nur tote Grauröcke. Kein einziger Verwundeter war dort, der ihre Hilfe gebraucht hätte.

Vorsichtig lugte Rose über den Grabenrand hinweg und fragte sich, ob sie den Männern dorthin folgen sollten, doch zu unübersichtlich schien ihr das Waldstück hinter dem Bach zu sein.

Ein Melder kam von vorn und sprang zu ihr in den Graben.

„Rose! Sie sind gerannt wie die Hasen! Wir haben gesiegt!", rief der Mann, umarmte sie kurz, sprang wieder aus der Deckung und rannte zurück zum Lager.

Jetzt entschloss sie sich doch noch, den schützenden Graben zu verlassen und den Männern zu folgen. Immer wieder nach allen Seiten blickend suchten sie überall nach Verwundeten, aber es gab hier keine. Nur ein paar Tote lagen im Wäldchen.

„Meine Jungs haben gekämpft, wie die Löwen!", erzählte Samuel, als sie ihn auf einer Lichtung traf und dem konnte sie nur zustimmen.

„Geht ihr zurück zum Lager, wir sichern hier den Übergang über den Cabin Creek für euch!", erklärte Samuel und gab ihr einen Kuss.

Als sie bei Doktor Jackmann eintrafen, waren die Verletzten schon bei ihm und alle bereits versorgt, damit gab es für sie dort nicht mehr viel zu tun. Nach seiner Aussage hatte es nur 30 Verwundete gegeben. Die Zahl der Toten war noch nicht klar, aber sie hatten im Graben jede Menge tote Soldaten der Konföderierten gesehen.

Sicherlich um ein vielfaches mehr, als auf ihrer Seite gefallen waren.

Die Wagenburg löste sich langsam auf und die Planwagen überquerten den Bach über die unbeschädigte Brücke.

Sie lief hinter dem Sanitätswagen her und war mächtig stolz auf Samuel und seine Männer.

Und sie hatte ihre eigene Feuertaufe bekommen und nicht ein Schuss war in ihre Richtung abgegeben worden.

Vielleicht hatte die Armbinde wirklich geholfen!

50. Kapitel

Normalität und dunkel Vorahnungen

Clara schlug die Augen auf und blickte zur Decke des Zimmers, in dem sie jetzt schon ein paar Tage in Fort Gibson lebte. Neben ihr im Bett lag Joe und schnarchte noch. Er, Rose und Samuel waren im Kampf unbeschadet geblieben.

Die Erholung nach dem anstrengenden Marsch tat so gut, aber sie wusste auch, dass ihr Aufenthalt in diesem Fort nur von kurzer Dauer sein würde, denn der Feldzug ging weiter!

In ihrem letzten Gefecht hatte sie einfach nur großes Glück gehabt, aber sie wusste momentan gerade nicht, ob sie ihr Schicksal auch weiterhin herausfordern sollte.

Bis zum Abend zuvor war alles noch so klar gewesen, doch jetzt hatte sich eine dunkle und irgendwie nicht fassbare Vorahnung um ihren Kopf gelegt. Die Bilder von Dresden, vom Mai 1849, vermischten sich vor ihrem inneren Auge momentan mit denen jenes Gefechtes am Cabin Creek.

In Dresden war sie von einem preußischen Geschoss getroffen worden und hatte nur durch die Hand Gottes diesen Treffer unbeschadet überlebt. Und am Creek? Da war es sicherlich Rose, die sie beschützt hatte.

Clara hatte die Hosen voll gehabt, aber ihr war nichts geschehen. Sie hatte sich der Angst gestellt, aber sollte sie die Vorsehung wirklich derartig herausfordern?

Vielleicht war da dieser Traum in der letzten Nacht eine Art von Warnung gewesen, denn darin hatte sie sich alleine vor den Gewehren der Konföderierten gesehen!

Vor fast genau zwei Monaten waren sie aufgebrochen, um hier in den Krieg zu ziehen. Oder eben auch, um Rose zu begleiten und zu beschützen, aber im Moment zog sie viel mehr in den Norden zurück, als in die nächste Schlacht.

Daran änderten auch die zärtlichen Liebesbekundungen von Joe nichts. Es war schön, sich bei ihm fallen zu lassen und in seinen starken Armen alles zu vergessen, aber die Angst hatte sich momentan um ihr Herz gelegt.

Und eine Frage wogte durch ihr Hirn: Konnte man denn nicht auch ohne Waffen etwas bewirken, was diese Gesellschaft zum Guten führen würde? Das hatte sie sich doch damals vorgenommen, als die Küste dieses Landes sich golden vor ihr gezeigt hatte.

Und was war jetzt?

War der amerikanische Traum für sie geplatzt? Heinrich hatte es mit seinem Leben bezahlt und nach dem Zusammentreffen mit Rose hatten sich diese inneramerikanischen Konflikte nur noch mehr in ihren Kopf gebrannt.

Damals in Sachsen ging es nur darum, sich von der Obrigkeit nicht so sehr schikanieren zu lassen. Und was machten die Menschen hier? Sie taten sich gegenseitig die größten Ungerechtigkeiten an. Egal ob Sklaven, Weiße, Dakota oder Cherokee! Männer oder Frauen!

Manchmal sah Clara wie von außen zu, wie Joe sie behandelte. Da war auch diese Erziehung in ihm zu bemerken, dass Frauen weniger wert waren, als er. Die Liebe zu ihm verschleierte manchmal dieses Bild vor ihr, aber es war da! Und so lange, wie dem so war, war alles andere völlig nutzlos!

Clara dachte an ein Buch, das sie einst gelesen hatte. Die französische Schriftstellerin Olympe de Gouges[8] hatte 1791 das Wahlrecht für Frauen gefordert. „Die Frau ist frei geboren und bleibt dem Manne ebenbürtig in allen Rechten", hatte sie geschrieben und war daraufhin zwei Jahre später unter dem Fallbeil gelandet.

Hatte sie selbst geglaubt, dass es hier besser sein würde?

---

[8] Olympe de Gouges (7.5.1748 - 3.11.1793), war eine französische Revolutionärin, Frauenrechtlerin und Autorin.

In Chemnitz hatte sie einst für die Rechte der Frauen gekämpft und was war der Lohn dessen gewesen? Sie war jetzt eine gesuchte Mörderin und in Louisiana wartete der Galgen auf sie!

Schon einige Male hatte sie geglaubt, dass ihr Weg enden würde, aber bisher hatte sie immer auch die Hoffnung gehabt, etwas zum Besseren ändern zu können.

Dieser Zukunftsglauben verschwand gerade aus ihr!

Sie fühlte sich nutzlos und hilflos. War das noch dem Traum geschuldet? Oder sollte sie alle ihre Ideale fallen lassen und sich mit Mann und Haus irgendwo niederlassen?

Das fühlte sich allerdings auch wieder falsch an.

Vielleicht war das Vorbild der französischen Schriftstellerin ihr Wegweiser, denn Olympe de Gouges hatten nicht zurückgesteckt, sondern sie war für ihre Ideen erhobenen Hauptes auf das Schafott gegangen.

Und sie? Sollte sie wirklich als Märtyrerin in den Tod gehen? Als Vorbild, dem andere folgen würden? Wie Olympe?

Gerade fühlte es sich in den Armen des geliebten Mannes so schön an, aber der Traum und seine dunkle Vorahnung blieben in ihrer Seele.

Vielleicht hatte man ihr Joe geschickt, damit sie die letzten Tage vor ihrem Ende noch ein bisschen Spaß haben konnte und sie würde daher jeden Moment davon bis zur Neige auskosten.

War das zu widersprüchlich?

Eigentlich nicht, denn Clara wollte einfach nur das Glück finden. Allerdings würde ihr das als Frau wohl versagt bleiben. Jahre der stillen Rebellion waren umsonst gewesen und eine Träne rollte ihre Wange herab.

Das Hornsignal von draußen verkündete den neuen Tag. Joe setzte sich im Bett auf, küsste sie und stieg über sie hinweg.

Sie hätte ihn zum Bleiben auffordern können, doch er musste fort. Alles in ihr war durcheinander geraten. Wo lagen ihre Prioritäten? Bei Joe, Fanny, Rose? Oder bei sich selbst? Waren nicht alle Ideen bisher aus der Ursache entstanden, dass sie etwas für sich selbst als ungerecht empfunden hatte?

Damit würde jede Lösung auch nur aus ihr selbst heraus funktionieren.

Während Joe ging, setzte sie sich im Bett auf und wartete auf Rose. Grübelnd blickte sie auf ihre Füße.

Sie würde ihren Weg gehen müssen und jetzt musste Clara überlegen, welcher das war. Es war nicht der Weg, den ihre Füße beschritten, sondern der, den ihr der eigene Geist wies. Oder das Herz!

Möglicherweise war sie einfach zu gebildet gewesen!

Wäre es schöner gewesen, wenn sie dumm und unwissend gewesen wäre? Dann hätte sie es einfach so hingenommen und nicht dagegen aufbegehrt und dann wären ihr viele Jahre der Flucht erspart geblieben. Viele Jahre des Kummers und des Schmerzes.

Aber auch gegen diese Vorstellung rebellierte ihr innerstes momentan.

Freudestrahlend wirbelte Rose in das Zimmer. Die Nächte mit Samuel taten ihr sichtbar gut. Oder war es das beginnende Leben in ihrem Schoß?

Auch so etwas würde Clara nie erleben können.

Samuel und Rose waren das perfekte Paar und Clara würde einfach Platz für den Mann machen, obwohl es schmerzte, Rose nicht mehr an der Seite zu haben.

„Komm schon, du Faulpelz! Doktor Jackmann wartet auf uns!", rief Rose und zog sie vom Bett.

Die Fröhlichkeit der Freundin vertrieben die Sorgen und wenig später waren sie auf dem Weg zum Doktor.

In diesem Fort waren sie den ganzen Tag dort und damit hatte sie viel Zeit für tiefsinnige Gespräche mit Doktor Jackmann.

Doch innerlich hatte Clara jetzt beschlossen, den Weg für Rose und Samuel freizumachen und eine Gelegenheit dazu würde sich bestimmt bald ergeben.

Eventuell waren sie nur aus diesen beiden Gründen hier: Rose sollte Samuel finden und sie würde dafür in den Tod gehen.

Oder etwa nicht?

Ihr Blick ging zum Himmel hinauf. Was und wo war das Ziel ihres Weges? Gab Gott ihr ein diesbezügliches Zeichen?

51. Kapitel

Vernunft und Unvernunft!

D er Sieg der Union bei Gettysburg am 3. Juli von General Meade[9] über die Streitkräfte der Konföderierten hatte sie alle beflügelt. Das war jetzt bereits zehn Tage her und es war einen Tag nach ihrem eigenen Sieg am Cabin Creek gewesen.

Es schien Rose, als ob die Konföderierten derzeitig ins Hintertreffen gekommen waren und die Zeit der Siege für den Süden damit hoffentlich für immer vorbei war!

Vor ein paar Tagen waren sie im Fort Gibson aufgebrochen und erneut auf der Texas Road nach Süden gezogen, doch jetzt versperrte der Arkansas River ihren weiteren Weg. Der Fluss war breit und auf der gegenüberliegenden Seite hatte sich der Feind verschanzt.

Drüben befand sich auch der Ort Honey Springs und darin gab es ein Krankenhaus und ein großes Versorgungslager, die gegenwärtig den Konföderierten gehörten und von denen aus diese ihre Feldzüge gegen den Norden organisierten.

Ihr Kommandeur, General Blunt[10], wollte beides unter seiner Kontrolle haben, um den Feind vom Nachschub abzuschneiden.

Axthiebe hallten gerade durch den nahen Wald und Rose lehnte an einem der Bäume. Sie schaute über den Strom zur anderen Seite und beobachtete gleichzeitig Samuel, der da mit anderen Männern die ersten Holzstücke zu Booten zusammensetzte.

---

[9] George Gordon Meade (31.12.1815 - 6.11.1872), war ein General des US-Heeres.

[10] James Gillpatrick Blunt (21.7.1826 - 27.7.1881), war ein Arzt und General der US-Armee.

Der ehemalige Matrose war dabei völlig in seiner Aufgabe versunken und jedes Mal, wenn sie ihn nur ansah, dann tanzten die Schmetterlinge in ihrem Bauch vor Freude. Es war ein unbeschreibliches Glücksgefühl, nur seine Nähe zu spüren und in jeder Nacht waren sie sich nur noch näher.

Clara stand nur ein paar Schritte neben ihr, aber Rose war dennoch nicht entgangen, dass die Freundin unendlich weit entfernt war.

Nicht räumlich und körperlich, aber seelisch! Und das war nicht dem Umstand geschuldet, dass sie seit einem Monat das Lager nicht mehr miteinander geteilt hatten.

Sie konnte in Claras Augen lesen, dass in ihrem Inneren ein regelrechter Kampf tobte. Das erste Mal hatte sie diesen Gesichtsausdruck im Fort Gibson bemerkt, doch war das dem Kampf am Creek geschuldet? Dem ersten Zusammentreffen mit dem Feind?

Die Freundin hatte doch ebenfalls schon oft dem Tode ins Auge gesehen. Warum war da jetzt dieses Chaos in ihrem Kopf? Oder war Claras Verhalten normal und sie selbst war die unvernünftige?

Irgendwo dort drüber lauerten tausende Männer darauf, auf sie zu schießen und sie strahlte hier mit der Sonne um die Wette.

Hätte sie nicht Angst haben müssen? Um sich, Clara, Samuel, das Kind in ihrem Leib? Um alles?

Vielleicht!

Und dennoch hätte sie im Moment vor Freude über die Wiese hopsen können.

Doktor Jackmann trat jetzt zu dem Baum und schaute zu Clara hinüber. In seinem Blick konnte sie ebenfalls diese Frage sehen, die sie sich selbst soeben gestellt hatte.

„Was ist mit ihr?", fragte sie ihn leise.

„Ich kenne diesen Gesichtsausdruck nur zu gut!", gab der Doktor zurück und wandte sich ihr zu. „Und diesen Blick auch!", setzte er hinzu. „Beides ist nicht gut! Weder deine Euphorie, noch ihr Pessimismus! Man muss bei klarem Verstand bleiben, wenn man das da überleben möchte!", erzählte er und zeigte mit der Hand auf die andere Flussseite hinüber.

Ihr Blick ging an ihm vorbei und fiel auf Samuel, der mit freiem Oberkörper gerade seine Axt schwang.

Der Doktor folgte ihrer Kopfbewegung und setzte ernst hinzu: „Ich möchte euch nicht da drüben sehen! Habt ihr mich beide verstanden!"

Clara zuckte herum und schaute ihn fragend an. Clara nickte nur und drehte sich wieder zum Fluss zurück. Es war aber offensichtlich, dass die Freundin in Gedanken bereits da drüben war.

„Ja! Natürlich!", stammelte Rose, aber sie war felsenfest dazu entschlossen, in dasselbe Boot zu steigen, mit dem auch Samuel über den Arkansas River rudern würde.

In der Nähe des geliebten Mannes war sie sicher. Da konnte ihr nichts geschehen! Doch was war jetzt mit der Freundin?

Möglicherweise war Claras Verhalten auch dem geschuldet, dass ihr Freund, Lieutenant Blunt, im Fort geblieben war.

„Ich muss zurück in mein Lazarett. Unser General hat Fieber!", erzählte der Doktor noch.

Eventuell war das für sie beide seine Aufforderung, sich ihm anzuschließen, doch sie blieb am Baum stehen und auch Clara bewegte sich nicht ein Stück von ihrer Position fort.

Der Mann wartete einen Augenblick, schüttelte dann seufzend den Kopf und ging.

Sie blickte ihm noch ein paar Schritte nach, dann trat sie zu Clara. Sie legte ihr die Hand auf den Arm und Clara blickte über die Schulter zu ihr zurück.

„Ist es wegen deines Lieutenants?", fragte sie.

Clara zuckte mit den Schultern und stöhnte auf.

„Du hättest doch im Fort bei ihm bleiben können!", setzte Rose hinzu.

„Mein Lieutenant hat mir gesagt, dass die da drüben das Fort angreifen wollen. Wir müssen ihnen zuvor kommen und er ist im Fort geblieben. Hier oder dort, was macht das den für einen Unterschied?", erkundigte sich Clara.

„Er macht den Unterschied!", setzte Rose ihr entgegen.

„Ich würde lieber bei Samuel sein, als fern von ihm!", erklärte sie noch.

„Vielleicht ist das mein Problem!", erwiderte Clara und blickte sie an.

„Was? Samuel?"

„Nein! Der Mann! Ich bin doch hierhergekommen, um etwas gegen die Sklaverei zu tun und nicht die ganze Nacht mit einem Mann durch die Betten zu hüpfen!", erklärte Clara.

„Warum geht nicht beides?", entgegnete Rose und tat es die ganze Zeit schon.

„Mir fehlen Fanny, Maria und die Kinder!", klagte Clara jetzt.

Schuldgefühle sausten augenblicklich durch ihren Bauch. Hätte sie nicht ähnliche Gefühle hegen müssen, wie die Freundin? Schließlich war Fanny doch ihre Tochter und dennoch war sie im Moment lieber in Samuels Nähe, als im fernen Norden.

Und sie sah in Claras Augen, dass darin eine Art von Vorwurf steckte. Oder bildete sie sich das nur ein?

War jetzt der Zeitpunkt gekommen, um zurückzugehen? Mit Clara in den Norden? Oder sollte sie bei Samuel bleiben?

Mit den umherfliegenden Schmetterlingen in ihrem Bauch war da keine rationale Entscheidung zu treffen, doch eventuell sollte sie diese Angelegenheit Clara überlassen?

Doch deren Wahl würde sie sicherlich von Samuel trennen!

„Ach! Ich weiß auch nicht!", sagte Clara und seufzte erneut.

Langsam ging die Freundin zum Lagerplatz zurück.

Rose ließ ihren Blick zu Samuel wandern, aber mit ihm vor sich, würde diese Wahl nur noch viel schwieriger.

Der Abend kam und mit ihm der Regen.

Augenblicklich lief Rose schnell zu den Zelten zurück, um nicht völlig durchnässt zu sein, aber die Entfernung war einfach viel zu groß.

Bevor sie bei Clara eintraf, war sie nass bis auf die Haut. Zum Glück war es ein warmer Sommerregen, aber dennoch war er unangenehm.

Die Freundin erwartete sie mit einem Tuch und trocknete ihr die Haare.

Was war vernünftig und was nicht?

Bei Clara bleiben? Oder bei Samuel?

52. Kapitel

Der letzte Kampf?

Im Schutze der Dunkelheit waren sie in der Nacht über den Fluss gesetzt. In ihrem Falle, und auch in dem ihrer Freundin Rose, hatten sie diesen Schutz allerdings nicht vor dem Feind gewählt, sondern vor den argwöhnischen Augen von Doktor Jackmann.

Entgegen seiner ausdrücklichen Weisung hatten sie am Abend des 16. Julis den Arkansas River überquert, und zwar in dem Boot, das Samuel als Steuermann geführt hatte.

Das erste Regiment der farbigen Infanterie aus Kansas mit seinen ungefähr 700 Soldaten marschierte augenblicklich fast ganz hinten durch die Nacht.

Irgendwo von vorn waren gelegentliche Schüsse zu hören, aber sonst war es in der Dunkelheit ziemlich ruhig.

Clara wusste, dass dies ihr letzter Kampf werden würde, denn sie hatte sich entschlossen, entweder mit Rose zurückzugehen, oder hier zu sterben. Und das Gesicht der Freundin hatte ihr gezeigt, dass Rose Samuel nie verlassen würde.

Damit war die Wahl getroffen!

Woher kam dieser Fatalismus? Hatte Rose mit ihrer Vermutung recht, dass dies der Trennung von Lieutenant Blunt geschuldet war? Allerdings hatte sie dieses seltsame Gefühl auch schon in sich gespürt, als sie in Fort Gibson noch in seinen Armen gelegen hatte.

Die dunkle Vorahnung hatte sich wie ein Mantel um sie gelegt und sie konnte diese Annahme nicht mehr von sich abschütteln.

Direkt neben Rose und zwei Schritte hinter Samuel stapfte sie durch die Finsternis. Und diese war nicht nur um sie herum, sondern auch in ihr drin.

Samuel hatte ihr am Boot erzählt, dass der Gegner ihnen mehr als zweifach überlegen war und auch noch Verstärkung für den Feind auf dem Weg war. Jeder hätte da Angst haben müssen, doch der Siegeswille der Männer war ungebrochen und riss sie einfach mit.

Die siebenhundert farbigen Männer um sie herum hätten sich vermutlich mit bloßen Händen auf den Feind gestürzt. War das Todesverachtung? Oder Wahnsinn?

Die Männer waren fast enttäuscht gewesen, als sie erfahren hatten, dass sie die Reserve bildeten.

Und sie selbst? Sie wusste, dass dieser gerade anbrechende Tag der letzte ihres Lebens sein würde und dennoch ging sie aufrechten Hauptes dem Tod entgegen. Jetzt war sie Olympe!

Sie blickte in ihrem Geiste zurück, denn ihr ganzes Leben lang war sie eine Kämpferin gewesen und jetzt? Hatte sie resigniert? Mit zweiunddreißig Jahren schon am Ende? Warum kämpfte sie also nicht gegen das Unvermeidliche an?

Nicht mal der Mond durchbrach die Finsternis. Ein starker Regen setzte ein und schon ein paar Augenblicke später war sie bis auf die Haut durchnässt.

Weinte der Himmel bereits um sie?

Sie dachte zurück an so viele Momente, an denen sie geglaubt hatte, am Ende ihres Weges angekommen zu sein. In Chemnitz, Dresden, Magdeburg, Hamburg, New York, St. Louis und New Orleans. Jedes Mal hatte sie mit Gottes Hilfe überlebt.

Ging das eventuell immer so weiter?

Konnte sie auf Gott und seine unermessliche Weisheit vertrauen? Oder war das hier jetzt wirklich das Finale? Sie war noch keine 34 und hatte das Sterben gesehen. Nicht nur einmal waren ihr die Kugeln an den Ohren vorbeigeflogen. Und jetzt?

Sie begann zu zittern, aber das war nicht dem Regen geschuldet, sondern ihrer Angst.

„Was mache ich hier?", stöhnte sie laut auf.

„Wir kämpfen gegen die Konföderation!", sagte Rose aus der Dunkelheit.

„Das weiß ich! Aber das hätte ich auch von der anderen Flussseite aus gekonnt!", gab sie der Freundin zurück.

„Soll ich mit dir zurückgehen?", entgegnete Rose.

Sie war nahe an sie herangetreten und dennoch konnte Clara die Freundin nicht sehen.

„Nein! Alles gut!", gab sie ihr nur zurück.

Rose nahm sie bei der Hand und sie gingen gemeinsam weiter.

Mit jedem Schritt nach vorn flog die Erinnerung zurück. Vor Jahren war sie die wohlhabende Tochter aus einem sehr reichen Elternhaus gewesen. Dann folgte diese verdammte Hochzeit mit Graf Peter und damit ging der ganze Ärger los.

Momentan hatte sie nur noch die schönen und festen Schnürstiefel mit den hohen Absätzen von dem damaligen Reichtum behalten. Die wundervollen Kleider der Jugend waren einer baumwollenen Kleidung und einer kratzigen Unterwäsche aus Leinen gewichen.

„Ich muss mich meiner Angst stellen!", sauste es durch ihren Kopf und genau in diesem Moment war das erste Rot des neuen Tages durch den Wald zu erblicken. War dies eine Bestätigung?

Ein neuer Gedanke jagte durch ihren Kopf: „Der Feigling stirbt tausende Tode, der Mutige nur einen!" Das hatte sie vor vielen Jahren in der Bibliothek ihres Vaters in dem Buch »Julius Cäsar« von Shakespeare gelesen.

Irgendwann musste es auch mit ihr zu Ende gehen, aber der Tod sollte sie nicht zitternd holen kommen. Sie wollte mutig dem Feind entgegengehen. Ein Ruck ging durch ihren Körper und sie straffte sich.

Genau in diesem Moment kamen von vorn jede Menge Schüsse und das heftige Gewehrfeuer bestätigte nur ihre Annahmen.

Gebückt eilte sie mit Rose nach vorn, doch sie wurden schon nach wenigen Schritten von Samuel gestoppt, der sich mit seinem Gewehr quer vor sie stellte.

„Ihr bleibt hinter mir! Verstanden!", befahl er ihnen ziemlich laut.

Clara nickte und Rose gab ein kleinlautes „Ja" zurück.

Noch wäre es Zeit, zurück zum Doktor zu gehen, denn das Gewehrfeuer war noch ein ganzes Stück vor ihnen.

„Möchtest du zurück?", fragte Rose jetzt, doch sie hatte eine Entscheidung getroffen: Ihr Platz würde hier sein, wo Gott sie hingestellt hatte.

Das Feuer vor ihnen ebbte langsam ab und die Regimenter formierten sich aus ihrer eher ungeordneten Marschordnung der Nacht zu der Aufstellung, in der sie den Angriff durchführen wollten.

Das 1. Regiment aus Kansas bekam die Mitte der Schlachtordnung zugewiesen und Clara stand wenig später neben der Regimentsfahne und praktisch zwischen den acht Kanonen. Vier links und vier rechts, die mit ihren Gespannen nach vorn gekommen waren und momentan dort ihre Positionen bezogen.

Noch war der Feind nicht zu sehen und Samuel erklärte ihnen, dass es sicherlich nur eine Vorhut oder ein Posten gewesen war, der da vor ihnen gewesen war. Der Hauptteil der Männer würde momentan sicherlich ebenfalls erst in die Formation gehen.

Samuel hatte seinen Spencer Karabiner in der Hand und lud gerade die Waffe. Sein Blick war wild entschlossen, sich sofort auf den Feind zu stürzen, doch auch er würde warten müssen.

Zuerst wurde Frühstück ausgeteilt, was wohl darauf schließen ließ, dass es noch eine Weile dauern würde.

Der Kommandeur wollte wohl nicht über den Elk Creek gehen müssen, wenn es sich vermeiden ließ, denn zu leicht konnten die Kräfte bei einem Übergang über die einzige Brücke eventuell in eine tödliche Falle laufen.

53. Kapitel

Gettysburg

aria blickte zur Tür und Katharina kam mit einer Zeitung in den Raum gestürzt. Gundel blickte erschrocken auf.

„Schon wieder die Dakota?", fragte die Freundin und räusperte sich sofort wieder.

„Es ist eine Sonderausgabe zu der Schlacht bei Gettysburg!", erklärte Katharina und legte das Blatt auf den Tisch.

Das war schon mehr als zwei Wochen her und dennoch wurde dieser glorreiche Sieg immer noch gefeiert.

„Fünftausend Tote und wofür?", fragte Maria, als sie die ersten Zeilen las.

„Wofür? Für uns!", entgegnete Mae, die gerade aus Fannys Zimmer in die Küche gekommen war.

Jetzt räusperte sich Maria und schlug die Zeitung auf. Es waren grauenhafte Bilder darin. Fotos von Bergen von Leichen.

„Ob Rose und Clara auch dort waren?", erkundigte sich Gundel, als sie sich über das Blatt beugte.

Mae blickte schnell zur geschlossenen Tür.

„Ihr müsst Fanny nicht auch noch mit solchen unhaltbaren Theorien belasten. Das Mädchen hat es schon schwer genug!", entgegnete Mae.

„Gettysburg und Kansas liegen mehr als tausend Meilen auseinander. Ich glaube eher nicht!", antwortete Maria, aber so wirklich sicher war sie sich da nicht.

„Könnten die nicht einfach akzeptieren, die Schwarzen wie Menschen zu behandeln?", fragte Gundel.

Mae seufzte bezeichnend.

„Das Drama ist eigentlich, dass wohl keiner dieser Männer etwas von der Ausnutzung der Sklaven hat!", erzählte Mae und deutete auf die Bilder.

„Die wenigsten Plantagenbesitzer ziehen in den Krieg!", erklärte sie weiter.

„Ich denke der Bruder von Rose war dort?", erwiderte Gundel und erntete zwei böse Blicke von ihr und Mae.

„Erstens war das ein elendes Schwein und nicht ihr Bruder. Und zweitens wahrscheinlich die Ausnahme, aber er hat den Tod mehr als verdient und schmort jetzt hoffentlich schon in der Hölle!", stieß Mae bitter aus.

Gundel bekreuzigte sich bei diesen Worten schnell.

Mae war derzeitig sichtlich erbost, denn sie setzte etwas lauter fort: „Wir leben doch schon so lange unter einem Dach zusammen und ich habe dir so oft erzählt, was Simon, sein Bruder und deren Vater mit mir gemacht haben. Aber wenn selbst du es nicht kapierst, wie sollen es die da begreifen?"

Sie schlug mit der Faust auf die Bilder in der Zeitung und Gundel duckte sich unter dem Wortschwall der dunkelhäutigen Frau fort.

„Bitte entschuldige!", stammelte Gundel, aber Maes Zorn verflog nur äußerst langsam.

„Und es geht nicht nur darum, wie sie die Schwarzen behandeln, sondern auch alle anderen Menschen", erklärte Maria und setzte noch hinzu: „Schau die Mister Lee an. Der darf hier nur waschen. Und mein Stamm? Die meisten sind tot oder verhungern jetzt in der Reservation!"

Friedrich kam zur Tür herein und wedelte mit einem Brief.

„Von Tante Clara!", erzählte er und legte den Briefumschlag auf den Tisch.

„Den muss sie am selben Tag abgeschickt haben, an dem das da war!", bemerkte Gundel, zeigte auf das Datum der Zeitung und auf das des Briefes.

Derzeitig traute sich keiner, diesen Umschlag zu öffnen, weil darin auch stehen könnte: „Wir gehen jetzt gerade nach Gettysburg!"

Die schrecklichen Bilder hatten sich in Marias Kopf eingebrannt und sie wollte Clara und Rose nicht auf diese Art verlieren.

Maria schob den Brief zu Mae, die reichte ihr zu Gundel, die ihn ungeöffnet einfach weiterschob.

Keine von ihnen wollte diese Nachricht lesen.

Schließlich tippte Friedrich auf den Absender. „Der kommt aus Fort Gibson und das liegt in Oklahoma!", erzählte er.

Das war ziemlich weit von Gettysburg entfernt!

Damit nahm Maria jetzt den Brief und riss ihn auf.

„Clara und Rose leben. Sie haben bei Cabin Creek als Krankenschwestern geholfen", erzählte sie schnell und augenblicklich wollte jeder die Nachricht lesen.

Anschließend ging Mae mit dem Schriftstück zu Fanny, um sich die Nachricht von ihr vorlesen zu lassen, denn sie konnte immer noch nicht lesen.

„Siehst du, das meine ich", sagte Maria zu Gundel und zeigte auf die Tür, die sich gerade hinter Mae schloss. „Und ich bin auch eine der wenigen Frauen der Dakota, die lesen können!", setzte sie noch hinzu, bevor sie sich wieder die Zeitung griff.

„Zumindest gewinnt die Union jetzt jede Schlacht. Da kann es doch nicht mehr so lange dauern, bis der Süden endlich aufgibt!", murmelte sie weiter.

„Der Mann auf der Post hat das auch gesagt!", erklärte Friedrich von der Seite.

Sie hob den Blick und sah den Sohn an.

„Hat Benjamin noch etwas gesagt?", erkundigte sie sich.

„Ich soll dich von ihm schön grüßen und dein Kuchen war lecker!", erzählte Friedrich.

Es war ihm anzusehen, dass er die Grüße des älteren Mannes nur widerwillig ausrichtete, denn der Junge hing immer noch an seinem Vater, aber der Falke war tot.

Und das Leben musste weiter gehen!

Benjamin war alleinstehend, nachdem seine Frau vor ein paar Jahren am Fieber verstorben war und er hatte ein großes Haus.

Und er hatte offensichtlich auch ein Auge auf sie geworfen.

Der extra für ihn gebackene Kuchen hatte anscheinend ebenso seine Wirkung nicht verfehlt.

Obwohl es den Kindern offenkundig nicht gefiel, würden sie sich über kurz oder lang daran gewöhnen müssen, dass es einen neuen Mann in ihrem Leben geben würde.

Ewig konnten sie nicht alle in den beengten Räumlichkeiten bleiben. Der letzte Winter war schon schlimm genug gewesen.

Maria fixierte ihren Sohn, denn sie hatte so eine dunkle Ahnung, dass da noch was war.

Friedrich versuchte sich vor diesem Blick wegzuducken. Also doch! Sie hatte es gewusst! Fordernd hielt sie ihm die offene Hand hin. Der Junge zog einen Umschlag aus seiner hinteren Hosentasche und legte ihn auf ihre Handfläche.

„Ich werde dann wohl ab Morgen selbst zur Post gehen müssen!", bemerkte sie drohend.

Friedrich verschwand eiligst aus dem Haus nach draußen.

Maria legte das Päckchen auf den Tisch und entfaltete es.

„Ach, dafür hat er es gebraucht!", äußerte Gundel, als sie den wunderschönen Schal ausgepackt hatte.

Offenbar hatte Benjamin das Tuch bei Gundel in Auftrag gegeben.

„Der ist wirklich sehr schön!", sagte Maria und legte sich das Tuch um die Schultern.

„Da werde ich mich mal bedanken gehen. Zuerst bei der Schneiderin und dann bei Benjamin!"", setzte sie noch hinzu, drückte Gundel und erhob sich vom Tisch.

Obwohl es draußen warm war, behielt sie das Tuch um die Schultern und brach auf, um zur Post zu gehen.

54. Kapitel

Der heiße Hauch des Todes

Mittlerweile stand die Sonne direkt vor ihr am Himmel und ließ nur ab und zu ein paar Strahlen durch die dicken grauen Wolken hindurch. Obwohl es Sommer war, war es nass und kalt. Das freundliche Rot des Morgens war einem trüben Grau gewichen, der Farbe des Feindes. War das ein Fanal?

Bereits seit Stunden harrte Clara an diesem Platz direkt neben der Fahne des Regimentes aus. Samuel befand sich nur ein paar Schritte vor ihr und Rose war bei ihm.

Wie verloren fühlte sich Clara hier und erneut sauste der Gedanke durch ihren Kopf, einfach nach hinten zu gehen. Sie hätte sich bloß einem der Munitionsträger anschließen können, die Patronen nach vorn brachten und danach wieder nach hinten verschwanden.

Doch als sie sich endlich dazu durchgerungen hatte, begann sich die Artillerie gegenseitig zu beschießen. Sie hielt sich die Ohren zu und zuckte bei jedem Knall zusammen, denn die Sprenggeschosse schlugen nur etwa hundert Schritte neben ihr ein.

Es dauerte nicht lange, dann traf eine der feindlichen Granaten eine ihrer Kanonen und die Männer an diesem Geschütz wurden dabei zur Seite geschleudert.

Sie wollte ihnen zur Hilfe eilen, doch Rose bekam sie am Arm zu packen. Die Freundin schüttelte nur den Kopf, denn bei einem Granatvolltreffer war nichts mehr zu machen. Das hatte der Doktor ihnen immer wieder erklärt.

Wenig später traf ein Melder des Kommandeurs bei ihrem Regiment ein, die Trompetensignale ertönten und die Männer stürzten sich mit Gebrüll über die Wiese rennend auf den Feind.

Die Dynamik des Angriffes riss Clara einfach mit ihnen mit, aber sie behielt die Spitze der Fahne dabei immer fest im Blick, denn im schon bald dichten Schießpulverdampf war diese das einzig verlässliche Zeichen dafür, wo vorn und hinten war.

Ein heftiger Regenguss mit einem Gewittersturm setzte ein und wollte wohl der Union helfen, aber Clara zuckte bei jedem Blitz zusammen. Dessen ungeachtet jagten die Kämpfer einfach durch die Regenwand hindurch, dieser Niederschlag drückte momentan den Pulverdampf zu Boden und gab ihnen die Sicht frei.

Samuel schoss im Knien mit seinem Karabiner, lud die Waffe nach und stürmte weiter nach vorn. Es war unglaublich, wie schnell der Mann das Magazin leerte und den Karabiner wieder nachlud.

Aus dem Augenwinkel bemerkte sie, dass die Flanken der Formation offen geblieben waren, denn die anderen Regimenter waren wohl nicht so schnell mit nach vorn gestürmt.

Neben Rose rannte sie mit der schweren Tasche und der großen Feldflasche schnaufend hinter den Soldaten her und kümmerte sich mit der Freundin um die Verwundeten.

Allerdings blieben nur Tote auf der Wiese zurück, die verwundeten Kämpfer setzten den Angriff einfach fort und sie musste die verletzten Soldaten regelrecht darum anbetteln, sich von ihr einen Verband anlegen zu lassen.

Selbst hinkend stürmten sie weiter voran! Der Heldenmut der schwarzen Kämpfer war nicht von dieser Welt. Dann wurde auch Colonel Williams verletzt und Rose verband ihn.

Unter lautem Geheul griff augenblicklich das 2. Infanterieregiment, das sich aus Angehörigen der fünf indianischen Nationen zusammensetzte, an. Sie rannten ihnen im Eilschritt hinterher.

In der Formation des Vormittages waren sie noch neben ihnen gewesen und gegenwärtig jagten auch diese Männer auf die Konföderierten zu.

Allerdings kam der Sturm schon kurz darauf zum Stehen und Clara lief hinter den Reihen hin und her und versorgte die getroffenen Kämpfer. Es ging weder vor noch zurück, aber noch immer wollten sich die Männer von ihr nur widerwillig helfen lassen.

Daher lief sie schließlich zur Seite, wo das andere Regiment gerade an ihr vorbei gestürmt war und dort nahmen die Männer gern ihre Hilfe an.

Am Boden kniend verband sie einen Mann, der an seiner Kriegsbemalung als einer der Krieger der Shawnee zu erkennen war. Der Mann gab bei der Behandlung keinen Laut von sich, obwohl seine Wunde ziemlich schwer war und er diese sicherlich nur mit viel Glück überleben würde.

Clara gab ihm ihre Trinkflasche und der Mann nahm einen großen Schluck, dann humpelte er auf seine Waffe gestützt nach hinten und sie eilte zum nächsten Verwundeten.

Mit einem Seitenblick erkannte sie, dass das 1. Regiment sich gegenwärtig in die entgegengesetzte Richtung bewegte. Langsam und kontrolliert, ständig das Feuer auf den Feind gerichtet, kamen die Kämpfer auf sie zu.

Doch die Shawnee stürmten noch gegen den Feind. Erneut bildete sich eine offene Flanke und dieses Mal war sie direkt in dieser Lücke.

Irgendwo hinter ihr musste Rose sein und Clara blickte sich suchend nach ihr um.

Die Freundin stand nur etwa zwanzig Schritte von ihr entfernt zwischen den zurückströmenden schwarzen Kämpfern und wedelte mit den Armen. Ihr Schreien war allerdings nicht zu verstehen, da das Gewitter immer noch tobte.

Clara hob die Hände und Rose zeigte mit dem ausgestreckten Arm nach hinten. Das war wohl so eine Anweisung mit dem Wortlaut: „Mach, dass du nach hinten kommst!"

Aber sie konnte den vor ihr liegenden Mann doch nicht seinem Schicksal überlassen.

Das 1. Kansas Freiwilligen Infanterieregiment zog sich geordert zurück und sie blieb bei dem 2. Regiment, an dessen Flanke sie kniete.

„Du bist verrückt!", brüllte Rose sie an, als sie zu ihr gelaufen war.

„Ich kann die Männer doch nicht hier liegen lassen!", gab sie ihr laut zurück und zeigte auf einige Verwundete, die in der Nähe lagen und zum Teil nach ihrer Mutter brüllten. Sicherlich waren es keine Krieger der Shawnee, sondern weiße Soldaten, die das Regiment begleitet hatten.

Rose schüttelte missbilligend den Kopf und rannte zu einem dieser Männer.

Augenblicklich fluteten auch die Shawnee zurück, aber nicht so koordiniert, wie das andere Regiment zuvor.

In ihrer unmittelbaren Nähe wurde der Fahnenträger des Regimentes von einer Kugel getroffen und sie sprang zu ihm, um ihm zu helfen.

Im Reflex fing sie die Standarte auf, damit das Sternenbanner nicht in den Schlamm fiel.

„Ihr sollt angreifen!", brüllte sie und hielt die Fahne hoch, um ein Zeichen zu setzen.

Sie sah die entsetzen Augen der Freundin, die einige Schritte neben ihr über einem verwundeten Offizier kniete.

Eigentlich hätte die rote Armbinde sie ja schützen sollen, aber mit dem auffälligen Banner in der Hand wurde sie jetzt automatisch zur Zielscheibe.

Sie sah den zum Schrei aufgerissenen Mund der Freundin, als ein Schlag ihren Arm traf, doch sie ließ die Fahne nicht fallen.

Ein zweites Geschoss streifte ihren Kopf und sie schrie auf. Das heiße Blei hatte sie verbrannt und sie spürte das Blut an der Seite ihres Kopfes herunterlaufen.

Sie brach in die Knie, aber das Sternenbanner stand!

Dann traf das dritte schwere Musketengeschoss ihre Schulter und schleuderte sie zu Boden.

Im Fallen sah sie, wie einer der Shawnee die fallende Fahne schnappte und damit dem Regiment hinterher eilte.

Clara drehte sich mühsam auf den Rücken und blieb sterbend im Niemandsland zurück.

Sie drückte ihre Hand gegen die zerschmetterte Schulter und ihr Blut sickerte zwischen ihren Fingern hindurch. Der Regen fiel ihr ins Gesicht und sie richtete ihren Blick auf die Wolken über sich, dann schwanden ihr die Sinne.

55. Kapitel

Im Niemandsland

Rose hatte die Freundin fallen sehen. Es war Irrsinn von ihr gewesen, die Fahne zu nehmen. Immer wieder hatte Samuel ihnen erzählt, dass der Träger der Standarte das bevorzugte Ziel aller Schützen war, denn wenn die Fahne fiel, dann ging die Formation verloren.

Erstarrt kniete sie im dichten Regen über einem verletzten Sergeanten und hatte das Verbandsmaterial in der Hand. Sollte sie aufspringen, um der Freundin zu helfen?

Drei Treffer hatten Clara zu Boden geworfen und der letzte davon hatte offenbar die Schulter zerschmettert, denn sie hatte das davon spritzende Blut gesehen. Das konnte die Freundin unmöglich überlebt haben!

In eiligen Schritten jagten momentan die Shawnee zurück und damit blieben nur sie zwei Frauen und ein dutzend Verwundete im Niemandsland zurück.

Sie hätte jetzt ebenfalls flüchten müssen, aber zuerst musste sie dem verletzten Mann helfen, doch während sie noch über ihm kniete, liefen Männer in grauen Uniformen an ihr vorbei.

Die Konföderierten hatten sie überrannt!

Damit musste sie jetzt darauf hoffen, dass die deutlich sichtbare Armbinde sie vor den Männern schützen würde.

Sie beugte sich über den Sergeanten, als ein Pistolenschuss den am Boden liegenden Mann tötete und unmittelbar darauf ein Faustschlag ihr Kinn traf.

Der schmerzhafte Hieb riss sie nach hinten und sie landete auf ihrem Hintern im nassen Gras.

„Ich bin im Medical Korps!", brüllte sie und zeigte auf ihre Armbinde.

266

Ein junger weißer Mann stand vor ihr, doch er senkte die Waffe nicht. Auf zwei Schritte Entfernung blickte sie in die dunkle Mündung seines Revolvers.

Doch statt des von ihr bereits erwarteten Schusses trat der Mann einen Schritt näher und schlug ihr die Waffe ins Gesicht.

Rose wurde herumgerissen und landete auf dem Rücken.

Als sie vor Schmerz aufschrie, kniete der Mann vor ihr, versuchte ihr die Beine auseinander zu drücken und sie wusste sofort, was er von ihr jetzt wollte.

Er hatte den Revolver in den Gürtel geschoben und sie an den Knien gepackt, die sie momentan schreiend und mit aller Kraft zusammen presste.

Der Soldat hatte Ähnlichkeit mit Jim, und die Angst vor ihrem toten Peiniger sauste wieder durch ihren Kopf.

Sich am Boden windend kämpfte sie gegen den Schatten des gestorbenen Mannes und der andere Feind über ihr schnaufte vor Anstrengung.

„Jetzt tue nicht so, du schwarze Schlampe! Oder machst du nur für deinesgleichen die Beine breit!", brüllte er sie schließlich an.

„Nein! Lass mich!", schrie sie zurück, auch in der Hoffnung, dass ein anderer Mann sie hören und eventuell retten würde.

Aber alle anderen Männer waren gerade im Kampf und dieser hier wollte sie mit Gewalt nehmen. Das konnte sie doch nicht zulassen.

Verzweifelt kämpfte sie weiter, schlug und trat um sich, doch der Angreifer zog jetzt seinen Revolver, drückte ihr die Mündung gegen die Stirn und sagte: „Ich kann dir auch ein drittes Nasenloch verpassen und danach deinen langsam kalt werdenden Körper ficken!"

Das Geräusch des gespannten Hahnes ließ sie erstarren und die Angst sauste abermals durch ihren Leib, aber augenblicklich war es die Furcht davor, das ungeborene Kind in sich zu verlieren. Und eventuell Clara, wenn sie der Freundin noch helfen konnte.

Denn das ging nur lebend!

Notgedrungen ließ sie locker, der Mann steckte den Revolver fort, knöpfte sich die Hose auf und schlug ihr die Kleider zurück.

Angewidert ertrug sie die schmerzende Schändung.

Der Mann über ihr hielt ihr die Hände an den Handgelenken fest, damit sie nicht an die Waffe in seinem Gürtel kommen konnte.

Nach ein paar Stößen kam der Mann schnaufend in ihr und erhob sich danach wieder.

Als er über ihr stand, zog er die Waffe erneut und sie blickte abermals in die kleine Mündung, die ihr den Tod bringen würde.

„Du hast doch aber bekommen, was du wolltest!", schrie sie in an.

„Du doch offensichtlich auch, du Hure!", zischte der Mann zurück und spuckte ihr ins Gesicht.

Er steckte die Waffe fort, schloss sich die Hose und ging davon.

Wütend drehte sich Rose zu ihm um und ihre Hand fiel dabei auf eines der am Boden liegenden Gewehre.

Der Hahn war noch gespannt!

Sie kam auf die Knie, legte die Waffe an und schrie: „Verrecke, du elendes Schwein!" Dann zog sie den Abzug durch, der Schuss löste sich, der Rückstoß schlug gegen ihre Schulter und riss sie nach hinten um.

In die Wolke aus Pulverdampf gehüllt rappelte sie sich wieder auf.

Wenn der Schuss danebengegangen war, dann würde der Mann sie jetzt wirklich töten, doch er lag fünf Schritte vor ihr röchelnd am Boden.

Taumelnd kam sie auf die Füße und wischte sich mit dem Handrücken über den Mund. Ein dünner Streifen Blut blieb auf ihrer Hand zurück, bevor der Regen ihn auslöschte. Sie schwankte die paar Schritte zu ihm und drehte den Mann um.

Das kleine Loch in seinem Rücken hatte vorn die Größe, dass sie ihre Faust da hineinstecken könnte.

Ohne eine Regung sah sie in seine sterbenden Augen und nahm ihm den Revolver ab.

Achtlos ließ sie ihn zurück und humpelte mit der Waffe zu Clara. Sie würde die Freundin erlösen müssen, denn sie hatte gesehen, dass diese soeben einen Arm gehoben hatte.

Im Niemandsland torkelte sie die paar Schritte über die Wiese und sie nahm nichts um sich herum noch wahr.

Endlich war sie bei Clara.

Die Freundin war sonderbar bleich und Blut sickerte noch immer durch ihr Kleid. Den Treffer in der Schulter konnte sie unmöglich überleben. Über ihr stehend spannte Rose den Hahn der Waffe und legte an, um Clara zu erlösen, doch ihre Hand zitterte.

„Tu es!", sagte Clara tonlos.

Rose brach in die Knie, ließ den Revolver aus ihrer Hand ins Gras gleiten und weinte um die Freundin.

Graue und blaue Uniformen waren mit einem Mal um sie herum.

Waren die nur in ihrer Vorstellung vorhanden?

Dann kniete Samuel bei ihr und berührte sie an der Schulter.

„Wir müssen weiter!", erklärte er.

„Ich bleibe bei Clara!", erwiderte sie schluchzend.

Zwei leicht verwundete Männer kauerten sich zu ihr, Samuel nickte ihr zu und rannte seinen Männern hinterher.

Schnell versuchte sie die Blutung bei Clara zu stoppen, doch warum tat sie das?

Rose wusste es nicht.

Während die Männer des Regimentes an ihr vorbei nach Süden stürmten, ging sie mit den beiden Männern, die Clara an Armen und Beinen gepackt hatten, in die entgegengesetzte Richtung davon.

Hinter ihr war heftiges Feuer aus Gewehren zu hören.

Die Schmerzen in ihrem Unterleib beim Laufen waren unbeschreiblich, aber die Sorge um Clara verdrängte diese ständig wieder.

Mehr humpelnd als gehend schob sie sich nach Norden.

Das Gewitter hatte aufgehört, aber augenblicklich lief sie einem anderen Donnerwetter entgegen. Doktor Jackmann würde ihr sicher in einer gehörigen Lautstärke Vorhaltungen darüber machen, dass sie da vorn fast am Elk Creek gewesen war.

Und dabei machte sie sich doch selbst schon schwere Vorwürfe, weil sie Clara nicht hatte helfen können.

56. Kapitel

Mit Ifunanyas Hilfe

ie Zurechtweisung war laut und natürlich berechtigt gewesen. Derzeitig versuchte der Doktor schimpfend und fluchend die Blutung zu stoppen, die erneut begonnen hatte, nachdem er den Verband von Claras Schulter entfernt hatte.

Rose assistierte ihm am Tisch und ihre Schürze war bereits nach wenigen Augenblicken vom Blut der Freundin durchtränkt.

Der Doktor operierte ohne Betäubung, weil sie diese womöglich nicht überleben würde. Doch die Freundin war durch den Blutverlust sowieso nicht bei Bewusstsein.

Clara war kreidebleich und erneut fluchte der Doktor: „Wie oft habe ich euch gesagt, dass ihr nicht da rübergehen solltet? Niemand hört hier auf mich!"

Das Messer flutschte ihm aus der Hand und fiel zu Boden.

„Verdammt! Sie bleibt mir auf dem Tisch!", brüllte er und versuchte erneut, die Blutung zu stoppen.

Ein zorniger Blick traf Rose, bei dem sie ihren Kopf zwischen die Schultern zog.

„So ein Irrsinn! Selbst wenn sie die OP überlebt, wird sie es niemals schaffen! Was tue ich hier eigentlich?", fragte er sich laut, machte aber unbeirrt weiter.

Immer wieder blickte Rose in das Gesicht der Freundin. Der Doktor hatte ihr notgedrungen das Kleid an der Schulter zerfetzt, um besser arbeiten zu können. Claras damit entblößte Brust hatte er notdürftig mit einem Taschentuch abgedeckt.

„Nadel und Faden!", fuhr der Doktor sie jetzt an und sie reichte ihm das gewünschte hinüber, aber ihre Hände zitterten beim Einfädeln der Schnur.

Der eigene Schmerz war im Moment verdrängt und nur wenn sie sich ungeschickt bewegte, jagte ein dumpfer Stich durch ihren Unterleib, allerdings würde sie dem Doktor gegenüber nichts davon erzählen. Es war schon schlimm genug, dass es geschehen war.

„Wenn du kannst, dann bete!", bemerkte der Doktor zischend.

Ihr fiel allerdings gerade kein Gebet ein. Stattdessen rief sie stumm nach oben: „Großmutter Ifunanya! Bitte hilf mir!"

Eine seltsame Kraft durchzuckte augenblicklich ihren Körper und es war ihr, als ob sie wirklich die Gestalt der Großmutter vor sich sehen würde.

„Hilf mir mal, sie umzudrehen!", äußerte der Doktor.

Sie hob Clara vorsichtig am Arm an und daraufhin vernähte der Doktor die kleinere Wunde auf der Rückseite des Schulterblattes. Unter der Freundin hatte sich auf dem Tisch eine Blutlache gebildet.

„Fertig! Mit viel Glück bleibt sie am Leben und behält eventuell sogar den Arm!", seufzte der Arzt und wischte sich die blutigen Hände an einem Tuch ab. Er winkte zwei Männer zu sich, die Clara zur Seite trugen und auf einer Liege ablegten.

Als sie zu ihr laufen wollte, hielt der Doktor sie am Arm fest.

„Du musst mir helfen. Ihr hilft nur noch Gott!", erklärte er.

Rose nickte ihm zu und ein Verwundeter wurde hereingetragen. Sein Unterschenkel war zerschmettert und der Doktor griff schon zur Säge.

„Die sind gelaufen, wie die Hasen! An der Brücke über den Elk Creek haben sie ihre unnützen Waffen fortgeworfen und sind geflohen!", erklärte der Verwundete und setzte noch hinzu: „Es macht schon einen Unterschied, ob man im Regen mit Patronen oder mit Schwarzpulver schießt!" Dabei zeigte er stolz auf seinen Spencer Karabiner, der jetzt an der Zeltwand lehnte.

„Für dich ist der Kampf vorbei!", entgegnete ihm der Doktor und gab ihm die Betäubung, dann trat das Werkzeug des Arztes in Aktion.

Unzählige abgetrennte Arme und Beine später zitterten ihre Beine von der Anstrengung. Es musste schon langsam auf den Abend zugehen.

Immer wieder hatte sie zwischen den Verwundeten kurz einen Blick zu Clara geworfen, aber erst jetzt konnte sie sich neben die Freundin knien.

Doktor Jackmann trat zu ihr, hielt ihr eine Flasche hin, legte ihr die Hand auf die Schulter und sagte: „Gut gemacht!"

Rose nickte ihm müde zu, setzte sich und trank gierig.

Immer noch lag Clara unbeweglich da und es schien kaum noch Leben in ihr zu sein. Was hätte Großmutter Ifunanya in solch einem Fall getan? Die heilkundige Frau hatte ihr vor vielen Jahren einige Dinge erzählt, aber das meiste davon war jetzt irgendwo tief in ihrer Erinnerung verschüttet.

„Wenn sie die Nacht übersteht, sich die Wunde nicht entzündet und sie kein Fieber bekommt, dann kann sie es eventuell schaffen!", seufzte der Arzt und kniete sich neben Clara.

„Wundentzündung? Fieber?", entgegnete sie und eine Erinnerung sauste dabei durch ihren Kopf. „Haben sie schimmliges Brot?", fragte sie.

Der Doktor zog eine Augenbraue hoch und sah sie sonderbar an.

„Meine Großmutter hat mir damals was von dem Schiff erzählt, mit dem sie in dieses Land geschleppt worden war. Eine Frau hatte sich verletzt und Ifunanya hat da schimmliges Brot auf die Wunde gelegt. Die Frau ist wieder vollkommen gesund geworden!", erklärte sie dem Mann.

„Schimmliges Brot? Na ja, den Versuch ist es wert!", äußerte der Doktor, erhob sich und ging.

„Etwas schimmliges Brot und dein Abendessen!", erzählte der Arzt, als er wenig später kauend zu ihr zurückkam.

Sie nickte ihm zu, befestigte zuerst das Brot auf Claras Schulter und ließ sich dann an der Zeltwand ins Gras sinken. Sie stöhnte auf, als ihr geschundener Unterleib den Boden berührte, aber sie winkte ab, als der Doktor sie fragend anblickte.

Sie biss in die Schnitte und spülte das Schinkenbrot mit etwas Wasser herunter. Immer wieder blickte sie zu Clara, die noch immer unbeweglich neben ihr lag. Das Tuch um den Streifschuss an ihrem Kopf war etwas schmutzig geworden und Rose wollte es wechseln, als Clara die Augen aufschlug.

Rose fiel ihr weinend um den Hals.

„Möchtest du etwas trinken?", fragte sie und Clara nickte unmerklich.

Der Doktor richtete Clara auf und sie hielt ihr die Flasche an die Lippen. Es ging vermutlich mehr daneben, als Clara trinken konnte, aber zumindest war die Freundin wieder wach.

„Wir haben gesiegt!", erzählte Rose.

„Nun musst du nur das Fieber besiegen!", setzte der Doktor leise hinzu.

Vorsichtig legten sie Clara zurück.

Der Doktor brachte zwei Decken und gab ihr eine davon. Die andere breitete er vorsichtig über Clara aus. Die Erschöpfung dieses Tages holte sich augenblicklich die Aufmerksamkeit von ihr und der Schlaf überfiel sie.

Sie sank neben Clara zu Boden. Im Traum war dann allerdings wieder der Soldat über ihr und sie schreckte schreiend hoch. Möglicherweise konnte Ifunanya ihr auch gegen die Albträume helfen.

„Bitte, Großmutter, hilf mir!", flüsterte sie und hörte die Stimme in sich, die das vertraute „Hakuna Matata!", flüsterte. Die Stimme aus Kindertagen wiegte sie in den Schlaf.

Jetzt musste Clara nur noch gesund werden.

57. Kapitel

Ein schmerzvoller Heimweg

in heftiges Rütteln holte Clara aus ihrer Dunkelheit zurück, sie schlug die Augen auf und sah die gebogene Plane eines Wagens über sich. Sie lag offenbar mit dem Kopf nach hinten, denn sie konnte die Sonne fast schräg über sich erblicken.

Damit wurde sie also nach Norden gefahren.

Mühsam kam sie in eine sitzende Position und hatte gegenwärtig Rose vor sich, die mit dem Rücken zu ihr auf dem Kutschbock neben einem rothaarigen Mann saß.

Die beiden vorn schienen sich angeregt zu unterhalten, aber sie verstand kein Wort davon.

Jetzt versuchte sie irgendwie ihren Körper unter Kontrolle zu bekommen. Der linke Arm war eingepackt und ein Verband war um ihre Stirn geschlungen.

Nur zögerlich kamen die letzten bewussten Momente zu ihr zurück: Die Fahne vor dem Elk Creek und dann die Kugeln, die sie getroffen hatten. Es mussten drei gewesen ein, aber sie war noch am Leben. Zumindest irgendwie.

Die Schmerzen waren gerade nicht zu bemerken, aber eigentlich spürte sie im Augenblick gar nichts, denn alles fühlte sich taub und wie abgestorben an.

„Rose", sagte sie leise und konnte es selbst kaum hören, aber der Freundin war es vermutlich aufgefallen, denn sie blickte sich über die Schulter um, stand auf und kam im schaukelnden Gang zu ihr nach hinten.

Dann kniete sich die Freundin vor sie hin und erklärte: „Es tut mir alles so schrecklich leid, dass ich dich da einfach mit hineingezogen habe. Kannst du mir bitte verzeihen?"

„Es war meine Schuld. Ich hätte die Fahne nicht greifen sollen!", entgegnete sie mit brüchiger Stimme.

„Das meine ich nicht! Das Ganze meinte ich. Diese verrückte Idee, gegen den Süden in den Krieg zu ziehen. Du wolltest ja nur mit, um mich vor mir selbst zu beschützen!", antwortete Rose.

„Wir haben es doch beide gewollt!", erwiderte sie und die Stimme kam langsam zurück. „Ich habe Durst", setzte sie fort.

Rose holte die Feldflasche und Clara trank gierig.

„Wo sind wir hier?", erkundigte sie sich, nachdem sie die Flasche zurückgegeben hatte.

„Ian, wo genau sind wir hier?", fragte Rose über ihre Schulter.

Der rothaarige Mann blickte sich zu ihnen um. Er war sicher noch nicht lange achtzehn.

„Irgendwo mitten in der Prärie!", gab er lapidar zurück.

„So genau wollte ich es gar nicht wissen", entgegnete Clara.

Ians Augen blitzten schelmisch. „Wenn sich die Pferde nicht irren, dann sind wir morgen in Kansas City. Heute müsste der erste August sein. Reicht das?", fragte er.

„Ja, danke. Das genügt mir völlig", antwortete Clara.

Jetzt erst blickte sie an sich herab. Das Kleid war völlig zerfetzt und mit Blut beschmiert.

„So kann ich aber nicht in die Stadt gehen", bemerkte sie.

Rose nickte, zeigte auf einen Beutel und setzte hinzu: „Ich habe unsere Kleider in der Tasche."

„Was ist seit Honey Springs geschehen?", erkundigte sie sich.

„Doktor Jackmann hat ganz schön geflucht, als er dich auf dem Tisch hatte. Ich habe mich dann von Samuel verabschiedet. Er ist weiter in den Süden gezogen und wir waren zuerst in Fort Gibson, danach in Fort Scott und seitdem sind wir mit Ian unterwegs. Ich soll dich von Lieutenant Blunt grüßen und dir das hier geben", erzählte Rose und zog einen Brief aus der Tasche.

Clara entfaltete die Botschaft und las die Zeilen des Geliebten.

„Mit ihm hätte es was werden können", seufzte sie danach und presste das Schriftstück gegen ihre Brust.

„Ich habe ihm gesagt, wo er dich finden kann", offenbarte Rose leise.

„Danke dir. Und Samuel?"

„Ihm habe ich es auch gesagt, aber er jagt gerade die Konföderierten aus dem Lande. Wenn die so weitermachen, dann gibt es bald keinen mehr westlich des Mississippi!", berichtete Rose nicht ohne Stolz in der Stimme.

„Wenn du jetzt wieder wach bist, dann muss ich dir heute die Fäden ziehen!", setzte Rose hinzu und zeigte mit dem Finger auf die verbundene Schulter. „Ian! Können wir heute etwas früher Rast machen?", rief sie anschließend nach vorn.

„Ja! Natürlich!", gab ihr der junge Mann zurück.

„Kannst du das?", erkundigte sich Clara zweifelnd.

„Der Doktor hat es mir erklärt. Ich soll dich auch von ihm schön grüßen. Er hat mir einen Beutel Dollar und den da mitgegeben!", setzte sie hinzu, schwankte nach vorn und zog einen Spencer Karabiner aus der Halterung neben dem Kutschbock. „Der Soldat, dem er einst gehört hat, braucht ihn jetzt nicht mehr", erklärte Rose weiter.

„Sind wir eigentlich alleine unterwegs?", fragte Clara zweifelnd.

„Ja! Ein leerer Wagen in Richtung Norden ist nicht so sehr in Gefahr, wie die voll beladenen in Richtung Süden. Auf die haben es die Buschräuber abgesehen!", erklärte Ian von vorn.

Clara blickte auf die beiden Revolver, die über Kreuz vorn im Gürtel der Freundin steckten und auf die große Waffe in ihren Händen.

„Mit dem Karabiner fühle ich mich völlig sicher!", setzte Rose ihr entgegen und lud das Gewehr geräuschvoll durch.

Eine glänzende Patrone sprang aus dem Karabiner und Rose fing sie in der Luft auf. Die Hülse davon war dicker als ihr Daumen. „Kaliber .56! Die haut einen Büffel um!", erklärte Rose.

„Ich habe es gespürt!", entgegnete Clara und zeigte auf die immer noch taube Schulter.

„Der Doktor hat mir auch noch vier Dutzend Patronen extra mitgegeben", erläuterte Rose und schob die Patrone zurück in das Magazin. Dann stellte sie die Waffe in die Halterung und hob eine Flasche an. „Und die habe ich im letzten Store gekauft."

„Whiskey?", fragte Clara.

„Ja! Aber nur zur äußerlichen Anwendung! Für deine Wunde!"

„Schade um den schönen Schnaps!", entgegnete Clara.

„Wenn du brav bist, dann gebe ich dir vielleicht einen Schluck davon!", äußerte Rose und schob die Flasche lachend zurück in die Tasche.

„Ich habe Hunger!", entgegnete Clara jetzt und Rose brachte ihr ein Käsebrot.

Sie brauchte nur drei Bissen, dann war die Brotscheibe verschlungen.

Rose holte schmunzelnd ein weiteres Stück. „Bisher habe ich dich mit Wasser und Hühnerbrühe ernährt", erklärte die Freundin, während sie die nächste Scheibe Brot mit einem dicken Stück Käse belegte.

Bevor sie aber in diese Schnitte beißen konnte, machte Clara eine unglückliche Bewegung und ihr blieb kurz die Luft fort. Der Schmerz in der Schulter war da! Und er war unbeschreiblich.

„Gib mir den Schnaps!", bettelte sie.

Nur widerwillig reichte Rose ihr die Flasche.

Der Alkohol brannte im Hals, aber er betäubte auch ein wenig den Wundschmerz.

58. Kapitel

Dasselbe Blut!

s war gar nicht so einfach, Clara die Flasche wieder zu entreißen. „Gib her! Ich brauche die noch!", seufzte Rose und nahm der Freundin schließlich den Whiskey ab.

„Wo soll ich mit dem Wagen halten?", fragte Ian sie vom Kutschbock aus über die Schulter.

„In der Nähe eines Baches wäre es gut. Ich werde die Wunde säubern müssen", entgegnete sie ihm.

Der junge Mann nickte.

Claras Augen fixierten immer noch den Schnaps und daher musste sie die Flasche augenblicklich hinter sich bringen. Sie kniete sich zu der Freundin und Clara legte sich langsam zurück auf das Lager.

„Weißt du", begann Clara leise und setzte nach einem Augenblick fort: „Als ich dort am Elk Creek mit der Fahne in der Hand stand, da ist mir etwas klar geworden."

„Dass du nicht unverwundbar bist?", entgegnete sie ihr spöttisch.

„Nein! Dass ich zwar für dieses Land kämpfen muss, aber dass der Kampf mit der Waffe nicht meine Bestimmung sein soll!"

Rose nickte ihr zu und fragte: „Und was wäre dann dein Weg?"

„Der Feind ist nicht der Süden. Der Gegner ist die Unwissenheit! Dieser ganze verdammte Krieg wird doch nur geführt, weil einige Menschen der Meinung sind, sie dürften andere Menschen wie Haustiere behandeln!"

„Haustiere haben es besser! Ich habe damals den Schoßhund meiner Herrin beneidet!", seufzte Rose.

„Genau das meine ich!", entgegnete Clara. „Die jungen Menschen müssen das begreifen. Solche wie Katharina, Regina und Fanny! Ihnen gehört die Zukunft und ihnen möchte ich es beibringen. Und den Frauen helfen. Das war schon immer meine Aufgabe. Diese Ungleichbehandlung muss enden, denn in uns allen fließt dasselbe Blut!"

„Das kann ich nur bestätigen! Doktor Jackmann hat in Honey Springs und Fort Gibson zusammen eine Achtel-Gallone meines Blutes in deine Adern gespritzt, sonst hättest du es womöglich nicht überlebt", erklärte Rose und verstaute die Schnapsflasche in der Tasche.

„Siehst du! Meine Worte!", seufzte Clara und folgte dem Behältnis mit den Augen.

„Ich habe übrigens Fanny geschrieben, dass wir auf dem Heimweg sind. Der Reiter vom Ponyexpress müsste den Brief heute bei ihr abgeben", erzählte sie.

„Hast du ihr davon geschrieben?", fragte Clara und zeigte auf die dick verbundene Schulter.

Sie schüttelte den Kopf.

„Wie kommen wir denn aber von Kansas City weiter?", erkundigte sich die Freundin.

„Wenn es dir wieder gut geht, dann könnten wir die Concord nehmen", antwortete sie.

„Lieber reite ich! Die Kutsche wäre jetzt mein Tod!", stöhnte Clara auf.

„Wie die Frau Gräfin es wünschen!", entgegnete sie mit einer spöttischen Verbeugung im Sitzen.

„Ich hätte jetzt den perfekten Platz!", ließ sich augenblicklich Ian von vorn vernehmen.

„Ich komme vor. Und du lässt die Flasche in Ruhe!", ermahnte sie die Freundin und kletterte nach vorn auf den Kutschbock.

Es war später Nachmittag und vor ihnen war ein etwas breiterer Bach zu sehen.

„Wollen wir nicht lieber eine Siedlung aufsuchen?", fragte Ian.

„Nein! Lieber nicht, denn wenn uns die Vigilanten dort erwischen", entgegnete Rose und ließ das Ende offen.

Als Antwort zog Ian die doppelläufige Flinte aus der Halterung neben sich und kontrollierte diese noch einmal.

„Ich werde dann deine Hilfe brauchen. Du musst Clara halten!", sagte sie zu dem Mann neben sich und warf einen Blick zu Clara, die aber im Wagen lag und die Flasche weisungsgemäß in Ruhe ließ.

Ein paar Augenblicke später hielt Ian die Pferde an und schirrte sie aus. Während er die beiden zotteligen Zugpferde zur Tränke brachte, legte sie die Instrumente auf einem Tuch ab. Auch diese hatte ihr der Doktor mitgegeben und noch einmal ging sie in Gedanken alle nötigen Schritte der folgenden Operation durch.

Zu zweit hoben sie Clara anschließend vom Wagen und setzten sie in der Nähe des Bachufers ins Gras.

„Den Fetzten kannst du sowieso nicht mehr tragen!", erklärte sie und schnitt Clara die Bluse und das Unterkleid oben auf. Der blutgetränkte Stoff rutschte bis zur Hüfte hinab.

Aus dem Augenwinkel beobachtete sie, wie Ian beim Anblick der damit halbnackten Clara deutlich verlegen wurde. Seine Gesichtsfarbe passte sich deutlich seiner Haarfarbe an.

Jetzt wusch Rose die Instrumente mit dem Whiskey ab.

„Der schöne Schnaps!", stöhnte Clara dabei auf.

„Damit du nicht jammerst!", entgegnete sie der Freundin und gab ihr danach die Flasche. „Lass aber noch was drin!", setzte sie hinzu und winkte Ian zu sich.

„Halte sie fest, damit ich schneiden kann!", erklärte sie, entriss Clara die Schnapsflasche und hob das Messer.

Beim ersten Schnitt brüllte die Freundin los, dass es wohl jedem Kojoten in fünf Meilen Entfernung Himmelsangst geworden wäre.

„Das muss sein!", erzählte sie fast entschuldigend.

„Ja! Ich weiß. Mach einfach weiter!", wimmerte Clara.

Die Freundin biss die Zähne zusammen und ertrug die weitere Prozedur stöhnend.

Sie beeilte sich und es dauerte nicht lange, dann waren die Stricke ab. Danach nahm sie nochmals die Schnapsflasche in die Hand und kippte einen großen Schluck davon über die Wunde.

Erneut schrie Clara das ganze Umland zusammen.

„Wir sollten dich jetzt im Bach etwas waschen!", bemerkte sie und stellte die Flasche mit dem Rest etwas weiter entfernt von der Freundin ab, denn sie hatte deren gierigen Blick danach wohl wahrgenommen.

Mit Ians Hilfe hob sie Clara auf die Beine und das zerschnittene Unterkleid rutschte ihr zusammen mit dem Rest der Kleidung gänzlich vom Körper. Demzufolge war Clara jetzt völlig nackt und Ians Gesichtsfarbe wurde noch eine Spur dunkler.

Gemeinsam brachten sie die schwankende Freundin die drei Schritte zum Wasser, in das sich Clara setzte.

Ian ging und sie wusch behutsam den Körper der Geliebten sauber.

Das verkrustete Blut ging nur schwer wieder ab, aber die Narbe sah nicht so schlecht aus.

„Werde ich den Arm jemals wieder bewegen können?", fragte Clara.

„Nach Ansicht des Doktors wohl eher nicht, aber die Ärzte können sich ja auch irren!", entgegnete sie und hielt ihr die rechte Hand vors Gesicht. Nur der Zeigefinger war noch steif, alle anderen konnte sie, entgegen der Voraussagen des Arztes in Chicago, wieder bewegen.

Clara nickte stumm und ertrug die sanften Berührungen mit einem gelegentlichen jammern.

„Ian!", rief Rose, als sie mit dem Waschen fertig war.

Der junge Mann kam zu ihnen, schlug aber den Blick nieder.

Gemeinsam brachten sie Clara wieder zum Feuer hinüber, wo Rose sie zuerst abtrocknete und ihr danach vorsichtig in die Kleidung half. Auch das ertrug Clara mit einem gelegentlichen leisen Ächzen.

„Und ich habe jetzt wirklich dein Blut in mir?", fragte sie dann, als sie sich an das Feuer setzte.

„Ja! Ein bisschen davon!", antwortete sie.

„Es kam mir gleich so komisch vor!", entgegnete Clara.

Rose blickte sie verwirrt an, dann erkannte sie den schelmischen Gesichtsausdruck der Freundin.

59. Kapitel

Unter dem Sternenzelt

Langsam senkte sich die Dämmerung über die Prärie herab und Clara saß am Feuer. Es fühlte sich irgendwie seltsam an, wieder vollständig gekleidet zu sein. Gerade trug sie Unterkleid, Petticoat, Mieder, Miederjäckchen, Rock, Bluse, Jacke und Haube.

In den letzten Wochen hatte sie gelegentlich auch einfach nur die baumwollene Bluse und den Rock auf der nackten Haut getragen. Doch die Zivilisation warf derzeitig wohl wieder ihre Schatten voraus.

Rose hatte ihr den Arm straff in einen Verband gewickelt und so vor ihrem Körper fixiert. Die Finger konnte sie unter ziemlichen Schmerzen schon wieder etwas bewegen, alles andere tat gerade höllisch weh!

Natürlich hatte sie verstanden, was Rose getan hatte, aber dennoch hätte sich Clara momentan noch eine zweite Flasche Schnaps gewünscht.

Ian saß neben ihr und der Duft von gebratenem Speck und Bohnen zog gerade verführerisch in ihre Nase. Gelegentlich rührte der Mann um, während Rose mit ihrem Spencer Karabiner um das Feuer ging.

Irgendwie waren es hier momentan vertauschte Rollen: Der Mann kochte, die Frau bewachte Haus und Herd, wobei es gerade eben Lagerfeuer und Planwagen waren.

„Setzt dich doch zu uns!", sagte sie zu ihrer schwer bewaffneten Freundin. „Kannst du mir einen der Revolver geben?", setzte sie noch hinzu.

Rose nickte, kam zum Feuer und zog einen der Colts heraus.

Clara schob sich die Waffe mit der freien Hand in den ledernen Gürtel, der als einziges Symbol noch an die alten Zeiten in der

Armee erinnerte. Das Gewand, von Gundels Hand meisterlich genäht, hätte man so auch in der Mittelschicht von New York tragen können, aber dort wäre sicherlich keine Frau mit einem geladenen Revolver über die Promenade spaziert.

Rose stellte das Gewehr zur Seite und Ian sah zu ihr herüber.

„Kannst du damit überhaupt umgehen?", erkundigte sich der Mann gerade stichelnd.

„Ich habe bisher auf drei Männer geschossen und alle drei getötet. Und du?", gab sie ihm schnippisch zurück und rückte den Colt demonstrativ zurecht.

Ian schwieg betroffen und blickte in die Pfanne.

„Drei?", fragte Clara nach.

„Ja! Frag nicht!", setzte Rose ihr mit einem verzogenem Gesicht entgegen. Es war offensichtlich, dass die Freundin nicht darüber reden wollte, was dort am Elk Creek vorgefallen war und daher ließ sie es auch.

Eines der Ponys wieherte und Rose fuhr herum. Der Colt war schon halb gezogen, aber es war nichts zu hören oder zu sehen.

„Wir werden wohl noch ein paar Tage in Kansas City bleiben müssen, denn mit dem Arm kannst du auf kein Pferd!", bemerkte Rose.

„Du willst lieber das Geschüttele in der Concord. Oder?", fragte Clara zurück.

„Irgendwie zieht es mich jetzt zu Mae und Fanny", antwortete Rose und legte ihre Hand auf ihren Bauch.

„Das sind die mütterlichen Gefühle!", erklärte Clara.

Die Freundin blickte an sich herab und nickte lächelnd.

„Ich vermisse ihn", seufzte Rose, hob ihren Kopf und schaute nach Süden.

„Ich vermisse Joe auch", entgegnete sie und sah in dieselbe Richtung. Der Trennungsschmerz zog gerade durch ihr Herz und verdrängte den Wundschmerz. Aber sie musste jetzt versuchen, sich davon abzulenken.

„Ich warte auf dich", sagte sie tonlos in die beginnende Dunkelheit hinein, danach drehte sie sich zu Ian und fragte: „Du hast also noch nie eine nackte Frau gesehen. Oder?"

Der junge Mann zwischen ihnen druckste herum und wenn das Feuer sein Gesicht nicht sowieso schon eingefärbt hätte, wäre das jetzt sicher offensichtlich.

Rose lachte von der Seite und rieb sich schon den Bauch, denn die Bohnen mit Speck dufteten wirklich herrlich.

Schließlich griff sich jeder einen Löffel und sie begannen die Bohnen mit Brot direkt aus der Pfanne zu essen.

„Dafür könnte man sterben!", seufzte Clara mit vollem Mund.

„Und du hast wirklich noch nie mit einer Frau geschlafen?", fragte Rose jetzt den Mann neben ihr.

Diese Situation war ihm vermutlich gerade ziemlich peinlich und er verschluckte sich sogar an einem Bissen vom Brot.

„Lass doch den Kleinen in Ruhe!", erwiderte Clara und musste dabei lachen, denn Ian würgte erneut an seinem Imbiss.

„Was habt ihr zwei den eigentlich die ganze Zeit gemacht, als ich da bewusstlos im Wagen lag?", setzte sie hinzu und augenblicklich verschluckte sich Rose.

„Du schon wieder!", antwortete die Freundin hustend.

„Ich meine ja nur. Ihr wart doch sicher zehn Nächte alleine unterwegs!", bemerkte sie und griff sich den Becher mit dem Kaffee, den ihr Rose einschenkte.

„Nur fünf, aber wir waren brav!", gab die Freundin ihr schmunzelnd zurück.

Die ersten Sterne waren derzeitig über ihr zu sehen und sie dachte an den anderen Moment zurück, als 33 Sterne über ihr gewesen waren.

Dieser Moment hatte ihr noch einmal die Augen geöffnet und ihr den Weg gewiesen. Jetzt begann sie das Lied vom mit Sternen besetzen Banner von Francis Scott Key[11] zu singen: „O sagt, könnt ihr sehen, im frühen Licht des beginnenden Morgens, was wir so stolz grüßten, im letzten Schimmer des Abends?"

Die beiden anderen stimmten in den Gesang ein und es klang ziemlich feierlich über der Prärie.

Nach dem Lied dachte sie erneut darüber nach, was jetzt weiter werden sollte. Sie freute sich schon auf Fanny, Katharina und die anderen Kinder von Maria, aber mit Sorge dachte sie gleichzeitig auch an die Herfahrt mit der Postkutsche und den Rückweg damit.

Schon alleine bei der Erinnerung daran tat ihr gerade der Hintern weh, aber mit dem eingebundenen Arm würde es schwierig sein, sich auf einem Pferd zu halten. Das würde den Aufbruch in den Norden sicherlich auf unbestimmte Zeit verzögern.

Sie blickt zu Rose hinüber. Noch war deren Bauch nicht zu sehen, aber es würde nicht mehr lange dauern.

„Ich sehe mal nach den Ponys", erklärte Ian und erhob sich vom Feuer. Der junge Mann schlug den Blick nieder und war sichtlich froh, dass er für eine Weile nicht zwischen ihnen sitzen musste.

Abermals blickte Clara nach oben. Der fast volle Mond schob sich gerade über den Horizont und tauchte das Umfeld in sein silbernes Licht. Dann senkte Clara den Kopf und bemerkte, dass Rose Ian hinterher sah. „Und ihr habt wirklich nicht?", fragte sie die Freundin.

Rose schüttelte den Kopf.

„Der Kleine ist wirklich süß und wenn ich nicht irgendwie behindert wäre, dann", erzählte Clara leise.

---

[11] Francis Scott Key (1.8.1779 - 11.1.1843), war ein amerikanischer Anwalt und Dichter.

Der Kopf der Freundin zuckte ruckartig herum.

„Du kannst mir nicht sagen, dass er dir nicht gefällt!", setzte Clara fort.

Rose schlug den Blick nieder und das war ein ziemliches Eingeständnis dessen, dass sie den Punkt getroffen hatte. Sie zeigte mit dem Kopf zu ihm, zwinkerte Rose zu und als sich die Freundin erhob, begann sie abermals diese Melodie zu summen.

Das mit Sternen besetzte Banner war abermals über ihr und Joe fehlte ihr gerade so unendlich. Aber auch über ihm waren jetzt diese vielen Lichtpunkte am Himmel. Und derselbe Mond spendete ihm sein Licht.

60. Kapitel

Gegen den Alb!

Schreiend lag Rose unter dem Mann und versuchte sich strampelnd gegen ihn zu wehren. Bis gerade eben war noch alles gut gewesen. Sie war Ian gefolgt, sie hatten sich geküsst und sich gegenseitig streichelnd ausgezogen. Und gerade sauste diese furchtbare Angst erneut durch ihren Leib und ließ sie zittern.

„Habe ich was falsch gemacht?", fragte Ian erschrocken.

Clara tauchte eilig bei ihnen auf. Soeben hatte die Freundin noch zwanzig Schritte entfernt am Feuer gesessen.

Ian erhob sich und sie versuchte immer noch ihr hektisch schlagendes Herz zu beruhigen. Nackt stand der Mann vor ihr und wusste nicht, was gerade los war.

Clara kniete sich neben sie und sie setzte sich auf.

„Es war nichts, aber als du gerade meine Hände festgehalten hast, da", brach es aus ihr heraus und sie verstummte. Erneut hatte sie wieder den Mann vom Elk Creek vor sich.

„Du weißt doch, dass du darüber reden musst!", offenbarte Clara und reichte ihr das Unterkleid.

„Was war? Was habe ich falsch gemacht?", erkundigte sich Ian noch einmal. Es war wohl nicht so schön für das erste Mal des Mannes, wenn die Frau unter ihm panisch schrie und um sich trat.

Ein wenig bedauerte sie den jungen Mann gerade dafür, aber ihr innerstes kam nur langsam wieder zur Ruhe. Immer noch angsterfüllt schnaufend zog sie sich das leinene Unterkleid über den Kopf, erhob sich und ließ den Nackten dort stehen.

„Was ist?", erkundigte sich Clara, als sie beide am Feuer saßen. „Erzähle. Ich höre zu", ermutigte die Freundin sie.

Nach einem Moment brach das Verdrängte mit Macht aus ihr heraus. Mit dem Blick ins Feuer erzählte sie alles, was auf jener Wiese dort vor Honey Springs im Gewittersturm geschehen war.

„Wenn ich das gewusst hätte, dann hätte ich dich nicht zu Ian geschickt", seufzte Clara.

„Das tut mir alles so schrecklich leid!", erklärte der Mann leise, der hinter sie getreten war.

Sie blickte zu ihm über die Schulter zurück und ihre Augen trafen sich, dann deutete sie mit der Hand neben sich.

Ian setzte sich mit einem größeren Abstand neben sie. Er hatte auch nur sein Unterhemd übergeworfen und sah betreten ins Feuer.

„Mir tut es leid", bemerkte sie leise und setzte dann noch hinzu: „Das ist nicht immer so, wenn du bei einer Frau bist. Nur eben bei mir! Aber ich muss mich meinem Albtraum stellen. Da hat Clara schon den Nagel auf den Kopf getroffen!" Sie strich sich durch das Haar und blickte ihn an.

„Wenn ich dir helfen kann?", entgegnete Ian und schaute sie an. „Wohl eher nicht", setzte er noch hinzu und schlug die Lider nieder. Das sah irgendwie süß aus und sie musste einfach seine Hand streicheln.

Erneut hob er seinen Blick zu ihr und wollte gehen, doch sie sagte nur leise: „Bitte bleib!"

Ian nickte ihr zu und fragte: „Will noch jemand Kaffee?"

Bei der Absurdität dieser Frage musste sie lachen.

Verwirrt schaute Ian sie an und dieser Gesichtsausdruck brachte jetzt auch Clara zum Lachen, bis die Freundin vor Schmerz aufstöhnte.

„Aua! Bringt mich bitte nicht zum Lachen!", erzählte sie laut und rieb sich die eingepackte Schulter.

„Vielleicht habe ich es gewollt, um mich meinen Dämonen zu stellen, aber ich hätte es dir vorher einfach sagen sollen", erklärte sie Ian leise.

Erneut trafen sich ihre Blicke und der junge Mann war wirklich süß.

Sie deutete mit der Hand auf den Platz neben dem Wagen und erklärte ihm: „Als du meine beiden Handgelenke festgehalten hast, da hatte ich den Mann plötzlich wieder über mir."

„Also ohne Handgelenke wäre es für dich in Ordnung gewesen?", erwiderte Ian schüchtern.

„Vermutlich ja."

„Ich hätte gern einen Kaffee", äußerte Clara und hielt Ian den Becher hin.

Schnell goss der Mann ein und Clara blickte sich um. „Ist da nicht noch was von dem Schnaps übrig?", fragte die Freundin lauernd.

„Du gibst wohl nie auf?", entgegnete sie und musste dabei schmunzeln.

Die Anspannung fiel derzeitig völlig von ihr ab.

Ian war schon unterwegs und holte die Flasche. Er füllte einen großen Schluck in Claras Tasse und die Freundin trank genüsslich den Kaffee.

„Möchtest du auch was?", fragte Ian und hielt ihr ebenfalls den Whiskey hin.

„Den Schnaps nicht, aber wenn du meine Handgelenke in Ruhe lässt", entgegnete sie leise und zeigte mit dem Kopf zu dem Platz neben dem Wagen. Verlegen nickte Ian und sie erhob sich.

Eine halbe Stunde später saßen sie erneut am Feuer. Ian hatte jetzt so ein glückliches und verstörendes Grinsen in seinem Gesicht und sie hatte sich ihrer Angst gestellt.

Es hatte sich gut angefühlt. Nicht ganz so schön, wie mit Samuel, aber auch erfreulich, trotz Ians Ungeschicklichkeit dabei. Oder gerade deswegen!

„Du hattest recht. Ich musste mich meinem Alb stellen", flüsterte sie Clara ins Ohr.

„Wir müssen morgen früh raus! Ihr zwei solltet euch jetzt aufs Ohr hauen", erwiderte Clara und rückte die Waffe in ihrem Gürtel zurecht.

„Ich löse dich dann später ab", antwortete sie der Freundin und erhob sich von ihrem Platz.

Ian blickt zu ihr auf und sie zeigte nach oben zum Wagen. Irgendwie verstand der Mann wohl nicht so recht, was sie von ihm jetzt wollte, aber noch deutlicher wollte sie in Claras Gegenwart nicht werden.

Sanft zog sie den Mann hinter sich her und kletterte vor ihm auf den Planwagen.

Eine weitere halbe Stunde später schnarchte Ian nackt neben ihr auf dem Wagen und der Mond beleuchtete seinen fast haarlosen Leib. Er hatte ihr wirklich sehr geholfen!

Leise zog sie sich ihr Unterkleid wieder über und suchte ihre Sachen. Mit dem Kleid als Kopfkissen schlief sie schnell und entspannt neben ihm ein.

Ein Schuss schreckte sie wieder auf.

Im kurzen Hemd, den Karabiner im Reflex und noch fast schlafend durchladend, sprang sie zu Boden und blickte sich um.

„Das war nur ein Kojote, der an unsere Vorräte wollte", erzählte Clara und schob den Colt zurück in den Gürtel.

Rose ließ die Waffe wieder sinken. Von oben hörte sie das Schnarchen von Ian. Der Schuss hatte ihn nicht geweckt.

„Männer", bemerkte Clara und lächelte sie an.

„Ich ziehe mich nur schnell an, dann löse ich dich ab", entgegnete sie und lehnte das Gewehr gegen das Wagenrad.

Flink kletterte sie nach oben, aber auch davon weckte Ian nicht auf. Er war wohl ziemlich ermattet und da er sowieso nicht erwachen würde, gab Rose ihm schnell einen Kuss.

61. Kapitel

Entscheidungen dafür oder dagegen

Eigentlich hätte Clara jetzt schlafen gehen können, doch sie saß immer noch neben der Freundin am Feuer. Was Rose ihr vor Stunden erzählt hatte, das sauste immer noch durch ihren Kopf.

Stumm hockten sie am Feuer, das Gewehr zwischen sich und jede von ihnen beiden hing ihren Gedanken nach.

Rose lächelte versonnen und es war offensichtlich, dass sie gerade nicht an den Albtraum dachte, sondern in ihren Grübeleien immer noch bei Ian oder Samuel war.

Natürlich war ihr klar gewesen, warum Ian durch den Schuss nicht erwacht war, denn das rhythmische Knarren des Wagens war in der Ruhe der Nacht nicht zu überhören gewesen.

Wahrscheinlich würde Rose in ein paar Stunden ganz schöne Mühe haben, den Schläfer wieder wach zu bekommen.

Und augenblicklich flogen auch Claras Gedanken in den Süden davon. Erneut ging sie Joes Brief im Kopf durch. Würde es ein Wiedersehen geben? Irgendwann? Die Freundin hatte gesagt, dass sie Joe mitgeteilt hatte, wo er sie finden konnte.

Und was war mit Samuel? Vielleicht ging ihrer beider gemeinsames Leben jetzt langsam zu Ende? Vor mehr als zehn Jahren hatten sie sich zusammen getan, sich lieben gelernt und gerade sollte das einfach so enden?

Ging das überhaupt?

Ihr Blick wanderte über die sanften Gesichtszüge der Freundin. Joe oder Rose? Rose oder Joe? Natürlich war es mit Joe wunderschön und einzigartig gewesen, aber konnte sie Rose einfach so aus ihrem Herzen reißen? Oder Joe vergessen?

Keines von beiden würde einfach so ohne Schmerzen gehen!

Sie strich mit den Fingerspitzen über die Wange der Geliebten und Rose drehte ihr das Gesicht zu.

„Ich liebe dich", flüsterte sie und küsste Rose.

Dieses Gefühl, ihre weichen Lippen zu spüren, war so wunderschön. Seit ewigen Wochen hatte sie diesen Geschmack nicht mehr kosten können.

Momentan streichelte Rose ihre Wange und nahm danach ihr Gesicht in beide Hände. „Ich liebe dich ebenfalls", sagte sie leise. „Mehr als mein Leben!", hauchte sie noch.

„Wie soll das weiter gehen? Mit uns? Joe, Samuel?", entgegnete Clara, als sie sich aus dieser schönen Berührung der Freundin löste.

„Ich weiß es nicht", erwiderte Rose und seufzte. „Samuels Nähe ist schön, aber ich möchte dich nicht verlieren", flüsterte sie weiter.

„Das möchte ich auch nicht, aber glaubst du, dass Samuel dich mit mir teilt?"

„Meinst du, er hätte was dagegen?", fragte Rose.

„Möglicherweise! Oder höchstwahrscheinlich!", seufzte sie und sah der Freundin tief in diese wunderschönen Augen.

„Ich hätte so gern noch eine Nacht mit Joe gehabt", flüsterte sie und blickte nach Süden, wo der Freund jetzt sicher in irgendeinem Zelt saß und vielleicht auch gerade an sie dachte.

Clara lehnte sich zurück. Der Schmerz in der Schulter war nicht mehr ganz so stark, wie er nach dem Waschen und Verbinden noch gewesen war. Vielleicht tat aber auch nur der Whiskey endlich seine Pflicht.

„Ich kann dir deinen Geliebten nicht zurückgeben, aber eventuell findet er dich nach dem Krieg", wisperte Rose ihr ins Ohr.

„Und was geschieht dann? Macht es das dann nicht noch komplizierter? Als Verbindung zwischen uns?", seufzte Clara.

„Du meinst, so wie bei mir, Samuel und Ian?", entgegnete Rose und gab ihr einen neuen Kuss.

„Er ist gut. Oder?", fragte Clara.

„Ja! Er hat mir gutgetan", entgegnete Rose und blickte erneut versonnen in das Feuer.

„Schade, dass das mit dem Arm ist", sagte sie und erhob sich.

„Wenn du mit ihm sprichst, ist er sicherlich sehr vorsichtig", entgegnete Rose ihr schmunzelnd.

Clara schüttelte den Kopf, gab der Freundin einen Kuss und sagte danach: „Ich wünsche dir eine gute Nacht. Wenn du Ian dann nicht wach bekommst, dann weckst du mich."

Langsam ging sie zum Wagen hinüber, stand dort noch einen Augenblick und schaute zum Lagerfeuer zurück. Rose hatte den Karabiner in der Hand, saß mit dem Rücken zu den Flammen und sah nach Süden.

Leise stieg Clara nach oben und blickte dann auf den nackten Leib des jugendlichen Schläfers herunter. Der war wirklich ziemlich süß, aber kein Vergleich mit Lieutenant Joe. Mit dem Bild des nackten Mannes vor sich setzte sie sich auf den Kutschbock und schaute ihn weiter an.

Sollte sie ihn sich wirklich mit Rose teilen? Ging das?

Doch hatte sie ihr ganzes Leben nicht gegen diese verstaubten Rollenklischees gekämpft? Lebte sie nicht schon viel zu lange fern davon? Mann, Frau und Kind. Das war damals die Ansicht ihrer Mutter, die sie ins Verderben geführt hatte.

Die Hochzeit mit Graf Peter von Kletterwitz war der Beginn ihrer Flucht gewesen! Und jetzt?

Seit über zehn Jahren lebten sie in einer Familie mit einem Kind und zwei Müttern!

„Scheiß auf alle Konventionen!", flüsterte Clara und hob ihren Blick zum Himmel. Eine Sternschnuppe sauste dort an ihr vorbei und erlosch. So schnell konnte auch ein Leben zu Ende sein und warum sollte sie dann auf irgendetwas davon verzichten.

Allerdings würde sie alleine sowieso nie aus dem Kleid kommen und zumindest dabei musste ihr Ian helfen. Und wenn der dann schon mal wach war?

Clara kniete sich neben den Mann, griff ihm sacht an die Schulter und diese sanfte Berührung weckte ihn auf, wo ihn zuvor der Schuss hatte schlafen lassen.

„Ist es schon so weit?", erkundigte er sich verschlafen.

„Noch nicht, aber du musst mir aus meinem Kleid helfen", flüsterte sie.

Ian setzte sich auf, rieb sich die Augen und nickte ihr zu.

Vorsichtig schälte der Mann sie aus den zuvor so mühselig angezogenen Kleidern. Schicht für Schicht löste er, bis Clara im Unterkleid vor ihm kniete und er sich zurücklegen wollte.

„Das bitte auch! Und sei vorsichtig!", wisperte sie und gab ihm einen Kuss.

Damit hatte es wohl auch Ian verstanden.

Nach dem Kleid begann er sie zu küssen und zu streicheln. Irgendwie war es seltsam, dass er bis zum Abend noch nie eine Frau nackt gesehen hatte, denn seine Finger waren zärtlich.

Als sie sich auf den Rücken sinken ließ, stützte er sich über sie und hielt den größtmöglichen Abstand zu ihrer Schulter.

Ian drang auch sanft und liebevoll in ihren Schoß ein und augenblicklich war es gar nichts Besonderes, dass zwei Frauen sich einen Mann teilten.

Manche Männer taten das mit zwei oder mehr Frauen.

Konnte es mit Joe, Rose, Samuel und ihr nicht auch so sein?

62. Kapitel

Kansas Rose

lara erwachte und der erste blasse Schimmer des neuen Tages fiel zu ihr in den Wagen herein. Neben ihr schlief Rose, die sich unter der Decke eng an sie angeschmiegt hatte. Das Gefühl so Haut an Haut nackt unter diesem weichen Tuch zu liegen war einfach unbeschreiblich schön.

Das erste Morgenlicht machte die Gesichtszüge der Geliebten noch sanfter und gab ihr diese unglaubliche Farbe. Daran hätte sie sich nie sattsehen können!

Rose schnarchte leise, aber als Clara sie sanft streichelte war sie sofort wach.

„Guten Morgen, meine Schöne", flüsterte sie und gab Rose einen Kuss. Diese Lippen waren so unbeschreiblich weich und einfach alles an Rose schien perfekt zu sein.

„Guten Morgen. Hast du gut geschlafen? Was macht dein Arm?", gab Rose ihr flüsternd zurück.

„Alles gut. Danke dir. Der tut kaum noch weh", log sie, aber sie wollte die Freundin nicht mit ihren Wehwehchen beunruhigen. Das würde noch Zeit zur Heilung brauchen.

„Hast du ihn eigentlich getroffen?", erkundigte sich Rose.

„Wen?"

„Na deinen Kojoten, gestern Nacht?", erwiderte Rose flüsternd.

„Nein. Du weißt doch, wie ich schießen kann? Oder?"

„Buffalo Jane, die Frau, die mit Waschbären ringt!", entgegnete Rose und lachte leise.

„Ja. Aber das war eine Rolle, die ich damals zu deinem und meinem Schutz gespielt habe. In Wirklichkeit würde ich aus drei

Schritten Entfernung womöglich nicht mal diesen Wagen treffen", antwortete Clara schmunzelnd.

Eines der Pferde draußen schnaubte und Rose zuckte zusammen.

„Das war nichts. Nur ein Pony!", flüsterte Clara und wollte weiter die Nähe der Geliebten spüren.

„Ja! Aber die Art, wie es geschnaubt hat!", setzte ihr Rose entgegen und zog den Karabiner zu sich.

„Meinst du? Ian ist doch draußen", antwortete sie.

Rose setzte sich auf, streifte die Decke von sich und schlich mit der Waffe in der Hand nackt zum hinteren Ende des Wagens. Dort sprang sie herunter, fluchte, brüllte und unmittelbar danach hörte Clara den lauten Knall des Karabiners dreimal kurz hintereinander.

Sie schnappte sich den Revolver, rannte Rose hinterher und sprang hinab.

Der Aufprall am Boden ließ sie vor Schmerzen aufschreien, auf die Knie gehen und unmittelbar über ihrem Kopf schlug eine Kugel in die Wand des Wagens.

Sie riss im Reflex der Revolver hoch und schoss auf eine undeutlich zu sehende vermummte Gestalt. Der Mann schrie auf und fiel zu Boden.

Rose stand in der Nähe, fuhr herum und brüllte: „Verschwindet ihr Banditen! Schert euch zur Hölle!" Dann knallte der Karabiner noch zweimal in der Stille des beginnenden Tages.

Anschließend rannte sie zur Vorderseite des Wagens, kletterte auf den Kutschbock und wechselte flugs das Magazin des Karabiners.

Taumelnd kam Clara auf die Füße und ging zum Feuer.

„Was ist mit Ian?", fragte Rose.

„Der lebt! Er wird aber einen ziemlichen Brummschädel haben, wenn er dann aufwacht!", entgegnete sie, als sie sich neben den Mann an das Feuer gekniet hatte.

„Die wollten nur die Ponys rauben!", stieß Rose aus.

Sie erhob sich und drehte sich zu der Freundin um. Rose stand breitbeinig auf dem Kutschbock, hatte den Karabiner mit dem Kolben in die Hüfte gestemmt und blickte suchend in die Gegend.

Die Morgenröte tauchte ihren nackten Leib erneut in diese unbeschreiblich schöne Farbe, der sanfte Wind ließ ihre Haare wehen und Clara konnte sich nur schwer von diesem bezaubernden Anblick losreißen.

Neben dem Wagen lagen drei Körper. Einen davon hatte sie selbst getötet, Rose die anderen beiden.

„Die haben wohl kaum damit gerechnet, dass eine nackte schwarze Amazone brüllend zwischen sie springt!", erklärte Clara, spannte den Hahn des Colts erneut und ging argwöhnisch zu den Männern hinüber.

„Und sie haben nicht mit Miss Spencer gerechnet!", rief Rose und hob den Karabiner triumphierend in die Höhe.

Vorsichtig näherte sich Clara den drei Körpern und stieß diese mit dem Fuß an, aber sie waren alle tot.

„Siehst du. Du hast doch getroffen!", bemerkte Rose, die neben sie trat und auf den dritten Mann zeigte.

„Das war mehr Glück, als gezielt geschossen", entgegnete sie ihr.

Augenblicklich trat Rose direkt vor sie und Clara gab ihr einen neuen Kuss.

„Kansas Rose, die Frau, die nackt die Vigilanten in die Flucht schlägt!", bemerkte Clara stolz.

„Ich habe mehr Glück als Verstand gehabt. Die haben nicht mit einer nackten Frau gerechnet!", entgegnete Rose und musste lachen.

„Kannst du die Gegend im Blick behalten? Ich möchte mich noch schnell waschen?", fragte sie und Clara nickte ihr zu.

Geschwind lief Rose zum nahen Bach, legte die Waffe ab und wusch sich.

Eigentlich hätte sie jetzt die Umgebung beobachten müssen, allerdings konnte sie erneut ihren Blick nicht von diesem wunderschönen Körper der Freundin lösen. Nass glänzte er noch viel mehr.

„Ich möchte mich auch noch geschwind waschen!", erklärte Clara, als Rose zu ihr trat.

„Ich ziehe mich nur noch schnell an!", entgegnete Rose, sprang auf den Wagen und war nach wenigen Augenblicken vollständig angekleidet zurück.

„Wie machst du das nur?", fragte Clara bewundernd.

„Ich habe doch zwei gesunde Arme!", antwortete Rose schmunzelnd.

Jetzt ging Clara zum Bach und wusch sich vorsichtig mit einer Hand. Der Schmerz ließ langsam nach. Der Sprung aus dem Wagen hatte sich bis in ihre Schulter gezogen, aber zum Glück hatten die Nähte gehalten.

„Alles gut bei dir?", erkundigte sich Rose.

Die Freundin brachte gerade die Ponys zum Bach, damit die Zugtiere vor dem Aufbruch noch einmal ihren Durst stillen konnten.

Rose war momentan perfekt gekleidet. Selbst die in den Städten obligatorische Haube saß korrekt.

„Ja! Alles gut! Aus Kansas Rose ist gegenwärtig Lady Rose geworden", entgegnete Clara.

„Ja! Aber meine treue Gefährtin, Miss Spencer, geht mir auch weiterhin vorbildlich zur Hand!", witzelte Rose zurück.

„Gräfin", sagte Clara mit einer Verbeugung.

„Selber Gräfin", gab Rose ihr lachend zurück.

„Du müsstest mir nur noch beim Anziehen helfen. Mit einer Hand schaffe ich das nicht. Oder ist Ian schon wach?"

„Nein. Den habe ich auf den Wagen gelegt", antwortete Rose.

„Alleine?", fragte Clara überrascht nach.

„Ich kann alles, was ein Mann auch kann!", erklärte Rose.

„Bis auf das Feuer auspinkeln vielleicht", äußerte Clara spöttisch.

„Das käme auf den Versuch an", entgegnete Rose und streckte ihr die Zunge raus.

„Und was machen wir mit den drei Leichen?", fragte Clara und zeigte zu den am Boden liegenden Männern.

„Die lassen wir für deinen Freund hier", erklärte Rose.

„Für Joe?", entgegnete Clara fragend.

„Nein! Für den Kojoten", antwortete Rose und zwinkerte ihr zu.

Jetzt ging alles ganz schnell. Rose trocknete Clara ab, zog sie vorsichtig an und schirrte die Pferde an. Das Feuer löschte sie allerdings mit einem Eimer Wasser vom Bach.

Auf dem Bock nebeneinander sitzend rollten sie weiter nach Norden.

„Habe wir genug Geld für die Kutsche und eine Nacht in einem Hotel in Kansas City?", erkundigte sich Clara.

„Bestimmt!", gab ihr Rose zurück und trieb die Ponys an.

63. Kapitel

City of Kansas

Rose schlenderte an der Seite ihrer Gefährtin die von Häusern gesäumte Straße entlang und hatte den Karabiner geschultert. Die Gürtel und die beiden Colts waren zusammen mit der Wechselwäsche in der großen Tasche, die Clara über der gesunden Schulter trug.

Ihre beiden Kleider waren von bester Qualität und dennoch fühlte sie sich ständig irgendwie angegafft. War es der großen Waffe in ihrer Hand geschuldet? Oder dem Umstand, dass eine farbige Frau bewaffnet und in solch einem wunderschönen Gewand spazieren ging?

Beides vielleicht, denn schließlich lag diese Stadt im Staat Missouri und der gehörte irgendwie dem Süden an.

Dem Sonnenstand nach musste es etwas nach der Tagesmitte sein und vor einer halben Stunde hatten sie sich beide am Ortsrand mit einem Kuss von Ian verabschiedet. Der junge Mann würde nur eine ziemlich große Beule als Andenken an diese Nacht zurückbehalten und vielleicht auch ein paar schöne Erinnerungen an den Abend zuvor.

Momentan suchten sie ein passendes Hotel für die nächste Nacht. Oder sollten sie zunächst die Poststation für die Fahrkarten mit der Concord aufsuchen?

Eventuell konnte man da auch ein Telegramm nach Faribault absenden, damit die dort gebliebenen Angehörigen von ihrer baldigen Ankunft informiert werden konnten.

„Zuerst die Post?", fragte sie.

„Wie Mylady es wünschen", entgegnete Clara mit einem Schmunzeln.

„Kannst du das bitte lassen? Ich möchte nicht an diesen Grafen erinnert werden, der zufällig mein Vater war!", entgegnete sie genervt.

„Gut. Mache ich", antwortete die Geliebte reumütig. „Haben wir eigentlich genug Geld?", fragte die Freundin jetzt.

„Wir waren drei Monate in der Armee und haben jeden Monat 13 Dollar dafür als Lohn bekommen. Das macht bei zwei Mal drei Monaten genau 78 Dollar. Doktor Jackmann hat uns noch was dazugegeben und wir haben etwas für das Essen ausgegeben. Es sollten jetzt also etwas mehr wie 80 Dollar in meiner Tasche sein!", rechnete sie ihr laut vor.

„In Greenbacks?", fragte Clara nach.

„Nein! Die will doch kaum einer. Es klimpern acht goldene Weißkopfseeadler in meiner Börse und noch ein bisschen Kleingeld dazu", entgegnete sie.

„Sage mal, die Männer heute früh", begann Clara ein paar Schritte später, sichtlich nachdenklich.

„Diese Banditen?", fragte sie zurück.

„Ja! Hatten die es wirklich nur auf die Ponys abgesehen?"

„Die hatten keine Zeit, um mir zu antworten. Zwei sind mir entwischt, aber ich denke schon", entgegnete sie.

„Denkst du, die hätten uns danach?", fragte Clara und machte eine Handbewegung vor ihrer Kehle.

„Vielleicht hätten sie noch in den Wagen gesehen und uns dort schlafend gefunden", entgegnete sie der Geliebten und musste augenblicklich den Kloß der Angst herunterschlucken.

Claras Erwähnung brachte ihr gerade die Erkenntnis, wie nahe ihr der Tod, eine erneute Schändung oder beides schon wieder gekommen waren.

„Darauf einen Schnaps?", entgegnete Clara trocken.

„Du alte Säuferin! Manchmal kommt bei dir noch Scarlett Sue Taylor, diese alte Schnapsdrossel, durch. Oder?", fragte sie die Geliebte.

Clara lachte, verstummte aber schnell wieder und hielt sich dann die Schulter.

Besorgt blickte sie die Freundin an.

„Du solltest mich doch nicht zum Lachen bringen!", äußerte Clara mit vor Schmerz verzogenem Gesicht.

„Alles gut?"

„Geht gleich wieder", entgegnete Clara und rieb sich die Schulter mit der Hand.

„Einen Drink können wir uns sicher genehmigen", erklärte Rose und zeigte auf einen Saloon, dessen einladendes Schild sich nur ein Dutzend Schritte vor ihnen befand.

„Gutbürgerliche deutsche Küche", las Clara laut von dem Schild ab.

„Gegen ein gutes Mittagessen hätte ich jetzt auch nichts", antwortete Rose ihr.

„Die werden bestimmt nicht so gut kochen, wie es Maria kann, aber sicher wird es hier auch was Leckeres aus meiner alten Heimat geben", bemerkte Clara.

Sie nickten sich beide zu und traten durch die Tür.

„Mahlzeit!", rief Clara in Deutsch und sie schloss sich dem Gruß an.

Etwa ein Dutzend Männer saß in dem Raum und sie fühlte sich erneut von allen Augen durchbohrt. Warum jetzt schon wieder? Wegen der Kleidung, dem Karabiner, oder der Tatsache, dass sie den Gruß im breitesten Schwäbisch über die Lippen gebracht hatte, wie ihr jetzt erst einfiel. Das war sicherlich Almas Einfluss auf sie gewesen.

Augenblicklich schallte ihnen ein ebenso breites schwäbisches „Mahlzeit" entgegen.

Almas Ebenbild, nur ein paar Jahre jünger, kam aus der Küche zu ihnen geeilt und zeigte auf einen freien Tisch.

„Was darf es sein?", erkundigte sich die Magd danach bei ihnen.

„Wie ist euer Zwiebelrostbraten mit Spätzle?", fragte Clara sie.

Die Augen der Magd leuchteten regelrecht auf. „Heute mit Käsespätzle!", entgegnete die Frau.

„Zwei Mal und eine Flasche Whiskey", bestellte Clara.

Danach setzte die Freundin sich.

Sie setzte sich dazu und lehnte den Karabiner gegen den Tisch.

Von dem Platz in der Ecke hatten sie wenigstens die Tür und die anderen Gäste im Blick. Noch immer sah sie die komischen Gesichtsausdrücke der Männer. Eine schwarze Frau, die schwäbisch sprach, war ihnen wohl ziemlich suspekt.

„Mal sehen, ob die Spätzle so gut sind, wie die, die uns Alma damals gemacht hat!", sagte Clara und lehnte sich zurück. „Du wirst mir allerdings beim Schneiden helfen müssen", setzte sie noch hinzu.

„Wenn es sein muss, dann füttere ich dich auch", gab sie ihr frech zurück.

„Vorsicht! Ich darf nicht lachen!", antwortete Clara und ließ ihren Blick gegenwärtig ebenfalls über die versammelte Menschenmenge schweifen.

Nur langsam sahen die Männer wieder auf ihre eigenen Tische und wenig später standen zwei riesige und voll gefüllte Teller vor ihnen.

Rose goss den Schnaps in zwei Gläser, sie stießen an und die Freundin trank das starke Gesöff mit einem Schluck leer.

Nachdem sie einmal genippt hatte, schnitt sie das Fleisch auf Claras Teller klein und goss der Freundin nach.

„Die sind klasse!", erzählte Clara mit fast vollem Mund, als sie die Spätzle probiert hatte.

Die waren wirklich lecker und die Schankmagd strahlte bei dem Lob regelrecht.

Diese beiden gigantisch großen Teller leerten sich doch ziemlich schnell und zum Abschluss musste es natürlich auch noch der Träubleskuchen sein, der allerdings nicht an Almas Gericht herankam.

Gestärkt und um ein paar Dollar ärmer brachen sie später wieder auf, um die Post aufzusuchen.

Nach dem Telegramm und ein paar ausgegebenen Dollar dafür, sowie noch einigen weiteren für die Fahrkarten der Kutsche, blieb nicht mehr viel im Beutel, aber für eine Nacht in einem Hotel würde es sicher noch reichen.

„Vielleicht haben die auch eine schöne warme Wanne", äußerte Clara, als sie das Schild einer Pension sahen.

„Finden wir es heraus!", entgegnete sie der Geliebten und lenkte ihre Schritte zur Eingangstür hinüber.

64. Kapitel

Die fliegende Concord

Der Schmerz in der Schulter vertrieb soeben den wunderbaren Tagesstart. Clara saß in der schweren Concord der Wells Fargo Company und flog praktisch nach Norden. Zumindest fühlte es sich so an. Die Pferde jagten nur so dahin und bei jeder Unebenheit der Straße befanden sich praktisch alle vier Räder gleichzeitig in der Luft.

Innerlich fluchte sie darüber, aber Rose hatte mit ihrer Bemerkung sicher den Punkt getroffen, dass es mit dem Reiten wohl vor Weihnachten nichts mehr geworden wäre.

Und momentan versuchte sie sich irgendwie davon abzulenken. Sie dachte zurück an diesen wunderschönen Abend zuvor, den sie mit einem Glas köstlichen Rotweins in einer warmen Wanne im Hotel begonnen hatten und der sie danach in dieses unglaublich weiche Bett gebracht hatte. Zärtliche Stunden der Liebe waren danach gefolgt.

Jedes Schlagloch holte sie allerdings sofort wieder aus dieser sinnlichen Empfindung zurück auf das harte Polster der Kutschensitze.

„Wie habe ich eigentlich die vielen Tage lang im Planwagen nichts von der Fahrt gespürt?", fragte sie jetzt stöhnend die neben ihr sitzende Freundin und rieb sich die Schulter.

„Doktor Jackmann hat gesagt, dass es für dich besser ist, wenn du so lange wie möglich schläfst und dich nicht bewegst. Ich habe dir dann immer einen Trunk gemixt und ihn dir eingeflößt. Das war ein Rezept von meiner Großmutter und es hat ganz wunderbar funktioniert", erklärte Rose.

„Hast du noch einen?", fragte sie.

Rose schüttelte den Kopf und erklärte dann: „Die Kräuter haben genau die Zeit gereicht, die der Doktor vorgeschrieben hatte."

„Woher kannte Ifunanya denn solch einen Trunk?", fragte sie interessiert nach, damit das Gespräch sie weiterhin ablenken konnte.

Rose blickte vor sich hin und erzählte dann: „Weißt du, das war mehr ein Trick. Sie hat mir mal erzählt, dass sie durch Zufall auf die Wirkung der Kräuter aufmerksam geworden war. Wenn dann einer der Sklaven oder Sklavinnen von der täglichen Arbeit so erschöpft war, dass er oder sie die nächsten Tage nur schwer überlebt hätten, dann mischte sie die Kräuter heimlich in ein Getränk und sie konnte dann den Aufsehern erzählen, dass der Sklave einfach nicht zu wecken war. Sklaven waren wertvoll und somit ließen die Aufseher dann auch ihre nutzlosen Versuche, den betäubten wieder aufzurütteln."

„Deine Großmutter war ziemlich schlau", antwortete sie.

„Ja. Sie fehlt mir so und ich hadere immer noch mit meinem Schicksal, denn sie ist gestorben, weil ich in den Norden geflohen bin", entgegnete Rose.

„Sie ist nicht deshalb gestorben, sondern weil deine Brüder einfach nur sadistische Schweine waren!", erwiderte sie.

„Das sind nicht meine Brüder gewesen!", widersprach Rose gereizt. „Ich habe es damals nur Simon gegenüber benutzt, damit er mich in Ruhe lässt, aber du kennst ja seine Antwort!", setzte die Geliebte noch hinterher.

Ihre Augen hatten dieses zornige Funkeln, als würde sie erneut vor Simon stehen.

Beruhigend strich Clara ihr mit den Fingerspitzen über die Wange und schaute sich danach um.

Auf dem Weg in den Norden war hier richtig viel Platz in der Kutsche. Sie hätte sich sogar auf eine der Bänke legen können, aber damit würden die Schläge nur noch schlimmer werden.

„Was macht deine Schulter?", fragte Rose jetzt nach.

„Es muss gehen", antwortete sie und sah an sich herab. Der leere Ärmel des Kleides war hochgesteckt und Rose hatte ihr den

Arm am Morgen so fest wie nur irgend möglich vor den Oberkörper gebunden. Miederjäckchen und Bluse drückten ihn noch zusätzlich gegen ihre Brust.

So waren Schulter und Arm eigentlich unbeweglich, aber die Schläge ihres Fahrzeuges trafen sie dennoch ziemlich hart.

„Ich hoffe, ich muss nie wieder in die Concord!", stöhnte sie und daraufhin strich Rose ihr über die Wange.

Mit den anderen Fahrgästen hier drin mussten sie ihre Zärtlichkeiten auf ein gewöhnliches Maß zurückschrauben. Händchen halten und Streicheln, mehr war gerade nicht drin.

„Ich habe Käsebrote mitgenommen. Möchtest du eines?", fragte Rose.

„Ja, aber Schnaps wäre mir lieber", stöhnte sie auf.

„Den habe ich in die Feldflasche gefüllt, damit es keiner sieht", flüsterte Rose ihr verschmitzt ins Ohr und reichte ihr die Flasche herüber.

„Du Liebe! Danke dir! Du bist mein Engel!", antwortete sie und nahm einen großen Schluck.

Und auch das Käsebrot ließ sich bequem mit nur einer Hand essen. Einfach perfekt.

„Jetzt wünschte ich mir das Bett zurück", seufzte sie später.

„Ich auch", wisperte Rose ihr zu.

„Und gegen den Schmerz habe ich nur den Schnaps. Ich würde jetzt lieber eine Massage von dir haben wollen", setzte Clara leise hinzu.

Rose zwinkerte ihr zu und sie begannen ein neues ablenkendes Gespräch.

„Ich freue mich schon auf Fanny. Und auch auf mein nächstes Kind", erzählte Rose und legte ihre Hände auf ihren Bauch.

„Hast du auch Ian unsere Anschrift gegeben?", fragte Clara zurück.

„Nein. Ich dachte, du hättest", entgegnete Rose.

„Ach egal. Dennoch war es sehr schön mit ihm", seufzte Clara und hatte eine neue schöne Erinnerung, die sie allerdings ebenfalls nur kurz vom Schaukeln des Gefährtes ablenken konnte.

∾ ∾

Viele Bodenwellen, Tage und Umstiege später rollte die Kutsche endlich in die gewohnte Siedlung.

Rose hatte sich zum Fenster ihr gegenüber gesetzt und schaute nach vorn, wo ihre Lieben eigentlich schon auf sie warten müssten.

Aber auch sie konnte es gerade nicht mehr erwarten.

Mehr als darauf, die ewigen Stöße und Schläge loszuwerden, freute sie sich aber auf alle, die in dem Ort zurückgeblieben waren. Monate war das her! Mehr als ein viertel Jahr.

Im Mai waren sie aufgebrochen und gegenwärtig war schon August. Die Tage dieser drei Monate sausten vor ihr vorbei. Viele gute Tage mit Joe, aber auch viele nicht so gute Tage. Aber zu ihrem Glück war ja Rose immer in ihrer Nähe gewesen.

Im Gewitter auf der nassen Wiese am Elk Creek liegend hatte sie Rose angefleht, sie von den Schmerzen zu erlösen. Es hätte nur eines Druckes auf den Abzug bedurft und derzeitig war Clara froh, dass die Freundin es nicht getan hatte.

Doktor Jackmann hatte Unrecht, man konnte auch eine Verletzung am Körper oder Kopf überleben.

Das Hornsignal ertönte, das die Ankunft in Faribault vermeldete. Die Kutsche rollte aus und Rose schrie: „Ich sehe sie!" Die Freundin winkte aus dem Fenster und auch Clara blickte nach vorn. Da standen sie alle zusammen. Maria, Gundel, Mae und die Kinder.

Alle winkten ihnen zu und jubelten. Die Tür öffnete sich und augenblicklich flog Rose durch die Luft. Sie war einfach von der Stufe in Marias Arme gesprungen. Sie folgte ihr langsam.

65. Kapitel

Ein kraftvolles Lied

Der neue Morgen kam, der sie an der Seite der noch schlafenden Rose weckte. Es war einfach herrlich in den Armen der Geliebten zu liegen, doch dieses Nichtstun musste jetzt enden!

Bereits seit vier Wochen war sie wieder zurück und jeder kümmerte sich liebevoll und fürsorglich um sie, aber so langsam ging ihr das gewaltig auf die Nerven. Auch heute würde Rose dann nach dem Aufstehen und waschen ihr wieder den Arm zwischen Mieder und Bluse schnüren.

Der Schmerz war verschwunden, aber vermutlich nur, weil sie weder den Arm noch die Schulter bewegen konnte. Nur die Hand konnte sie benutzen. Die steckte vorn zwischen den Knöpfen der Bluse fest und war somit eben nur zum Festhalten von Gegenständen zu gebrauchen.

So ähnlich musste sich Rose wohl im Jahr zuvor gefühlt haben und deshalb war die Freundin vermutlich auch die einzige, die ein wenig nachfühlen konnte, wie es ihr jetzt ging.

Mit drei Heilerinnen in einem Haus war jeder Tag eine regelrechte Tortur. Maria brachte ihr Wissen von den Dakota, Mae aus Afrika und Rose die Information von Doktor Jackmann ein.

Und Clara war das Opfer dieser ganzen Bemühungen.

Vielleicht konnte sie heute wieder in die Schule, denn sie brannte regelrecht darauf, ihren Schülern etwas beizubringen und das ging auch mit nur einem Arm.

Im Notfall saß ja Fanny mit im Zimmer.

Doch gerade bekam sie ihren Blick nicht mehr von Rose gelöst. Seit über zehn Jahren teilten sie jetzt schon Tisch und Bett. Immer noch war es so schön, wie am Anfang dieser Liebe.

Aber aus Angst hatte sie bisher noch nicht wieder zu fragen gewagt, was werden sollte, falls Joe oder Samuel hier bei ihnen erschienen.

Konnte ein Mann verstehen, was hier zwischen ihnen war? Würde er diese große Liebe akzeptieren? Ian hatte es gekonnt, aber Samuel oder Joe?

Mit einem Kuss weckte sie Rose und die Freundin schlug diese wunderschönen Augen auf, in denen sie ertrinken konnte.

„Hilf mir, ich will ab heute wieder in die Schule", bat sie.

Rose nickte, setzte sich auf und beugte sich über sie.

„Nimmst du dir da nicht zu viel vor?", fragte die Geliebte leise.

„Nein! Ich werde hier sonst von eurer Sorge zerdrückt!", entgegnete Clara und wurde mit einem Kuss verwöhnt.

Die Nacht und diese Augenblicke des Erwachens am Morgen waren die schönsten Momente des ganzen Tages. Gleich würden alle Mitbewohner wach sein und das daraufhin einsetzende Gedränge in der Küche würde nicht mehr zum Aushalten sein.

Zehn Menschen in diesen Zimmern!

Möglicherweise floh sie auch davor.

Gerade noch rechtzeitig hatte Rose ihr das Unterhemd über den Leib gestreift, da brach der Tumult los.

„Schön war es in der Prärie! Und so ruhig!", seufzte sie leise, aber Rose hatte es dennoch gehört und zwinkerte ihr verschmitzt zu.

Nachdem sich der Trubel endlich etwas gelegt und jeder sein Frühstück hatte war Ruhe.

Mitten in diese gefräßige Stille hinein erklärte sie: „Ich gehe ab heute wieder zur Schule!"

Sofort wurde sie erneut bestürmt. Die Kinder freuten sich, Maria, Gundel und Mae waren allerdings dagegen. Nur Rose hielt zu ihr und schließlich ließ die Freundin einen Brüller los, der alle zum Verstummen brachte.

„Es ist doch Claras Entscheidung!", sagte sie danach leise.

So kam es also, dass sie sich schon wenig später nach mehr wie vier Monaten endlich wieder auf dem Weg zu ihrem Schulhaus befand.

Sie trug einen wunderschönen Rock von Gundels Hand der mit vielen bunten Blumen bestickt war und eine dazu passende Bluse.

Fanny und Katharina gingen an ihrer Seite, die beiden Jungen waren ihr vorausgeeilt.

Vor dem Gebäude hatte sich schon eine größere Menschenmenge angesammelt, aber es waren nicht nur Kinder, die an diesem Montag zur Schule kamen, sondern es waren auch einige Eltern darunter, die ihr für ihren Einsatz danken wollten.

Vermutlich hatten die beiden Jungen alle Menschen angesprochen, die sie auf dem Weg getroffen hatten.

Diese Situation war ihr etwas peinlich, aber sie nahm die Glück- und Genesungswünsche dankbar an.

Danach stand sie in dem Klassenzimmer, mucksmäuschenstill saßen die Schüler vor ihr und momentan überlegte sie, was sie ihnen erzählen sollte.

Sollte sie zuerst prüfen, wie weit sie in dieser Zeit ihrer Abwesenheit gekommen waren? Oder sollte sie lieber von ihrem Einsatz in der Armee erzählen?

Einen Moment zögerte sie, dann begann sie von den Kämpfen am Cabin und Elk Creek zu berichten. Von der Tapferkeit der Männer, die dem Feind entgegentraten und auch davon, wie sie die Regimentsfahne aufgefangen hatte, berichtete sie.

„Ich konnte doch nicht zulassen, dass dieses großartige Symbol der Freiheit in den Schmutz fällt!", beschloss sie ihre Rede und sah in die Augen der Kinder.

„Viele eurer Väter, Brüder und Freunde kämpfen dort im Süden unter diesem Banner. So wie Rose und ich es getan haben", setzte sie nach einer langen Pause fort.

„Unter diesem Zeichen da oben!", erklärte sie und dabei zeigte sie mit der Hand aus dem Fenster, wo an einem Mast vor der Schule das Sternenbanner im Wind wehte.

„Ich hatte euch doch im Frühjahr ein Lied beigebracht. Erinnert ihr euch noch?", erkundigte sie sich bei den Schülern.

„Das sternenbesetzte Banner?", fragte Fanny zurück.

„Ja! Ich habe es dort unten oft gehört. Die Männer singen es vor dem Kampf, um sich Mut zu machen. Wollen wir es ebenfalls singen?", entgegnete Clara und die Schüler stimmten freudig zu.

Sie wandte sich der Fahne zu und dachte an Joe, der irgendwo im Kampf stand. Sie legte bei dem Gedanken an ihn die Hand auf ihr Herz und stimmte das Lied mit kräftiger Stimme an.

Der Gesang der Kinder setzte ein und es klang gewaltig, wie sie dieses Banner grüßten.

Vor dem offenen Fenster blieben ein paar Menschen auf der Straße stehen und lauschten dem Gesang.

Mit den letzten Tönen drehte sie sich wieder zur Klasse um und sah, dass auch die Schüler so dort standen: den Blick zur Fahne und die Hand auf dem Herz.

Eine Träne der Rührung lief ihr über die Wange.

„Wollen wir ab Morgen jeden Tag mit diesem Lied beginnen?", fragte sie.

„Oh ja!", riefen die Kinder durcheinander.

„Dann machen wir das und jetzt lernen wir rechnen und schreiben!", antwortete Clara.

66. Kapitel

Botschaften des Herzens

Es war Samstag, der 1. Oktober und erneut sah Rose Benjamin auf das Haus zu kommen. Der alte Mann war jetzt fast jeden Tag bei ihnen, aber er brachte nur manchmal Post mit. Und leider nie etwas von Samuel.

Natürlich hatte sie gewusst, dass der ehemalige Matrose nicht schreiben konnte, aber es wäre doch schön gewesen, mal was von ihm zu hören.

Doch heute hatte der Postmann einen Brief in der Hand und zu ihrer Überraschung war dieser auch noch für sie bestimmt. Es stand kein Absender darauf, aber er war eindeutig an sie gerichtet.

Neugierig riss Rose den Umschlag auf und entfaltete das Blatt. Er war von Samuel und die Schrift wirkte wie die eines Kindes. Offensichtlich lernte er gerade schreiben.

Sie tanzte jubelnd durch den Raum und wurde von allen ungläubig angeschaut. Schließlich setzte sie sich auf die Ofenbank und verschlang die wenigen Zeilen des Geliebten. Er durfte ihr zwar nicht schreiben, wo er sich gerade befand, aber seine Schilderungen ließen auf Texas schließen.

Vermutlich würden die Kampfhandlungen den Winter über ruhen und damit hatte sie die Hoffnung, dass dann öfters Briefe von ihm kommen würden.

Schnell wollte sie noch antworten, aber der Antwortbrief würde ja sowieso erst am folgenden Montag auf die Reise gehen.

Jetzt sah Rose von ihrer Lektüre auf und hatte Benjamin im Blick. Der ältere Mann war an den Tisch getreten und schaute Maria bei der Zubereitung des Mittagessens zu.

Natürlich war ihr bereits zuvor nicht entgangen, wie die beiden sich immer wieder ansahen, aber es war wohl mehr Maria, die anfangs die Nähe zu ihm gesucht hatte. Gegenwärtig war diese Zuneigung wohl beiderseitig und damit war jede Botschaft im doppelten Sinne eine Nachricht des Herzens. Gab sie doch Benjamin die Chance, in ihr Haus zu kommen und sich von Maria kulinarisch verwöhnen zu lassen.

Selbstverständlich stand es Rose nicht zu, für Maria zu entscheiden, aber das Zusammenleben mit ihr und den Kindern auf dem begrenzten Raum strapazierte nicht nur ihre Nerven.

Im letzten Winter hatten sie an manchen Tagen keinen Ofen gebraucht, weil die Wärme der Menschen den kleinen Raum so stark aufwärmte, dass sie gelegentlich sogar eines der Fenster öffnen mussten.

Vor der Verbindung zwischen Benjamin und Maria und damit dem Auszug der Freundin und deren Kinder stand eigentlich nur die Rücksichtnahme von Maria auf Friedrich. Ihr anderer Sohn hatte sich in den Monaten sehr an Gundel angenähert und es war schön, zu sehen, dass er ihr verziehen hatte, dass sie ihn nach der Geburt an Maria abgegeben hatte.

Es fehlte wohl nicht mehr viel, diese Beziehung zu schließen.

Sie suchte Claras Augen in dem Raum und ihre Blicke trafen sich. Dachte die Freundin gerade dasselbe? Rose deutete mit dem Kopf auf die beiden am Tisch und Clara nickte ihr zu.

Es war ja auch unübersehbar, wenn man mit dem Herzen sah!

Damit hieß es jetzt nur noch, einen geschickten Plan einzufädeln. Vielleicht wäre das der Brief für Samuel? Wenn sie ihn schreiben würde und dann unter einem Vorwand an Maria gab, damit diese ihn zur Post brachte, dann war die Freundin dort mit Benjamin alleine.

Sie musste dann nur Friedrich irgendwie ablenken, denn der Junge schien seine Mutter regelrecht zu belauern. War es Eifersucht von seiner Seite aus? Sie wusste es nicht, denn so ein Gefühl war ihr völlig fremd.

In der Prärie hatte sie sich Ian damals mit der Freundin geteilt und es als ganz normal empfunden.

Zuerst wollte sie in der Nacht mit Clara darüber reden und nickte der Freundin zu.

Die Teller kamen auf den Tisch und für Benjamin wurde einfach noch wie selbstverständlich ein Hocker danebengestellt.

Wo zehn satt wurden, da reichte es auch für elf.

Maria kochte immer viel, denn die Zeit im Lager der Dakota, mit dem Hunger und den Entbehrungen, hatte vermutlich so eine Art von Komplex bei ihr ausgelöst. Alles war zu ertragen, wenn man nur genug zu essen hatte.

Und wieder gab es eine der sächsischen Spezialitäten, die Maria so meisterlich zubereiten konnte. Möglicherweise gab es dann als Nachspeise auch diesen schon verführerisch duftenden Kuchen. Eierschecke nannte es Maria und man hätte dafür sterben können! Niemand stand dann vom Tisch auf, bevor nicht das letzte Stück davon verschlungen war.

Der damit verbundene Verzicht auf das gute Essen wäre vermutlich der einzige Grund, Maria nicht gehen zu lassen.

Und wie es nun mal so war, saß Friedrich zwischen seiner Mutter und Benjamin!

Der Tag verging und Rose hatte die paar Zeilen des Geliebten sicher bereits ein Dutzend Mal gelesen.

Sie war derzeitig im dritten Monat schwanger mit seinem Kind und der Bauch rundete sich schon ein klein wenig. Kaum fühlbar, aber dennoch vorhanden und wenn alles so geschehen würde, wie es Clara ihr erklärt hatte, dann würde Samuels Kind im März des folgenden Jahres das Licht der Welt erblicken.

Mit der Ruhe der beginnenden Nacht kuschelte sie sich im Bett an die Geliebte an und sie beide ersannen flüsternd einen Plan, wie sie Maria und Benjamin zusammen bringen konnten.

Clara übernahm das Ablenken von Friedrich. Aber dazu durfte Rose eben erst im letzten Moment den Brief an Maria übergeben, sonst würde der Junge den Plan durchschauen.

„Wie willst du ihn ablenken?", fragte sie daher nach.

„Ich werde den Jäger in ihm wecken. Ich habe letztens einen Zobel oder so etwas gesehen, der in unserem Garten war. Wenn ich Friedrich auf das kleine Pelztier ansetze, dann ist der sicherlich stundenlang mit dem Lesen von Tierspuren beschäftigt", flüsterte Clara ihr zu.

„Das arme Tier", entfuhr es Rose.

Clara lachte verschmitzt und Rose blickte sie an.

„Den Zobel gibt es gar nicht! Eines meiner Kinder in der Schule hat mir gestern ein Holzstück gezeigt, in welches es die Tatze eines Zobels geschnitten hatte. Damit kann man ganz prima Spuren legen", flüsterte Clara.

„Du bist ja eine ganz durchtriebene", entgegnete sie und musste sich das Lachen verkneifen.

„Und wenn Friedrich da nicht darauf eingeht? Was dann?", fragte sie.

„Dann ziehe ich mir ein Bärenfell an und locke ihn damit von der Hütte fort!", seufzte Clara.

„Ein Waschbärenfell?"

„Du freches Biest! Warte nur, bis ich wieder beide Hände benutzen kann, dann lege ich dich übers Knie!", entgegnete Clara und musste dabei lachen.

„Ich würde es vorziehen, wenn du mich anders verwöhnst!", säuselte sie der Geliebten ins Ohr.

„Meine Geliebte! Seit mehr als zehn Jahren liebe ich dich so unsäglich, denn du gabst mir mein Lachen. Mein Sklavenlos ist weit fern und seit jenem Tag ist meine Welt voller Glück. Ich liebe und begehre dich!", setzte sie noch hinzu.

Daraufhin vereinte ein zärtlicher Kuss ihrer beider Lippen, bevor sie sich den Zärtlichkeiten der Nacht hingaben.

67. Kapitel

Verbundene Herzen

Es hatte eine Weile gedauert, bevor jetzt auch Friedrich ihre Verbindung zu Benjamin abgesegnet hatte. Derzeitig war es Mitte Oktober und der Termin der Vermählung war auf den kommenden Sonntag gelegt.

Gundel nähte gerade ein Brautkleid und Rose hatte die Zubereitung des Mahls übernommen. Alle im Hause hatten es vehement abgelehnt, dass Maria selbst das Essen kochen würde und so musste sie eben sehen, was Rose da zaubern würde.

Vielleicht wurde es etwas Afrikanisches mit Maes Hilfe.

Maria stand wie immer am Herd und rührte im Topf, allerdings sausten ihre Gedanken dabei mit jeder Umdrehung des Löffels ein Stück weiter zurück. Sie sah wieder all die Stationen vor sich, die sie in diesen Jahren genommen hatte, nachdem sie die Großmutter in deren Dorf verlassen hatte.

Einige tausend Meilen war deren kleines Haus entfernt, auf einem anderen Kontinent, getrennt durch den Ozean.

Augenblicklich spulte sich die Geschichte von deren Haustür an nach vorn ab. Sie erblickte Chemnitz und ihre erste Anstellung, dann Claras Unfall, bei dem sie der Freundin das Leben gerettet und diese sie als Dank dafür zur Küchenhilfe in ihrem Elternhaus gemacht hatte.

Viele gute Tage und sehr viele schlechte Tage waren dem gefolgt.

Sie erkannte den brutalen Peter von Kletterwitz und sie erblickte auch ihren geliebten Fritz wieder. Auch der Falke war jetzt an ihrer Seite. Jedes Mal, wenn sie Friedrich ansah, dachte sie an den Falken. Und bei Katharinas Augen sah sie Fritz darin.

In den beiden Kindern würde sie für immer deren Väter sehen. Und in ihnen lebten Fritz und der Falke weiter.

Schon bald würde Benjamin ihr dritter Mann sein, obwohl sie ja mit Fritz nicht verheiratet war und mit dem Falken eigentlich auch nicht, aber sie sah sich nun mal als Witwe an.

Jetzt war sie gerade mal dreißig und vielleicht, wenn Gott es so wollte, konnte sie mit Benjamin noch ein Kind haben.

Vier Kinder von drei Vätern? Warum eigentlich nicht!

Gerade sah sie Benjamin im Geiste vor sich stehen. Er war ruhig und zuvorkommend. Liebevoll zu den Kindern und aufmerksam ihr gegenüber.

Langsam wurde es wohl Zeit, um zur Ruhe zu kommen, nach all den Aufregungen dieser langen und beschwerlichen Reise.

Versonnen dachte sie an die bald folgende Hochzeitsnacht.

Innerlich sehnte sie sich nach etwas mehr Zärtlichkeit. Immer wieder hatte sie die Blicke von Clara und Rose wahrgenommen, wenn diese sich ansahen.

Deren Herzen waren wirklich miteinander verbunden.

Konnte ihr das auch bei Benjamin gelingen?

Die Chancen standen gut! Ausprobieren konnte sie es allerdings nicht, denn der Postmann war ziemlich konservativ. Kein Sex vor der Ehe! Vielleicht war die schnelle Eheschließung auch ihrem inneren Sehnen nach Zuneigung geschuldet.

Oder sie war einfach viel zu lange mit Clara zusammen gewesen. Schon damals in Chemnitz hatten sie für die Rechte der Frauen gekämpft. Maria spürte in sich, dass dieser Kampf jetzt enden würde und sie wollte einfach nur noch ein schönes Leben haben!

Von ihrem Topf aufblickend, warf sie Gundel über die Schulter sehend einen Blick zu.

Eventuell sollte die Freundin ihr auch noch eine so schöne Unterwäsche fertigen, wie sie diese erst vor einer Weile für eine ihrer Kundinnen hergestellt hatte. Noch kannte sie Benjamin und seine Vorlieben nicht.

Der Falke hatte sie immer nackt geliebt! Und Fritz? Der eigentlich auch. Beide Männer hatten sich nie an ihr sattsehen können und die durch den Hunger bei den Sioux verschwundenen Rundungen waren schon lange wieder dort, wo sie sein sollten. Und so gut genährt würde sie das nächste Kind sicherlich auch nicht mehr verlieren!

Benjamin trat in das Haus und brachte die Zeitung. Und natürlich auch ein Spielzeug für Friedrich, etwas Süßes für die Töchter und eine kleine Aufmerksamkeit für sie.

Auf ihn würde sie sich einlassen können. Mutter, Vater und Kinder. Das war gegenwärtig das, was sie haben wollte. Und vielleicht hatte sie das schon immer gewollt und nur nie davon zu träumen gewagt.

Die arme Magd aus Chemnitz würde schon bald Hausfrau und Mutter sein! Und sie liebte es bereits jetzt!

68. Kapitel

Stille Weihnacht?

Seit Marias Hochzeit und dem Auszug von Gundel kurz darauf war es jetzt wieder ruhig in dem Haus. Gerade war auch Fanny bei Katharina und das machte es nur noch viel stiller. Fast ein Jahr hatte sich Clara nach dieser Ruhe gesehnt und augenblicklich fühlte sich das auch wieder nicht richtig an.

Sie lehnte in ihrem Stuhl und sah der schon deutlich gerundeten Rose zu, die zusammen mit Mae ein Rezept für Weihnachtsplätzchen ausprobierte. Maria hatte es am Tage zuvor vorbeigebracht und augenblicklich wartete Clara darauf, dass die so lange Zeit so sehnlichst vermissten Weihnachtsgefühle zurückkommen würden.

Maria hatte am Tage zuvor regelrecht gestrahlt und Clara gönnte der Freundin das gefundene Glück. Sie selbst war immer noch in diesen furchtbaren Verband eingewickelt, den Rose jeden Morgen und jeden Abend wechselte und den sie dabei so straff zog, dass ihr mitunter die Luft fort blieb.

Es wurde langsam Zeit, dass diese Bandage verschwand und sie sehen konnte, was mit dem Arm werden würde.

Rose strahlte über das ganze Gesicht und gelegentlich konnte Clara in der Nacht schon spüren, wie das Kind im Bauch der Geliebten sich bewegte oder sie sogar in die Seite trat.

Damit würde es im Frühjahr also dann auch schon wieder mit der Ruhe vorbei sein, aber auch sie freute sich selbstverständlich auf das kleine Geschöpf.

Gerade diskutierten die beiden Frauen am Tisch darüber, ob es für den Mürbeteig draußen schon kalt genug war.

Sie musste lachend den Kopf schütteln, denn es war Anfang Dezember und vor der Haustür lag der Schnee knietief! Wann, wenn nicht jetzt, wäre es wohl kalt genug für den Mürbeteig!

„Stellt ihn einfach auf das Fensterbrett nach draußen", entgegnete sie und erhob sich von ihrem Platz am Feuer.

„Das sieht irgendwie komisch aus", sagte sie, als sie über die Schulter der Geliebten hinweg in den Topf schaute.

„Du hast doch aber so gar keine Ahnung! Ich habe das genau nach Marias Rezept gemacht!", entgegnete Rose und wedelte mit dem Zettel vor Claras Nase herum.

„Na fein! Wenn du meinst", gab Clara schließlich nach.

„Könnte mich dann mal jemand von meinem Verband befreien? Ich will mal schauen, ob ich die Schulter bewegen kann!", bemerkte sie.

Während Mae den Napf auf die Veranda brachte, und dabei für die vier Schritte drei Mäntel übereinander zog, half Rose ihr aus der Kleidung und danach aus dem Verband.

Das Auswickeln schmerzte schon lange nicht mehr und wenig später stand sie nackt vor dem Spiegel und betrachtete die Wunden. Sie hatten sich gut geschlossen, aber bewegen konnte sie den Arm nicht.

Sie hatte keine Kraft mehr, um ihn zu bewegen, denn die lange Zeit der Ruhe hatte ihre Muskeln verkümmern lassen.

„Wir sollten den Wickel jetzt ablassen!", erklärte sie und Rose stimmt schließlich nach kurzer Bedenkzeit zu.

Erneut angezogen, aber gegenwärtig ohne stützende Binde, saß Clara später wieder in ihrem Sessel. Immer wieder versuchte sie dabei, die Schulter ein kleines Stück zu heben.

Als es ihr endlich gelang und sie vor Freude beinahe heulen konnte, da zog ein leckerer Duft durch den Raum. So hatte es damals auch in der Villa in Chemnitz, im Haushalt ihrer Eltern, immer vor Weihnachten gerochen.

„Daran kann ich mich erinnern!", stieß sie erfreut aus.

„Habe ich doch gesagt!", erklärte Rose und wedelte erneut triumphierend mit dem Rezept herum.

„Schau mal, mein Arm!", erzählte Clara und hob die Schulter ein kleines Stückchen an. Es war kaum zu sehen und doch ein gewaltiger Fortschritt.

Augenblicklich fiel Rose ihr freudestrahlend um den Hals.

„Der Rest wird auch noch!", sagte sie und Clara konnte nur hoffen, dass die Geliebte da recht behielt.

Mae zog das Blech aus dem Ofen und stellte die dampfenden Plätzchen auf dem Tisch ab. Das war eine Aufforderung, der sich weder Rose noch sie entziehen konnten, obwohl sie sich dabei beide ziemlich die Zunge verbrannten.

Mitten in dieses darauf folgende gegenseitige nach dem Wasser suchen, öffnete sich die Tür und Maria trat in den Raum.

„Ich rieche, es hat funktioniert", äußerte die Freundin und setzte noch hinzu: „Schaut mal, wen ich getroffen habe!"

Sie gab die Tür frei und Rose blieb ein Schrei im Halse stecken. Samuel stand breit lächelnd und dick eingepackt in der Küche. Als sie ihm einen Wimpernschlag später um den Hals fiel, hätte sie ihn fast zu Boden gerissen.

Der Mann war auf einen Stock gestützt und erst jetzt bemerkte Clara, dass er ein Bein verloren hatte.

Vorsichtig strich er über den Bauch von Rose und sie wollte ihn nicht loslassen.

„Bleibst du bis Weihnachten?", fragte Rose schließlich.

„Wenn du magst, auch länger!", entgegnete Samuel ihr lächelnd.

Damit kamen all die alten Befürchtungen in Clara wieder hoch, denn mit Samuels eintreffen hatte sie Rose nicht mehr für sich.

Es wäre selbstverständlich, dass Rose bei ihrem Geliebten bleiben würde und sie damit zu Fanny in das Kinderzimmer zu ziehen hatte.

Die ganze schöne Vorfreude auf das Fest der Liebe war dahin!

Rund um sie herum waren nur ausgelassene Gesichter zu sehen: Maria, weil sie Benjamin hatte, Rose herzte Samuel und schließlich strahlte auch noch Mae, weil die Plätzchen etwas geworden waren.

Nur sie kämpfte gerade mit den Tränen.

Schweigend stemmte sie sich in ihrer Ecke vom Stuhl und schlich in Fannys Zimmer hinüber. Auf deren Bett sitzend konnte sie die Tränen jetzt nicht mehr zurückhalten. Die Schmerzen in der Schulter hatte sie schweigend ertragen, aber die Qual in ihrer Brust um den Verlust der Geliebten schien sie soeben zerbrechen zu wollen.

Unendlich lange Augenblicke später trat Rose in das Zimmer.

„Ach, hier steckst du", sagte sie.

Clara zog ihre Tränen geräuschvoll hoch.

„Was ist?", fragte Rose.

„Na du und Samuel", entgegnete sie und wischte sich die Tränen mit dem Handrücken ab.

„Was ist mit mir und Samuel? Freust du dich nicht für mich?", antwortete Rose.

„Doch. Schon! Aber", stammelte sie, denn sie wollte der Freundin nicht die Freude am Wiedersehen mit dem geliebten Mann verderben.

Rose setzte sich zu ihr auf das Bett, griff nach ihrer Hand und fragte sie: „Das ändert doch aber nichts an uns? Oder?"

„Ich weiß es nicht", entgegnete Clara schluchzend.

Die starke Frau in ihr war zerbrochen. Sie hatte die Fahne hochgehalten und erst drei Kugeln hatten sie gestoppt und augenblicklich saß sie heulend in dem Zimmer.

Herzschmerz war schlimmer als jede Kugel!

69. Kapitel

Eine unkonventionelle Familie

Rose hatte erst nach ein paar Minuten bemerkt, dass Clara gegangen war. Im Moment war Fannys Zimmer der einzige Platz, wo die Freundin sein konnte, somit folgte sie ihr und fand sie weinend in Fannys Bett sitzend vor.

„Ach, hier steckst du", sagte sie, setzte sich zu ihr und fragte weiter: „Was ist denn los?"

„Na du und Samuel", entgegnete Clara und wischte sich die Tränen ab.

„Was ist mit mir und Samuel? Freust du dich nicht für mich?", erwiderte sie.

„Doch. Schon! Aber", stammelte Clara.

Jetzt erst wurde ihr so einiges klar. Sie griff nach Claras Hand und erklärte: „Das ändert doch aber nichts an uns? Oder?"

„Ich weiß es nicht", schluchzte Clara.

Sie schaute Clara tief in die Augen und gegenwärtig unterhielten sie sich schweigend.

Irgendwie war das komisch und dennoch gut. Sonst plapperten sie manchmal stundenlang über irgendetwas und jetzt waren sie stumm ineinander versunken. Ihre Seelen sprachen über die Augen und erzählten sich in diesen stillen Momenten mehr, als man sonst in einem ganzen Menschenleben hätte sagen können.

Schließlich fielen sie sich beide schluchzend um den Hals.

„Erinnerst du dich an Ian?", fragte Rose.

Clara nickte und im selben Moment öffnete sich die Tür und Samuel trat in den kleinen Raum.

„Warte", sagte sie zu Clara, erhob sich vom Bett und trat zu Samuel.

Mit dem Geliebten ging sie zum Fenster und suchte auf diesen paar Schritten die Worte zusammen, die sie mit ihm reden wollte.

Sie spürte Claras Blick in ihrem Rücken und wusste gerade nicht, wie sie es Clara und Samuel recht machen konnte. Sicherlich war dies auch Claras Angst. Mit einem Blick über die Schulter zu ihr zurück erkannte sie erneut die Tränen in ihren Augen glitzern. War das das Ende der Partnerschaft?

„Du Samuel", begann sie leise, damit Clara es nicht hören konnte.

„Ja?", flüsterte er zurück.

„Ich und du und Clara", begann sie, doch sie stockte sofort.

Hinter ihr zog Clara gerade wieder geräuschvoll die Tränen hoch.

Samuel schaute sie fragend an. Offenbar wartete er, dass sie mit ihrer Erklärung weitermachte, doch das konnte sie gerade nicht. Was sagte man da? Ich will dich mit ihr teilen? Oder sie mit dir? Das klang beides irgendwie komisch. Bei Ian in der Prärie war das anders gewesen.

Schüchtern griff sie sich ins Haar.

Irgendwie war diese Situation wirklich vertrackt. Kansas Rose hatte damals nackt fünf Vigilanten in die Flucht geschlagen und jetzt traute sie sich gerade nicht, Samuel vor eine Wahl zu stellen, oder ihm die Wahrheit zu erzählen.

„Rose! Ich liebe dich. Ich habe dich all die Jahre geliebt!", erzählte Samuel, aber dieser Satzanfang machte es ihr nicht viel leichter.

Gegenwärtig musste sie den Kloß der Angst herunterschlucken. Was kam jetzt?

Samuel setzte allerdings nicht fort, sondern strich nur zärtlich über ihre Wange.

Daraufhin erzählten ihre Augen, wie sie es zuvor mit Clara getan hatte. Kamen hier drei Seelen stumm zu einer Übereinkunft?

Nach einer schier unendlichen Zeit nickten sie sich zu und setzten sich zu Clara auf das Bett. Sie hatten die Freundin zwischen sich genommen und momentan wartete wohl jeder der drei darauf, wer anfangen würde.

Nach einigen Minuten des Schweigens fragte Clara: „Was wird jetzt werden?"

„Ich liebe Rose, aber ich habe kein Problem, dich mit ihr zu teilen, wenn es für dich in Ordnung ist", offenbarte Samuel.

„Wenn das für dich und Rose auch in Ordnung ist?", erwiderte Clara zögerlich.

Samuel hatte ja eigentlich schon zugestimmt und daher lag es derzeitig nur an ihr. Erneut nahm sie Claras Hand und nickte der Freundin zu.

„Ich habe schon lange keine Frau mehr gehabt! Seit eurem Aufbruch nicht mehr!", begann Samuel und sie setzte hinzu: „Und ich kann gerade nicht." Dabei strich sie sich über ihren Bauch.

„Ich möchte aber nicht nur die Lückenbüßerin sein, weil Samuel will und du nicht kannst!", erklärte Clara und es klang fast ärgerlich.

„Nein, das wirst du nicht!", erläuterte Rose ihr.

Samuel nickte ihr zu.

Jetzt öffnete sich die Tür des Zimmers erneut und Mae trat in den Raum.

„Die Wanne wäre jetzt bereit. Samuel hatte doch einen langen Weg und möchte bestimmt erst einmal baden? Oder?", fragte sie.

Samuel erhob sich von dem Bett.

Clara setzte hinzu: „Wenn möglich würde ich auch noch baden. Das erste Mal so ohne den Verband!"

„Wenn alle ins Wasser gehen, dann möchte ich auch!", erklärte Rose.

„Für drei ist die Wanne zu klein, aber ich setzte noch mal Wasser an!", sagte Mae und ging in die Küche zurück.

„War das Doktor Jackmann?", fragte Clara und zeigte auf Samuels Bein.

„Ja! Ich soll euch beide schön von ihm grüßen. Er geht im nächsten Jahr zu seiner Praxis in Chicago zurück!", antwortete Samuel und humpelte auf den Stock gestützt in die Küche.

„Komm mit!", erklärte sie und zog Clara vom Bett und hinter sich her.

Zusammen halfen sie Samuel aus seinen Sachen und wenig später saß der Mann im warmen Wasser. Seinem Gesichtsausdruck nach war das sicherlich eine wahre Wohltat.

Und auch Clara war wenig später anzusehen, dass sie das Wannenbad genoss. Vorsichtig wusch und massierte Rose die Schulter der Freundin und weder Clara noch Samuel schien es etwas auszumachen, dass beide im Moment noch nackt waren.

Samuel stand am Ofen und trocknete sich gerade ab.

„Wie machen wir das mit den Schlafgelegenheiten?", erkundigte sich Mae, die gerade etwas warmes Wasser nachgoss.

„Das ist alles schon geklärt!", entgegnete sie.

„Aha! Na schön!", antwortete Mae und im Moment war nicht klar, ob Claras etwas röter werdende Gesichtsfarbe diesen Worten oder dem heißen Wasser geschuldet war.

Nachdem auch Rose gebadet hatte und sie sich alle wieder angezogen an den Tisch gesetzt hatten, traf auch Fanny bei ihnen ein. Es schien wie eine richtige Familie zu sein, allerdings waren sie vermutlich in den Augen der anderen Menschen eine ziemlich skurrile Verbindung: ein Vater, zwei Mütter und bald zwei Kinder.

„Bei uns ist eben alles anders!", erzählte Clara lachend beim Essen.

Vermutlich hatte die Geliebte ihre Gedanken gelesen. Allerdings hatte sich Clara auch bisher noch nie etwas aus den Ansichten andere gemacht und wenn sie sich zu dritt einig waren, dann war alles gut.

Als dann die Nacht hereinbrach, ging Mae wie immer mit Fanny in deren Zimmer. An der Tür stehend zwinkerte Mae ihr zu und sie nickte ihrer Mutter zurück.

Damit standen sie zu dritt vor der Bettstelle und einigten sich stumm darauf, dass sie zuerst in das Bett ging und sich an der Wand hinlegte. Clara folgte ihr und Samuel legte sich noch dazu.

Damit hatten sie erneut die Freundin zwischen sich.

Der Raum war etwas begrenzt, obwohl es an sich ein breites Lager war.

„Und es ist wirklich für euch beide so in Ordnung?", fragte Clara und sie verschloss ihr den Mund mit einem Kuss.

„Sei bitte vorsichtig mit ihrem Arm!", bemerkte sie leise, als sich Samuel über Clara rollte.

Während sie die Freundin küsste und streichelte, stieß Samuel in Claras Schoß und die Geliebte stöhnte dabei auf.

70. Kapitel

Neues Jahr, neues Glück?

Das Jahr 1864 hatte für Clara mit einer traurigen Nachricht begonnen. Joe war bei einem Kampf gefallen und es hatte eine Weile gedauert, bis die Tränen endlich getrocknet waren. Samuel und Rose hatten sie die ganze Zeit getröstet.

In den letzten vier Wochen war Samuel zu einem guten Freund geworden. Es mochte wohl für andere seltsam wirken, wie sie hier lebten, aber Clara hatte ja schon in der Prärie kurz vor Kansas City festgestellt, dass sie schon immer jenseits der Konventionen gelebt hatte.

Früher hatte ihre Mutter mal über eine Nachbarin gesagt: „Ist der Ruf erst ruiniert, dann lebt es sich leichter!" Das war aus Mutters Mund ein so seltsamer Satz gewesen, dass er in ihrem Kopf geblieben war.

Und derzeitig lebte sie genau nach diesem Prinzip.

Samuel war ein wirklich zärtlicher Liebhaber und jetzt konnte sie Rose verstehen, dass der Mann ihr zehn Jahre lang nicht aus dem Kopf gegangen war.

In New York, Chicago oder Washington hätten sie zwar nicht so leben können, doch hier im hohen Norden, in Faribault, scherte sich offensichtlich niemand darum.

Trotzdem hielten sie ihre Liebe im Hause, denn Clara war eine angesehene Lehrerin. Zu schnell hätte da einer der Eltern ihr einen Vorwurf über dieses lasterhafte Liebesleben machen können.

Doch alles war gut und ihr Einsatz bei der Armee hatte ihrem Ruf wohl auch kaum geschadet. Die Schulter machte ebenfalls Fortschritte, wenn auch nur sehr kleine.

Mit Maes Hilfe machte sie jeden Tag Übungen und es war abzusehen, dass die Schulter und der Arm bald wieder beweglich sein würden. Vermutlich in ein paar Monaten, aber das würde alles wieder.

Was würde allerdings das neue Jahr bringen? Sich das fragend, stand sie am Fenster und sah hinaus in den Schnee. Dabei hatte sie nicht diese weiße weite Fläche vor sich, sondern schaute weiter, sie sah den Süden und den Kampf dort.

Samuel hatte ihnen erzählt, dass sie bis Texas und an die Küste gekommen waren und damit hatten die Konföderierten nur noch den Südosten von Amerika unter ihrer Kontrolle. Überall siegte der Norden und die Versorgungslage des Südens wurde immer schlechter.

Die Belagerung der Atlantikküste zeigte wohl auch Wirkung und es war abzusehen, dass sie es irgendwann aufgeben würden. Vermutlich musste aber der Druck erst so groß werden, dass sie auf ihre Sklaven verzichten würden.

Rose trat neben sie und streichelte ihre Wange. Die Zärtlichkeiten der Geliebten holten Clara wieder zurück in den Norden.

Obwohl sie immer noch um Joe trauerte, gab Rose ihr so viel Liebe, wie nur irgend möglich. Und das Herz von Rose musste unermesslich groß sein! Die Geliebte und Freundin nahm ihr Gesicht in beide Hände und sie küssten sich.

Sie standen sich gerade so nahe, dass sie dabei spüren konnte, wie das ungeborene Kind sie in den Bauch trat.

Mit jedem Tag, den diese Schwangerschaft andauerte, strahlte Rose ein Stückchen mehr, obwohl das eigentlich kaum noch möglich war. Ihre Gesichtszüge wurden sanfte, runder und noch fraulicher.

Die letzte Schwangerschaft hatte Rose bis zur Geburt mit dem Kummer zu kämpfen gehabt, dass Fanny das Produkt der Vergewaltigung durch Tobias gewesen war. Bei dieser hier war es ein Kind der Liebe. Und das sah man Rose auch an.

Selbst Samuel nahm so ein Leuchten an, wenn Rose nur in seiner Nähe war und sicherlich sah sie selbst gerade genauso aus.

Dieses Glücksgefühl von Rose übertrug sich auf sie alle.

Rose löste sich von ihr, ging zu Samuel und jetzt wurde auch er so zärtlich von ihr bedacht.

Abermals flogen Claras Gedanken nach draußen. Vor etwas mehr wie einem Jahr hatte Abraham Lincoln seine Proklamation zur Emanzipation der Sklaven verabschiedet. Der Zettel hing neben der Tür.

Am 1. Januar des letzten Jahres war sie in Kraft getreten und darin stand: „Dass vom 1. Tag des Januar im Jahre des Herrn 1863 an alle Personen, die in einem Staat oder dem bestimmten Teil eines Staates, dessen Bevölkerung sich zu diesem Zeitpunkt in Rebellion gegen die Vereinigten Staaten befindet, als Sklaven gehalten werden, fortan und für immer frei sein sollen."

Das änderte allerdings nichts, denn die Sklaven im Süden konnten diesen Passus wohl kaum gegen die Peitschen ihrer Aufseher einfordern und selbst Mae und Rose waren damit nicht frei, denn sie waren vor diesem Termin aus dem Süden geflohen.

Zumindest hatte sich der Präsident zum ersten Mal schriftlich für die Sklaven eingesetzt.

Jedenfalls hatte Clara für sich beschlossen, einen eigenen Weg zu gehen. Sie würde zuerst versuchen, die Kinder so zu erziehen, dass ihre Ansichten eventuell bei ihnen auf fruchtbaren Boden fallen würden.

Und über die Kinder konnte sie auch die Frauen und Mütter gewinnen. Noch immer wollte sie sich dafür einsetzen, dass sie die gleichen Rechte bekamen, doch das würde noch ein langer Weg werden.

Zuerst Bildung und dann Freiheit!

In der Art, wie sie es Jahre zuvor mit Rose gemacht hatte.

Erst bei ihrer Flucht hatte ihr Rose einmal erzählt, dass man im Süden ausgepeitscht werden konnte, wenn man einem Sklaven das Lesen oder Schreiben beibrachte. Die Plantagenbesitzer wollten ihre Arbeitssklaven so unwissend wie möglich behalten. Und da sie als Lehrerin praktisch das Wissen weitergab, konnte das ihr erster Schritt zur Freiheit aller sein.

Seit ein paar Tagen übte sie mit Samuel und er war ein gelehriger Schüler. Mae war allerdings noch nicht dazu zu bewegen, aber das würde sicherlich auch noch werden.

Rose löste sich von ihrem Geliebten und Samuel hob das Buch hoch, das er in der Hand hatte. Zeit zum Lernen hieß das wohl.

Sie nickte ihm zu und ging zum Tisch. „Was hast du da?", fragte sie ihn.

„Fanny hat es mir gegeben", antwortete Samuel und hielt ihr den Einband hin.

„Onkel Toms Hütte von Harriet Beecher Stowe[12]", las Clara vor. „Eine gute Wahl. Das Schicksal der Beteiligten dieser Erzählung gleicht dem der Mitglieder unserer Familie!", setzte sie hinzu und zeigte auf die Bank.

Samuel setzte sich, schlug das Buch auf und begann langsam zu lesen: „Eines Morgens, als Ophelia ihren häuslichen Pflichten nachging ..."

Sie lauschte der Geschichte, die sie selbst vor über zwei Jahren Fanny an ihrem Bett vorgelesen hatte. Das Schicksal war ähnlich, aber sie würden nicht nach Liberia gehen! Ihr Platz war hier! Hier in Amerika!

Clara hob den Blick und sah in die Augen der Geliebten.

Hier war ihr Platz zum Leben! Niemals würde sie Rose verlassen.

---

[12] Harriet Beecher Stowe (14.6.1811 - 1.7.1896), war eine amerikanische Schriftstellerin und Gegnerin der Sklaverei.

71. Kapitel

Neue Wege!

Mit einem Schrei war sie in der Küche zusammengebrochen. Panisch standen momentan alle um sie herum, aber das Kind wollte endlich aus ihr heraus. Es dauerte einen Moment, bis Mae die Führung übernahm und sie zum Bett bugsiert hatte.

Mit resoluter Hand ordnete die Mutter alles an: Fanny war auf dem Weg zur Hebamme und Samuel stand irgendwie ziemlich betreten in der Ecke.

Immer neue Schmerzenswellen liefen in immer kürzer werdenden Abständen durch ihren Leib. Hatte das beim letzten Mal auch so wehgetan?

„Es geht leichter rein, als raus!", versuchte Clara einen Scherz, der allerdings im Moment gerade nicht wirklich hilfreich war.

Japsend, stöhnend und keuchend lag Rose im Bett in der Küche und wartete auf das Ende der Krämpfe.

Es war Sonntagmorgen und vermutlich hatten sich alle gerade auf den Weg zur Kirche gemacht.

„Dein Kind wird ein Sonntagskind!", erzählte Clara und hielt ihr die Hand.

„Das dauert sicher noch ein Stück", bemerkte Mae und bekam danach einen verzweifelten Blick von ihr.

Allerdings wusste Mae sicher besser als alle anderen hier, was jetzt geschehen würde. Im Süden hatte sie oft den Frauen helfen müssen und Ifunanyas Wissen steckte in Mae. Zwar auch in ihr, aber gerade konnte Rose keinen klaren Gedanken im Kopf behalten.

Unendlich lang dehnte sich die Zeit, bis endlich der Doktor, gefolgt von der Hebamme, in das Haus trat. Sie trugen wirklich ihre besten Sachen und vermutlich hatte Fanny die beiden aus der Kirche geholt.

Damit war es aber ebenso selbstverständlich, dass auch Gundel mit in den Raum eilte und Maria ihr folgte.

Es wurde eng in der Küche!

Wenn sie die Kraft dazu gehabt hätte, dann hätte sie die Meute einfach nach draußen getrieben, aber sie brauchte ihre Stärke momentan für das kleine Wesen, das sich gerade durch ihren Schoß nach draußen quälte.

Und es war eine Qual, schlimmer als bei Fanny.

Oder hatten die Jahre seitdem sie das nur einfach vergessen lassen? Dieser Gedanke kam und eine neue schmerzhafte Wehe vertrieb ihn sofort wieder aus ihrem Kopf.

„Es kommt!", sagten Mae und die Hebamme wie aus einem Mund.

„Hoffentlich!", presste sie durch die Zähne.

Ein Schrei riss ihr den Mund auf und in diesen Schrei stimmte ihr Kind ein.

„Ein Junge!", rief Mae.

„Mein Sohn!", hörte man augenblicklich Samuel.

Während sich Mae um das Kind kümmerte, betreute die Hebamme sie weiter, doch die Schmerzen waren fast verschwunden und ein unglaubliches Glücksgefühl durchströmte sie.

Im Moment wohl, weil die Leiden endlich vorbei waren.

Einen Augenblick später drückte ihr Samuel das Kind in den Arm.

„Wunderschön ist er", flüsterte sie.

„So schön, wie seine Mutter!", entgegnete Clara.

Samuel gab Rose einen Kuss auf die Stirn.

Jetzt erst konnte sie den Blick heben. Rings um sie herum waren nur glückliche Gesichter zu sehen.

Ein neues Leben hatte begonnen.

Nach der Nachgeburt säuberte Mae sie, deckte sie anschließend zu und die Strapazen schlossen ihr schnell die Augen, wodurch sie fast sofort einschlief.

Ein Wispern holte sie zurück und sie blickte auf. Samuel stand mit dem Kind am Fenster und zeigte ihm die Welt.

„Du wirst nie erfahren müssen, was Sklaverei ist! Du bist frei geboren, um frei zu leben!", flüsterte der Vater seinem Sohn zu.

„Ja! Das stimmt! Er ist dazu berufen, neue Wege zu gehen. Seine eigenen und kein Herr bestimmt über sein Leben", erklärte Rose.

Es kam ihr gerade seltsam vor, dass sie diese Gedanken nicht auch bei Fanny gehabt hatte, doch für ihren Sohn traf das augenblicklich vollends zu.

„Wie werden wir ihn nennen?", fragte sie.

Samuel blickte zu ihr herüber. „Deinen Vater kennen wir nicht und meinen auch nicht. Das ist wohl das Los aller Sklaven", entgegnete er.

Sie verschwieg ihm lieber, dass sie wusste, wer ihr Vater war, aber nach Cornelius, der ihre Mutter vergewaltigt hatte, wollte sie ihren Sohn unter keinen Umständen nennen.

„Er wird wissen, dass sein Vater Samuel heißt!", setzte er noch hinzu.

„Ja! Aber er braucht einen Namen", entgegnete sie ihm.

„Wie wäre es mit einem afrikanischen Namen? Mit Akosi?", fragte Mae von der Seite. „Es bedeutet: der an einem Sonntag geborene", erklärte sie weiter.

„Dann sollten wir diesen Namen wählen", antwortete Samuel.

„Willkommen, Akosi", flüsterte Rose und Samuel drückte ihr das Kind in den Arm.

72. Kapitel

Zweifel und Glück

Donnernd rauschte das Schmelzwasser des Winters in dem ohnehin schon sehr breiten Fluss gen Südosten. An seinen beiden Ufern lag noch Schnee, der nur langsam dem Frühling wich. Am Himmel zogen dunkle Wolken schnell in dieselbe Richtung davon. Und wieder war es Anfang April.

Wie schon zwei Jahre zuvor saß Clara abermals auf einem Stein und blickte in die schaumigen Fluten. Unweit von ihr standen Rose, Fanny und Samuel. Er hatte seinen Sohn auf dem Arm.

Es sah wie eine richtige kleine Familie aus und Clara fühlte sich gerade nicht nur räumlich von ihnen getrennt.

Mit der Geburt von Akosi war eigentlich auch das im Winter geschlossene Zweckbündnis nicht mehr nötig.

Rose sah so glücklich aus und strahlte regelrecht gegen die helle Frühlingssonne an. Was würde jetzt werden und wo war ihr Platz? Fragen über Fragen sausten durch ihren Kopf und keine Antwort darauf war in Sicht.

Eigentlich hatte sie diesen Platz gewählt, um hier in Ruhe nachzudenken, doch es war auch Fannys Lieblingsplatz und daher war es auch kein Wunder gewesen, dass der Rest der Familie hier aufgetaucht war.

Zwanzig Schritte waren es bis zu ihnen, aber es fühlte sich an, als wäre ein ganzer Ozean dazwischen. Sie senkte den Blick und starrte auf den Boden zu ihren Füßen.

„Mama Clara", hörte sie und dieser Ruf riss sie jetzt vollends aus ihren Grübeleien heraus.

Es war Fanny gewesen, die sie gerufen hatte und das Mädchen winkte ihr freundlich zu.

Sie hob die Hand und blickte erneut zu den vier lieben Menschen hinüber, die dort standen. Natürlich teilte sie mit Rose und

Samuel auch noch das Bett, aber das war sicherlich nur der Tatsache geschuldet, dass die Anzahl der Schlafplätze in ihrem Hause begrenzt war.

Seit Akosis Geburt lag gegenwärtig Samuel bei Rose und Clara mit einem Abstand am Rand des Bettes. War das schon diese Distanz, die sie momentan auch in sich fühlte?

An den Rand gedrängt? Nicht mehr dazu gehörend?

Natürlich gönnte sie Rose das gefundene Glück, aber was wurde aus ihr?

„Clara! Komm zu uns!", rief jetzt Rose.

Noch immer hatte sie keine Antwort auf ihre Fragen erhalten, aber die Freundin würde sie augenblicklich nicht mehr in Ruhe hier sitzen lassen.

Sie stemmte sich von dem Stein hoch, der sie irgendwie nicht loslassen wollte und ging zu den Freunden.

Sie hörte, wie Samuel seinem Sohn etwas von seinem Leben auf dem Mississippi erzählte und immer noch zweifelnd stand sie daneben.

Der Abstand war kleiner, die Distanz immer noch viel zu groß.

Sollte sie die vier einfach hier lassen und fortziehen? Dieser Gedanke schmerzte allerdings zu sehr in ihrem Herzen und dennoch würde es wohl darauf hinauslaufen, wenn sie das Glück dieser Familie auch weiterhin an den Rand drängte. .

Eine unwillkürliche Träne rollte über ihre Wange und genau in diesem Moment sah Rose zu ihr herüber. Die Freundin trat schnell auf sie zu, umarmte und küsste sie.

„So traurig, Clara?", fragte die Freundin sie.

Clara schniefte und nickte.

„Was wird?", sagte sie, fast tonlos.

„Was soll werden? Ich liebe dich! Du gehörst zu mir!", entgegnete Rose.

„Und zu mir", bemerkte Fanny von der Seite. „Zu mir ebenfalls!", äußerte Samuel und unterbrach seine Geschichte. „Und
wenn Akosi schon etwas sagen könnte, so würde er dasselbe zu dir
sagen!", setzte der stolze Vater noch hinzu.

„Das ist alles so lieb von euch, aber", begann sie eine Erwide-
rung.

„Kein Aber!", unterbrach Rose sie sofort und Samuel nickte
nur.

Fanny lief zu der kleinen Bucht hinüber und jetzt wagte sie es,
die beiden zu fragen: „Wie soll das mit uns dreien weitergehen?"

„Was meinst du?", entgegnete Rose.

„Na ja, das Abkommen war ja nur geschlossen, weil du nicht
konntest!"

„Das war doch keine Abmachung! Kein Geschäftsabschluss!
Ich liebe dich, von ganzem Herzen!", entgegnete Rose beinahe
aufgebracht.

„Und ich habe dich mit der Zeit ebenfalls lieben gelernt!",
setzte Samuel hinzu.

„Ich danke euch", antwortete sie und bekam von beiden einen
Kuss.

„Was möchtest du dann eigentlich machen, wenn Akosi groß
genug ist? Gehst du dann wieder in das Pelzgeschäft?", erkundigte
sich Clara.

„Ich weiß es noch nicht", antwortete Rose und blickte vor sich
hin.

„Und du Samuel? Jetzt kannst du ja nicht mehr auf dein
Schiff?", fragte Clara weiter.

Samuel sah nachdenklich auf das Wasser und gab keine Antwort.

„Was möchtest du denn mal machen, wenn du keine Lehrerin
mehr sein kannst?", gab ihr Rose statt seiner zurück.

„Vielleicht gehe ich dann in die Politik und kandidiere für den Senat", antwortete Clara ihr lachend, denn diese Frage der Geliebten war so absurd. Ein Leben ohne die Schüler konnte sie sich genauso wenig vorstellen, wie eines ohne die Gefährtin.

„Vielleicht sogar als Präsidentin? Also meine Stimme hättest du", entgegnete Rose ihr schmunzelnd.

„Und ich würde dich ebenfalls wählen", erzählte Samuel.

„Wir haben allerdings alle drei keine Stimme, wenn es was zu entscheiden gibt. Wir dürfen nicht mal wählen und vielleicht sollte ich auch daran etwas ändern", erklärte sie nachdenklich.

„Es gibt nichts, was du nicht schaffen kannst und ich werde dich dabei unterstützen!", entgegnete Rose und umarmte sie erneut.

„Wenn es in meiner Macht steht, so werde auch ich dir helfen!", setzte jetzt auch Samuel entschlossen hinzu.

Sie waren in den paar Wochen eine verschworene Gemeinschaft geworden und Rose hatte sicher recht. Nach der Sklaverei musste als Nächstes diese Ungleichheit von Mann und Frau beendet werden.

Bei den Kindern würde sie schon mal damit anfangen, denn das war doch ihre Aufgabe als Lehrerin!

Nebeneinander stehend blickten sie auf den Fluss und Samuel begann erneut eine Geschichte über sein Leben auf dem Mississippi.

Sie lauschte auf die Erzählung und dachte an ihre Fahrt auf dem Dampfer damals, zusammen mit Rose. Irgendwann, wenn dieser verdammte Krieg mal zu Ende war, dann würde sie nach St. Louis fahren und einen der weißen Dampfer besteigen.

Rose gab ihr einen zärtlichen Kuss und umarmte sie erneut. Alles war gut, das Glück war hier bei ihr.

ENDE

Zeitliche Einordnung der Handlung:

5800 Steinzeit

- Anfang des Buches „**Schicha und der Clan des Bären**"

- Ende des Buches „**Schicha und der Clan des Bären**"

5500 Steinzeit

2200 Beginn der Bronzezeit

1200 Beginn der Eisenzeit

800 –

800 Beginn des allmählichen Niederganges der Bronzezeit

800 Erste Anfänge und Städtebildungen der etruskischen Kultur

750 Aufstieg der Etrusker zur Seemacht

700 –

600 –

600 Blütezeit der Bronzekunst der Etrusker im orientalischen Stil

570 Amasis wird ägyptischer Pharao

555 Anfang des Buches „**Auf Bärenspuren**"

551 Ende des Buches „**Auf Bärenspuren**"

550 Koalition der Etrusker mit Karthago gegen Griechenland

540 Sieg der Etrusker zur See gegen die Griechen bei Alalia

524 etruskische Niederlage bei Kyme gegen die Griechen

500 –

500 Blüte der etruskischen Stadt Capua

400 –

387 die Kelten fallen in Rom ein

300 –

218 der karthagische Feldherr Hannibal überquert die Alpen

200 –

100 –

73 Flucht von Spartacus aus der Gladiatorenschule in Capua

71 Tod von Spartacus und Ende des Sklavenaufstandes

55 Expedition Caesars nach Britannien

44, 15. März, Kaiser Caesar wird in Rom ermordet

37 Anfang des Buches „**Das siebente Mädchen**"

15 Der römische Feldherr Drusus zieht mit seinem Heer über die Pässe der Alpen und dringt in das Gebiet der Kelten des Voralpenlandes ein

11 Drusus dringt, im Rahmen der römischen Feldzüge, bis in das Stammesgebiet der Cherusker vor

11 in der Schlacht bei Arbalo kämpften verbündete germanische Stämme gegen die Römer unter Drusus

10 Ende des Buches **„Das siebente Mädchen"**

0 –

0 Anfang des Buches **„Die Rache der Barbarin"**

9 Niederlage des Feldherrn Varus gegen die Cherusker unter Arminius

10 Ende des Buches **„Die Rache der Barbarin"**

34 Anfang des Buches **„Das Schwert des Gladiators"**

43 Beginn der Eroberung Südbritanniens

50 Colonia (heute Köln) wird zur Stadt erhoben

54 Nero wird römischer Kaiser

54 Anfang des Buches **„Die römische Münze"**

56 Ende des Buches **„Das Schwert des Gladiators"**

57 Anfang des Buches **„Die Tochter aus dem Wald"**

58 große Teile der Stadt Colonia brennen nieder

64 Brand Roms und daraufhin erste Christenverfolgung

68 Anfang des Buches **„Im Schatten des Feuerberges"**

68 Aufstände in Gallien und Spanien

68 Selbstmord Kaiser Neros

68 die Bataver, ein germanischer Stamm, erheben sich und belagern Colonia

69, im Herbst, erneuter Aufstand der Bataver gegen die römische Herrschaft in Niedergermanien

70, im Herbst, Niederschlagung des Bataveraufstandes

70 die Stadt Colonia erhält eine acht Meter hohe Stadtmauer

75 Ende des Buches **„Die römische Münze"**

75 Ende des Buches **„Die Tochter aus dem Wald"**

79, Herbst, Ausbruch des Vesuvs und Untergang Pompejis und Herculaneums

80 Einweihung des Kolosseums in Rom

85 wird Colonia die Hauptstadt der römischen Provinz Germania inferior

85 Ende des Buches **„Im Schatten des Feuerberges"**

98 Trajan wird römischer Kaiser

100 –

161 Marc Aurel wird römischer Kaiser

200 –

300 –

306 Konstantin der Große wird römischer Kaiser

324 Konstantin bekennt sich zum Christentum und macht diese zur Staatsreligion

375 die Hunnen unterwerfen die Alanen und die Goten oder vertreiben diese aus ihren Siedlungsräumen

376 Anfang des Buches **„Sturm über den Stämmen"**

376 Flucht der Donaugoten vor den Hunnen und teilweise Aufnahme der Goten in das römische Reich

384 Ende des Buches **„Sturm über den Stämmen"**

400 –

406 Rheinübergang der Vandalen und Einfall in das römische Reich

407 die Vandalen und andere germanische Stämme ziehen plündernd durch Gallien

409 Weiterzug der Vandalen und Alanen nach Spanien

410, Ende August, Eroberung Roms durch die Westgoten

429 die Vandalen und Alanen setzen unter Geiserich von Spanien nach Afrika über

439 die Stadt Karthago fällt an die Vandalen

440 angelsächsische Söldner rebellieren in Britannien gegen König Vortigern

451 Feldzug des Hunnen Attila nach Gallien

452 die Hunnen fallen in Italien ein, ziehen sich aber bald wieder zurück

453 nach Attilas Tod zerbricht das Hunnenreich

455 Plünderung Roms durch die Vandalen unter Geiserich

500 –

590 Æthelberth, König von Kent, überfällt Wessex

597 Bischof Augustinus landet in Kent

597 Anfang des Buches **„An fremder Küste"**

598 Ende des Buches **„An fremder Küste"**

600 –

601 Augustinus wird zum Erzbischof von Cantwaraburg (dem heutigen Canterbury) geweiht

700 –

764 Anfang des Buches **„In den finsteren Wäldern Sachsens"**

772, im Sommer, Zerstörung der Irminsul

772 Anfang der Sachsenkriege Karls des Großen

782 Blutgericht von Verden (Aller)

783, im Sommer, Gefechte mit Beteiligung sächsischer Frauen

785 Taufe Widukinds in der Königspfalz Attigny

787 die ersten Überfälle der Nordmänner auf Westeuropa finden statt

790 Überfälle der Nordmänner auf Schottland und Irland

792 letzte größere Erhebungen der Sachsen gegen die Franken

792 Zwangsdeportationen der Sachsen und Neuvergabe von sächsischem Land an fränkische Siedler

793 Überfall und Plünderung des Klosters Lindisfarne durch Nordmänner

795 Überfall von Wikingern auf das Kloster Iona in Irland

799 Beginn der Wikingerüberfälle auf das Frankenreich

796 Karls Belehrung durch seinen Berater Alkuin

797 mit dem Capitulare Saxonicum wurden die Sondergesetze gegen die Sachsen gelockert

800 –

800 Kaiserkrönung Karls des Großen

800 König Godfred von Dänemark gerät in kriegerische Konflikte mit Karl dem Großen

800 erste nordische Siedler treffen auf den Färöern und auf Island ein

800 unzählige Angriffe der Nordmänner auf die sächsischen Küsten

802 das sächsische Volksrecht (Lex Saxonum) wird verabschiedet

802 Ende des Buches „**In den finsteren Wäldern Sachsens**"

804 Ende der Sachsenkriege

805 Anfang des Buches „**Westwärts auf Drachenbooten**"

810 dänische Wikinger greifen wiederholt die friesische Küste an

814 Tod Karls des Großen

825 Ende des Buches „**Westwärts auf Drachenbooten**"

840 erste Überwinterung der Wikinger im Frankenreich

840 norwegische Nordmänner überfallen Irland und gründen Dublin

844 Überfälle der Nordmänner auf Spanien

845 Plünderungen von Hamburg und Paris durch die Wikinger

858 schwedische Wikinger gründen Kiew

889 Wanzleben wird erstmals als Haufendorf erwähnt

900 –

913 Herzog Heinrich von Sachsen stellt ein ungarisches Heer bei Merseburg

926 Heinrich handelt mit den Ungarn einen zehnjährigen Waffenstillstand für Sachsen aus

937 Otto I. der Große, gründete das St.-Mauritius-Kloster in Magdeburg

938 die Ungarn ziehen erneut gegen die Sachsen

952 Anfang des Buches „**Der Gefolgsmann des Königs**"

955, 10. August, Schlacht gegen die Ungarn auf dem Lechfeld bei Augsburg

955 Otto beginnt einen großen Neubau des Doms zu Magdeburg

962, 2. Februar, Krönung Ottos zum Kaiser

968 Beginn des Baues der Burg Wanzleben

980 Ende des Buches „**Der Gefolgsmann des Königs**"

1000 –

1100 –

1142 Heinrich der Löwe wird Herzog von Sachsen

1143 Gründung Lübecks, der ersten deutschen Ostseestadt

1147 Anfang des Buches „**Im Zeichen des Löwen**"

1147 Wendenkreuzzug, dauert als Kreuzzug drei Monate

1152 Königskrönung von Friedrich Barbarossa in Aachen

1155 Kaiserkrönung Friedrich Barbarossas in Rom

1156 Besiedlungszug in Lommatzsch

1157 Gründung des deutschen Kaufmannsbundes

1159 Wiederaufbau Lübecks

1160 Anfang des Buches „**Kaperfahrt gegen die Hanse**"

1160 der slawische Burgwall Dobin, liegt am Schweriner See, wird zerstört

1160 Lübeck erhält das Soester Stadtrecht

1160 Gründung der Kaufmannshanse

1161 Vermittlung eines Handelsprivilegs an die Stadt Lübeck durch Heinrich den Löwen

1161 Gründung der Gotländischen Genossenschaft, als Vorstufe der Hanse

1162 Kloster Altzella, bei Nossen, wird gegründet

1163 Ende des Buches **„Im Zeichen des Löwen"**

1180 Heinrich verliert das Herzogtum Sachsen

1200 –

1200 Gründung des Petershofs in Nowgorod als Außenstelle der Hanse

1200 Ende des Buches **„Kaperfahrt gegen die Hanse"**

1210 Anfang des Buches **„Die Sklavin des Sarazenen"**

1212 Kinderkreuzzug mit Ziel Jerusalem

1212 Friedrich II. wird König

1217 Beginn des fünften Kreuzzuges, Kreuzzug nach Damiette in Ägypten

1220 Ende des Buches **„Die Sklavin des Sarazenen"**

1221 Ende des Kreuzzuges von Damiette in Ägypten

1250 Anfang der Blütezeit der Städtehanse

1300 –

1307, September, Anfang des Buches **„Die Braut des Templers"**

1307, 14. September, Geheimer Befehl Philipps IV. zur Verhaftung der Templer

1307, 13. Oktober, der „schwarze Freitag", Gefangennahme aller Templer in Frankreich

1307, 25. Oktober, Geständnis von Jacques de Molay

1307, 22. November, Papst Clemens V. zieht das Verfahren gegen die Templer an sich

1307, 24. Dezember, Jacques de Molay widerruft sein Geständnis

1308, 2. Oktober, Ende des Buches **„Die Braut des Templers"**

1309, im März, Papst Clemens V. bestimmt Avignon zum neuen Sitz der Päpste

1310, 12. Mai, Verbrennung von 54 Tempelrittern bei Paris

1311, 16. Oktober, Eröffnung des Konzils von Vienne

1312. 22. März bis 3. April, Aufhebung des Templerordens durch Papst Clemens V.

1312, 2. Mai, Übertragung der Templergüter an die Johanniter

1314, 18. März, Jacques de Molay wird zusammen mit Geoffroy de Charnay auf dem Scheiterhaufen in Paris verbrannt

1314, 29. November, König Philipp IV. stirbt nach einem Jagdunfall

1315 Beginn einer Hungersnot, die als „Der große Hunger" in zwei Jahren mit sintflutartigen Regenfällen, sehr kalten Wintern und vielen Überschwemmungen Millionen Menschen in Europa dahinraffte

1321 Anfang des Buches **„Frauenwege und Hexenpfade"**

1337 der hundertjährige Krieg zwischen England und Frankreich beginnt

1337 Ende des Buches **„Frauenwege und Hexenpfade"**

1340 der englische König Eduard III. fällt mit seinem Heer in Frankreich ein

1342, im Juli, das Magdalenenhochwasser, eine verheerende Überschwemmungskatastrophe, lässt in Mitteleuropa zahlreiche Flüsse über die Ufer treten

1346 in der Schlacht von Crécy schlagen 8.000 englische Langbogenschützen die verbündeten europäischen und französischen Ritter vernichtend

1347 die Beulenpest erreicht die europäischen Häfen am Mittelmeer und breitete sich schnell überall aus

1348, 7. April, Gründung der Karls-Universität in Prag, der ersten mitteleuropäischen Universität

1349, 10. Januar, die Wormser Gemeinde der Juden wird blutig ausgelöscht

1349, 1. März, Pogrom gegen die Juden in Speyer

1349 Anfang des Buches „Der schwarze Tod"

1349, 24. Juli, in der Frankfurter „Judenschlacht" sterben fast alle Juden in Frankfurt am Main

1349, 23. August, die Juden von Mainz erheben sich gegen ihre Verfolger. Der Aufstand wird blutig niedergeschlagen und das Stadtviertel brennt ab. Zahlreiche Menschen kommen dabei ums Leben

1350 Ende des Buches „Der schwarze Tod"

1353 Giovanni Boccaccio schreibt sein Decamerone

1356 mit der goldenen Bulle wird erstmalig festgeschrieben, dass der deutsche König durch Mehrheitswahl von sieben Kurfürsten bestimmt wird

1400 –

1431, 30. Mai, Jeanne d'Arc, die Jungfrau von Orléans, stirbt in Rouen auf dem Scheiterhaufen

1434 Cosimo de Medici kehrt nach Florenz zurück und wird der mächtigste Bankier der Stadt

1440 Johannes Gutenberg erfindet den Buchdruck mit beweglichen Lettern

1442 Anfang des Buches „Ein Jahr unter Gauklern"

1443 Ende des Buches „Ein Jahr unter Gauklern"

1452, 15. April, Leonardo da Vinci wird in Anchiano bei Vinci geboren

1479 Anfang des Buches „Nur ein Hexenleben ..."

1482 Johann Tetzel beginnt sein Theologiestudium in Leipzig

1486 der Dominikaner Heinrich Kramer veröffentlicht sein Traktat „Der Hexenhammer", lateinisch „Malleus Maleficarum"

1487 Ende des Buches „Nur ein Hexenleben ..."

1487 Anfang des Buches „Rosen hinter Burgmauern"

1492 Christoph Kolumbus erreicht die großen Antillen und entdeckt damit Amerika

1498 Vasco da Gama erreicht an Bord seiner Nau auf dem Seeweg um Afrika herum Indien

1500 –

1504 Johann Tetzel beginnt seine Tätigkeit im Ablasshandel

1509 Ende des Buches „Rosen hinter Burgmauern"

1517 Anfang des Buches „Die Bruderschaft des Regenbogens"

1517, 31. Oktober, Luther verkündet seine Thesen in Wittenberg

1518 Müntzer und Luther sind in Wittenberg

1520 Müntzer predigt in Zwickau

1522 das „Neue Testament" erscheint auf Deutsch

1523, zu Ostern, Katharina von Boras Flucht aus dem Kloster

1524, im Sommer, Anfang des Buches **„Im Schatten des Regenbogens"**

1524 Bauern- und Handwerkeraufstände in Sachsen

1525, 3. bis 6. Mai, das Kloster und Reichsstift Walkenried wird von aufständischen Bauern geplündert und verwüstet

1525, 15. Mai, Schlacht bei Bad Frankenhausen

1525, 27. Mai, Müntzer wird in Mühlhausen enthauptet

1525, 27. Juni, Heirat Luthers mit Katharina von Bora

1525, im Dezember, das Kloster Buch wird geschlossen

1526, 29. April, Ende des Buches **„Im Schatten des Regenbogens"**

1526 Niederschlagung der letzten Bauernaufstände

1527 Ende des Buches **„Die Bruderschaft des Regenbogens"**

1530 Reichstag zu Augsburg beschließt die Duldung des evangelischen Glaubens

1534 die gesamte Bibel ist nun auf Deutsch lesbar

1600 –

1612 Anfang des Buches **„Im Feuersturm"**

1617, 13. September, ein Stadtbrand verwüstet weite Teile Tangermündes

1618, 23. Mai, Fenstersturz zu Prag

1618 Anfang des dreißigjährigen Krieges

1619, 22. März, Grete Minde stirbt in Tangermünde auf dem Scheiterhaufen

1619 Ende des Buches **„Im Feuersturm"**

1620, 08. November, Schlacht am Weißen Berg bei Prag

1630 Anfang des Buches **„Im Schein der Hexenfeuer"**

1631 Eintritt Sachsens in den dreißigjährigen Krieg

1631, 20. Mai, Verwüstung der Stadt Magdeburg durch kaiserliche Truppen

1631, 24. Mai, Anfang des Buches **„Das Versteck des Eremiten"**

1631 Anfang des Buches **„Die Räubermühle"**

1632 die Pest wütet in Sachsen

1632, 16. November, Schlacht bei Lützen

1634, 25. Februar, Albrecht von Wallenstein wird in Eger ermordet

1634 Ende des Buches **„Die Räubermühle"**

1639 schwedische Truppen brennen Dresden teilweise nieder

1641 nochmalige Zerstörung Dresdens durch die Schweden

1648 der „Westfälischer Friede" wird geschlossen

1648, 24. Oktober, Ende des dreißigjährigen Krieges

1649 Ende des Buches **„Das Versteck des Eremiten"**

1650 Ende des Buches **„Im Schein der Hexenfeuer"**

1683, 3. Mai, die osmanische Armee erreicht Belgrad

1683, 9. Juli, Anfang des Buches **„Ein Sommer unter der Mondsichel"**

1683, 14. Juli, die Osmanen beginnen die Belagerung Wiens

1683, 12. September, Schlacht am Kahlenberg und Sieg der kaiserlichen Truppen über die Osmanen

1683, 12. September, die Befreiung Wiens

1683, 1. November, Ende des Buches **„Ein Sommer unter der Mondsichel"**

1694 Friedrich August I. wird unerwartet neuer Herzog und Kurfürst von Sachsen

1697, 15. September, Friedrich August I. wird in Krakau zum polnischen König gekrönt

1700 –

1710 Anfang des Buches **„Anna und der Kurfürst"**

1712 Thomas Newcomen konstruiert die erste verwendbare Dampfmaschine

1715 Ende der „Kleinen Eiszeit", einer Periode relativ kühlen Klimas, mit besonders kalten Zeitabschnitten seit 1675

1715 Ende des Buches **„Anna und der Kurfürst"**

1756 bis 1763 der Siebenjährige Krieg tobt in Mitteleuropa

1776 Gründung der Vereinigten Staaten von Amerika mit der Unabhängigkeitserklärung

1789, 14. Juli, Beginn der Französischen Revolution in Paris

1793 Beginn des Interventionskriegs gegen Napoleon, an dem auch Sachsen teilnahm

1794 die Gesellen streiken in Dresden

1796 der Interventionskrieg endet mit einer Niederlage für die preußischen, österreichischen und sächsischen Verbündeten

1800 –

1800 Anfang des Buches **„Der russische Dolch"**

1806 Preußen und Russland verbünden sich gegen Napoleon. Sachsen schließt sich ihnen an

1806 Krieg der Verbündeten gegen Napoleon

1806, 14. Oktober, Schlacht bei Jena und Auerstedt, die Verbündeten werden von Napoleon vernichtend geschlagen

1806, 20. Dezember, das Kurfürstentum Sachsen tritt dem Rheinbund bei und wird durch Napoleon zum Königreich

1812 von Sachsen aus beginnt der Feldzug gegen Russland. Sachsen ist mit 21.000 Mann daran beteiligt

1812, 23. Juni, Napoleon überquert mit seinem Heer die Mehmel

1812, 17. August, Schlacht um Smolensk

1812, 7. September, Schlacht von Borodino

1812, 14. September, Napoleon rückt in Moskau ein

1812, 13. Oktober, Napoleon beschließt den Rückzug

1812, 3. November, Schlacht bei Wjasma.

1812, 26. bis 28. November, Schlacht an der Beresina

1812, 14. Dezember, Kaiser Napoleon macht, seinen Truppen auf dem Rückzug aus Russland vorauseilend, in Dresden Station

1813, 2. Mai, Schlacht bei Großgörschen, Sieg Napoleons gegen Russen und Preußen

1813, 20. und 21. Mai, Schlacht bei Bautzen, weiterer Sieg Napoleons gegen Russen und Preußen

1813, 26. und 27. August, Schlacht bei Dresden, Napoleon errang seinen letzten Sieg auf deutschem Boden

1813, 16. bis 19. Oktober, Die Völkerschlacht bei Leipzig brachte Napoleon eine verheerende Niederlage. Die sächsischen Truppen liefen zu den russischen und preußischen Truppen über

1813, 11. November, die belagerte Festungsstadt Dresden kapituliert

1815, 18. Juni, Schlacht bei Waterloo

1815 Ende des Buches **„Der russische Dolch"**

1825 die Gesellschaft „Stockton and Darlington Railway" eröffnet die erste öffentliche Eisenbahnstrecke in England

1835, im Dezember, Eröffnung der Eisenbahnstrecke Nürnberg - Fürth

1839, 7. April, Fertigstellung der ersten sächsischen Eisenbahnstrecke von Leipzig nach Dresden

1847 Anfang der Buches **„Eine sächsische Revolution"**

1848, 21. Februar, Karl Marx und Friedrich Engels veröffentlichen das Manifest der Kommunistischen Partei

1848, 22. bis 24. Februar, Februarrevolution in Frankreich

1848, 18. März, Berliner Barrikadenaufstand

1848, 31. März bis 3. April, das Frankfurter Vorparlament tritt zusammen

1848, 24. März, Beginn der Erhebung in Schleswig-Holstein

1848, 18. Mai, die deutsche Nationalversammlung tritt in der Frankfurter Paulskirche zusammen

1849, 28. März, Verabschiedung der Paulskirchenverfassung

1849, 3. bis 9. Mai, Dresdner Maiaufstand

1849, 30. Mai, Ende der Frankfurter Nationalversammlung

1849, 30. Juni, Beginn der Belagerung von Rastatt

1849, 18. Juli, Ende der Buches **„Eine sächsische Revolution"**

1849, 23. Juli, die Festung Rastatt fällt und damit endet die Revolution

1850, 1. Mai, Anfang des Buches **„Eine Gräfin in Amerika"**

1850, 18. September, der amerikanische Kongress erlässt auf Druck der Südstaaten ein Gesetz, das die Nordstaaten zwingen soll, entlaufene Sklaven wieder ihren Besitzern zu übergeben

1851, 5. April, die Wahpekhute in Minnesota überlassen der Regierung der Vereinigten Staaten einen Großteil ihres Stammesgebiets gegen Geld und Lebensmittel

1851, 19. Juni, Ende des Buches **„Eine Gräfin in Amerika"**

1852, der Pelzhändler Alexander Faribault gründet die Stadt Faribault in Minnesota

1852, 8. Mai, Ende der Schleswig - Holsteinischen Erhebung

1862, April, Beginn des Buches **„Zwei Frauen unterm Sternenbanner"**

1862, 18. August, die Dakota greifen die untere Sioux-Agentur an und brennen diese nieder.

1862, 26. Dezember, 38 Krieger der Dakota werden bei der größten Massenexekution in der amerikanischen Geschichte gehängt.

1863, 17. Juli, in der Schlacht von Honey Springs treffen schwarze Unionssoldaten auf Cherokee im Dienste der Konföderierten.

1864, April, Ende des Buches **„Zwei Frauen unterm Sternenbanner"**

1900 –

1939, 1. September, Angriff der Wehrmacht auf Polen

1939, 1. September, Anfang des Buches **„Liebe in stürmischen Zeiten"**

1939, 3. September, Frankreich und das Vereinigte Königreich erklären Deutschland den Krieg

1940, 10. Mai, der Angriff deutscher Verbände auf die Niederlande beginnt

1940, 24. Juni, französischer Waffenstillstand wird unterzeichnet

1941, 22. Juni, deutscher Überfall auf die Sowjetunion

1942, 23. August, Beginn des Kampfes um Stalingrad

1943, 2. Februar, Ende des Kampfes um Stalingrad

1943, 5. bis 16. Juli, Schlacht am Kursker Bogen

1945, 13. bis 15. Februar, schwere Luftangriffe auf Dresden

1945, 7. Mai, bedingungslose Kapitulation aller deutschen Truppen

1949, 23. Mai, Gründung der BRD

1949, 7. Oktober, Gründung der DDR

1953, 17. Juni, Volksaufstand und Streiks in der DDR

1954 Ende des Buches **„Liebe in stürmischen Zeiten"**

2000 –

Von Uwe Goeritz ebenfalls beim Verlag BoD erschienen (BoD – Books on Demand, Norderstedt, nähere Informationen finden Sie unter www.BoD.de)

„Schicha und der Clan des Bären", die ISBN lautet 978-3-7386-0262-3
108 Seiten

„In den finsteren Wäldern Sachsens", die ISBN lautet 978-3-7357-7982-3
108 Seiten

„Der Gefolgsmann des Königs", die ISBN lautet: 978-3-7357-2281-2
116 Seiten

„Im Zeichen des Löwen", die ISBN lautet: 978-3-7347-5911-6
116 Seiten

„Kaperfahrt gegen die Hanse", die ISBN lautet: 978-3-7386-2392-5
108 Seiten

„Die Bruderschaft des Regenbogens", die ISBN lautet: 978-3-7386-5136-2
112 Seiten

„Im Schein der Hexenfeuer", die ISBN lautet: 978-3-7347-7925-1
112 Seiten

„Die Räubermühle", die ISBN lautet: 978-3-8482-0893-7
112 Seiten

„Der russische Dolch", die ISBN lautet: 978-3-7412-3828-4
116 Seiten

„Das Schwert des Gladiators", die ISBN lautet: 978-3-7412-9042-8
116 Seiten

„Frauenwege und Hexenpfade", die ISBN lautet: 978-3-7448-3364-6
116 Seiten

„Die Sklavin des Sarazenen", die ISBN lautet: 978-3-7448-5151-0
308 Seiten

„Die Tochter aus dem Wald", die ISBN lautet: 978-3-7448-9330-5
116 Seiten

„Anna und der Kurfürst", die ISBN lautet: 978-3-7448-8200-2
312 Seiten

„Westwärts auf Drachenbooten", die ISBN lautet: 978-3-7460-7871-7
120 Seiten

„Nur ein Hexenleben...", die ISBN lautet: 978-3-7460-7399-6
312 Seiten

„Sturm über den Stämmen", die ISBN lautet: 978-3-7528-7710-6
124 Seiten

„Die Rache der Barbarin", die ISBN lautet: 978-3-7528-4103-9
128 Seiten

„Im Feuersturm – Grete Minde", die ISBN lautet: 978-3-7481-2078-0
312 Seiten

„Rosen hinter Burgmauern", die ISBN lautet: 978-3-7347-0321-8
312 Seiten

„Auf Bärenspuren", die ISBN lautet: 978-3-7412-9116-6
316 Seiten

„Im Schatten des Feuerberges", die ISBN lautet: 978-3-7481-3800-6
120 Seiten

„Ein Sommer unter der Mondsichel - Wien, im Jahre 1683",
die ISBN lautet: 978-3-7494-5288-0
328 Seiten

„Der schwarze Tod - Mainz, im Jahre 1349",
die ISBN lautet: 978-3-7494-7180-5
336 Seiten

„Eine sächsische Revolution", die ISBN lautet: 978-3-7528-8679-5
336 Seiten

„Liebe in stürmischen Zeiten", die ISBN lautet: 978-3-7519-1929-6
160 Seiten

„Das siebente Mädchen", die ISBN lautet: 978-3-7504-3239-0
328 Seiten

„Ein Jahr unter Gauklern", die ISBN lautet: 978-3-7519-8230-6
336 Seiten

„An fremder Küste", die ISBN lautet: 978-3-7534-7768-8
332 Seiten

„Die Braut des Templers", die ISBN lautet: 978-3-7534-4502-1
340 Seiten

„Das Versteck des Eremiten", die ISBN lautet: 978-3-7543-3412-6
340 Seiten

„Eine Gräfin in Amerika", die ISBN lautet: 978-3-7557-7346-7
340 Seiten

„Im Schatten des Regenbogens", die ISBN lautet: 978-3-7562-5829-1
340 Seiten

Aktuelle Informationen und Neuerscheinungen finden sie immer im Internet unter:

www.Goeritz-Netz.de